Die
Spende

Die Spende

LOUISE JENSEN

Übersetzt von Katharina Eddins

bookouture

Die Originalausgabe erschien 2016 unter dem Titel
„The Gift“
bei Storyfire Ltd. trading als Bookouture.

Deutsche Erstausgabe herausgegeben von Bookouture, 2022
1. Auflage November 2022

Ein Imprint von Storyfire Ltd.
Carmelite House
50 Victoria Embankment
London EC4Y 0DZ

www.bookouture.com

ISBN: 978-1-80314-927-1
eBook ISBN: 978-1-80314-926-4

*Für Callum, Kai und Finley.
Ihr seid das Meisterwerk meines Lebens.*

SPÄTER

Lauf.

Es ist dunkel. So dunkel. Wolken ziehen über den pechschwarzen Himmel und verdecken Mond und Sterne. Meine Lunge füllt sich mit feuchtkaltem Dunst. Ich atme scharf ein und spüre, wie die Übelkeit mich überkommt.

Mir geht bald die Puste aus. Meine Turnschuhe klatschen auf den Asphalt. Hinter mir kann ich keine Schritte mehr hören, aber vielleicht werden sie auch nur vom heulenden Wind übertönt.

Ich riskiere einen Blick über die Schulter. Aber die Erde ist so weich und ich verliere den Boden unter den Füßen. Mit gespreizten Fingern versuche ich mich noch abzustützen, doch mein Gesicht trifft auf etwas Hartes, das mir die Haut aufreißt. Meine Zähne schlagen aufeinander und erwischen meine Zunge. Mein Mund füllt sich mit Blut. Ich schlucke es hinunter und spüre, wie Galle und Grauen meine Kehle hinaufsteigen.

Still. Sei still.

Ich habe solche Angst.

Auf dem Bauch liegend warte ich. Regungslos. Ganz leise. Angespannt. Meine Handflächen brennen. In meiner Wange pocht der Schmerz. Der Gestank verrottender Blätter steigt mir in die Nase. Es dreht mir den Magen um, doch Millimeter um Millimeter ziehe ich mich mit den Ellbogen über den nassen Erdboden nach vorne. Links. Rechts. Links. Rechts.

Jetzt habe ich das Gestrüpp erreicht. Dornen bohren sich in meine Haut und verfangen sich in meinen Klamotten, aber ich bleibe gebückt zwischen den Bäumen, in deren Schutz ich mich für einen Moment vor fremden Augen sicher wähne. Doch dann reißen die Wolken auf und im gnadenlos hellen Mondlicht sehe ich einen Ärmel meines weißen Pullovers leuchten – weiß, trotz all der Schlammflecken! Wie konnte ich nur so dumm sein? So dumm, so dumm! Ich reiße ihn mir vom Leib und stopfe ihn unter einen Busch. Meine Zähne fangen an zu klappern. Vor Kälte? Vor Angst? Links von mir knacken Zweige unter Schuhsohlen. Instinktiv stemme ich meinen Körper hoch und lehne mich angespannt nach vorn wie ein Sprintläufer vor dem Startschuss. Mein Herzschlag dröhnt in meinen Ohren, aber ich höre es trotzdem.

Ein Husten. Jemand ist hinter mir. So nah. Viel zu nah.

Lauf!

Ich stolpere nach vorn. Du schaffst das, versichere ich mir selbst, obwohl es nicht stimmt. Ich weiß, dass ich das nicht mehr lang durchhalte.

Die Wolken ziehen wieder zu und die Dunkelheit legt sich wie Blei auf meine Schultern. Kurz verlangsame ich meinen Schritt, weil ich merke, dass ich nicht mehr sehen kann, wo meine Füße hintreten. Der Boden hier ist mit Schlaglöchern übersät und ich darf nicht riskieren, mir den Knöchel zu verstauchen oder mich sonst wie zu verletzen. Welche Chance hätte ich dann noch? Wie käme ich je wieder von hier weg? Ein kräftiger Windstoß fegt die Wolken vom Himmel und aus dem Augenwinkel sehe ich, wie sich einer der Schatten bewegt. Ich wirble herum und stoße einen Schrei aus.

Lauf!

EINS

JETZT

Dienstags zwischen vier und fünf erzähle ich Lügen.

Meine Therapeutin Vanessa schiebt ihre Schildpattbrille nach oben und die Packung Taschentücher in meine Richtung, als ob heute endlich der Tag gekommen sei, an dem ich all meine Schuldgefühle stinkend und giftig auf den unfassbar glänzend polierten Tisch zwischen uns spucke.

»Also, Jenna ...« Sie blättert meine Akte durch. »Jetzt ist es bald genau sechs Monate her. Wie fühlen Sie sich?«

Mit einem Achselzucken zupfe ich an dem losen Faden an meinem Ärmel. Der lavendelsüße Duft, den Vanessas Potpourrivase verströmt, nervt mich, genau wie die glänzenden Topfpflanzen in diesem mit viel Bedacht eingerichteten Raum, aber ich schlucke meine Anspannung hinunter und verlagere mein Gewicht auf dem viel zu weichen Sofa. Ich kann meine Stimmungsschwankungen nicht ewig auf die Medikamente schieben.

»Gut«, sage ich, obwohl das die bisher größte Lüge ist. So viele Emotionen in mir warten nur darauf, auszubrechen, aber immer wenn ich hier sitze, verknoten sich die Worte in meinem

Mund und egal, wie sehr ich sie aussprechen möchte, ich schaffe es nie.

»Haben Sie diese Woche irgendetwas Schönes unternommen?«

»Am Freitag hab ich mich mit Mum getroffen.« Eine wirklich bahnbrechende Neuigkeit. Das mache ich jede Woche. Manchmal frage ich mich, warum ich überhaupt zu Vanessa gehe. Die vorgeschriebene Anzahl an Terminen habe ich bereits hinter mir, aber trotzdem stehe ich jede Woche wieder pünktlich vor ihrer Tür. Vielleicht liegt es daran, dass ich sonst kaum das Haus verlasse und dieses kleine Stück Routine mir ein bisschen Normalität zurückgibt.

»Und sonst, mit Freunden?«

»Nein.« Ich kann mich gar nicht daran erinnern, wann ich das letzte Mal mit Freunden unterwegs war. Eigentlich bin ich erst dreißig, aber gefühlt mindestens doppelt so alt. Noch Monate danach hatte ich nicht die Energie für Unternehmungen und jetzt bin ich einfach am liebsten zu Hause. Allein. In Sicherheit.

»Wie sieht es mit Ihren Emotionen aus? Haben sich die Dinge wieder beruhigt?«

Ich weiche ihrem Blick aus. Sie spricht von meiner Paranoia und ich weiß nicht, was ich dazu sagen soll. Bei fast jedem Arzttermin im Krankenhaus wird der Medikamentencocktail neu angepasst, der verhindern soll, dass mein Körper mein neues Herz abstößt. Trotzdem umhüllt mich Angst wie eine zweite Haut und egal was ich tue, ich werde sie einfach nicht los.

»Spüren Sie immer noch dieses Verlangen ...«, sie überprüft ihre Notizen, »... wegzurennen? Diesen Fluchtinstinkt?«

»Ja.« Ich spüre das Adrenalin in mir hochsteigen, ein Kribbeln auf der Haut, und merke, wie der Schweiß unter meinen Armen mein T-Shirt durchtränkt. Regelmäßig überkommen mich diese Wellen der Angst und drohen mich zu ertränken. Manchmal kommt es mir fast wie eine Vorahnung vor.

»Es ist ganz normal, aus dem eigenen Leben ausbrechen zu wollen, wenn man etwas Traumatisches durchgemacht hat, das man nur schwer verarbeiten kann. Deshalb müssen wir gemeinsam daran arbeiten, Sie aus dieser obsessiven Gedankenspirale zu befreien.«

»Ich glaube nicht, dass es so einfach ist.« Meine Angst ist so real und greifbar wie der bernsteinerne Briefbeschwerer auf Vanessas Schreibtisch. »Ich habe immer öfter diese ...« Ich bin mir nicht sicher, wie viel ich ihr erzählen will, aber wie so oft bohren sich ihre Augen in meine, als könne sie direkt durch mich hindurchsehen. »... Aussetzer.«

»Und immer noch dieselbe Art? Mit diesem überwältigenden Schwindelgefühl?« Sie wartet auf meine Antwort und hebt dabei ihren Kopf leicht an. Jetzt wünschte ich, ich hätte es nicht erwähnt.

»Ja. Ich werde zwar nicht bewusstlos, aber ich kriege diesen extremen Tunnelblick und alle Geräusche klingen gedämpft. Die Aussetzer kommen immer häufiger vor.«

»Und wie lange dauern sie normalerweise?«

»Schwierig zu sagen. Wahrscheinlich nur ein paar Sekunden. Aber ich fühle mich jedes Mal so ...«, mein Blick schweift über die Bürowände, als könne ich das richtige Wort dort geschrieben sehen, »... verängstigt.«

»So ein Kontrollverlust ist ja auch angsteinflößend. Das ist völlig nachvollziehbar nach allem, was Sie durchgemacht haben. Haben Sie Ihre Aussetzer Dr. Kapur gegenüber erwähnt?«

»Ja. Er meint, dass Panikattacken eine ›nicht unübliche Nebenwirkung‹ meiner Medikamente sind. Er hofft, dass er die Dosis bei meiner Halbjahresuntersuchung reduzieren kann und dass es dann besser wird.«

»Na, das klingt doch gut.« Sie wirft erneut einen Blick in ihre Notizen. »Und am Montag gehen Sie wieder zur Arbeit?«

»Ja, aber vorerst nur in Teilzeit.« Linda und John, meine

Arbeitgeber, waren mehr als großzügig und haben mir eine wirklich lange Auszeit ermöglicht. Sie sind Freunde meines Vaters und kennen mich schon mein ganzes Leben lang. Linda sagt, ich solle mich überhaupt nicht dazu verpflichtet fühlen, wiederzukommen, aber ich vermisse meinen Job. Ich kann mir gar nicht vorstellen, woanders von vorne anzufangen. Wo ich nichts und niemanden kenne. Aber nervös bin ich schon. Ich war jetzt so lange weg. Wie es sich wohl anfühlen wird, wieder einen normalen Alltag zu haben? Der Gedanke daran, wieder unter Leuten zu sein, macht mich nervös. Ich habe mich so sehr daran gewöhnt, mit meinen Gedanken allein zu sein und zu Hause nach meinem eigenen Rhythmus zu leben. »Gemütlich herumwursteln« hatte Mum es am Anfang genannt. »Vor der Welt verstecken« nennt sie es jetzt. Aber in meiner Wohnung muss ich wenigstens nicht ständig auf dem gespannten Drahtseil meiner Nerven balancieren. Trotzdem ... das Leben muss weitergehen, nicht wahr? Und wenn ich mich nicht jetzt dazu zwinge, mein Leben wieder aufzunehmen, dann werde ich es vielleicht nie schaffen.

»Wie fühlen Sie sich bei dem Gedanken, wieder zur Arbeit zu gehen?«

Ganz automatisch wandern meine Schultern als Antwort etwas nach oben, aber bewusst lasse ich sie gleich wieder sinken. »Ganz okay eigentlich. Meine Eltern sind nicht so begeistert. Sie versuchen dauernd, es mir wieder auszureden. Ich verstehe ja, dass sie sich Sorgen machen, es könnte zu viel für mich sein, aber Linda meint, ich kann es am Anfang ganz langsam angehen lassen. Früher Feierabend machen, wenn ich müde bin, und später kommen, wenn ich nicht gut geschlafen habe.« Mit Linda habe ich mich immer gut verstanden, auch wenn sie mich die letzten Monate nicht besucht hat. Wahrscheinlich weiß sie einfach nicht, was sie sagen soll. Das geht allen so. Keiner weiß damit umzugehen, dass ich fast gestorben wäre.

»Was ist mit der Spenderfamilie? Versuchen Sie immer noch, sie zu kontaktieren?«

Ich rutsche auf dem Sofa hin und her. Während der letzten paar Monate habe ich Brief um Brief mit Worten der Dankbarkeit gefüllt. Die Koordinationsstelle hat jeden davon zurückgewiesen. Jedes Mal hatte ich zu viel offenbart. Hinweise darauf gegeben, wer ich bin, wo ich wohne. Aber ohne diese Details schien mir meine Dankbarkeit einfach zu kalt, zu anonym. Schließlich habe ich einen Privatdetektiv angeheuert, um die Familie zu finden, und dann habe ich ihnen geschrieben. Ein kleines Vermögen für nichts weiter als eine Adresse, aber das war es mir wert. So konnte ich endlich zum Ausdruck bringen, wie dankbar ich ihnen bin und wie viel ihre Entscheidung meiner Familie bedeutet. Ohne Zensur. Ich hatte nicht vor, die Familie darüber hinaus zu belästigen, und hatte nicht erwartet, jemals eine Antwort zu erhalten. Aber sie haben sofort zurückgeschrieben und schienen ehrlich erfreut darüber, von mir gehört zu haben. Mir ist klar, dass Vanessa alles andere als begeistert sein würde, zu hören, was wir nun vorhaben.

Mein Mund ist trocken und ich greife nach meinem Wasserglas. Es zittert in meiner Hand und die Eiswürfel klirren. Das Wasser läuft über und tropft in meinen Schoß. Ich nehme trotzdem einen Schluck und konzentriere mich auf Vanessas Uhr, die ganz unaufdringlich hinter meinem Rücken platziert ist. Tick-tick-tick. »Ich treffe mich am Samstag mit ihnen.«

»Ach Jenna, das ist ethisch überhaupt nicht vertretbar. Wie haben Sie sie überhaupt aufgespürt? Ich werde das leider an die zuständige Stelle weiterleiten müssen.«

Die Scham steigt mir heiß ins Gesicht und ich inspiziere meine Schuhspitzen. »Das kann ich Ihnen nicht sagen. Tut mir leid.«

»Sie wissen doch, dass von persönlichem Kontakt stark abgeraten wird.« Ihre Worte triefen vor Missbilligung. »Vor allem so früh nach der OP. Das kann für alle Beteiligten wirklich verstörend sein. Es könnte Ihren emotionalen Heilungsprozess behindern und Ihren ganzen Fortschritt zunichtemachen. Ein einfacher Brief hätte doch genügt, aber ein persönliches Treffen – ich weiß nicht, was ...«

»Das weiß ich alles. Der Familie hat man dasselbe erzählt, aber sie wollen sich mit mir treffen. Ehrlich. Und ich muss sie treffen. Nur einmal. Ich fühle mich, als würde ein Fremder in mir wohnen, und ich will wissen, wer es ist. Ich muss es wissen.« Meine Stimme versagt.

»Das wird langsam zu einer Art Zwang, Jenna, und das ist nicht gesund. Was erhoffen Sie sich denn davon, zu erfahren, wessen Herz Sie bekommen haben?«

Ich blicke auf das Gemälde hinter ihr, modern und chaotisch. Die Farben wirbeln umeinander und meine Nerven sind zum Zerreißen gespannt.

»Dass ich es dann endlich verstehen kann.«

»Was verstehen?« Vanessa beugt sich zu mir wie ein Jockey, der sein Rennpferd antreibt und den großen Moment kommen spürt.

»Warum ich noch lebe. Warum jemand anderes sterben musste.«

* * *

Auf meiner schokoladenbraunen Couch markiert eine inzwischen permanente Mulde, wo ich zu viele Stunden verbracht habe. Genauso gut könnte dort geschrieben stehen:

FRAU OHNE LEBEN LEBT HIER

Ich zünde eine Kerze mit Waldbeerenduft an und lasse mich in die vertraute Stelle sinken. Ich fühle mich immer komplett erledigt, wenn ich bei Vanessa war, und weiß nie genau, ob es an den Emotionen liegt, die in dem makellosen Büro hochkommen, oder an der Anstrengung, sie zurückzuhalten.

Ich nehme mein Skizzenbuch vom Couchtisch. Zeichnen entspannt mich jedes Mal. Über meinen Bluetooth-Lautsprecher streame ich James Bay. Er singt »Hold Back the River« und ich trommle mit dem Bleistift hart auf meinem Knie herum. Gebannt starre ich auf die kahlen Wände und warte auf den Kuss der Muse. Seit Sam vor fast sechs Monaten ausgezogen ist, nehme ich mir immer wieder vor, die Wohnung neu zu dekorieren. Sie nach meinem Geschmack einzurichten. Die Pastelltöne mit Sonnengelb oder Kirschrot zu überdecken – Knallfarben, die Sam nicht ausstehen kann. Er wird schließlich nicht zurückkommen, auch wenn er gern würde. Er wollte nie Schluss machen, aber ich konnte das Mitleid nicht ertragen, das seit der OP in seinem Blick lag. Auch nicht die besorgte Art, mit der er sich um mich gekümmert hat, und dass er alle paar Minuten gefragt hat, wie es mir geht. Ich wollte nicht, dass er mit mir feststeckt und sich aufopferungsvoll um mich kümmern muss, als wären wir alte Leute und hätten unser Leben schon hinter uns. Dass ich ihn davon befreit habe, war das Netteste, was ich je getan habe. Obwohl sich selbst jetzt noch mein Magen verkrampft, wenn ich an ihn denke. Wir versuchen, Freunde zu bleiben. Eine SMS hier, eine Facebook-Nachricht dort. Aber es ist einfach nicht dasselbe. Ich setze »Dekorieren« auf meine mentale To-do-Liste all der Dinge, die ich wahrscheinlich nie erledigen werde. Inzwischen muss ich es eigentlich nicht mehr ruhig angehen lassen, aber ich habe mich in meiner Routine festgefahren, und ehrlich gesagt habe ich auch einfach Angst. Trotz der endlosen Physiotherapie und der Berge an Infomaterial, mit denen ich heimgeschickt wurde, sind meine Bewegungen immer noch zögerlich. Gezwungen langsam. Mein Arzt bestätigt mir, dass mein Körper gut heilt, aber ich glaube ihm anscheinend immer noch nicht und fürchte mich schrecklich davor, mir zu viel zuzumuten. Was, wenn etwas schiefgeht, was tue ich dann? Ich sehe mich selbst auf dem Boden liegen. Das Telefon außer Reichweite. Keine Bewegung mehr möglich. Wer würde das bemerken? Meiner Mum erzähle ich, dass ich gern allein lebe. Diese Lüge erzähle ich allen. Sogar mir selbst.

Was soll ich denn nun zeichnen? Ich blättere durch mein Skizzenbuch. Anfangs eine Sam-Zeichnung nach der anderen. Aber in letzter Zeit dominieren dunklere, fast bedrohliche Zeichnungen. Wälder mit verdrehten Zweigen, Augen im Dunkel, eine Eule mit glühenden Augen. Ich seufze. Vielleicht macht sich Vanessa zu Recht Sorgen um meine geistige Gesundheit.

Mein Handy piepst. Eine SMS von Rachel. Ohne sie zu öffnen, weiß ich, dass sie mich fragt, was ich heute Abend vorhabe. Ich werde antworten, dass ich mir einen gemütlichen Abend zu Hause gönne und dass sie für mich im Pub mittrinken soll. Das ist unsere wöchentliche Routine, ein gut einstudiertes Theaterstück, wie bei »Punch and Judy«. Immer dieselbe Leier, auch wenn man sich manchmal ein anderes Ende wünscht. *Ich könnte ja hingehen,* sage ich mir selbst, aber dann verscheuche ich den Gedanken wieder. Es hat doch keinen Zweck, in dieselben alten Gewohnheiten zurückzufallen. Ich bin nicht die Person, die ich früher war, und die Leute behandeln mich auch anders. Keiner sieht mir direkt in die Augen, keiner weiß, was er sagen soll. Am Montag werde ich Rachel ja sowieso bei der Arbeit treffen.

Vor fast sechs Monaten ist jemand gestorben, damit ich leben durfte. Meine Welt wurde plötzlich so klein, dass es mir manchmal die Luft abschnürt. Wer ist diese Person, die für mich gestorben ist? Ich kneife meine Augen zusammen, aber der Gedanke jagt weiter durch meinen Kopf, unaufhaltsam. Mich fröstelt und ich gehe die paar Schritte zum Fenster. Die Luft von draußen ist eiskalt, aber angenehm frisch. Seit Wochen bin ich nun schon zu Hause, aber der bedrückende

Krankenhausgeruch scheint sich in meine Lungen eingegraben zu haben. Egal welches Wetter draußen tobt, mein Fenster bleibt gekippt. Durch die Jalousien werfe ich einen Blick nach draußen in die Dämmerung und ein Schauer läuft über meinen Rücken. Auf der anderen Straßenseite bewegt sich ein Schatten vor der Tür. Der Fluchtinstinkt, von dem ich Vanessa erzählt habe, überfällt mich wieder. Mein Atem beschleunigt sich, aber auf der Straße ist alles ruhig. Still. Ich schmeiße das Fenster zu und ziehe die Jalousien herunter. Das tröstliche Dämmerlicht meines Wohnzimmers umfängt mich. Meine kleine Welt schrumpft und mit ihr mein Selbstbewusstsein.

Meine Mulde auf der Couch hat mich wieder, aber meine Hände zittern zu sehr, um den Bleistift zu halten. *Hier bin ich in Sicherheit*, sage ich mir selbst. Aber warum fühle ich mich dann nicht sicher?

ZWEI

Vor zehn Monaten waren wir beide krank. Ein Virus hatte die Runde in Sams Büro gemacht und eines Tages kam ich zu einem Häufchen Elend nach Hause, eingekuschelt in eine Decke, ein kleiner Berg benutzter Taschentücher vor ihm auf dem Boden. Die Heizung lief auf Hochtouren und ich warf Jacke und Pulli von mir.

»Jenna, ich sterbe«, krächzte Sam und streckte seinen Arm nach mir aus. Ich lachte und ergriff seine Hand, aber sie war schweißnass. Mit meiner Hand fühlte ich seine Stirn. Seine Zähne klapperten, aber er glühte vor Fieber.

»Diagnose: Männergrippe.« Ich hauchte ihm einen Kuss auf die heiße Wange. »Bin gleich wieder da.«

Ich machte einen schnellen Abstecher zur Spätapotheke und deckte uns mit Lemsip und Aspirin ein. Zu Hause kochte ich Hühnerbrühe mit Mais. Ein paar Tage später kratzte mein Hals, meine Augen tränten und es schüttelte mich so stark, dass ich mir in die Zunge biss. Tagelang lagen wir im Bett und füllten den Raum mit stickigem Schweißgeruch, während wir eine Serie nach der anderen verschlangen, die Lautstärke hochgedreht, um unseren trockenen Husten zu übertönen. Abwechselnd unternahmen wir Ausflüge in die Küche, langsam und zielstrebig wie Zombies, und holten Snacks, die wir nicht runterschlucken, und Getränke, die wir nicht schmecken konnten. Als es uns endlich besser ging, war die Erleichterung groß. Wir genossen es, die Schiebefenster zu öffnen und den muffigen Krankheitsgestank von kühler Luft wegblasen zu lassen. Das heiße Wasser der Dusche fühlte sich auf meiner Haut wie sanfte Nadelstiche an und ich dachte, das Schlimmste sei überstanden.

Sam wurde von Tag zu Tag kräftiger. Ich nicht. Nach etwa einer Woche war ich so erledigt, dass ich während meiner Mittagspausen Nickerchen in meinem Auto machte und auf der Couch einschlief, während Fertiggerichte im Ofen verkohlten. Nachts wachte ich oft nach Luft schnappend auf und versuchte, Sauerstoff in meine Lunge zu zwingen. Ich hielt den Kopf aus dem Fenster, sog hastig die frische Luft ein und fragte mich, was hier gerade mit mir passierte.

»Ich hab einen Arzttermin für dich vereinbart«, sagte Sam eines Tages. »Um fünf. Keine Widerrede.«

Ich war zu erschöpft, um mich zu wehren. Ich saß im Wartezimmer und atmete den beklemmenden Dunst abgestandener Krankheit. Der Doktor hörte mir kaum zu, als ich meine Symptome beschrieb, kratzte sich an seinem graumelierten Bart und sagte, dass das alles ganz normal sei und dass ich einfach etwas Ruhe bräuchte. Er versicherte mir, dass meine Energie bald zurückkommen werde.

Drei Wochen später hatte ich kaum mehr genug Kraft, das Bett zu verlassen. Bei der Arbeit war ich schon seit zwei Wochen nicht mehr erschienen.

»Das kommt mir wirklich nicht normal vor«, sagte Sam, der neben dem Bett stand und mit sorgenvoller Miene auf mich herabblickte. »Ich hab einen neuen Termin vereinbart, damit du dir eine zweite Meinung holen kannst. Ich komm in der Mittagspause zurück, um dich hinzubringen.«

Etwas später an jenem Vormittag schob ich mich mühsam aus dem Bett und schlurfte zum Bad. Auf dem Weg bückte ich mich, um die Post von der Fußmatte aufzuheben. Das ist das Letzte, woran ich mich erinnern kann. Anscheinend hat Sam mich dort gefunden, im Hausflur auf dem Boden, die Lippen farblos, und ich wurde ins Krankenhaus gebracht, mit heulender Sirene und blinkendem Blaulicht.

Die Monate danach sind ein verschwommenes Durcheinander. Von dem, was um mich herum passierte, bekam ich mal mehr und mal weniger mit. Ich hatte mir eine virale Herzmuskelentzündung zugezogen, die mein Herz aggressiv angegriffen hatte. Eine Organtransplantation war das Einzige, was mich retten konnte. Sam saß Tag und Nacht zusammengekauert im Stuhl neben meinem Bett. Mum setzte ihr größtes, fröhlichstes Lächeln auf und besuchte mich täglich. Dad tigerte durch das Zimmer, Hände in den Taschen, Kopf gesenkt. Das Piepsen der Maschinen war das Letzte, was ich nachts vor dem Einschlafen hörte, und das Erste, wozu ich morgens aufwachte, verwirrt und unsicher, wo ich war. Nichts lässt sich mit diesem typischen Krankenhausgeruch vergleichen. Verfall unter Desinfektionsmitteln, Hoffnung in die Handseife gemischt. Zum Lesen war ich zu schwach, auf den Fernseher konnte ich mich nicht konzentrieren.

»Kardashians oder Serienstars?« Rachel las mir aus Klatschzeitschriften vor, aber durch den Schleier des ständigen Halbschlafs konnte ich nicht den Überblick darüber behalten, wer sich gerade von wem scheiden ließ und welche Schauspielerin derzeit zu dick war. Oder zu dünn. Das kam mir alles so belanglos vor, all das Zeug, worüber wir früher im Pub gelacht hatten. Trotzdem war ich froh, dass Rachel mir Gesellschaft leistete. Keine meiner anderen Freunde kamen mich besuchen.

Vor jeder der zur Unkenntlichkeit verkochten Mahlzeiten hievte Mum mich hoch und stützte mich mit Kissen, um dann mit mir auf das Klappern des Servierwagens zu warten. Dass sie mich nur deshalb so mühelos hochheben konnte, weil ich so viel Gewicht verloren hatte, machte ich mir damals gar nicht wirklich bewusst. Sie schnitt das weiche Krankenhausessen in kleine Stückchen und ich schluckte sie im Ganzen hinunter. Kauen war zu anstrengend. Was ihr wohl damals durch den Kopf gegangen ist? Erinnerungen an das pummelige Kleinkind im weißen Plastikhochstuhl, Mäulchen aufgesperrt wie ein Spatzenbaby? Wie hat sie das nur verkraftet? Ich habe sie nie weinen sehen, nicht ein einziges Mal. Was mir damals niemand verriet, war, dass die Ärzte nicht davon ausgingen, rechtzeitig ein Spenderherz zu finden. Ich lag im Sterben. Die Wartelisten barsten aus allen Nähten und obwohl es mir nicht gut genug ging, um entlassen zu werden, war ich doch nicht auf der höchsten Dringlichkeitsstufe. Wie kann man sich auf das Schlimmste vorbereiten? Ich will es mir gar nicht vorstellen. Und wenn ich daran denke, was meine Familie damals durchgestanden hat, bricht es mir immer noch das Herz. Mum, Rachel und Sam, um mein Bett verteilt, die Hände zum Gebet gefaltet – zum Gebet an einen Gott, an den keiner von ihnen glaubte. Dad, frustriert in seiner Machtlosigkeit, kam mich jeden Tag besuchen, aber er blieb nie lang. Wenn er sprach, klang seine Stimme gepresst, als schwele permanent Wut unter der Oberfläche. Wahrscheinlich war er wirklich wütend. Wer erwartet schon, mitansehen zu müssen, wie sein einziges Kind vor den eigenen Augen verwelkt? Zeit hatte jede Bedeutung verloren. Die Ärzte berieten, die Krankenschwestern wuselten herum, meine Akte füllte sich mit Notizen, bis eines Tages ein Wunder geschah.

»Wir haben ein Spenderherz gefunden«, verkündete Dr. Kapur.

Das Herz erfüllte alle Kriterien, es war perfekt, aber als ich für die OP vorbereitet wurde, herrschte keine Feierlaune. Jedem war schmerzhaft bewusst, dass für dieses Geschenk des

Lebens eine andere Familie einen schrecklichen Preis hatte zahlen müssen.

Unter mir quietschten die Räder, als man mich durch den Korridor rollte. Die grelle Deckenbeleuchtung brannte sich in meine Augen, so unendlich weiß, als könnte ich mich darin auflösen und in ein Jenseits transportiert werden, an das ich verzweifelt zu glauben versuchte.

Ich hatte nicht gedacht, dass ich mich noch schlechter fühlen könnte als vorher, aber als ich zwei Tage später auf der Intensivstation erwachte, fühlte ich mich so elend, dass ich mir fast wünschte, ich wäre einfach gestorben. Durch den Zugang in meinem Arm tropften Infusionen in meinen Körper und meine Drainage lag wie Blei auf meiner Brust.

Eines Tages kniete Sam neben meinem Bett nieder. Zuerst dachte ich, er wäre vor Erschöpfung zusammengeklappt, aber als ich die Hand nach dem Alarmknopf ausstreckte, um eine Krankenschwester zu rufen, bemerkte ich die kleine schwarze Samtbox in seiner Hand. Ein Ring blinkte mir entgegen, funkelnde Diamanten um einen ovalen Saphir.

»Ich hatte mir zwar eine romantischere Umgebung vorgestellt, aber … willst du mich heiraten? Bitte?«, fragte er.

»Sam?« Ich wusste nicht, was ich sagen sollte.

Er nahm den Ring aus der Box und hielt ihn mir hin. Mit meinem Finger strich ich über den Stein, in dessen blauen Tiefen ich mich hätte verlieren können.

»Er hat meiner Großmutter gehört. Sie wollte, dass er durch die Generationen weitergereicht wird, als neue Familientradition.«

Mit viel Mühe schluckte ich meine Emotionen hinunter. In mir tobte ein Krieg, Herz gegen Kopf.

»Ich kann dir auch einen anderen kaufen, wenn er dir nicht gefällt?«

Sam stand die Unsicherheit ins Gesicht geschrieben. Er wirkte plötzlich viel jünger als dreißig. Ich musste all meine

Willenskraft zusammennehmen, um nicht in Tränen auszubrechen. Bevor er mir den Ring anstecken konnte, schloss ich meine Hand. Sonst hätte ich es nicht geschafft, ihn je wieder abzunehmen.

»Ich kann dich nicht heiraten«, flüsterte ich. »Es tut mir so leid.«

»Wieso nicht? Wir haben doch schon darüber geredet.«

»Jetzt ist aber nichts mehr, wie es früher war. Ich bin nicht mehr, wer ich früher war.«

»Du bist immer noch du.« Seine Hand auf meiner Wange war so zärtlich, dass ich meinen ganzen Körper anspannen musste, um ihm nicht in die Arme zu fallen. Trotz meiner ungewaschenen Haare und meines Mundgeruchs sah er mich an, als wäre ich die schönste Frau der Welt. Etwas in mir zerbrach, als ich in seine Augen sah und erkannte, dass Besorgnis nun dort zu finden war, wo früher Leidenschaft regierte.

»Ich will nicht mehr mit dir zusammen sein, Sam.« Die Worte schnitten mir tiefer ins Herz als das Skalpell, aber ich presste sie trotzdem hervor.

»Das glaube ich dir nicht.«

»Es stimmt aber. Ich hatte schon vor dem Ganzen hier meine Zweifel.«

»Du sagst das nur, weil du krank bist ...«

»Nein. Ich denke schon seit Ewigkeiten darüber nach, mit dir Schluss zu machen. Tut mir leid.«

»Seit wann? Vorher war doch alles gut?«

Vorher. Dieses unschuldige Wort. Ein Ausdruck der Kluft, die mein Leben jetzt unterteilte. Vor der Krankheit, nach der Krankheit. Eine gläserne Wand zwischen all den Dingen, die ich früher tun konnte, und all denen, die jetzt unmöglich waren.

»Jenna, bitte sag mir die Wahrheit. Liebst du mich?«

Der Moment der Entscheidung. Wahrheit oder Lüge.

»Nein, Sam. Ich liebe dich nicht.« Lüge. »Es tut mir so

leid.« Es war die richtige Entscheidung. Für ihn. Sam wollte etwas sagen, aber ich konnte ihm nicht mehr in die Augen sehen. Ich klammerte mich an das gestärkte Betttuch und befahl mir, jetzt bloß stark zu bleiben. Ohne mich wäre er besser dran.

Er steckte den Ring zurück in seine Box. Ich zuckte zusammen, als ich das Schnappen des Deckels hörte, und sah, wie er mit hängenden Schultern aus dem Zimmer schlich. Alles in mir schrie danach, ihn zurückzurufen, zu sagen, dass ich ihn natürlich liebte, natürlich, aber ich sperrte die Worte hinter Gitter. In der Tür zögerte Sam kurz und in der Anstrengung, nicht seinen Namen zu rufen, biss ich mir in die Wange. Der metallische Geschmack von Blut und bittere Reue vermischten sich in meinem Mund. Als er endlich durch die Tür ging, pochten mein geschenktes Herz und Schuldgefühle in mir um die Wette.

* * *

Vier Wochen nach der OP wurde ich aus dem Krankenhaus entlassen. Mum holte mich ab.

»Ist Dad nicht hier?«

Sie ignorierte die Frage und setzte mich mit großer Sorgfalt auf den Rücksitz des Taxis, wie ein frisch gebackener Vater auf dem ersten Weg nach Hause, das Neugeborene sicher im Arm, den Kopf voller Hoffnung für die Zukunft. Mum bestand darauf, mich anzuschnallen, obwohl ich protestierte und beteuerte, dass ich das auch selber könne. Dann breitete sie eine flauschige Karodecke über meine Beine und wandte sich an den Taxifahrer:

»Meine Tochter hat eine Herztransplantation hinter sich. Bitte fahren Sie langsam.«

»Du meine Güte.« Der Taxifahrer schraubte am Radio und die Musik wurde leiser. »Biste dafür nicht 'n bisschen zu jung,

Schätzchen? Ach, ist doch eine Plage mit den Kindern, ständig muss man sich Sorgen machen. Hab selber drei. Und Enkel auch.«

Grummelnd bewegte sich das Taxi vorwärts und der kleine ampelförmige Lufterfrischer am Rückspiegel füllte den Wagen mit seinem klebrig süßen Duft. Im Schneckentempo fuhren wir zum Haus meiner Eltern, dem Bungalow mit drei Schlafzimmern, in dem ich aufgewachsen war. Von dem Hupkonzert um uns herum ließ Mum sich nicht beeindrucken.

Im Radio lief nun »Paint it Black«. Die Stones waren eine von Dads Lieblingsbands. Über die Musik hinweg plauderte Mum mit dem Taxifahrer. Was für ein warmer Winter bisher dieses Jahr, aber wirklich. Ich schloss die Augen und lehnte meinen Kopf gegen das Fenster. Die Vibrationen des Wagens kitzelten meine Wange und lullten mich sanft ein.

Schreie rissen mich aus dem Dämmerschlaf. Harte, wütende Stimmen, immer lauter. Benommen versuchte ich, mich aufzurichten, meine schweren Augenlider zu heben, doch das Auto beschleunigte mit einem Satz nach vorn und warf mich wieder in den Sitz zurück. Schwindelerregende Dunkelheit umhüllte meinen Kopf und er knallte schmerzhaft gegen das Fenster.

»Nein. Nein! Nein!!« Die angsterfüllten Schreie einer Frau dröhnten in meinen Ohren und Panik schoss durch meinen Körper.

Die Bremsen quietschten. Zerberstendes Glas um mich herum, ein Moment der Schwerelosigkeit, meine Haut brannte, blutete, platzte auf, als sich Glasscherben in mein Fleisch bohrten.

Ich riss die Hände vor mein Gesicht und dann war es still. Schweigen. Musik? Durch meine Finger wagte ich einen Blick nach draußen. Ich war immer noch auf dem Rücksitz. Immer noch angeschnallt. Der Kopf des Taxifahrers wippte im Rhythmus von »Paint it Black« auf und ab. Mum erzählte ihm gerade, dass für das kommende Wochenende schlimmer Frost angesagt sei.

Mein Blick fiel auf meine Hände, prüfend drehte ich sie vor meinen Augen hin und her. Kein bisschen Blut. Die Ärzte hatten mich vorgewarnt, dass meine Medikamente einige Nebenwirkungen haben könnten. Ich versuchte zu verstehen, was gerade passiert war, aber meine Gedanken waren wie Watte und ich wusste bereits nicht mehr, ob es nicht alles nur Einbildung gewesen war. Dann zeigten das gleichmäßige Motorengeräusch und meine Medikamente wieder Wirkung, und müde ließ ich den Kopf an das Fenster zurücksinken. Den Rest der Fahrt starrte ich blicklos in den Winter hinaus. Was für ein Traum. Es war doch ein Traum gewesen?

DREI

Seit Wochen bin ich nun schon zu Hause, aber ich finde es immer noch beunruhigend, allein zu wohnen. Die kleinsten Geräusche reißen mich aus dem Schlaf und dann liege ich angespannt in der Mitte des Betts, mit schwirrenden Gedanken, von Panik wie von einer Zwangsjacke eingeschnürt. Die Bettdecke an mich gepresst liege ich gebannt dort, bis ich das Geräusch endlich identifiziert habe. Meistens ist es eine zuschlagende Autotür, wenn die Nachbarn mal wieder spät nach Hause kommen. Danach muss ich meine Hände dazu zwingen, die Decke loszulassen und sich wieder zu entspannen. Vanessa hat mir geraten, an schöne Dinge zu denken, und das tue ich auch. Aber egal, woran ich denke, früher oder später lande ich immer bei Sam. Die Sehnsucht nach ihm füllt jede Pore meines Körpers.

Ich bürste Ordnung in meine verknoteten Haare und spritze mir Parfum auf die Handgelenke. Süße Vanille. Am Himmel vor meinem Schlafzimmerfenster gehen gedämpfte Pastelltöne in kräftiges Kornblumenblau über. Ein herrlicher Tag zieht herauf, aber die Sonnenstrahlen kommen nicht gegen die tiefe Dunkelheit in mir an. Heute gehe ich raus. Quietschende Bremsen vor der Tür schrecken mich auf. Mum winkt aus einem Taxi und ich rufe ihr zu, dass ich gleich da bin. Im Gang angekommen öffne ich die Tür. Kurz zögere ich – es gibt keinen Grund, Angst zu haben – und trete nach draußen.

»Hast du deine Tabletten genommen?« Mum stellt ihre Frage, noch bevor ich die Autotür geschlossen und mich angeschnallt habe.

»Ja.« Weiß sie, dass ich dreißig und erwachsen bin? Manchmal habe ich so meine Zweifel.

»Schön heute, nicht wahr? Ich hab eine Überraschung für dich. Eigentlich sogar zwei.«

Mit tickendem Blinker biegt das Taxi rechts ab und wir sind unterwegs. Ich stecke mir ein Polo-Minzbonbon in den Mund und die frische Schärfe beruhigt meinen nervös verknoteten Magen.

»Auch eins?« Ich halte Mum die Packung hin.

»Nein, danke.« Sie lächelt mir zu, aber es wirkt gezwungen. Ich bemerke erst jetzt, wie blass sie ist. Die feinen Fältchen um ihre Augen scheinen mir ausgeprägter als früher.

»Alles okay, Mum?«

Sie blickt aus dem Fenster und scheint sich ihre Worte sorgfältig zurechtzulegen, bevor sie antwortet.

»Ich muss dir was sagen.« Sie schafft es nicht, mir in die Augen zu sehen, aber ihre Hand greift nach meiner. »Ich habe beschlossen, die Scheidung einzureichen.«

»Oh, Mum! Nein!«

Der Taxifahrer dreht das Radio lauter, aber es ist mir sowieso egal, ob er zuhört oder nicht. Ich kann es immer noch nicht fassen, dass meine Eltern sich kurz nach meiner OP getrennt haben. »Mum, fünfunddreißig Jahre Ehe, das kannst du doch nicht einfach aufgeben! Weiß Dad schon, was du vorhast?« Ich hatte so gehofft, dass sie nach dieser Auszeit wieder zueinander finden würden.

»Noch nicht.«

»Ich versteh immer noch nicht, warum ihr euch überhaupt getrennt habt ...«

»Es ist kompliziert.«

Diese Antwort gibt mir Dad auch jedes Mal, wenn ich ihn danach frage, als ob sie das gemeinsam einstudiert hätten. »Du kannst das doch nicht wirklich wollen.«

»Doch. Mir geht's gut ohne ihn«, sagt sie, doch die grauen Haare auf ihrem Kopf, die tiefen Furchen auf ihrer Stirn sagen etwas ganz anderes.

»Ist es meine Schuld?« Vorher schienen sie so glücklich. Ich kann mir kaum vorstellen, wie viel Druck auf ihnen gelastet haben muss, als sie dachten, ich würde sterben.

»Die Welt dreht sich nicht nur um dich, meine Liebe.«

Ihr Tonfall ist forsch, ihr Auftreten beherrscht, und trotzdem schafft sie es nicht, mich zu beschwichtigen. Seit meiner Krankheit zahlen wir alle emotionalen Tribut mit unvorhergesehenen Zinsen und die Freude über meine Genesung wird gedämpft durch die Trauer über die Trennung meiner Eltern. Und durch das Verwelken von Sams und meiner Beziehung.

»Da sind wir ja schon.« Aus den Tiefen ihrer Handtasche fischt sie einen Zwanzigpfundschein hervor, während das Taxi vor der Masonic Hall anhält. Ich löse meine Finger vom Griff der Autotür und steige aus. Während ich meine Finger spreize, um ihnen etwas Gefühl wiederzugeben, frage ich mich, was Mum wohl mit mir vorhat.

* * *

Vor uns bahnt sich eine Gruppe Mädchen mit klimpernden Armreifen und quietschbunten Röcken ihren Weg in das Gebäude. Über dem steinernen Tor flattert ein Banner im Wind:

GEIST, KÖRPER, SEELE

Nur mit Mühe kann ich ein gequältes Stöhnen unterdrücken.

»Ich weiß, dass das nicht so deins ist, aber Vanessa hat dir doch geraten, zu meditieren, nicht wahr? Wegen deiner Nervosität? Ich dachte mir, das wäre doch ein guter Anfang hier.« Mums Gesicht leuchtet erwartungsvoll.

Bevor ich antworten kann, höre ich hinter mir das Donnern von Füßen auf Treppenstufen. Instinktiv springe ich nach vorn, jemand stößt an meine Schulter und ich reiße die Hände vor mein Gesicht, um mich zu schützen.

»Schau doch, Schatz.« Vorsichtig greift Mum nach meinen Händen und hilft mir, sie zu senken. »So kann es doch nicht weitergehen. Du bist nicht mehr du selbst. Die ganze Zeit bist du so angespannt. Ich will doch nur, dass du wieder glücklich wirst. Wieder anfängst zu leben.«

»Das will ich doch auch ...« Meine Gefühle drohen mich zu überwältigen. »Ich bin ja so dankbar, dass ich diese zweite Chance bekommen habe, wirklich. Aber ...«

»Ich weiß, es ist einfach alles zu viel. Aber wenn du wirklich Montag wieder zur Arbeit willst, ich meine, du weißt, dass ich denke, es ist noch zu viel für dich, aber wenn du das willst, dann musst du etwas finden, das dir beim Entspannen hilft. Und du nimmst ja schon so viele Tabletten. Lass uns dort drinnen nach ein paar natürlichen Alternativen suchen, okay?«

»Okay.« Unsicherheit schwingt in meiner Stimme mit, aber Mum hakt sich bei mir ein und betritt mit mir das Gebäude.

Irgendwo ertönt ein Gongschlag. Ich zucke zusammen und das Geräusch hallt in meinem Kopf nach. In der Halle stehen wacklige Mehrzwecktische aufgereiht, die sich unter dem Gewicht von Silberschmuck und Bücherstapeln biegen. Von den Buchdeckeln springen mir die Worte »Kraft«, »Balance« und »Neustart« entgegen.

Mit fest zusammengepressten Zähnen schiebe ich farbenfrohe Kleidungsstücke auf einer Metallstange hin und her. Der Geruch von Räucherstäbchen hängt schwer in der Luft und süßlicher Sandelholzduft verstopft meine Nase. Ein langer Rock mit Elastikbund fällt mir ins Auge. Ich ziehe ihn von der Stange und halte ihn probeweise an meine Taille. Das luftige Material flattert um meine Knöchel. Ich brauche dringend neue Klamotten. So gesund wie jetzt habe ich mich noch nie ernährt und trotzdem habe ich über zehn Kilo zugelegt. Bei meiner letzten Untersuchung meinte Dr. Kapur, das käme von den Medikamenten und wäre ein kleiner Preis dafür, noch am Leben zu sein. Ich hatte mich geschämt, es überhaupt erwähnt zu haben. Trotzdem glaube ich, dass dieses Batikmuster mir einfach nicht stehen würde. Ich trage eigentlich nur Jeans. Letztes Jahr wollte ich mich mal ein bisschen abenteuerlicher kleiden, aber Rachel ist vor Lachen fast umgekippt, als ich ihr im Top Shop die trendigen Wet-Look-Leggings vorführte. Die Erinnerung zaubert mir ein Lächeln ins Gesicht und ich wünsche mir, sie wäre hier.

Mum mustert mit zusammengekniffenen Augen das Programm.

»In Zimmer zwei ist eine Hellseherin, ein richtiges Medium. Sollen wir mal zu ihr gehen?«

Ich kann mir kaum etwas Schlimmeres vorstellen, aber ich weiß, dass es Mum glücklich machen wird, also sage ich Ja. Schließlich kann es ja nicht schaden.

* * *

An der Tür zu Zimmer zwei hängt ein weißes DIN-A4-Blatt an ein paar Reißzwecken, auf dem in blauem Kugelschreiber steht:

BITTE NICHT STÖREN

Ich warte an die Wand gelehnt, während Mum mich anweist, der Hellseherin nichts zu Persönliches zu erzählen. Die Tür fliegt auf und ein junges Mädchen von etwa zwanzig Jahren hüpft mir förmlich entgegen, ein breites Grinsen im Gesicht.

Mum nimmt meine Hand, ihre ist heiß und schwitzig. Langsam mache ich mir Sorgen, dass sie das hier ein bisschen zu ernst nimmt. Hoffentlich ist die liebe Gypsy Lee (oder wie auch immer sie heißen wird) nett zu uns.

Im Zimmer ist es hell und die Frau, die uns hereinwinkt, kann nicht viel älter sein als ich selbst. Ihr honigblondes Haar fällt ihr in einem lockeren Bob ums Gesicht und rosa Schmetterlinge zieren ihre cremefarbene Bluse. Ich bin enttäuscht. Eigentlich hatte ich etwas mehr Atmosphäre erwartet. Kerzen. Kristallkugel. Wenigstens ein paar Tarotkarten.

»Willkommen. Setzen Sie sich.« Mit spitzen Acrylnägeln deutet sie auf die Stühle vor ihrem Tisch. »Mein Name ist Fiona.«

Mum und ich werfen einander einen Blick zu. Ich weiß, dass sie sich fragt, ob wir Fiona unsere echten Namen verraten sollen. Ich denke daran, wie Rachel und ich uns Pornonamen aus dem Namen unseres ersten Haustiers und dem Namen der Straße, in der wir aufgewachsen sind, gebastelt haben. Meiner war Silky Queen, Rachels war Misty Manor. Nur mit Mühe kann ich das Kichern zurückhalten.

»Zum ersten Mal hier?«, fragt Fiona.

»Ja.« Mum wirft mir einen strengen Blick zu. Diesen Blick, den alle Mütter beherrschen. Ich reiße mich zusammen. »Ich heiße Daphne, das ist meine Tochter Jenna.«

»Schön, Sie beide kennenzulernen. Ich bin mediale Beraterin. Wissen Sie, was das bedeutet?«

»Sie können mit dem Jenseits kommunizieren?«, fragt Mum. Ich kann mich nicht davon abhalten, die Augen zu verdrehen.

»Nicht direkt. Ich kann mich auf die Energie von Menschen und Objekten einstimmen, durch Intuition. Dabei werde ich von der spirituellen Energie um sie herum geleitet. Wer von Ihnen möchte beginnen?«

»Wir sind wegen Jenna hier.« Mum legt ihren Cardigan ab und lehnt sich nach vorn. »Ich brauche nichts.«

Kurz schließt Fiona ihre Augen, um mich dann mit einer Intensität zu mustern, die mich erröten lässt.

»Sie haben turbulente Zeiten hinter sich.«

Ich nicke, unbeeindruckt. Hat nicht jeder ständig turbulente Zeiten hinter sich? »Sie haben jemanden verloren?« Ich beiße meine Zähne zusammen. Ich möchte nichts preisgeben und schon gar nicht Sams Namen nennen.

»Sie waren krank«, stellt sie fest. Ich verkneife mir ein genervtes Seufzen. Jeder Mensch erholt sich doch gerade von irgendetwas. Husten, Erkältung, allermindestens Kopfschmerzen. Meine Gedanken schweifen ab und ich frage mich, wie lange das wohl noch dauert und was wir später essen könnten. Das hier ist alles so vages Gewäsch.

»Jenna, sind Sie ein Zwilling?«

Überrascht blicke ich zu Mum. »Nein, zumindest nicht, soweit ich weiß?«

»Hatten Sie jemals Grund zur Annahme, es könnte mehr als ein Fötus gewesen sein?« Fiona wendet sich jetzt an Mum.

»Nein. Überhaupt nicht«, antwortet Mum.

Fiona legt die Stirn in Falten. »Ich kann hier eindeutig zwei Energien spüren. Eine Trennung. Das kommt bei eineiigen Zwillingen häufig vor. Es fühlt sich fast so an, als würden zwei Persönlichkeiten miteinander kämpfen.«

Mein neues Herz schlägt hart in meiner Brust. »Diese andere Energie«, frage ich, »ist sie männlich oder weiblich?«

»Eindeutig weiblich«, antwortet Fiona.

Jetzt lehne auch ich mich nach vorn. Kann es sein, dass sie das Spenderherz meint? Nein, das wäre doch zu lächerlich.

Oder? Ich kaue auf meiner Unterlippe herum und frage mich, ob ich ihr von der Organtransplantation erzählen soll.

»Vielleicht ist es Nana?«, fragt Mum. Enttäuscht sinke ich wieder zurück in den Stuhl.

Natürlich. Am Ende ist es doch immer eine verstorbene Großmutter. Ich schimpfe mit mir selbst. Wie konnte ich auch nur einen Moment lang auf das Ganze hier hereinfallen. Fiona mit ihrer besonderen Gabe, na klar.

»Nein«, sagt Fiona. »Die Energie ist jünger. Stärker.«

»Wer ist es dann?«

Draußen vor dem Fenster schieben sich dunkle Wolken vor die Sonne. Der Tag wird zur Nacht und ein Zittern durchfährt meinen Körper.

Fiona lehnt sich zu mir und ergreift meine Hand. Ich spüre einen kleinen elektrischen Schlag und meine Fingerspitzen fangen an zu kribbeln. Ich versuche, mich ihrem Griff zu entziehen, aber sie packt nur fester zu. Ihre knallpinken Nägel bohren sich in meine Haut. Unter ihrer Berührung verschwimmt der Raum vor mir und ein dichter Nebel legt sich über alles, bis ich schließlich komplett in Dunkelheit getaucht bin. Wo bin ich? Ich höre Schreie. Mein Herz pocht schmerzhaft. Schweiß rinnt in kleinen Bächen über mein Gesicht. Ein Schatten ragt vor mir aus dem Dunkel. Ich spüre, wie mich jemand brutal schüttelt. Und Angst. Angst spüre ich auch. Etwas Schreckliches passiert hier gerade und ich bin in Gefahr. Der saure Geschmack der Panik füllt meinen Mund. Mit tiefen Atemzügen versuche ich, mich zu beruhigen, doch dann werde ich von einem metallischen Geruch überwältigt. Rot explodiert vor meinen Augen. Blut. Ein Schrei kämpft sich in mir nach oben, aber dann zieht Fiona ihre Hand weg und ich bin wieder in der Masonic Hall. Mein Körper bebt und ich versuche, etwas zu sagen, doch mein Atem geht zu schwer. Ich wische meine schweißnassen Hände an meiner Jeans ab.

»Jenna, ist alles okay?« Die Sorge steht Mum ins Gesicht

geschrieben. Sie berührt mich sanft am Arm. »Schatz, du zitterst ja am ganzen Körper.«

»Was war das gerade?« Auch meine Stimme zittert. »Das hat sich so echt angefühlt ...«

»Ich weiß nicht ...«, sagt Mum. »Du warst irgendwie ganz weggetreten und ...«

»Sie braucht Ihre Hilfe«, unterbricht Fiona sie.

»Wer braucht meine Hilfe?« Inzwischen bin ich den Tränen nahe. Fühlt es sich so an, wenn man wahnsinnig wird? Was war das, was ich gerade gesehen habe?

»Sie müssen lernen, auf sie zu hören.« Fiona tätschelt meine Hand und ich zucke vor der Berührung zurück, aber diesmal passiert nichts.

»Was meinen Sie damit? Ich verstehe nicht ...«

Es klopft an der Tür und zwei Mädchen betreten das Zimmer. Sie sagen »Oh, Entschuldigung ...«, als sie Mum und mich sehen.

»Ist schon okay. Wir sind hier fertig«, sagt Fiona. »Mehr kann ich Ihnen nicht sagen, Jenna.«

»Aber wen meinten ...«

»Ich kann die Verbindung nicht mehr spüren. Ich kann Ihnen wirklich nicht mehr dazu sagen.« In ihrer Stimme klingt Bedauern mit, als wolle sie sich entschuldigen. Ich habe noch so viele Fragen an sie, aber die beiden Mädchen stehen neben dem Tisch und warten darauf, dass wir gehen. Meine Beine zittern so sehr, dass ich nur mit Mühe aufstehen kann. »Seien Sie vorsichtig, Jenna.« Fionas Stimme folgt mir, als wir das Zimmer verlassen.

»Komm, wir setzen uns kurz irgendwo hin«, sagt Mum und hakt sich bei mir ein. »Ich weiß wirklich nicht, was sie da geredet hat. Das kam mir alles ganz schön quacksalberisch vor. Tut mir leid, Schätzchen. Ich hatte ja nur gehofft, sie würde dir was sagen, worauf du dich freuen kannst. ›Seien Sie vorsichtig‹, also wirklich. Vergiss es am besten einfach wieder.«

Inzwischen sind wir unten am Treppenabsatz angekommen.

»Hier kannst du dich hinsetzen, Schatz. Ich bring dir ein bisschen Wasser«, sagt Mum. »Du bist immer noch so blass.«

Ich lasse mich auf dem Treppenabsatz nieder und schließe die Augen, während ich versuche, Ordnung in meine Gedanken zu bringen. Was ist hier gerade passiert? Mein Herz schlägt mir immer noch bis zum Hals. Zwei Energien. Aber damit kann sie doch nicht ... oder doch? Ich lege meine Hand auf mein neues Herz und mir scheint, als würde es mit jedem Schlag rufen: *Hilfe-Hilfe-Hilfe.*

VIER

Mum und ich verlassen die Masonic Hall, aber die Begegnung mit Fiona hallt immer noch in mir nach. Das Ganze hat sich so echt angefühlt. Die brutale Berührung, das Blut, der Schatten in der Dunkelheit. Die Aussetzer, von denen ich Vanessa erzählt habe, waren anders. Normalerweise wurde es einfach nur dunkel um mich herum. Dieses Mal war es, als hätte ich in ein Kaleidoskop geschaut. Klare Bilder vor meinen Augen, gerade noch da, dann schon verschwunden. Eine kleine Drehung und alles zerfällt in Einzelteile, die für sich allein keinen Sinn mehr ergeben.

Ich denke an die »zwei Energien«, die Fiona erwähnt hat, und Unbehagen kriecht durch meinen Körper. Ich versuche, dem Ganzen einen Sinn zu geben, aber alles, was mir das bringt, sind pochende Kopfschmerzen. Ich glaube nicht an diese ganze Hellseherei, überhaupt nicht, aber ich habe etwas gefühlt, das kann ich einfach nicht abstreiten. Ich bin mit den Nerven am Ende und nur noch müde.

»Wir können nach Hause fahren, wenn du möchtest?« Mums Stimme durchdringt den Nebel meiner Gedanken und ich zwinge mir ein Lächeln auf. Ich weiß doch, dass sie noch etwas geplant hat, und ich will sie nicht enttäuschen.

»Alles gut. Ich bin ja schon gespannt, was du als Nächstes mit mir vorhast.« Ich hoffe sehr, dass sie mir die Erschöpfung nicht anhört.

»Es ist eine Überraschung. Wir sind schon fast da. Und da kannst du dich auch wieder hinsetzen«, sagt sie. Ihr kann ich eben nichts vormachen. Sie merkt, wie fertig ich bin.

Bald darauf bugsiert Mum mich durch die Glastür einer ehemaligen Bäckerei. Der beißende Geruch von Chemikalien schlägt mir entgegen, als wir den Friseursalon betreten und uns in glänzend schwarzen Fliesen und polierten Chromstühlen widerspiegeln.

»Ich habe Friseurtermine für uns beide gemacht. Ich lad dich ein!«

»Mum, meine Haare sind doch völlig in Ordnung so.«

Die Empfangsdame mit dem voluminösen blondierten Bob schaut zu uns rüber und hebt skeptisch eine Augenbraue an. Peinlich berührt überlege ich, wann ich sie eigentlich das letzte Mal gewaschen habe.

»Aber sie sind inzwischen so lang. Du willst doch bestimmt gepflegt aussehen, wenn du am Montag wirklich wieder zur Arbeit gehen willst?« In dem Satz klingt Mums ganze Missbilligung mit.

Ich verstehe ja, warum sie sich Sorgen macht, aber ich kann mich nicht für immer in meiner Wohnung verstecken, auch wenn mir manchmal danach wäre. Die Versicherung zahlt mir inzwischen kein Krankengeld mehr. Dad sagt mir zwar, dass ich mir keine Sorgen machen soll und dass er meine Miete bezahlen kann. Aber ich weiß, dass er auch Mums Rechnungen zahlt und sich diese Doppelbelastung nicht leisten kann, egal wie oft er das Gegenteil behauptet. Um zu erkennen, wie straff sein Budget ist, reicht ein Blick in das grausige kleine Apartment, in dem er gerade wohnt. Außerdem liebe ich meine

Arbeit als Tierarzthelferin. Ich war untröstlich, als die Ärzte mir davon abrieten, in den ersten paar Monaten nach der OP auch nur in die Nähe von Tieren zu gehen. Damals stellten vor allem Katzen, aber auch andere Tiere ein potenziell tödliches Infektionsrisiko für mich dar. Also setzte ich Tiere auf die lange Liste der Dinge, die ich zu Beginn vermeiden musste: Menschenmassen, Autofahren, Sex. Ich habe zwar kein Auto und auch niemanden, mit dem ich Sex haben könnte, aber trotzdem kam es mir wie ein harter Verlust vor. Aber inzwischen nehme ich immer weniger Immunsuppressiva und Dr. Kapur ist zufrieden mit meinem Heilungsprozess, also ist alles wieder normal. So normal, wie es für mich eben sein kann. Dr. Kapur ist ebenfalls der Meinung, dass es mir mental und emotional so guttun würde, wieder zur Arbeit zu gehen, dass es das inzwischen wirklich geringe Risiko wert ist.

»Ja, ich will wirklich wieder zur Arbeit gehen. Linda passt doch auf mich auf«, sage ich. Mum verzieht die Mundwinkel. Ihrer Meinung nach kann eben niemand so gut auf mich aufpassen, wie sie das tut. »Du hast recht, Mum, ich sollte sie ein bisschen kürzen lassen. Danke.« Ich wickle mir eine Strähne meines unscheinbaren braunen Haars um den Finger. Ich habe heftigen Spliss und meine Haare sind lang nicht mehr so kräftig wie früher. Ich tausche meine Jacke gegen einen Friseurumhang aus und komme mir vor wie eine Mumie, als ich in den schwarzen Stoff gewickelt werde.

Die kalte Kante des Waschbeckens gräbt sich in meinen Nacken, als ich den Kopf nach hinten neige. Ich presse meine Zähne zusammen. Lauwarmes Wasser rauscht in meinen Ohren und tröpfelt dann kalt meinen Kragen hinunter, aber durch meine zusammengebissenen Zähne hindurch versichere ich der Friseurin, dass die Temperatur okay ist. »Ja, das ist angenehm so.« Dann versiegt das Wasser und kräftige Finger massieren meine Kopfhaut. Spritzig frisches Shampoo – Zitronenduft? – wird in mein Haar massiert und ich genieße die

Berührung so sehr, dass ich ein zufriedenes Seufzen zurückhalten muss. Meine Anspannung löst sich in Wohlgefallen auf.

Die Friseurin setzt mich vor einen Spiegel und fährt mit einem Kamm durch meine Haare. Im Stuhl neben mir tunkt Mum einen Keks in ihren Kaffee.

»Einmal Spitzen schneiden?«

Vor meinem geistigen Auge blitzt etwas Rotes auf. Auf einmal fühle ich mich unerwartet leicht, als ob alles möglich wäre. Seit Fiona diese zweite Energie erwähnt hat, fühle ich mich irgendwie nicht mehr so allein. Ich stelle mir vor, wie jemand knapp außerhalb meiner Wahrnehmung mir etwas zuflüstert. Ich weiß nicht, wieso, aber ich fühle mich ein bisschen mutiger.

»Wissen Sie was? Ich hab es mir anders überlegt«, antworte ich. »Kann ich etwas ganz anderes ausprobieren?«

* * *

Ohne den Schutzmantel meiner Haare fährt mir die kühle Brise in den Nacken und ich kann es einfach nicht lassen, mein Spiegelbild in jedem Schaufenster anzustarren, an dem wir vorbeilaufen. Ich kann immer noch nicht ganz fassen, dass das dort wirklich ich bin. Sobald wir zu Hause ankommen, stelle ich mich sofort im Flur vor den vergoldeten Spiegel, den ich mal auf einem Flohmarkt gekauft habe.

»Du siehst gut aus.« Mum hat sich hinter mich gestellt.

»Ich weiß gar nicht, was mich da geritten hat«, sage ich und drehe meinen Kopf mal nach links, mal nach rechts. Mit den Fingern ziehe ich mir die Haare über die Ohren, als könne ich sie dadurch wieder verlängern.

»Eine mutige Frisur für jemanden, der die Haare noch nie gefärbt oder so kurz geschnitten hat. Sieht aber gut aus. Du wirkst damit viel jünger.«

Alt bin ich ja sowieso noch nicht, aber ich weiß schon, was

sie meint. Die Sorgen der letzten Monate sind mir noch ins Gesicht geschrieben, aber der freche Pixie-Cut steht mir.

»Magst du eine Tasse Tee?«, fragt sie.

»Ja, bitte.« Ich atme tief ein, als sie sich an mir vorbeischlängelt und in die Küche geht.

Ich höre das Rauschen des Wasserhahns und das Klicken des Wasserkochers. Schmatzend öffnet sich der Kühlschrank und ich weiß, dass sie vorsichtshalber an meiner Milch riechen wird, bevor sie sie auf den Tisch stellt.

Ich kann einfach nicht aufhören, mein Spiegelbild anzustarren. Die frische rote Farbe meiner Haare verleiht meinem Gesicht mehr Wärme. Die dunklen Ringe unter meinen Augen stechen nicht mehr ganz so hervor. Ich hebe beide Hände, um über meine Haare zu streichen, und genieße, wie weich sie sich anfühlen. Meine Fingerspitzen kribbeln, als wären sie statisch aufgeladen, und Panik steigt meine Kehle hinauf, als mich die Gefühle aus der Sitzung mit Fiona wieder einholen. Die Realität verschwimmt, genau wie mein Spiegelbild vor mir. Mir wird schwindlig. Nein! Nicht noch mal! Bitte!

Dunkelheit. Schreie. Schmerzen.

Die Angst überfällt mich so plötzlich, dass es mir die Brust einschnürt. Ich spüre Gefahr um mich herum und ersticke daran. Dann verschwindet das Gefühl ebenso schnell, wie es gekommen ist. Ich stehe wieder in meinem Hausflur und lehne mein ganzes Gewicht an die Wand, als würde ich ohne sie umfallen. *Ich bin in Sicherheit*, sage ich mir selbst, aber ich fühle mich nicht sicher. Es ist fast, als hätte Fiona in mir einen Staudamm geöffnet, und bei dem Gedanken schaudere ich am ganzen Körper. Ich versuche, mich mit langsamen, tiefen Atemzügen zu beruhigen, aber die Schreie, die ich noch vor ein paar Sekunden gehört habe, klingen in meinem Kopf nach. Auch die Panik lässt mich nicht los. Mein Herz aus zweiter Hand pocht hart gegen meine Rippen und ich drücke meine Finger dagegen. Wem hast du bloß gehört?

Am Dienstag meinte Vanessa noch, ich solle mich aus dieser obsessiven Gedankenspirale befreien.

Aber was, wenn diese Gedanken mich nicht freilassen wollen?

Was mache ich dann?

FÜNF

»Sieben. Acht. Neun. Zehn. Ich komme!«

Meine Augen fliegen auf und ich suche die Gegend nach deinem roten Strandkleid ab, aber ich sehe es nirgends. Daddy hat uns gesagt, dass wir nicht weit weglaufen dürfen, also musst du noch in der Nähe sein. Aber du bist kleiner als ich und kannst dich in Lücken zwängen, in die ich nicht reinpasse. Ich laufe los und Kies knirscht unter meinen Füßen. Ein spitzes kleines Steinchen schlüpft zwischen meine Zehen. Ich humple zu der riesigen Holzeule und setze mich vor ihr auf den staubigen Boden. Die ausgestreckten Flügel der Statue schenken mir etwas Schatten, eine Wonne an diesem glühend heißen Tag. Ich ziehe meine Jelly-Sandale aus und schmeiße das Steinchen weg.

Über mir ziehen Möwen am wolkenlosen Himmel ihre Kreise und schreien der Welt ihren Hunger entgegen. Ein kleiner Junge rennt mit einem Hotdog an mir vorbei und hinterlässt den Geruch von Röstzwiebeln und Ketchup. Mein Magen knurrt.

Die Hitze ist mir zuwider und schlecht gelaunt stapfe ich zur Hecke hinüber. Auf Zehenspitzen gucke ich auf die andere Seite, aber da bist du nicht.

Im Hintergrund das unregelmäßige Geräusch von Metallschlägern auf Golfbällen. Ich laufe rüber zum Minigolfkurs. Die Münzen, die Daddy mir gegeben hat, klimpern fröhlich in meiner Tasche und ich kann das Eis förmlich schmecken, das wir uns später davon kaufen werden. Cadbury Flake 99, kühles Softeis um einen Schokoriegel, den ich immer mit dem Finger in die Waffel runterdrücke. Das Beste kommt zum Schluss.

Mein Blick schweift über verrückte Rampen und unmögliche Ziele, auf der Suche nach einem kleinen Menschlein mit verstrubbeltem Pferdeschwanz und aufgeschlagenen Knien. Wenn ich dich nicht bald finde, muss ich nach dir rufen, und dann habe ich verloren. Wär's aber wert, dann könnten wir endlich unser Eis kaufen.

In der Ferne rauscht das Meer, auf dem Spielplatz kreischen die anderen Kinder, aber trotzdem höre ich es sofort. Ein Schluchzen. Langsam drehe ich meinen Kopf, Ohren gespitzt, und versuche, die Hintergrundgeräusche zu ignorieren. Da, da ist es wieder. Jemand weint. Du weinst. Jetzt weiß ich genau, wo du bist. Ich renne zu der kleinen Holzhütte, in der sie Golfschläger und Bälle aufbewahren. Auf allen vieren krieche ich zur Wand. Die harte Erde pikst mich und das Gras kitzelt meine Schienbeine. Ich linse unter die Hütte.

»Hab ich dich!« Ich strecke meine Hand aus und fühle, wie deine kleinere Hand danach greift. Ich helfe dir hoch. Kleine Streifen auf deinem Gesicht zeigen mir, wo deine Tränen den Schlamm weggewaschen haben.

»Du hast voll lang gebraucht.« Du schniefst. »Ich dachte, du findest mich gar nicht mehr.«

Ich gehe in die Hocke und suche in der Tasche meines Jeansrocks nach einem Tempo, dann lasse ich dich kräftig schnäuzen.

»Na klar hab ich dich gefunden«, sage ich. »Ich versprech dir, dass ich dich immer finden werde.«

SECHS

Diesiges Licht flutet in mein Schlafzimmer. Mit meinem Kissen im Arm drehe ich mich auf die Seite und starre aus dem Fenster. Die Sonne geht langsam auf und der Himmel färbt sich von fliederfarben zu grau, von grau zu blau. Ich habe unruhig geschlafen. Lebhafte Träume sind eine häufige Nebenwirkung des Prednisons, das ich einnehme. Trotzdem erwarte ich fast, Sandkörner auf mein verknittertes Bettlaken fallen zu sehen, als ich mit der Hand über meine Fußsohle streiche. Das Kreischen der Möwen, der verführerische Hotdog-Geruch, beides hat sich in mein Gedächtnis eingebrannt.

Nach dem Duschen reibe ich mich mit Kakaobutter ein und fahre mit meinen Fingern die hauchdünne Narbe auf meiner Brust entlang. Ed Sheeran singt »The City«. Mit einem unterdrückten Gähnen setze ich mich vor den Spiegel und tupfe Touche Éclat auf die dunklen Ringe unter meinen müden Augen.

Ein Anruf unterbricht die Musik-App meines Handys. Dad. Ich hebe ab und stelle ihn auf Lautsprecher.

»Ich dachte, du wolltest gestern noch bei mir vorbeikommen, um Lindas Bücher abzuholen? Die ausgeliehenen, die du ihr am Montag zurückgeben wolltest?«

»Ach, entschuldige, Dad, das habe ich total vergessen. Mum und ich waren so beschäftigt.«

»Wie geht es ihr denn?«, fragt er.

»Ganz gut.«

Ein Schnauben am anderen Ende. Ich sehe ihn vor mir, wie er seine Brille abnimmt und die kleine Furche auf seinem Nasenrücken reibt. Fast, als ob er am liebsten hören würde, dass sie ohne ihn nicht klarkommt, dass sie ihn unbedingt zurückhaben will. Aber ich will ihm keine falschen Hoffnungen machen.

»Warum fragst du sie nicht selbst?«

»So einfach ist das nicht.«

»Doch, wenn du sie noch liebst, dann ist es ganz einfach. Liebst du sie noch? Sie redet schon von Scheidung, Dad! Ihr solltet euch endlich aussprechen, bevor es zu spät ist.« Inzwischen ist mein Tonfall recht laut geworden.

Dad sagt eine Weile gar nichts und wechselt dann das Thema.

»Also, Jenna, ich verstehe ja, dass du am Montag wieder zur Arbeit gehen möchtest, aber ich mache mir wirklich Sorgen, dass es zu viel für dich sein könnte. Es ist doch noch so früh. Zu früh vielleicht. Warum kommst du nicht in meine Praxis und arbeitest dort? Da könnte ich ein Auge auf dich haben und du könntest jederzeit ohne Probleme nach Hause gehen, wenn du müde wirst.«

»Dad, alles wird gut gehen. Linda und John kümmern sich doch um mich. Und es ist ja nur in Teilzeit.« Ich weiß gar nicht mehr, wie oft wir genau diese Unterhaltung jetzt schon hatten. Ich werfe einen Blick auf die Uhr. »Oh, ich muss gehen«, sage ich.

»Hast du was Schönes vor?« In seiner Stimme klingt Hoffnung mit.

»Rachel kommt mich besuchen.« Ich hasse es, ihn anzulügen, aber beim Gedanken daran, die Spenderfamilie zu treffen, verknotet sich mein Magen. Ich habe schon genug Schwierigkeiten, meine eigenen Emotionen in Schach zu halten. Mich auch noch mit denen meiner Eltern auseinanderzusetzen, wäre mir heute einfach zu viel. Etwas sagt mir, dass sie, genau wie Vanessa, nicht gerade begeistert wären.

* * *

Der Bus tuckert gemütlich durch die Stadt. Auf den Landstraßen außerhalb nimmt er dann etwas Fahrt auf. Durch das Fenster sehe ich Schafe auf smaragdgrünem Gras herumkauen und in einem weit entfernten Feld eine Herde Kühe, in der Distanz klein wie Dalmatiner. Draußen zieht die Idylle vorbei, drinnen im Bus stinkt es nach billigem Parfum. Es ist so heiß hier. Gibt es genug Sauerstoff in diesem Bus? Ich schließe meine Augen und versuche, ruhiger zu atmen. Meine Gedanken schweifen ab. Schon wieder frage ich mich, was für eine Person meine Organspenderin wohl war. In seinem Brief sprach Tom, der Mann, der mir geantwortet hat, von seiner Tochter. Ich weiß also, dass das Herz einer anderen Frau in mir schlägt. Ich kann es kaum erwarten, endlich mehr über sie zu erfahren.

Die Bremsen quietschen und holen mich zurück ins Hier und Jetzt. Vor uns schießt ein silberfarbenes Cabrio um eine Haarnadelkurve und driftet in unsere Spur, direkt vor den Bus. Ich atme scharf ein, als der Busfahrer auf die Hupe drückt und das Steuer herumreißt. Ich werde nach links geschleudert, als der Bus auf den Grasstreifen schlittert und mein Kopf schlägt hart gegen das Fenster. Angst flutet meinen Körper. Die Umgebung verschwimmt vor meinen Augen und mir ist, als sei ich plötzlich ganz woanders. Auf meinen Armen spüre ich Finger, die zupacken und mich schütteln, und ich gebe ein erschrockenes Wimmern von mir.

»Alles gut, wir sind noch mal davongekommen. Sind Sie verletzt?« Eine besänftigende Stimme zieht mich zurück in den Bus. Ich blinzele im Sonnenlicht, das durch das verdreckte Fenster strömt. Ein älterer Herr blickt mich besorgt an und die anderen Passagiere grummeln über Idioten im Straßenverkehr. Mein Atem geht ganz unregelmäßig. Schon wieder ein Aussetzer. Jetzt wünschte ich, ich hätte Mum mitgenommen. *Alles gut. Alles gut. Alles gut.* Ich rufe mir ins Gedächtnis, dass Vanessa meint, meine Medikamente würden diese Panikattacken auslösen. Einfach nur die Medikamente. Doch dadurch fühlen sie sich nicht weniger echt an. Oder weniger angsteinflößend. Mein Kopf pocht für den Rest der Fahrt und mir ist, als könne ich immer noch Hände auf meinen Armen spüren – Finger, die sich in meine Haut bohren.

* * *

In einer gepflegten Nachbarschaft voller Einfamilienhäuser mit großzügigen Vorgärten und Erkerfenstern kommt der Bus schließlich zum Stehen. Google Maps verrät mir, dass ich jetzt noch zwanzig Minuten Fußweg entfernt bin. Ich steige aus und freue mich über die Chance, etwas nervöse Energie loszuwerden. Eine leichte Brise trägt den Duft von frisch gemähtem Gras herüber. An diesem warmen Tag werden Autos gewaschen und Beete umgegraben. Narzissen und Glockenblumen stecken die Köpfchen aus der Erde.

Mein Smartphone sagt mir, dass ich hier links abbiegen muss. Ich entferne mich von der Hauptstraße und bemerke, wie die Häuser und Gärten um mich herum langsam kleiner und schäbiger werden. Auf einmal wirkt sogar die Sonne gedämpfter. Wie ein Steppenläuferstrauch tanzt eine leere Chipstüte über die Straße und landet schließlich neben Zigarettenstummeln im Rinnstein. Als ich die Hausnummer dreißig erreiche, frage ich mich, ob meine Organspenderin wohl in diesem heruntergekommenen Häuschen gelebt hat.

Irgendwann muss hier mal ein Pfad zum Haus geführt haben. Graue Steine blitzen unter dem dichten Unkraut hervor, das den Beton besiegt und aufgebrochen hat. Vergilbte Gardinen hängen hinter schmierigen Fensterscheiben, von deren Rahmen die Farbe absplittert. Ich bahne mir einen Trampelpfad durch die Brennnesseln, drücke die Türklingel und warte auf die Melodie, die meinen Besuch ankündigt. Nichts. Noch mal drücke ich meinen Daumen auf die Klingel, fester diesmal. Aus dem Nachbarhaus höre ich ein lautes Krachen, eine tiefe Stimme flucht und ein kleiner Junge rennt nach draußen. Unter seiner Nase sammelt sich der Rotz, auf seinem schmuddelig grauen T-Shirt die Flecken seiner letzten Mahlzeit. Ich lächle ihm zu und er macht zur Antwort eine rüde Geste. Ich erröte und wende mich wieder der Tür zu. Mit den Knöcheln hämmere ich so hart auf das Holz, dass es wehtut.

Knarzend öffnet sich die Tür. Vor mir steht eine Frau. Die Trauer hat sich in ihr Gesicht eingegraben und sie wirkt grau und leer. Strähniges blondes Haar fällt ihr auf die Schultern.

Einen Herzschlag lang starren wir einander gebannt an. Der Drang, sie zu umarmen, ist so stark, dass ich meine herunterhängende Hand in meiner Tasche vergrabe.

»Hallo. Sie müssen Amanda sein?« Die Frage ist unnötig. Ich weiß, dass sie es ist. »Ich bin ...«

»Oh mein Gott.« Sie schlägt die Hand vor den Mund und weicht einen Schritt zurück. Sie schüttelt den Kopf, ihre Augen weiten sich und ich kann gerade noch rechtzeitig meine Hand zurückziehen, bevor sie in der zuschlagenden Tür zerquetscht wird.

<h1 style="text-align:center">SIEBEN</h1>

Der Nachbarsjunge schüttelt sich vor Lachen, während ich mit offenem Mund dastehe. Ich bin zu geschockt, um mich zu bewegen. Ich starre die geschlossene Tür an – die abgesplitterte rote Farbe, unter der ich das blanke Holz erkennen kann, die verrostete Hausnummer, die etwas schief hängt. Dreißig. Der Gestank verstopfter Rohre dreht mir den Magen um und als meine Zähne zusammenklappen, beiße ich mir in die Zunge. Blut und Beschämung mischen sich zu einer ekligen Mischung in meinem Mund. Seit Wochen habe ich auf diesen Tag gewartet. Mir unser erstes Treffen vorgestellt. In meiner Vorstellung gab es keinen kleinen Jungen, der von einem Fuß auf den anderen hüpft, mit den Fingern ein L auf seiner Stirn formt und schadenfroh »Loser, Loser« singt. So klein und unwichtig habe ich mich noch nie gefühlt.

Mit glühend roten Wangen grabe ich in meiner Hosentasche herum und ziehe das verknitterte Blatt Papier mit der Adresse heraus. Ja, das ist eindeutig das richtige Haus. Was tue ich denn jetzt? Erneut öffnet sich die Tür mit einem Knarzen. Dieses Mal steht ein rotgesichtiger Mann mit dunkelbraunem Haar vor mir. Er tritt auf mich zu.

»Jenna.« Er streckt mir die Hand zur Begrüßung hin. Sie ist feucht und warm. »Tut mir leid wegen Amanda. Ich dachte, wenn sie die Tür öffnet, würde es ihr das Gefühl geben, die Situation besser im Griff zu haben. Sie war so nervös beim Gedanken daran, Sie zu treffen, aber dann, na ja, die Haare waren einfach so ein Schock für sie.«

Automatisch fährt meine Hand in meinen Nacken. Ich habe keine Ahnung, wovon er redet, und will gerade danach fragen, als er wieder zu sprechen beginnt.

»Na ja, also, ich bin Tom. Aber das wissen Sie ja schon. Kommen Sie nur rein.«

Mein Herz pocht gegen meine Rippen, als ob es Toms Stimme erkennen würde. Ich betrete das Haus. Heiße Tränen schießen mir ganz unerwartet in die Augen, aber ich versuche, meine Emotionen herunterzuschlucken.

»Hier entlang.«

In der Mitte des Teppichbodens zeigt ein dunklerer Streifen verkrusteten, flachgetretenen Flors die Spuren jahrelangen Fußverkehrs. Als ich diesem Streifen den Gang entlang folge, trifft mich plötzlich die Erkenntnis, dass ich in die Fußstapfen meiner Organspenderin trete. Meine Füße berühren den Boden, auf dem auch sie früher stand. Das unfassbare Ausmaß des Ganzen ist absolut überwältigend.

Im Wohnzimmer steht stickige Luft. Durch ein Fenster strömt Sonnenlicht ins Zimmer und ich erahne einen Hauch der Kochgerüche, die nie ganz verfliegen. Amanda ist in den Tiefen des riesigen Sessels mit Blumenmuster kaum zu erkennen.

»Es tut mir leid, Jenna. Wegen gerade eben«, sagt sie, kann mir dabei aber anscheinend nicht in die Augen sehen. Tom dagegen kann den Blick kaum von mir abwenden und starrt mich unentwegt an.

»Wie wäre es mit Tee? Ich kann uns einen machen«, fragt Tom.

»Ja, gerne.« Hier drin ist es so schwül, dass mir ein Glas Wasser eigentlich lieber wäre, aber mir ist klar, dass Tom das Ritual des Teekochens jetzt braucht, um in dieser seltsamen Situation einen Hauch Normalität zurückzugewinnen. Er geht zu einer Tür am anderen Ende des Wohnzimmers. Ich greife nach meinem Baumwollschal und ziehe ihn nach unten, um etwas leichter atmen zu können. Doch ich nehme ihn nicht ab, denn er verdeckt meine Narbe. Als könne ich so auch den Grund verdecken, aus dem ich hier bin. Ein dummer Gedanke. Als ob sie je vergessen könnten, warum ich hier bin.

Jetzt wünschte ich, ich hätte ihnen ein Geschenk mitgebracht. Blumen, Schokolade, irgendetwas, das ich jetzt als Eisbrecher verwenden könnte. Natürlich hatte ich darüber nachgedacht, aber es schien mir so unsensibel. Nichts, was ich hätte mitbringen können, käme jemals dem Geschenk gleich, das sie mir gemacht haben. Doch jetzt, wo ich hier bin, kommt es mir unhöflich vor, mit leeren Händen vor ihnen zu stehen. Ich räuspere mich und Amanda zuckt zusammen, als hätte sie vergessen, dass ich hier bin.

»Tom ist gleich wieder da. Machen Sie es sich doch bequem«, sagt sie so leise, dass ich mich erst bewege, als sie ausgesprochen hat. Sonst hätte ich sie gar nicht hören können.

»Vielen Dank.« Ich lege meine Handtasche auf den Fußboden und mustere das Zimmer. Das zarte Rosa der bemalten Raufasertapete verblasst unter dem Schmutz der Jahre. In der Ecke steht ein Flachbildfernseher mit einer dicken Staubschicht. Unter dem Fenster steht eine große chinesische Vase und auf dem ausgeblichenen Teppich mit jadegrün und goldenem Muster thront ein Glastisch mit vergoldeten Beinen und Schmierflecken. Die Möbel wirken solide gebaut. Teuer. Nicht das, was ich in diesem schäbigen Häuschen erwartet hätte. Zahlreiche Ölgemälde zieren die Wände.

»Die sind ja wunderschön.« Ich stelle mich vor eines der kleinen Gemälde und lehne mich nach vorne, um es genauer zu betrachten. Zwei kleine Mädchen, Hand in Hand am Meer. Sie treten nach den Wellen, die im milden Sonnenschein schimmern. Wassertropfen spritzen in lachende Gesichter, für immer im Flug festgehalten.

»Diese Gemälde sind wirklich gut. Stammen sie alle vom selben Künstler?« Ich wende mich dem nächsten Gemälde zu. Eine Möwe im Sturzflug, unter ihr ein kleines Mädchen, das auf dem Strand kauert und kleine pummelige Hände schützend über ihre Pommes hält, den Blick trotzig auf den Vogel gerichtet.

»Ich habe sie gemalt«, sagt Amanda.

»Sie haben großes Talent. Ich wollte auch immer malen, aber in meiner Wohnung war nie Platz für eine Staffelei. Dafür zeichne ich viel.« Ich würde sie gerne fragen, ob ihre Tochter auch gemalt hat, aber ich weiß nicht, wie ich das Thema ansprechen kann, ohne sie noch mehr zu verstören, als ich es bereits getan habe. »Aber so gut wie die hier sind meine Zeichnungen nicht.« Ich rede viel lauter, als ich eigentlich will. Meine Stimme scheint im Raum widerzuhallen und klingt dabei so unnatürlich, wie ich mich fühle.

Ein silberner Pokal ziert das Regal über dem Gaskamin, umgeben von Fotos. Meine Kehle schnürt sich zu, als ich mich den vielen Gesichtern nähere, die mir von dort entgegenblicken. Gehört eines davon ihr? Meiner Organspenderin?

Auf einem Foto erkenne ich Tom, der einen Fisch in die Höhe hält, die Angelrute neben sich aufgestellt. Doch mein Blick fällt auf den viktorianischen Bilderrahmen daneben. Ich hebe ihn hoch und bin überrascht von seinem Gewicht. Mit beiden Händen halte ich das Bild vor meine Augen. Zwei junge Frauen strahlen in die Kamera, je einen Arm über die Schulter der anderen gelegt. Das Mädchen auf der linken Seite hat einen Pixie-Cut mit knallrot gefärbten Haaren. Unwillkürlich fasse ich mir selbst ins Haar. Kein Wunder, dass Amanda so erschrocken ist, als sie mich vor der Tür stehen sah.

»Ist das Ihre Tochter?«, frage ich, obwohl ich die Antwort längst kenne.

»Ja. Das ist Callie«, sagt Amanda.

»Callie.« Zaghaft teste ich, wie sich dieser Name auf meiner Zunge anfühlt. Callie. Wie bist du gestorben, Callie? Im Zimmer ist es heiß und stickig, aber trotzdem zittere ich und die Härchen auf meinen Armen stellen sich auf.

ACHT

»Wer ist das dort neben Callie?« Mein Blick fällt nun auf das andere Mädchen auf dem Foto. Sie hat langes aschblondes Haar. Ihr Gesicht kommt mir irgendwie vertraut vor, aber ich glaube nicht, dass ich sie schon mal gesehen habe.

»Das ist Sophie. Unsere jüngere Tochter.«

»Ist sie ebenfalls hier?« Ich werfe einen Blick über meine Schulter und erwarte fast, sie ins Zimmer treten zu sehen.

»Nein.« Amandas Stimme zittert. »Sie haben wir auch verloren.«

»Oh ... Das tut mir schrecklich leid ...« Vorsichtig stelle ich den Bilderrahmen wieder auf das Regal. Mein T-Shirt klebt an meiner Haut und ich ziehe es am Bauch etwas nach vorne. Mir scheint, als wäre aller Sauerstoff aus dem Zimmer entwichen. Ich verstehe nicht, wie Amanda in ihrem Cardigan diese Hitze aushalten kann. Sie scheint jegliches Gefühl verloren zu haben. In jedem Sinne.

Wir sitzen eine Weile wortlos nebeneinander. Der Kloß in meinem Hals ist inzwischen so hart, dass ich große Lust hätte, mir in den Mund zu fassen und ihn herauszuziehen. Das

Klirren von Porzellan bricht die unangenehme Stille und ich springe auf, als Tom das Zimmer wieder betritt, vor sich ein silbernes Tablett mit klimpernden Tassen und Untertellern.

»Jenna, also bitte. Setzen Sie sich! Machen Sie es sich bequem.«

Er lächelt mir zu und es wirkt ganz ungezwungen, ganz im Gegensatz zu dem Lächeln, mit dem ich antworte. Ich kann es kaum erwarten, hier rauszukommen, vor diesen Leuten wegzulaufen, denen ich ja doch keinen Trost bieten kann.

»Bedienen Sie sich«, sagt Tom. Er schnappt sich einen Zuckerwürfel und lässt ihn in seinen Tee fallen. »Keks?« »Danke.« Ich greife nach einem Stück Shortbread, aber ich bin zu nervös, um es zu essen. Als ich merke, dass ich es nur zwischen meinen Fingern zerkrümele, lege ich es auf meinem Knie ab und lecke mir die zuckrigen Krümel von den Fingern. Ich versuche, meine zunehmende Panik in den Griff zu kriegen. Wie schrecklich das alles hier ist. Small Talk war noch nie meine Stärke und eigentlich will ich auch gar nicht um den heißen Brei herumreden, aber ich habe nicht das Gefühl, dass ich einfach damit herausplatzen sollte, warum ich hier bin. Nervös rutsche ich auf meinem Stuhl hin und her und mein Blick wandert ziellos durch das Zimmer.

»Wem gehört der Pokal dort?«, frage ich und deute zum Kamin.

»Der gehört Tom.« Amanda antwortet wie aus der Pistole geschossen und scheint erleichtert zu sein, dass wir noch nicht über Callie reden. »Den hat er beim Golfen gewonnen.«

»Mein Dad hat auch jahrelang Golf gespielt.« Jeden Samstag war er mit John auf dem Golfplatz. Manchmal vertrieben Mum und Linda sich derweil die Zeit mit gemeinsamen Einkaufstouren. Dads Golfschläger stehen noch in Mums Garage. Ich frage mich, ob er das Golfen vermisst. Ich würde mich so freuen, wenn er wieder damit anfinge, aber so ist das wohl bei einer Trennung ... Freundschaften zerbrechen, Bekannte müssen sich entscheiden, auf wessen Seite sie stehen.

»Ich habe erst spät damit angefangen«, sagt Tom. »Vor drei Jahren hatte ich einen Herzinfarkt, aber damals habe ich meinen Lebensstil kaum verändert. Dumm, wie ich war, dachte ich, für chronische Herzprobleme wäre ich noch zu jung. Aber dann hatte ich einen zweiten Infarkt und eine Zeit lang sah es gar nicht gut aus. Die Ärzte dachten, dass ich es nicht überleben würde. Callie und Sophie waren davon ganz erschüttert. Sophie hat mich eine Weile lang jeden Tag ausgefragt, was genau ich an dem Tag gegessen und getrunken hatte. Sie hatte schreckliche Angst, dass ich sterben würde.«

»Das ging uns allen so«, wirft Amanda ein.

»Stimmt. Aber dann habe ich mein Leben verändert. Keinen Alkohol mehr, keine Kippen mehr. Ich habe mit Powerwalking angefangen und eben mit Golf, aber das hat mir alles nicht so viel Spaß gemacht wie die Angeltrips, die mein großer Bruder Joe und ich früher gemacht haben. Für mich geht eben nichts darüber, neben einem Fluss zu sitzen und zu warten — aber davon wird man halt nicht fit! Es ist gar nicht so einfach, neue Gewohnheiten umzusetzen, die einem keinen Spaß machen. Nicht so wie Amanda mit ihrem Yoga. Früher ist sie jeden Tag um sechs aufgestanden, um zu üben. Ich mache jetzt gar keinen Sport mehr.«

»Solltest du aber. Ich kann mir gar nicht vorstellen, was ich ohne dich machen würde, Tom.« Die Sorge legt sich wieder über Amandas Gesicht.

»Mich wirst du so schnell nicht los.« Er greift über die Sofalehne hinweg und streicht ihr das Haar aus dem Gesicht. »Ich gehe nirgendwohin.« So eine simple Geste, so vertraut, dass sich mein Herz zusammenzieht.

»Golf ist schon ein seltsames Spiel«, sagt Tom. »Meilenweit hinter einem Ball herlaufen. Aber es war schön, meine Zeit draußen zu verbringen. Nach meinem Infarkt lag ich so lange im Haus herum und musste mich ausruhen, ich habe mich gar nicht mehr wie ein echter Mensch gefühlt. Amanda meinte damals, dass ich ein Hobby brauche, etwas, das mich beschäftigt. Ohne den Berufsalltag in meinem Unternehmen wusste ich gar nicht, was ich mit mir anfangen soll. Das Unternehmen hat mein Bruder Joe übernommen, als ich krank wurde. Eigentlich nur eine Übergangslösung, aber dann bin ich einfach nicht mehr zurückgekommen. Keinen Stress mehr für mich! Ich hatte ja meine Befehle zu befolgen.« Als er das sagt, wirft er Amanda ein Lächeln zu.

»Was war das für ein Unternehmen?« Ich freue mich sehr, dass Tom so gesprächig ist.

»Ich habe Ersatzteile für Autos verkauft. Colin, mein Vater, war Altmetallhändler. In meiner Familie gab es nie viel Geld, anders als bei Amanda. Als wir anfingen, miteinander auszugehen, sind ihre Eltern aus allen Wolken gefallen. Na ja, richtig warm sind wir nie miteinander geworden. Inzwischen leben sie in Florida. Ich war wohl wirklich keine gute Partie. Die Kindheit in Sozialwohnungen verbracht, die Mutter Putzfrau, der Vater Schrotthändler. Aber trotzdem fand Amanda, dass ich es wert war, nicht wahr, Schatz?«

»Das finde ich auch heute noch. Du bist ein guter Mensch.«

»Früher habe ich Versicherungen verkauft, aber dann ist mein Vater gestorben und hat mir und Amanda seinen Schrottplatz vererbt. Mein Bruder Joe hat das Haus und das Geld bekommen. Und da dachte ich mir, na, einen Versuch ist es wert. Nach Callies Tod ging das Unternehmen aber den Bach runter. Keiner konnte es übers Herz bringen, es weiterzuführen. Vielleicht können Sie Joe später kennenlernen, er kommt nachher noch, um Amandas Medikamente vorbeizubringen. Joe ist ein Engel, ich weiß gar nicht, was wir ohne ihn tun würden.«

Amanda legt die Stirn in Falten. Als sie bemerkt, dass ich

sie beobachte, erklärt sie: »Die Zeit, als Thomas krank war, war so schrecklich. Als mir die Ärzte sagten, ich solle mich auf das Schlimmste vorbereiten, stand ich ganz neben mir. Dann durfte er endlich nach Hause und ich habe ihn mit meinem nervösen Getue fast in den Wahnsinn getrieben.«

»Das war mit meiner Mum genauso. Sie hat ständig alles mit Dettol desinfiziert, damit ich nur ja nicht in Kontakt mit irgendwelchen Keimen komme. Ich kann mir gar nicht vorstellen, was für eine Belastung das sein muss, wenn jemand, den man liebt, so schwer krank ist.«

»Ich hatte Schwierigkeiten, damit zurechtzukommen.« Amanda streicht sich eine lose Haarsträhne hinters Ohr. »Bis dahin hatte Thomas sich immer um alles gekümmert und plötzlich war ich ganz allein verantwortlich. Ich wusste nicht mal, an welchem Tag die Mülltonnen abgeholt werden! Ich musste mich einfach so gut wie möglich durchmogeln.«

»Du hast das ganz hervorragend gemacht! Du hast alles zusammengehalten«, sagt Tom, aber Amanda schüttelt nur traurig ganz leicht ihren Kopf. »Wie sind Ihre Eltern damit klargekommen?«, fragt sie.

»Ich glaube, es hat einen Keil zwischen sie getrieben. Sie haben sich getrennt, als ich krank war.«

»Das tut mir leid«, sagt Amanda. »Denken Sie, dass sie sich wieder zusammenraufen werden?«

»Ich hoffe es.«

»Vielleicht tut ihnen eine Pause ganz gut, jetzt, wo Sie sich wieder erholen?«, überlegt Tom. »Sobald es mir damals besser ging, ist Sophie wochenlang verschwunden und auf Reisen gegangen. Sie musste einfach wieder etwas runterkommen. Es bricht mir das Herz, das zu sagen, aber danach standen wir uns nie wieder so nahe wie vorher. Sie hat seitdem mehr Zeit mit ihrem Freund verbracht als mit uns. Aber na ja, sie musste halt irgendwann erwachsen werden und dazu gehört wohl auch, dass sie sich weiter von uns entfernt. Jeder hat so seine eigene Art, mit Problemen umzugehen, nicht wahr?«

»Das ist gut möglich.« Trotzdem bin ich mir sicher, dass da noch mehr hinter der Trennung meiner Eltern steckt. Etwas, das sie mir nicht verraten.

»Wie dem auch sei. Sie sind Tierarzthelferin, richtig? Und wohnen in der Innenstadt?« Für den Themenwechsel bin ich Tom äußerst dankbar. »Für uns war es eine große Erleichterung, zu erfahren, dass Sie nicht weit weg wohnen. Das Krankenhauspersonal war ganz entsetzt, dass wir einen direkten Brief von Ihnen bekommen haben. Sie haben uns geraten, uns nicht mit Ihnen zu treffen, aber ich finde ...«

»Mir ist es egal, was die sagen.« Amanda kann die Worte nicht länger zurückhalten. »Seit du hier bist, ist mir, als wäre ein Teil von Callie wieder bei uns. Hier, in diesem Zimmer. Das ist ein unglaubliches Gefühl.« Emotionen hängen schwer in der Luft und als Amanda mir in die Augen sieht, spüre ich eine Verbindung zu ihr, die ich so noch nicht erlebt habe. Ohne nachzudenken, greife ich nach ihrer Hand. Sie beginnt zu weinen und auch über meine Wangen laufen feuchte Tränen.

»Sie hat Ihnen ... Sie hat dir das Leben gerettet. Unser kleines Mädchen.« Toms Stimme versagt.

»Ich hatte mir so viel überlegt, was ich sagen wollte.« Mit den Fingerspitzen wische ich mir die Tränen aus den Augen. »Aber jetzt, wo ich wirklich hier bin ... Danke. Das ist nicht genug, nicht annähernd genug, aber ich bin ... euch unendlich dankbar. Meine Eltern auch. Was ihr getan habt, war so selbstlos. Ich kann mir gar nicht vorstellen, wie ...«

»Ich konnte den Gedanken nicht ertragen, dass andere Eltern dasselbe durchmachen sollten wie wir. Ich wollte einfach das Richtige tun. Die richtige Entscheidung treffen.« Amanda entzieht mir ihre Hand und greift nach dem Taschentuch, das in ihrem Jackenärmel steckt. Schweigend sitzen wir nebeneinander. Sie schnäuzt sich die Nase und ich suche nach den richtigen Worten. Irgendwelchen Worten. Im Hintergrund tickt eine Uhr. Amanda ist noch mit ihrem Taschentuch zu Gange, als Tom endlich das Schweigen bricht.

»Callie hat auch in der Stadt gewohnt. Was für ein Zufall.«

»Meine Mum sagt immer, dass es so was wie Zufall gar nicht gibt. Entweder sollen die Dinge so sein oder eben nicht. Sie glaubt fest an das Schicksal. Oder zumindest hat sie daran geglaubt, bevor ...« Mir geht auf, wie taktlos das ist, was ich hier gerade sage, und mein Satz verläuft im Sand. Schicksal oder kein Schicksal, manche Dinge werden wir nie verstehen können.

»Hast du Geschwister?«, fragt Tom.

»Nein. Ich bin ein Einzelkind, aber ich habe mir immer eine kleine Schwester gewünscht, um die ich mich kümmern könnte.« Mein Blick fällt auf das Foto von Callie und Sophie und ich zucke zusammen. Schon wieder das Falsche gesagt. Aber Amanda wirkt etwas lebhafter, als sie antwortet: »Callie hat sich auch immer eine Schwester gewünscht. Sie war Sophies große Beschützerin und hat sie immer rausgeboxt, wenn sie wieder mal in Schwierigkeiten war. Wenn Sophie oben auf der Rutsche feststeckte oder sich im Supermarkt verirrt hatte, war Callie gleich zur Stelle, um sie zu retten. Die beiden standen einander so nahe, nicht wahr, Thomas?«

»Äußerlich glichen sie sich wie ein Ei dem anderen, aber von der Persönlichkeit her hätten sie unterschiedlicher nicht sein können. Sie hatten so eine enge Beziehung, es war wirklich schön anzusehen. Joe und ich waren als Kinder genauso. Als wir klein waren, hat er alles gegeben, um sich um mich zu kümmern. Unsere Eltern mussten ja so viel arbeiten. Eigentlich kümmert er sich auch heute noch um mich. Bei Callie und Sophie war es genau dasselbe.«

Das Gespräch legt eine Pause ein und ich schlucke meine Nervosität hinunter, bevor ich meine Frage stelle. »Darf ich fragen, wie Callie gestorben ist?«

Die Worte hängen schwer über unseren Köpfen und alles verlangsamt sich. Mit einem lauten Klirren stellt Tom seine Tasse auf den Unterteller zurück. Er starrt auf seine Füße hinunter und ballt die Hand zur Faust. Ich halte die Luft an und warte auf seine Antwort.

NEUN

»Es war ein Autounfall«, sagt Tom. Amandas Gesicht fällt in sich zusammen, als hätte ihr jemand die Wangenknochen gestohlen, und sie beginnt, in ihrem Sessel vor und zurück zu wippen.

»Amanda, Schatz, magst du dich ein bisschen hinlegen?«, fragt Tom. Sie ist zu verstört, um zu sprechen, aber sie nickt und er fasst sie sanft beim Ellbogen und hilft ihr hoch.

In meinem Kopf schießen Gedanken und Gefühle wild durcheinander. Einerseits will ich Amanda versichern, dass sie hierbleiben kann, dass wir nicht über Callie reden müssen, aber das Verlangen, endlich mehr zu erfahren, brennt so stark, so heiß in mir, dass es die Worte auslöscht, die ich sagen sollte. Also sehe ich stattdessen zu, wie Amanda mit unsicheren Schritten zur Tür schlurft, an Tom gelehnt, der seinen Arm fest um ihre Taille gelegt hat. Dann höre ich, wie sie langsam die Treppe hinaufwandern.

Sobald sie nicht mehr zu sehen sind, eile ich zum Fenster hinüber, reiße die steife Gardine zur Seite und ruckele am Rahmen, bis es sich endlich mit einem Knacken öffnet. Die frische Luft in meinen Lungen ist mir so willkommen, als wäre ich gerade aus den Tiefen des Meeres aufgetaucht.

Über mir knarzt der Dielenboden und Toms Schritte sind wieder auf der Treppe zu hören.

»Manchmal wird ihr alles einfach zu viel«, sagt er, als er das Zimmer wieder betritt, die Arme voll Fotoalben, die er auf dem Fußboden aufstapelt. Der Stapel kippt und die Alben rutschen über den Boden. Lose Fotos verteilen sich auf dem abgetretenen Teppich. Ich knie mich davor nieder und greife nach einem Foto. Es ist eine kleinere Version des Fotos über dem Kamin, dem von Callie und Sophie. Ich kann den Blick nicht davon abwenden.

»Von dem haben wir mehrere Abzüge machen lassen, für Weihnachtskarten«, sagt Tom. »Du kannst es behalten, wenn du magst?«

»Danke schön.« Vorsichtig verstaue ich das Bild in meiner Handtasche, bevor ich mich den anderen Fotos zuwende. Sie erzählen mir die Geschichte eines kurzen Lebens und schnüren mir das Herz zusammen. Eine halbe Ewigkeit vergeht, bevor Tom wieder etwas sagt, aber diesmal spricht er langsam, als wären die Worte schwer wie Blei.

»Wir waren auf der Hochzeit von der Tochter unserer früheren Nachbarn. Amanda und ich, Callie und Nathan.«

»Nathan?«

»Callies Verlobter. Ein richtig guter Kerl. Sie waren seit fünf Jahren zusammen. Eigentlich dachten wir, sie wäre noch zu jung, um mit jemandem zusammenzuziehen, aber er hat gut auf sie aufgepasst. Er war ihr Beschützer. An dem Abend haben die beiden uns mit dem Auto abgeholt. Sie waren im Auto beide recht still, eigentlich den ganzen Abend über. Na ja, wir hätten sowieso nicht miteinander reden können, dafür war der DJ mit seiner grässlichen Musik einfach zu laut. Grime – ich glaube, so hat Callie das genannt. Die Geschmäcker sind unterschiedlich, sagt man ja immer, und uns hat das jedenfalls nicht geschmeckt. Wir waren ganz schön erleichtert, als sie die Musik für das Spanferkelessen endlich leiser gemacht haben. Amanda und ich hatten Hunger, aber Callie und Nathan wollten noch ein bisschen warten. Als wir zum Tisch zurückkamen, waren die beiden verschwunden, aber wir dachten, sie wären halt tanzen gegangen. Erst als der DJ alle von der Tanzfläche geschickt hat, damit das frisch gebackene Ehepaar seinen ersten Tanz vorführen konnte, haben wir gemerkt, dass sie fehlten. Ich habe keine Ahnung, wie lange sie da schon verschwunden waren. Wir haben bei den Toiletten nachgesehen und dann draußen, vielleicht wollten sie ja einfach ein bisschen frische Luft schnappen. Aber dann merkten wir, dass ihr Auto verschwunden war. Ich hab sie beide angerufen, aber keiner von ihnen ging ran. Das war dann der Moment, als ich anfing, mir Sorgen zu machen. Das sah Callie überhaupt nicht ähnlich, einfach zu gehen, ohne Tschüss zu sagen.« Tom verzieht schmerzerfüllt sein Gesicht. »Das war das letzte Mal, dass ich sie lebend gesehen habe.«

»Also war der Unfall ...« Ich stolpere über meine eigenen Worte, als ich merke, dass ich unsensibel klingen könnte. »Es ist also auf dem Heimweg passiert?«

»Nein. Als wir sie nicht erreichen konnten, haben wir ein Taxi gerufen und sind zu ihnen gefahren. Das Auto war nicht da, aber die Lichter brannten. Wir klingelten und Nathan öffnete. Er erzählte uns, dass er auch mit dem Taxi gefahren sei, weil er eine Migräne bekommen hatte. Ich meinte noch, kein Wunder, wo die Musik doch so laut war. Das Auto hatte er dagelassen, weil Callie bei uns bleiben wollte. Dann hat er sie auch angerufen, aber sie ging auch diesmal nicht ran.«

»Was habt ihr dann getan?«

»Nathan war ganz aufgelöst. Er wollte sofort los und sie suchen, aber ich habe ihm gesagt, er soll lieber dableiben und alle von Callies Freunden anrufen, die ihm einfallen, und Sara und Chris von ihrer Arbeit, von denen sie immer erzählte. Und natürlich auch in den Krankenhäusern. Er hatte ja kein Auto und jemand musste dableiben, falls sie nach Hause kommen sollte. Wir sind mit dem Taxi zu uns nach Hause gefahren. Ich habe zu Amanda gesagt: ›Vielleicht haben sie sich gestritten und Nathan will es uns nicht sagen. Wir warten am besten zu Hause auf sie, falls sie dort auftaucht.‹ Wir wussten nicht, an wen sie sich sonst wenden könnte. In der Schule hatte sie viele Freunde, aber seit sie mit Nathan zusammen war, ging sie nicht mehr oft alleine aus. Die beiden waren einfach immer zusammen unterwegs. Wie aneinander festgeklebt.«

»Haben sie sich denn oft gestritten? Callie und Nathan, meine ich?«

»Ach Gott, nein, nein. Ich habe nie gehört, dass er sie auch nur mal angefahren hätte. Ich dachte auch nicht, dass sie sich komplett zerstritten hätten oder so, aber sie waren den Abend über eben so still, und wir haben einfach versucht, uns einen Reim darauf zu machen. Alles in Betracht zu ziehen, nicht wahr?«

Er hält kurz inne und spricht dann leiser weiter. »Als dann das Telefon klingelte, lief es mir ganz kalt den Rücken hinunter. Ich wusste sofort, dass es keine guten Neuigkeiten waren. Es war das Krankenhaus, sie hatten Callie gefunden, auf einem Grünstreifen bei Woodhaven. Das Auto war gegen einen Baum gefahren. Callie ...« Seine Stimme versagt und er beginnt von vorn. »Callie wurde durch die Windschutzscheibe geschleudert. Als wir im Krankenhaus ankamen, war sie schon so gut wie tot.« Er presst seine Finger auf die geschlossenen Augen, als versuche er, ein schreckliches Bild zu vertreiben.

»Woodhaven? Dort war die Hochzeit?« Der Ort liegt etwa vierzig Meilen entfernt. Sam und ich waren einmal durchgefahren, auf dem Heimweg vom Strand. In der Dorfmitte hatten wir uns ein Glas Cider gekauft, in einem Pub mit Reetdach und einem Garten voller Holzbänke und bunter Sonnenschirme.

»Nein, überhaupt nicht, die Hochzeit war in genau entgegengesetzter Richtung. Es gab eigentlich keinen Grund, warum sie in Woodhaven hätte sein sollen. Auf ihrem Heimweg lag es ja so gar nicht.«

»Nathan konnte das auch nicht erklären?«

»Er war untröstlich und genauso verwirrt wie wir alle. Als die Polizei uns befragte, wollten sie wissen, wie es Callie ging. Psychisch. Als ob sie absichtlich an den Baum gefahren wäre!« Tom wird bei dem Gedanken blass wie ein Gespenst. »Weißt du, sie war nämlich nicht angeschnallt. Kannst du dir vorstellen, dass es jemandem so schlecht gehen kann, dass er so was tut?« Inzwischen zittert er am ganzen Körper. »›Das würde unsere Callie nie tun‹, haben wir gesagt, sie war doch glücklich. Wir hätten es doch gemerkt, wenn sie nicht glücklich gewesen wäre?«

»Natürlich.« Ich strecke meine Hand aus, um ihn sanft am Arm zu berühren.

»Ich habe mich damals gefragt, ob sie vielleicht einem Tier ausweichen wollte, das auf die Straße gerannt kam. Das wäre ganz typisch für sie. Sie konnte keiner Fliege was zuleide tun. Es gab keine Bremsspuren, aber die Polizei meinte, das muss bei nassen Straßen nichts heißen.«

Tom zieht ein braunes Fotoalbum zu sich, blättert nach hinten und zieht ein Foto heraus, um es mir zu zeigen. »Das ist Nathan.«

Ich halte es vorsichtig an der Kante und lege es dann in meine Handfläche, um es nicht mit meinen klebrigen Fingerspitzen zu verschmieren. Nathan ist ein Bild von einem Mann, groß, dunkelhaarig, gut aussehend. Beim Anblick seiner schokoladenbraunen Augen, seiner lockigen Haare spüre ich ein leichtes Flattern im Bauch. Auf dem Foto stehen Nathan und Callie auf einem mit Schnee bepuderten Rasen. In den Büschen und Pflanzen hinter ihnen leuchten bunte Farben, trotz der Winterkälte. Callie schmiegt ihre Wange an Nathans Brust und sieht verliebt zu ihm hoch.

»Habt ihr noch Kontakt zu Nathan?«

»Nein. Er war am Boden zerstört. Und ich war damals sehr schroff mit ihm, um ehrlich zu sein. Ich bestand darauf, dass er sehr wohl gewusst haben muss, dass Callie nicht bei uns war. Im Prinzip habe ich ihn einen Lügner genannt. Nach der Polizeibefragung war einfach alles so chaotisch und unklar.« Tom schüttelt bedauernd den Kopf. »Ich habe es nicht so gemeint, ich wusste doch, dass er sie auf Händen getragen hat, aber meine Gefühle gingen einfach mit mir durch. Ich brauchte wohl jemanden, dem ich die Schuld geben konnte. Es war schrecklich. Bei Callies Beerdigung haben wir kein Wort miteinander gewechselt und er kam auch nicht zum Leichenschmaus. Später habe ich mich dann bei ihm entschuldigt. Vor ein paar Monaten haben wir ihn auf eine Tasse Tee eingeladen, als er Callies Sachen vorbeigebracht hat, aber das war ganz seltsam, unnatürlich. Und vorher hatte ich ihn so gern wie meinen eigenen Sohn ...« In Toms Stimme schwingen starke Emotionen mit.

»Sie sehen sehr glücklich aus miteinander.«

»Das waren sie auch. Sie war der Mittelpunkt seiner Welt. Das Foto ist von ihrem ersten Weihnachten zusammen.«

»Wo wurde das Foto gemacht? Was für ein schöner Ort.« Ich drehe das Foto um, finde aber keine Information auf der Rückseite.

»Das war bei uns zu Hause. Es war wirklich schön. Callie hat sich immer um unseren Garten gekümmert, sie war eine große Naturfreundin. Amanda und ich haben überhaupt keinen grünen Daumen.«

Ich blicke durch die Terrassentür hinaus in den kleinen steinernen Hof.

»Natürlich war das nicht in diesem Haus.« Tom hat meinen verwirrten Blick richtig gedeutet. »Wir haben früher auch in der Innenstadt gewohnt. Aber nachdem das mit Callie passiert ist und unser Familiengeschäft den Bach runterging, konnten wir uns die Hypothek nicht mehr leisten. Deswegen mussten wir hierherziehen.«

»Das tut mir leid.« Ich kann gar nicht fassen, was die beiden im letzten Jahr alles durchstehen mussten.

»Man kann Schlimmeres verlieren als Geld.« Tom legt seine Hand auf meinen Arm. »Und wir kommen schon über die Runden. Wir bekommen ein bisschen was von einer alten Versicherung ausgezahlt und wir hatten auch etwas Geld angespart. Für den Moment reicht das. Aber eigentlich ist man mit fünfzig noch zu jung für die Rente, nicht wahr? Ich würde mir eigentlich gern wieder eine Arbeit suchen, irgendwas Entspanntes, aber in meinem Alter halten einen alle für einen tattrigen Greis. Und ich will Amanda auch nicht allein lassen, sie ist so anfällig.«

Tom nimmt mir das Foto aus der Hand und ich blättere zur ersten Seite des Fotoalbums zurück. Callie und Sophie, diesmal deutlich jünger, werfen sich auf einem goldenen Strand in Pose. Hinter ihnen glitzert das Meer und die orangerote Sonne brennt am Himmel. Die Schwestern könnten Zwillinge sein, mit ihren halblangen blonden Haaren und jadegrünen Badeanzügen.

»Sie waren so gern am Strand. Sophie konnte nicht schwimmen, aber sie hatte einen Heidenspaß beim Planschen. Und jedes Jahr haben sie mich im Sand verbuddelt.«

Das nächste Bild hätte die perfekte Grußkarte hergegeben. Mutter, Vater und zwei wunderschöne Töchter im Teenager-Alter posieren vor dem Weihnachtsbaum. Eine weiße Lichterkette strahlt sanftes Licht aus. Der silberne Christbaumschmuck ist perfekt symmetrisch angeordnet. Callie und Sophie halten einen Teller mit Plätzchen in die Kamera.

Das Foto zeigt, dass Tom sich nicht groß verändert hat. Heute ist er deutlich dünner und seine Augen strahlen nicht mehr, aber ich kann sofort erkennen, dass er es ist. Um mir aber sicher zu sein, dass die Frau neben ihm Amanda ist, muss ich das Foto erst etwas hochheben und genauer betrachten. Auf dem Foto wirkt ihr Gesicht voller und sie hat weniger Falten. Honig- und karamellblonde Strähnen lockern ihr dichtes Haar optisch auf. Um ihren Hals trägt sie eine sternförmige Kette aus Rubinen und Diamanten, die mit ihrem Lächeln um die Wette strahlen. Als sie mir vorhin die Tür geöffnet hat, dachte ich, sie wäre Mitte fünfzig, aber jetzt glaube ich, dass sie mindestens zehn Jahre jünger ist. Die Trauer hat ihr die Lebenskraft geraubt.

Das letzte Bild zeigt wieder Callie und Nathan. Nathan mit zitronengelber Krawatte und einer cremefarbenen Nelke im Knopfloch. Callie, sehr elegant in einem langen roten Paillettenkleid, das sich fürchterlich mit ihren purpurroten Haaren beißen sollte, es aber nicht tut. Die beiden sitzen an einem runden Tisch. Ein opulentes Blumengesteck in der Mitte des Tisches dominiert das Bild, aber mein Blick fällt auf Callies Gesicht. Überrascht sehe ich zu Tom auf.

Er seufzt. »Ihr armes Gesicht. Ich weiß, es sieht schlimm aus. Sie war bei der Arbeit gegen einen Hängeschrank gelaufen. Sie hätte sich bestimmt gewünscht, dass wir das Foto löschen, wenn sie es gesehen hätte, aber es ist das letzte, das wir von ihr gemacht haben.«

»Das Foto ist von der Nacht, in der sie gestorben ist?«

»Ja.«

Im Bild sitzt Callie von Nathan abgewandt am Tisch und runzelt die Stirn. Sie starrt gebannt ins Leere, als wäre sie in Gedanken versunken oder als hätte sie etwas im Blick, das wir als Betrachter nicht sehen können. Sie hat dickes Make-up aufgetragen, aber trotzdem kann man deutlich das schwarze Auge und den grässlichen blauen Fleck erkennen, der ihre geschwollene Wange überzieht.

ZEHN

»Callie ist danach nie wieder aufgewacht«, sagt Tom.

Der Satz hängt zwischen uns in der Luft. Ebenso leicht hätte es mein Dad sein können, der dasselbe über mich sagt. Ich hebe meinen Blick und sehe Tom in die Augen. »Was ihr damals getan habt ... Dass ihr der Organspende zugestimmt habt ...«

»Callie hätte es so gewollt, das verspreche ich dir.« Er greift wieder nach meinem Arm und drückt sacht zu. In mir breitet sich ein wohlig warmes Gefühl aus. »Es ist uns so ein Trost, dass Callie dir das Leben gerettet hat. Ganz ehrlich. Und ich denke auch, dass es Amanda guttun wird, dass du hier warst. Vielleicht hilft ihr das, diese Niedergeschlagenheit abzuschütteln. Zumindest mehr als diese verdammten Pillen, die die Ärzte ihr dauernd verschreiben. Die machen sie nur müde, aber kein bisschen fröhlicher. Sie redet mit niemandem mehr und verlässt nie das Haus. Aber vielleicht, wer weiß ... Das Treffen mit dir und zu wissen, dass ein Teil von Callie weiterlebt ...« Er tätschelt meine Hand. »Ich bin froh, dass du gekommen bist.«

»Ich auch«, sage ich und meine es auch so.

»Ich gucke besser mal nach ihr.« Er durchquert das Wohnzimmer, doch statt mit der sicheren, zielgerichteten Gangart von vorhin bewegt er sich jetzt mit kleinen, langsamen Schritten, als ob ihn etwas zurückhalte, was er noch sagen möchte. Bei der Tür angekommen dreht er sich um und lehnt sich gegen den Türrahmen. »Diese Ungewissheit, das ist das Schlimmste«, sagt er leise. »All die offenen Fragen. Nachts schläft Amanda wegen der Medikamente wie ein Stein, aber ich, ich liege wach und stelle mir all diese Fragen. Warum haben sie die Hochzeit verlassen? Warum war Callie in Woodhaven? Warum war Nathan nicht bei ihr? Nathan und ich haben danach noch einmal darüber geredet, als wir ihre Beerdigung vorbereitet haben. Er hat nur geweint und gesagt, ich solle es gut sein lassen und dass mich die Fragen sonst in den Wahnsinn treiben würden. Ich hätte auch gerne geweint, aber ich konnte nicht. Ich war einfach so verdammt wütend. Natürlich hat er recht, das weiß ich. Alle Antworten dieser Welt können mir Callie nicht zurückgeben. Trotzdem hätte ich gern Antworten.« Er hebt die Hände zur Decke, als könne er die Antworten damit auffangen. »Wenn wir nur wüssten, warum es passiert ist.« Er schüttelt den Kopf. »Ich hab es vorher nie verstanden, warum die verdammten Amis und ihre Psychologen immer sagen ›man muss mit einer Sache abschließen‹, aber jetzt ... Ach, tut mir leid.« Seine Zehen spielen nervös mit dem Teppich.

»Kein Grund zur Entschuldigung.«

»Weißt du, es ist nur so, dass Amanda überhaupt nicht darüber reden will. Oder kann. Sie meint, die Gründe zu kennen kann uns auch nicht wieder glücklich machen. Das könnte nur Callie und die haben wir für immer verloren. Wahrscheinlich hat sie recht. Ich weiß es nicht. Aber es macht mich einfach verrückt, es nicht zu wissen. Als Nathan ihre Sachen vorbeigebracht hat, habe ich sogar ihr iPhone durchsucht, auf der Suche nach ... Ich weiß selbst gar nicht, wonach. Vielleicht hatte sie einfach Lust auf eine Autofahrt, was weiß ich! Ich werde es nie erfahren.« Sein Mund verzieht sich und einen schrecklichen Moment lang denke ich, dass er gleich in Tränen ausbrechen wird, aber stattdessen bückt er sich und zupft ein unsichtbares Stäubchen vom Teppich. Dann sehe ich ihm zu, wie er mit hängenden Schultern in den Gang schlurft, ein gebrochener Mann. Ich wünschte so sehr, ich könnte ihm helfen, aber ich weiß nicht, was ich tun soll. Was ich sagen soll.

* * *

»Das ist etwas, worauf einen niemand vorbereitet. Das eigene Kind begraben zu müssen.« Die Worte stürzen aus Tom heraus, sobald er das Zimmer wieder betritt. Als könne er sie nicht mehr zurückhalten.

»Es ist einfach nicht richtig«, setze ich zu einer Antwort an, aber er redet direkt weiter, während er sich wieder hinsetzt.

»Die Kirche war brechend voll. So ist das wohl immer bei Beerdigungen junger Leute. Amanda wollte eigentlich nur die Familie dahaben. Im kleinen Kreis. Wir wollten den Small Talk nach der Messe vermeiden, aber es hat sich halt rumgesprochen. Lässt sich wohl kaum vermeiden. Letzten Endes war ich froh, dass so viele gekommen sind, um sich von ihr zu verabschieden. Ihre Kollegen, sogar ein paar alte Schulfreunde. Ich dachte eigentlich, sie hätte ihre alten Freunde aus den Augen verloren, seitdem sie mehr und mehr Zeit mit Nathan verbrachte, aber dann sind doch so viele Leute gekommen. Manche haben wir gar nicht erkannt. Gut, ich könnte dir heute auch gar nicht mehr sagen, wer alles da war, ich kann mich nicht klar an den Tag erinnern. Ich weiß noch, dass wir »I Have a Dream« von Abba gespielt haben. Das war Callies Lieblingslied. In den Pub sind dann nicht mehr viele mitgekommen und die paar wenigen auch nur auf einen schnellen Drink. Ich war sehr erleichtert, als endlich alle gegangen waren.«

»Ich kann mir gar nicht vorstellen, wie du dich damals gefühlt haben musst.« Ich war bisher nur auf einer einzigen

Beerdigung, der meiner Nana, und da war ich noch klein. Ich habe nie vergessen, wie kalt es in der Kirche war. Und dass es nach Bienenwachs gerochen hat.

»Was für ein verdammt grässlicher Tag. Als wir zu Hause angekommen sind, mussten wir feststellen, dass in der Zwischenzeit jemand bei uns eingebrochen war. Sie hatten alles ausgeplündert.« In Toms Wange zuckt ein Muskel. »Die Polizei meinte, das sei eine häufige Masche. Ist das nicht absolut unfassbar? Leute, die ihr Geld damit verdienen, in Häuser einzubrechen, während die Bewohner bei einer Beerdigung sind? Was für kranke Arschlöcher es doch gibt. Amanda war völlig außer sich. Wir hatten sowieso vor, umzuziehen, und da wussten wir, dass es Zeit war, unsere Sachen zu packen und die Stadt hinter uns zu lassen. Zeit für einen Neustart. Aber die Erinnerungen ... die folgen einem immer, egal wohin man geht.«

»Das ist ja schrecklich ... Haben die Einbrecher viel gestohlen?«

»Das Bargeld aus unserem Safe. Schmuck. Amanda hatte ein paar wunderschöne Schmuckstücke. Eine sternförmige Halskette zum Beispiel, eine Spezialanfertigung aus Rubinen und Diamanten, die war ein Vermögen wert. Kam uns damals aber so unwichtig vor. Gegenstände kann man immer ersetzen. Aber Menschen ...«

Das Gespräch verstummt. In der Ferne bellt ein Hund. Tom unterdrückt ein Gähnen. Die Sonne ist um das Haus herumgewandert und sendet nun goldene Lichtstrahlen durch die verdreckte Terrassentür. Sie sammeln sich auf dem Sofa, auf dem Tom sitzt. Im Sonnenlicht kann ich seine Kopfhaut sehen, die unter dem schütteren Haar durchscheint. Seine Haut wirkt faltiger. Blasser. Er wirkt irgendwie älter als noch vor einer kleinen Weile und mein Herz schmilzt bei dem Anblick. Beide Töchter zu verlieren. Ich kann es mir gar nicht vorstellen. Natürlich möchte ich auch wissen, was mit Sophie passiert ist, aber Tom hat heute eindeutig schon genug gelitten. Ich stehe auf.

»Ich muss mich dann wohl wieder auf den Weg machen. Dürfte ich die Toilette benutzen oder würde das Amanda aufwecken?«

Tom richtet sich auf und bewegt seinen Kopf hin und her, um die Muskeln zu lockern. »Sie hat eine Schlaftablette genommen, damit könnte sie glatt ein Erdbeben verschlafen. Die Toilette ist oben, direkt gegenüber der Treppe.«

* * *

Im oberen Stockwerk schleiche ich an dem Zimmer vorbei, das Tom und Amandas Schlafzimmer sein muss. Es ist abgedunkelt und ein säuerlicher Geruch dringt mir aus der offenen Tür entgegen.

»Nein. Nein. Nein.« Amanda murmelt vor sich hin und ganz automatisch gehe ich zu ihr.

Trotz der Dunkelheit sehe ich ihre Schlüsselbeine scharf unter dem Nachthemd hervorstechen. Nun wirkt sie sogar noch dünner als vorhin, als sie noch in ihre Cardigans gewickelt war. Sie scheint nur noch von der Trauer zusammengehalten zu werden. Als ich beobachte, wie sie ihren Kopf von einer Seite auf die andere wirft, habe ich Angst, sie könne jeden Moment auseinanderfallen. Ich flüstere tröstende Worte, die sie nicht hören kann, und streiche ihr das feuchte Haar aus dem zusammengefallenen Gesicht.

Es fällt mir nicht leicht, Amanda allein zu lassen, aber nach einer Weile schleiche ich wieder nach draußen. Ein Blick in den nächsten Raum verrät mir, dass sich hier haufenweise Kartons stapeln. Die Wände sind in einem hellen Rosaton gestrichen und eine Bordüre mit Häschenmotiv löst sich bereits an manchen Stellen. Zartlila Vorhänge sind unordentlich über die Fenster gezogen, aber sie sind so dünn, dass das Licht trotzdem hindurchscheint. Die früheren Bewohner dieses Hauses müssen eine kleine Tochter gehabt haben. Ich weiß nicht, wie Amanda und Tom es aushalten können, in diesem Zimmer zu stehen. Hier müssen so viele Erinnerungen wach werden. Auf einem der Kartons liegt eine Puppe und ich frage mich, ob sie wohl Callie oder Sophie gehört hat. Ich weiß, dass ich mich losreißen und endlich zur Toilette gehen sollte, aber die Puppe zieht mich magisch an. Meine Finger gleiten über ihr drahtiges, raues Haar.

Dann wandert meine Hand zu dem Karton unter der Puppe. Ich sollte hier wirklich nicht herumschnüffeln, aber ich kann mich nicht davon abhalten, den Karton aufzuklappen.

»Alles okay da oben?«, fragt Tom mit einem Bühnenflüstern. Die Treppenstufen knarzen unter seinen gemächlichen Schritten.

Ich flitze ins Badezimmer und falle mit dem Rücken gegen die Tür. Mein Atem geht schnell. Unfassbar, dass ich fast dabei erwischt worden wäre, wie ich in Callies Sachen herumwühle.

Es klingelt an der Tür und ich höre, wie Toms Schritte sich wieder entfernen. Ich betätige die Klospülung und lasse etwas Wasser ins Waschbecken rauschen. Ich bin bereits auf dem Weg nach unten, als ich wütendes Flüstern aus dem Wohnzimmer höre.

»Du wirst es ihr nicht sagen«, zischt Tom in einem so scharfen Tonfall, dass ich mitten auf der Treppe innehalte.

»Aber du weißt, was ich davon halte«, antwortet eine andere männliche Stimme mit kaum verhohlener Wut.

»Du kannst es jetzt sowieso nicht mehr ändern, es ist zu spät.« Toms Tonfall lässt keine Widerrede zu.

Meine Handtasche liegt noch im Wohnzimmer, ich kann mich nicht einfach heimlich abseilen. Also laufe ich mit übertrieben lauten Schritten den Rest der Treppe hinunter, um die beiden vor meiner Ankunft zu warnen.

Als ich die Tür öffne, schlägt mir Schweigen entgegen und

Tom weicht einen Schritt von dem Mann zurück, dem er eben noch gegenüberstand.

»Jenna.« Seine Stimme ist wieder ruhig und gefasst. »Darf ich vorstellen: Mein Bruder, Joe.«

Der fremde Mann dreht sich abrupt zu mir und starrt mich feindselig an. Ich spüre seinen Blick auf meiner Haut prickeln wie Millionen krabbelnde Ameisen.

ELF

»Ich muss jetzt gehen.« Der Satz platzt aus mir heraus und ich schlängele mich rasch an Tom und Joe vorbei, um zu meiner Handtasche zu kommen.

»Jenna, ich bin so froh, dass du kommen konntest«, sagt Tom, als ich die Tasche über meine Schulter hänge. Er nimmt meine Hände in seine. »Joe wird dich nach Hause fahren. Ich bestehe darauf. Der Weg zur Bushaltestelle ist so weit und du siehst müde aus.«

»Nein, danke, ich kann ...« Ich weiche aus in Richtung Tür.

»Nein, also wirklich, Joe war sowieso nur hier, um Amandas Medizin vorbeizubringen. Du fährst sie doch gern, nicht wahr, Joe?«

Das Gespräch legt eine kurze Pause ein, als Joe mich mustert. Das Ticken der Uhr ist das einzige Geräusch im Raum, bis er schließlich antwortet: »Na klar. Aber Sie müssen mir sagen, wo es hingeht.«

»Ich weiß den Weg von hier aus gar nicht.« Dass ich auf meinem Handy Google Maps zur Navigation benutzen kann, verrate ich natürlich nicht. Ich bin alles andere als scharf darauf, die seltsame Stimmung zwischen Joe und mir eine Autofahrt lang zu ertragen. »Mit dem Bus ist es viel leichter.«

»Ich glaube, in einem der Kartons oben ist noch so ein Navigator-Dings, bei Callies Sachen. Wir haben ihr mal eins zu Weihnachten geschenkt«, sagt Tom. »Moment, ich hol es schnell. Ich muss eh mal wieder nach Amanda sehen.«

»Nein, ehrlich, das ist ...« Aber er ist schon verschwunden. Ich frage mich, ob er wohl merken wird, dass ich eine der Kisten geöffnet habe, und mir wird ganz flau im Bauch. Habe ich sie auch wieder zugemacht? Ich bin mir nicht ganz sicher ... Ich bin so in Gedanken versunken, dass ich zusammenzucke, als Joe etwas zu mir sagt.

»Ich weiß nicht, wie viel Sie vorhin mitbekommen haben.« Er deutet zur Wohnzimmertür. Sein Blick ist so eindringlich, dass ich nicht anders kann, als die Wahrheit zu sagen.

»Irgendwas von wegen ›Du wirst es ihr nicht sagen‹, aber ich hab nicht gelauscht!«, sage ich, als müsse ich mich verteidigen. »Es geht mich ja nichts an.«

»Es ging dabei um Sie«, sagt Tom und das wirft mich kurz aus der Bahn.

»Tom wollte nicht, dass Sie erfahren, dass ich Sie nicht hier haben wollte. Er wollte nicht, dass Sie sich unwohl fühlen. Aber ...« Kurz blickt er zu Boden, bevor er den Kopf wieder anhebt. »Ich war nicht begeistert von dem Ganzen hier, um ehrlich zu sein. Als ich gehört habe, dass ... Sie wissen schon. Die Vorstellung von Callie auf dem OP-Tisch, wie Teile von ihr rausgeschnitten werden ... Ich war ganz schön wütend, als Tom Ihren Brief erhalten hat. Ich fand es extrem egoistisch von Ihnen, die beiden einfach so zu kontaktieren, ohne Zustimmung, wo sie gerade so viel durchmachen. So tief trauern.«

»Es tut mir so leid.« Ich sinke auf das Sofa und lasse meinen Kopf in meine Hände fallen.

»Aber es scheint ihn aufgemuntert zu haben, von Ihnen zu hören. Seit wir klein waren, habe ich immer versucht, Tom zu beschützen. Ich fühle mich so hilflos, jetzt mitansehen zu müssen, was er alles durchmacht. Als hätte ich als großer Bruder versagt«, sagt Joe. »Als Ihr Brief kam, war es leicht, meine Wut und meinen Frust auf Sie zu richten.«

»Ich wollte nur, dass die beiden etwas über mich und meine Familie erfahren können, damit der Brief persönlicher wird. Wir sind Ihrer Familie so dankbar. Ich hatte gehofft, dass es Ihnen auch helfen würde, zumindest ein bisschen. Ich hatte nicht daran gedacht, wie ...«

»Nicht immer leicht, sich in andere hineinzuversetzen.« Die Sofakissen unter mir bewegen sich, als Joe sich neben mich setzt. Er riecht nach Zigaretten. »Ich konnte nur an das denken, was wir verloren haben, und nicht daran, was das für irgendeinen gesichtslosen Menschen da draußen bedeuten könnte. Aber jetzt, wo ich Sie sehe, finde ich es ganz unglaublich, dass Sie ohne Callie nicht mehr hier wären, und ich bin so stolz auf unsere Kleine. Sie war schon immer so großzügig. Es ist das, was sie sich gewünscht hätte.«

»Danke.«

»Gern geschehen.« Seine Großherzigkeit beschämt mich fast und ich weiß nicht, was ich sagen soll. Als Tom zurückkommt, ist meine Erleichterung groß.

* * *

Ich drehe meinen Oberkörper im Sitz nach hinten, um Tom zum Abschied zuzuwinken. Er steht vor seiner Haustür und ich sehe zu, wie er kleiner und kleiner wird. Ich drehe mich erst wieder nach vorn, als er ganz aus meinem Sichtfeld verschwunden ist.

Joe fährt eine alte Klapperkiste. Am Rückfenster prangt ein welliger Sticker mit der Aufschrift »Zum Angeln geboren, zur Arbeit gezwungen«. Der Innenraum des Autos ist mit leeren McDonald's-Tüten übersät. Ich kicke eine davon in den

Fußraum und zerknülle sie mit meinem Fuß, um mir etwas mehr Platz zu verschaffen.

»Ach ja, man könnte meinen, ich wüsste es besser, wegen Toms Herzinfarkt und so, aber wenn man unterwegs ist, ist es halt oft die einfachste Option. Sie können das Zeug gern nach hinten schmeißen.«

Er öffnet beide Fenster ein Stück weit und die frische Luft verscheucht den abgestandenen Geruch von Zigaretten und Pommes ein wenig. Ich drücke auf den Knopf des Garmin-Navis, das Tom mir zum Abschied in die Hand gedrückt hat, aber nichts passiert. Ich finde das Ladekabel und stecke es in den Zigarettenanzünder. Das Akkulicht an der Seite des Navis fängt an, grün zu blinken.

»Der Akku ist noch zu leer«, sage ich.

»Im Moment kenne ich mich noch aus. Außerdem habe ich, falls nötig, noch eine Landkarte da drin.«

Joe deutet mit dem Kopf auf das Handschuhfach und ich öffne es.

»Jelly Babies?« Ich ziehe die Süßigkeitentüte aus dem Fach.

»Früher bin ich oft mit den Mädels rumgefahren, als sie noch klein waren. Tom musste so lang arbeiten und Amanda hatte immer alle Hände voll zu tun mit zwei kleinen Kindern und zu wenig Geld, um groß was mit ihnen zu unternehmen. Ich bin dann mit ihnen irgendwo ins Grüne gefahren, wo wir Drachen steigen lassen und um die Wette rennen konnten. Da hatte ich vorsichtshalber immer eine Packung Jelly Babies im Auto. Die konnte ich dann rausziehen, wenn die beiden mit dem unvermeidlichen ›Sind wir schon daaaa?‹ angefangen haben. Und mit den Jahren bin ich selber süchtig danach geworden, vor allem nach den roten. Gesund ist das natürlich nicht, wenn man so viel im Auto sitzt wie ich.«

»Was machen Sie denn beruflich?«

»Ich verkaufe Reinigungsmittel an Hotels und Großunternehmen. Klingt langweilig und ist es auch. Aber in meinem

Alter ist es eben nicht einfach, einen Job zu finden. Nachdem unser Familienunternehmen den Bach runterging, wollte ich mir was Entspannteres suchen. Jetzt sagt mir jeden Tag jemand, wo ich hinfahren und was ich dort sagen soll. Da muss ich nicht viel nachdenken. Aber dass ich dadurch nicht so oft bei Tom sein kann, das ist nicht schön. Er ist so darauf konzentriert, sich um Amanda zu kümmern, dass er sich nicht um sich selber kümmert. Wenn es nach mir ginge, würden wir den ganzen Tag am Fluss sitzen und angeln. Aber davon kann man halt nicht leben.«

Wir plaudern weiter, bis wir die Auffahrt zur Schnellstraße erreichen. Joe beschleunigt und schließt die Fenster, während ich mein verwirbeltes Haar glatt streiche.

»Darf ich Sie was fragen? Wegen Sophie?« Ich lege mir meine Worte sorgfältig zurecht. »Ist es lang her, dass sie gestorben ist?«

»Gestorben?« Überrascht dreht Joe sein Gesicht zu mir. Ein Auto neben uns hupt und er wendet seine Aufmerksamkeit rasch wieder der Straße zu. Er reißt am Steuer und ich falle hart gegen die Tür. Dem Zusammenstoß sind wir knapp entkommen.

»Sophie ist doch nicht tot!«

»Oh, Entschuldigung! Amanda hat gesagt ›Sie haben wir auch verloren‹, und da dachte ich ...« Mir schießt das Blut in die Wangen. »Tut mir leid, ich dachte ...«

»Sophie ist in Spanien, mit ihrem Freund. Sie war gerade im Urlaub, als Callie ihren Unfall hatte. Ich musste es ihr am Telefon beibringen. Sie meinte, die Beerdigung könne sie nicht ertragen und sie brauche etwas Abstand, um das alles zu verarbeiten. Wir hatten alle erwartet, dass sie inzwischen wieder zurück wäre.«

»Aber sie meldet sich bei ihren Eltern?«

»Nein, seitdem hat keiner von ihr gehört.«

»Tom meinte, sie ist schon mal so verschwunden?«

»Ja. Toms zweiter Herzinfarkt war zu viel für sie, da ist sie monatelang verschwunden. Und dann stand sie eines Tages einfach wieder vor der Tür, als wäre nichts gewesen. Diesmal wird es genauso sein, da bin ich mir sicher. Die kommt schon zurück, das tut sie immer. Aber es wäre schon schön, wenn sie sich mal melden würde. Ich weiß nicht, wo wir nach dem Kreisverkehr hinmüssen.«

Ich versuche noch mal, das Navi einzuschalten, und diesmal klappt es. Ich tippe mich schnell durch die verschiedenen Optionen und finde in einem Untermenü eine Liste der Ziele, die zuletzt eingegeben wurden. Ich werfe einen Blick auf Joe, aber der lehnt sich beim Fahren nach vorne und ist ganz auf den Verkehr konzentriert. Das brennende Verlangen, mehr über Callie zu erfahren, überkommt mich und ich tippe auf den Bildschirm. Wo ist Callie gerne hingefahren? Das letzte Ziel hatte sie nur wenige Tage vor ihrem Unfall eingegeben. Ich tippe auf »Route starten« und blicke auf die Landkarte, die sich öffnet. Ich zoome rein. Burton Aerodrome, ein stillgelegter Flugplatz irgendwo im Nirgendwo. Die Gegend kenne ich gut. Als ich klein war, hatten wir eine Zeit lang eine Schäferhündin namens Fox. Dad war zu einer Auffangstation gerufen worden und hatte sie dort gefunden. Sie war alt und unterernährt, mit kahlen Stellen im Fell. Menschen gegenüber war sie scheu und anderen Hunden gegenüber aggressiv. Man hatte Dad gebeten, sie einzuschläfern, aber stattdessen nahm er sie mit nach Hause. Jeden Abend nach der Arbeit packte Dad Fox ins Auto und fuhr mit ihr raus zu diesem Flugplatz. Da gab es schon seit Jahren keinen Luftverkehr mehr, und weil der Platz so weit entfernt von allem lag, war das Risiko gering, auf andere Hundebesitzer zu treffen.

Was Callie dort wohl zu suchen gehabt hatte?

ZWÖLF

In meiner Wohnung ist es warm und wegen der Lasagne von gestern Abend hängt noch Knoblauchgeruch in der Luft. Ich werfe meinen Schlüsselbund auf den Küchentisch und reiße mein Fenster auf, um meinen Kopf nach draußen zu stecken und Joe zuzuwinken, der langsam die Straße hinunterrollt. Mein Kopf pocht und ich bin von der Aufregung des Tages total angespannt. Aber jetzt bin ich zu Hause. In Sicherheit. Joes Auto verschwindet hinter einer Kurve und ich lasse mich auf meinen Küchenstuhl fallen, ohne auch nur meine Jacke auszuziehen. Ich mache meinen Laptop an und blinzele im hellen Licht des Startbildschirms, während der Lüfter lossummt.

Callie Valentine. Ihr Herz schlägt in meiner Brust. Meine Gedanken kreisen nur noch um sie.

Ich öffne Google und tippe ihren Namen ein, dazu »Autounfall« und das Datum des Unfalls. Ich bin wie besessen davon, jedes letzte Detail herauszufinden. Und dann wird mir klar – wenn es mir schon so geht, wie schlimm muss es dann erst für Tom und Amanda sein, so viele offene Fragen zu haben? Vielleicht kann ich ihnen helfen. Die Idee schleicht sich ungebeten in meine Gedanken. Meine Finger gleiten von der Tastatur und ich lehne mich zurück. *Diese Ungewissheit, das ist das Schlimmste.* Ich höre Toms Worte laut und deutlich in meinem Kopf. Was, wenn ich herausfinden könnte, warum Callie die Hochzeit verlassen hat und ganz allein meilenweit in die falsche Richtung gefahren ist?

Die Online-Artikel zum Unfall können mir nichts Neues berichten. Zum Zeitpunkt des Unfalls war Callie nicht angeschnallt. Die Straßen waren nass, die Sicht schlecht. Es wurde als tödlicher Unfall klassifiziert, keine anderen Fahrzeuge waren daran beteiligt.

Dann scrolle ich durch Callies soziale Medien. Ihr Facebook-Profil ist öffentlich und ich kann ihr Profilbild sehen. Sie lacht in die Kamera, ihre Zähne sind unwahrscheinlich weiß und perfekt. Ein himmelweiter Unterschied zu der blassen, finster dreinblickenden jungen Frau auf dem Foto, das bei der Hochzeit entstanden ist. Sie hat nicht oft etwas gepostet und wenn, dann nur Kleinigkeiten. Ihr Fotoalbum enthält Bilder von ihr und Nathan. Facebook verrät mir, dass er Nathan Prescott heißt. Jetzt, wo ich seinen Nachnamen kenne, fliegen meine Finger wieder über die Tastatur. Auf seinem Profilbild blickt er mit dunklen Augen direkt in die Kamera und mit Hemd und Nadelstreifenkrawatte sieht er sehr seriös aus. Wirklich ein verdammt gut aussehender Mann. In seinem Profil steht, dass er bei Nash and Rogers in der Buchhaltung arbeitet. Ich muss gähnen. Meine Gedanken schießen hin und her und ich bin so müde, dass mir langsam die Augen zufallen. Wie kann ich herausfinden, was in dieser Nacht passiert ist? Wo soll ich überhaupt anfangen? Allein der Gedanke scheint mir plötzlich völlig absurd, aber ich will jetzt nicht aufgeben. Ich schulde es Tom und Amanda, es zumindest zu versuchen.

Vielleicht sollte ich mir Notizen machen. Durch meine Medikamente fühle ich mich oft wie benebelt im Kopf und kann mich nicht gut an Sachen erinnern. Also ziehe ich ein neues Skizzenbuch aus dem Schrank. Ich zeichne ein Rechteck und schreibe mit schwarzem Filzstift CALLIE hinein. In ein kleineres Rechteck schreibe ich NATHAN, dann verbinde ich beide Rechtecke mit einer Linie. Früher habe ich oft Mindmaps gezeichnet, um für Prüfungen zu lernen und meine Gedanken zu sortieren. Kurz bin ich unschlüssig, was ich sonst noch aufschreiben kann, aber dann erinnere ich mich an die letzte Adresse in ihrem Navi, Burton Aerodrome. Ein seltsames Ausflugsziel. Ich tippe den Namen bei Google ein. Die letzten Artikel zu dem Flugplatz sind schon mehrere Monate alt. Die Baugenehmigung für ein neues Wohngebiet wurde abgelehnt, weil die Gegend als Naturschutzgebiet eingestuft wurde.

Ich schnappe mir ein paar bunte Filzstifte und füge weitere Rechtecke hinzu für all die Fakten, die ich bereits kenne. Callie bei der Hochzeit. Nathan geht früh nach Hause. Burton Aerodrome. Der Unfall. Von Tom und Amanda weiß ich, dass Callie Zahnarzthelferin war und das führt mich zu einem älteren Zeitungsartikel. Ein Foto von einer Gruppe junger Frauen, die in pechschwarzen Uniformen stecken und mit perfekten Zähnen in die Kamera strahlen. Sie halten einen riesigen Scheck über fünfhundert Pfund. Der Artikel verrät mir, dass das Personal von Callies Zahnarztpraxis bei einem Sponsorenlauf mitgemacht hatte, um Geld für die Krebsforschung zu sammeln. Das kommt sofort auf die Mindmap. Sobald ich alle Fakten aufgeschrieben habe, hänge ich sie mit magnetischen Buchstaben an die Kühlschranktür. Früher habe ich Sam damit kleine Nachrichten geschrieben. Dann setze ich mich und starre so lang auf die kleinen Rechtecke, bis sie alle miteinander verschwimmen. Die Schatten in der Küche werden länger. Durch das offene Fenster erwischt mich ein kalter Luftstoß, der mir eine Gänsehaut verpasst. Ich schließe das Fenster und bemerke, dass sich der silbrig glänzende Mond in dem Wasser widerspiegelt, das sich in meiner Spülschüssel angesammelt hat. Mit den Fingerspitzen wirble ich das Wasser umher und das Spiegelbild verschwindet in den Wellen. Der Klingelton meines Handys reißt mich aus meiner Trance und schnell wische ich mir die Hände ab, bevor ich rangehe.

»Hi, Rachel.«

»Bist du zu Hause?«

»Gerade erst zurückgekommen.« Eine Notlüge, eigentlich hatte ich Rachel versprochen, anzurufen, sobald ich zurück bin. »Wie war dein Tag?«

»Ich konnte nicht viel unternehmen. Ich bin total pleite und Liam soll auf einen Schulausflug gehen, also muss ich mal wieder sparen.« Seit Rachels Mum an Krebs gestorben ist, verliert ihr Dad wegen seiner Trunkenheit einen Job nach dem anderen. Deswegen kümmert sich Rachel fast im Alleingang um ihren Bruder. »Aber genug davon«, sagt sie, »wie lief's bei dir? Geht's dir gut?«

»Mir geht's gut, den beiden aber überhaupt nicht. Tom und Amanda, ihren Eltern, Callies Eltern. So hieß sie, Callie. Sie war erst vierundzwanzig.« Die Worte sprudeln aus mir heraus, bis mir die Puste ausgeht.

»Kein Wunder, dass es denen dann nicht gut geht«, nutzt Rachel die kurze Pause.

»Klar, aber ich hatte gehofft, dass es sie trösten würde, mich zu sehen und zu wissen, dass ein Teil von Callie weiterlebt.«

»Das hat es bestimmt auch irgendwie, aber sie haben ihre Tochter verloren, Jen. Da kann man nicht viel tun, das kann nur die Zeit heilen.«

»Vielleicht kann ich doch etwas tun.« Ich erzähle Rachel alles, was ich über Callies Tod erfahren habe. »Wenn ich herausfinden könnte, warum sie die Hochzeit verlassen hat und wo sie hingefahren ist, können sie vielleicht eher mit der Sache abschließen.«

»Damit abschließen?« Ich kann die Skepsis in ihrer Stimme hören und sehe förmlich, wie sie eine Augenbraue hochzieht.

»Also natürlich nicht, dass sie sie dann vergessen, aber die

Ungewissheit ist das Schlimmste. Das hat Tom gesagt und das raubt ihm nachts den Schlaf. Und es ist wirklich seltsam, oder? Dass sie einfach so verschwunden ist?«

»Nicht wirklich. Wir wissen doch gar nichts über sie. Wenn daran was seltsam gewesen wäre, hätte das die Polizei doch bestimmt untersucht.«

»Okay, aber hör dir das an.« Ich lese ihr einen der Online-Artikel vor. »Callie war nicht angeschnallt. Das macht doch heute keiner mehr!«

»Sie wohl schon.« Sie hält kurz inne. »Jenna ... Warum hast du das gegoogelt? Du hast ihre Eltern getroffen, du hast dich bedankt. Ist das nicht genug? Seit Monaten bist du wie besessen davon ...«

»Besessen? Also echt ...«

»Du redest von nichts anderem mehr und du hast mir gesagt, wenn du erst weißt, wessen Herz es ist, wirst du es gut sein lassen.«

»Stimmt, aber ...«

»Okay. Pass auf. Ich weiß, dass das alles echt schwierig für dich war. Wirklich. Und seit Monaten hast du keine Arbeit, keinen Sam, nichts, um dich abzulenken. Da kann ich verstehen, dass du so auf deine Organspenderin fixiert warst. Aber jetzt wird doch alles wieder anders! Wieder normal. Ab Montag gehst du wieder zur Arbeit und da hast du dann ganz andere Sachen im Kopf.«

»Aber ich hab das Gefühl, als würd ich ihnen was schulden.«

»Du schuldest es dir selbst, wieder ein normales Leben zu führen! Und mal davon ganz abgesehen, wie willst du denn überhaupt herausfinden, was da passiert ist?«

»Ich hab überlegt, ob ich Nathan fragen soll. Findest du es nicht auch komisch, dass er behauptet hat, er wisse nicht, wo sie ist? Das muss er doch gewusst haben. Was, wenn sie nun seinetwegen weggefahren ist?«

»Paare streiten sich halt, das ist doch ganz normal.«

»Aber ihr Gesicht, mit dem blauen Auge und allem – vielleicht hat er sie geschlagen?«

»Denken ihre Eltern das denn?«

»Nein. Die meinen, Callie und Nathan wären total glücklich miteinander gewesen und hätten nie gestritten ...«

»Siehst du? Lass es gut sein, Jen. Außerdem weißt du sowieso nicht, wo er wohnt. Und wenn er sie wirklich geschlagen hat, dann ist er gefährlich und du solltest dich erst recht von ihm fernhalten.«

»Ich weiß immerhin schon, wo er arbeitet.«

»Jenna, meine Güte«, fährt Rachel mich an und ich spüre, wie meine Aufregung in sich zusammensackt. »Was hast du denn vor? Willst du hingehen und sagen: ›Hallo, Sie kennen mich nicht, aber ich habe das Herz Ihrer Verlobten, und bitte erzählen Sie mir doch, warum sie allein von der Hochzeit weggefahren ist?‹ Der sagt dir doch dann nur, dass du dich verpissen sollst. Würd ich jedenfalls tun.« Stille. »Schau mal.« Ihre Stimme klingt jetzt weicher. »Warum redest du nicht erst mal mit Vanessa darüber und guckst, was sie davon hält?«

»Die wird das für eine schlechte Idee halten.«

»Na ja, es ist halt auch keine gute Idee.« Ich höre durch das Telefon ein schrilles Piepsen. »Ach Mist, sorry, das ist der Rauchmelder. Ich muss jetzt auflegen, bevor mein Bruder das Haus niederbrennt. Was man bei Baked Beans auf Toast so falsch machen kann, keine Ahnung. Aber versprich mir, dass du das alles auf sich beruhen lassen wirst? Bitte versprich mir das.«

Aber das kann ich ihr nicht versprechen und deswegen sage ich gar nichts. Das Rauschen der Leitung und enttäuschtes Schweigen füllen meine Ohren, bis Rachel auflegt.

Das Gespräch hat mich deprimiert. Ich hole mir einen Becher Eis aus dem Gefrierschrank, Geschmacksrichtung Salzkaramell, und reiße die Besteckschublade auf. Zwischen den Messern und Gabeln blitzt mir der Holzlöffel entgegen, den

Sam immer als Mikrofon benutzt hat, wenn er beim Kochen »Kiss Me« von Ed Sheeran gesungen hat, wenn es Sams Spezialität gab, Chili con Carne. Das einzige Gericht, das er kochen kann. Das war unser Song. War Callie mit Nathan genauso glücklich wie ich mit Sam? Es ist mir egal, was Rachel sagt, am Montag treffe ich mich mit Nathan. Was soll dabei schon schiefgehen? Wenn er wirklich gefährlich wäre, hätten Tom und Amanda das doch bestimmt gewusst. Oder?

DREIZEHN

Regen trommelt gegen mein Fenster und reißt mich aus dem Schlaf. Mein erster wacher Gedanke gilt Callie und meine Ideen wirbeln durcheinander, noch bevor ich meine Augen öffnen kann. Ich rolle zur Seite und blicke auf die Uhr – noch nicht mal acht. Der Sonntag und endlose leere Stunden liegen vor mir. Es ist noch viel zu früh, um Rachel anzurufen. Ich war schon immer ein Frühaufsteher, aber Rachel kriegt man am Wochenende nicht vor elf aus dem Bett. Ich denke an unser Telefonat von gestern Abend. Ihr frustrierter Tonfall verletzt mich immer noch und ich bin mir nicht sicher, ob ich heute überhaupt mit ihr reden will. Das Treffen mit Tom und Amanda hat so viele Gefühle aufgerührt, Dinge von denen ich dachte, ich wäre über sie hinweg. Über manches kann ich mit Rachel sprechen, und über manches eben nicht. Schmerzlich spüre ich diese Kluft zwischen uns.

Ich schlage die Bettdecke zurück und fröstele in der kalten Morgenluft. Schnell schlüpfe ich in meine Kuschelsocken und laufe durchs Zimmer. Unten im Schrank finde ich die Holzschachtel und stelle sie auf das Bett. Dann setze ich mich im Schneidersitz daneben und wickle meine Decke um mich, wie ein Cape. Es ist so still hier. Ich öffne iTunes und stelle den Zufallsmodus ein. Die Goo Goo Dolls singen »Iris« und ich lege beide Hände auf den Deckel der Schachtel. Aber ich bin noch nicht bereit, sie zu öffnen. Ich bin nie bereit, sie zu öffnen. Stattdessen fahre ich mit den Fingerspitzen die wunderschönen Schnitzereien entlang, prächtige Elefanten aus Holz. Vanessa sagt, man muss sich der Vergangenheit stellen, um in die Zukunft sehen zu können. Aber was, wenn ich noch nicht bereit bin, loszulassen?

Mein Handy vibriert. Sams Foto füllt das Display. Normalerweise würde ich warten, bis die Voicemail anspringt, aber heute gehe ich ran. Wahrscheinlich, weil ich mich so allein und verloren fühle.

»Hey.« Nur ein Wort und seine Stimme raubt mir den Atem. Eigentlich versuche ich, unseren Kontakt auf Textnachrichten zu beschränken. Seine Stimme zu hören, ist die reinste Folter.

»Dachte ich mir doch, dass du schon wach bist. Was machst du gerade?«

»Nichts«, antworte ich.

»Ich wollte anrufen und fragen, wie es gestern lief?«

»Es lief okay«, sage ich, aber das Zittern in meiner Stimme verrät mich.

»Soll ich vorbeikommen? Brauchst du jemanden zum Reden?«

»Nein.« Ihn hierzuhaben, in dem Zuhause, das wir uns früher geteilt haben, das wäre unerträglich. Unser Gespräch legt eine kurze Pause ein. Ich kann seinen Atem hören und denke an die Zeiten zurück, als ich neben ihm im Bett lag. Sein Arm um mich gelegt. Mein Kopf auf seiner Brust. Rauf. Und runter. »Sam ... es gibt da was, was ich sehen muss. Könntest du mich bitte hinfahren?«

* * *

Unruhig warte ich vor der Haustür unter dem Vordach, das mich vor dem Regen schützt. Als Sams kirschroter Fiat die Straße hochfährt, laufe ich zum Bordstein. Meine Schuhe platschen in Pfützen und ich ziehe mir die Kapuze über den Kopf. Mein Körper sinkt in den vertrauten Beifahrersitz, in dem ich schon so oft gesessen habe. Ich strecke die Beine bequem in den Fußraum. Mir scheint, als hätte sich der Sitz keinen Zentimeter bewegt, seit ich das letzte Mal hier saß. Die Plastikverpackungen der Humbugs, die Sam beim Autofahren immer kaut, liegen überall verstreut und der Pfefferminzgeruch durchtränkt das Wageninnere. Wir fahren schweigend, als könne Sam spüren, dass ich noch nicht bereit bin, über gestern zu reden. Aber es ist ein entspanntes, freundliches Schweigen und obwohl wir zwischendurch kurz anhalten, dauert es nicht lang, bis wir angekommen sind.

Ein Blitz erleuchtet die Kirche vor mir und Donner grollt um mich herum. Der Friedhof ist leer. Der sanfte Regen von heute früh hat sich in einen sintflutartigen Guss verwandelt und schwarze Wolken verhängen den Himmel.

Wir laufen zwischen den Grabsteinen hindurch. Der Geruch verrottender Blätter steigt mir in die Nase und in den Büschen raschelt ein unsichtbares Tier. Meine Turnschuhe sind patschnass und meine Jeans klebt an meinen Unterschenkeln. Sam hält den Strauß Seidenblumen, die wir noch schnell bei Asda gekauft haben. Als ich abrupt stehen bleibe, läuft er in mich hinein.

»Hier, das ist er.« Der Grabstein ist schwarz und glänzt im Regen. CALLIE AMANDA VALENTINE steht in einer verschnörkelten Schrift darauf geschrieben. Hier liegt sie also begraben. Beim Gedanken an ihren Körper, der unter mir liegt, und ihr Herz, das in mir schlägt, wird mir weich in den Knien und ich sinke in das nasse Gras. Mir wird das ungeheure Ausmaß des Ganzen bewusst. Sam legt die Blumen nieder und tritt einen Schritt zurück, die Hand auf meiner Schulter. Mit meinen

Fingern fahre ich über die Grabinschrift: Wer das Glück hatte, sie einmal zu treffen, wird sie nie vergessen. Ich hatte zwar nie das Glück, sie zu treffen, aber ich weiß, dass ich für den Rest meines Lebens jeden Tag an sie denken werde. An die Frau, die mir eine zweite Chance gegeben hat.

Meine Augen füllen sich mit Tränen und ich blinzele sie weg.

»Ich werde dich nicht gehen lassen«, flüstert eine männliche Stimme, aber Sam ist es nicht und außer uns ist niemand auf dem Friedhof.

Ganz ohne Vorwarnung spüre ich, wie mich jemand wegstößt. Wie ich falle. Panik überkommt mich und unbeholfen stemme ich mich hoch, um stolpernd wegzurennen, verzweifelt zu fliehen. Ein Arm umschlingt meine Taille, um mich festzuhalten, und ich wirble herum und schlage wild um mich.

»Jenna!« Meine Sicht klärt sich und ich erkenne Sams Gesicht. Ich klammere mich an die Vorderseite seines Regenmantels und er schließt mich in seine Arme. Ich drücke mich an ihn, die Nase an seinem Hals, und konzentriere mich auf den vertrauten Geruch seines frischen Aftershaves. Er hält mich fest, bis ich aufgehört habe zu zittern.

* * *

»Was war das gerade? Warum hattest du solche Panik?« Wir sitzen wieder in Sams Auto, ich in seine flaschengrüne Fleecejacke gewickelt.

»Ich weiß nicht genau. Ich hab mich ... komisch gefühlt. Das passiert mir manchmal. Vanessa denkt, dass meine Medikamente zu hoch dosiert sind, aber Dr. Kapur will die Dosis nicht noch mal verringern, bis ich bei meiner Halbjahresuntersuchung war. Du musst dir deswegen jedenfalls keine Sorgen machen«, sage ich deutlich zuversichtlicher, als ich mich fühle.

Das Erlebnis gerade eben hat mich stark erschüttert, aber ich weiß nicht, wie ich es Sam erklären soll. Woher kam diese Stimme? Wie konnte ich spüren, dass mich jemand stößt? Und diese Panik, die im einen Moment so überwältigend war und im nächsten schon wieder verschwunden? Manchmal fühle ich mich, als würde ich meinen Verstand verlieren.

»Vielleicht solltest du noch mal mit ihm sprechen. Du bist schrecklich blass, Jenna. Soll ich mit dir zum Krankenhaus fahren?«

»Nein«, sage ich, obwohl ich Ja meine.

Ganz am Anfang nach der Transplantation dachte ich noch, jetzt würde alles wieder normal werden. Wir hatten schon fast genug Geld angespart, um uns die Anzahlung für ein Haus leisten zu können. Und dann hätten wir die drei Kinder bekommen, die wir uns wünschten. So dachte ich in den ersten paar Tagen noch. Als ich noch dachte, ein neues Herz bedeute ein neues Leben. Aber mein Arzt schüttelte nur den Kopf und sagte, ich könne nur dann am Leben bleiben, wenn in meinem Bauch kein anderes Leben heranwachsen würde. Kein Strampeln winziger Füße unter meiner Haut. Kein kleines Menschlein mit Sams Augen und meinen Haaren, das seine Fingerchen um meine schließt, während es sich an meiner Milch satttrinkt. Sam versicherte mir natürlich, dass das keine Rolle spiele. Aber dann fing er an, von Adoption zu sprechen, und mir wurde klar, dass er sich immer noch eine Familie wünschte.

Statistisch gesehen werden die Überlebens- und Heilungschancen für Patienten mit Spenderherzen immer besser. Ich kenne die Statistiken inzwischen alle auswendig und lese sie trotzdem immer wieder. Durchsuche das Internet, um neue Geschichten von Wunderheilungen zu finden. Geschichten von Leuten, die aller Wahrscheinlichkeit zum Trotz nach zehn, fünfzehn, zwanzig Jahren immer noch am Leben sind. Aber die Tatsache, dass ich in fünf Jahren vielleicht schon nicht mehr am Leben sein könnte, habe ich ständig im Hinterkopf. Ich versuche sie zu verdrängen und sage mir stattdessen »Was bin ich doch für ein Glückspilz« und »Ausnahmen bestätigen die Regel«, aber fünf Jahre kommen mir unglaublich kurz vor – und gleichzeitig länger als alles, worauf ich hoffen darf. Wie könnte ich guten Gewissens ein Kind adoptieren, wenn ich weiß, dass ich es vielleicht nicht aufwachsen sehen kann? Sam sagt, wir sind schon zu zweit eine Familie, aber ich will ihn nicht einsperren. Jetzt hat er die Chance, jemand anderen kennenzulernen. Kinder zu kriegen. Und mein größter Wunsch auf Erden ist es, dass Sam glücklich ist.

Aber heute ist es leicht, sich zu wünschen, dass die Dinge anders wären. Aus meinen Haaren tropft kaltes Regenwasser und läuft meine Wangen hinunter und er lehnt sich zu mir, um es mit seinem Daumen wegzuwischen. Meine Haut kribbelt, wo er mich berührt. »Ich mache mir Sorgen um dich.« Seine Lippen streifen meine. Warm. Weich. Sein Atem riecht nach Pfefferminzbonbon und ich kann mich nicht davon abhalten, meine Finger in seinen Haaren zu vergraben und den Kuss zu erwidern, bis mich die Realität einholt und ich ihn wegschiebe.

»Sam ...«

»Ich weiß.« Er lehnt sich in seinem Sitz zurück. »Freunde.« Er dreht den Schlüssel, der Motor springt an und in seinen Augen stirbt der letzte Funke Hoffnung.

VIERZEHN

Zufrieden und satt spüre ich, wie die Sandwiches, die du für unser romantisches Picknick gemacht hast, mich langsam ins Fresskoma locken. Mein Freund ist einfach der Beste! Ich höre dich neben mir leise schnarchen und versuche, ebenfalls wegzudösen. Neben meinem Ohr summt etwas und ich drehe meinen Kopf weg. Mir ist heiß und ich klebe vor Schweiß. Einen Arm habe ich über mein Gesicht gelegt, der andere liegt schwer neben meinem Körper. Nur mit Mühe schaffe ich es, meine Augen zu öffnen. Der Himmel ist strahlend blau und keine Wolke in Sicht. Die Sonne brennt erbarmungslos herab und alles wirkt zu hell. Zu bunt. Ein Sommertag wie aus dem Bilderbuch. So ein Tag, an dem Fremde einander zulächeln und sich einig sind, dass heute niemand einen Regenschirm brauchen wird. Nach einer Woche solcher Tage werden alle meckern, dass ihre Gärten viel zu trocken sind und ihre Blumen verdursten und verwelken. Im Juni ein Regentag nach dem anderen und jetzt ein Bewässerungsverbot? Lächerlich.

Ich wedle halbherzig mit meiner Hand herum, um die Biene zu verscheuchen. Mein Gewicht verlagert sich und auf einmal liege ich unbequem. Ich rutsche mit meinem Hintern auf der

Decke hin und her, um meine Mulde von vorhin wiederzufinden. Die Decke rutscht mit mir mit, denn meine nackten Oberschenkel sind schweißbedeckt und alles klebt.

Ich spanne meine Beine an, strecke meine Füße aus und wackle mit den Zehen. Der korallenrote Nagellack ist super, sehr sommerlich. Eigentlich hätte ich meine Fingernägel auch lackieren sollen, aber die Farbe blättert immer so schnell ab. Ich entspanne meine Muskeln wieder und lasse meine Füße zur Seite fallen, bis sie die Maisstauden berühren. Links neben uns plätschert ein Bach fröhlich vor sich hin. Vorhin standen wir dort auf der wackligen Holzbrücke im Schatten der riesigen Weide und haben Pu-Stöckchen gespielt, wie Pu der Bär und Christopher Robin. Mein Stock war schneller als deiner und du hast so getan, als wärst du beleidigt.

»Ich? Verlieren? Unmöglich«, hast du gesagt und dabei theatralisch geknurrt und Grimassen gezogen, bevor du mich gepackt und wild geküsst hast.

Jetzt lausche ich dem plätschernden Wasser und fahre mit der Zunge über meine trockenen Lippen. Unsere Kühlbox ist zu weit weg und es ist viel zu heiß, um aufzustehen. Noch fünf Minuten, verspreche ich mir selbst, dann hol ich mir was zu trinken und kühl mich im Bach ab. Aber ich muss wohl eingeschlafen sein, denn als ich die Augen wieder öffne, ist meine Haut glühend heiß und mein Kopf pocht schmerzhaft. Ich klebe am ganzen Körper vor Schweiß. In der Ferne höre ich das Tuckern eines Traktors und hoffe, dass der Bauer woanders hinfährt.

Ich stemme meinen Ellbogen in den Boden, um hochzukommen, aber ein Schatten verdeckt meine Sicht und ich spüre dein Gewicht auf mir, deine Haut so klebrig wie meine. Heiße Hände erkunden meinen Körper und deine Finger finden ihren Weg unter mein Bikini-Oberteil. Ich spüre, wie meine Brustwarzen hart werden und kann mir ein Stöhnen nicht verkneifen.

»Dafür ist es viel zu heiß! Runter mit dir!«, protestiere ich, aber wir wissen beide, dass es dir nicht schwerfallen wird, mich umzustimmen. Wer könnte dir schon widerstehen?

»Okay, wie wäre es damit?«

Etwas Feuchtes berührt meinen Mund und ich strecke meine Zunge heraus. Süßer Erdbeerduft erreicht meine Nase und Speichel schießt mir in den Mund, doch die köstliche Frucht wird mir wieder entzogen.

»Füttern!« Ich sperre meinen Mund weit auf wie ein Vogelküken und du legst die weiche Erdbeere vorsichtig auf meine Zunge. Ich beiße zu und der Saft füllt meinen Mund und läuft meine Kehle hinunter. Ich glaube, so glücklich wie jetzt war ich noch nie.

Das grelle Licht der Sonne lässt meine Augen tränen. Ich kneife sie zusammen und denke an meine Sonnenbrille, die wie immer nutzlos auf dem Kühlschrank liegt. Ich kann dein Gesicht nicht erkennen, du bist nur eine schwarze Silhouette vor der glühend weißen Sonne. Aber ich kann dich spüren. Oh, wie ich dich spüren kann.

Ich kaue und schlucke und schlecke mir über die Lippen.

»Noch eine Erdbeere, Süße?«

Ich frage mich, ob du auch welche willst. Ob du sie wieder von meinem nackten Körper essen wirst. So wie letztes Mal. »Ja, bitte.« Ich kriege nicht genug davon. Ich bin fast so süchtig nach den Beeren wie nach dir.

»Willst du mich?« Warme Finger wandern die Innenseite meiner Schenkel entlang.

»Immer.«

»Und für immer? Ich will für immer dafür sorgen, dass es dir gut geht.«

»Hm, lass mich nachdenken. Für immer? Das ist ganz schön lang«, sage ich, aber mein Lächeln verrät, dass ich dich nur necken will.

»Zu spät, du gehörst mir schon, ob du willst oder nicht.« Deine Finger haben meine Rippen erreicht und ich kreische, als *du anfängst, mich zu kitzeln. Lachend schubse ich dich weg und springe auf.*

»Nur, wenn du mich fangen kannst!«, rufe ich dir über die Schulter zu und renne kichernd weg, während du mir schon auf den Fersen bist.

»Mich wirst du so schnell nicht los!«, rufst du zurück und ich frage mich, warum ich das auch jemals wollen würde.

FÜNFZEHN

Mein erster Arbeitstag ist gekommen und ich bin völlig erledigt, noch bevor ich überhaupt angefangen habe. Letzte Nacht konnte ich einfach nicht zur Ruhe kommen. In den frühen Morgenstunden lag ich noch wach, an Sams Fleecejacke gekuschelt, die ich noch anhatte, als er mich zu Hause abgesetzt hat. Ich habe versucht, das, was auf dem Friedhof passiert ist, noch mal Schritt für Schritt durchzugehen, aber die Details waren verschwommen und unklar, wie eine frühe Kindheitserinnerung. Jetzt frage ich mich, ob ich mir das Ganze nur eingebildet habe. Das bisschen Schlaf, das ich letztendlich bekommen habe, war unruhig und nach dem Aufwachen konnte ich kaum fassen, dass ich ausgerechnet von Erdbeeren geträumt hatte. Ernsthaft? Ich konnte die blöden Dinger noch nie ausstehen und den Geschmack bin ich selbst nach dem Aufwachen kaum losgeworden.

Mit Pfefferminzkaugummi im Mund stehe ich nun um Viertel vor acht vor der Tierarztpraxis und fühle mich wie am ersten Schultag nach den Sommerferien. Beim Gedanken daran, die Praxis zu betreten, spüre ich ein nervöses Flattern im Bauch. Aber es war die richtige Entscheidung. Glaube ich.

Wenn ich nicht wieder hier arbeite, was soll ich denn dann tun? Wer bin ich denn dann?

»Jenna!«

Hände packen mich an den Schultern und mein Herz setzt einen Schlag aus.

»Na, was ist, kommst du rein oder nicht?« Rachel grinst mich an. Ihr rundes, sommersprossiges Gesicht strahlt bei meinem Anblick und ich folge ihr durch die Glastüren nach drinnen, den Blick auf ihren schwingenden braunen Pferdeschwanz gerichtet. Drinnen verbreiten Desinfektionsmittel ihren scharfen Geruch und ich beginne, mich zu entspannen. Ich weiß gar nicht mehr, warum ich dachte, dass hier alles anders sein würde. Schließlich bin doch ich es, die sich verändert hat.

»Soso, du hast also gestern beschlossen, meine Anrufe zu ignorieren.« Rachel bewegt ihren Zeigefinger vor ihrem Gesicht hin und her, als wäre sie sauer auf mich, aber ich weiß, dass sie es nicht ernst meint. Sie ist kein nachtragender Mensch. »Wie geht's dir?«

»Gut. Mir geht's gut.« Das ist keine Lüge. Körperlich geht's mir gut. Aber sie kneift die Augen zusammen und ich weiß, dass sie es mir nicht abkauft.

»Und das, was wir am Samstag besprochen haben? Wegen der Organspenderin? Hast du darüber nachgedacht, was ich gesagt habe?«

»Ihr Name war Callie«, schnauze ich sie an, aber es tut mir sofort leid. »Entschuldigung, Rachel, ich hab es nicht so gemeint ...«

»Schon gut, Frau Launisch. Ich weiß ja, dass du wieder besser drauf sein wirst, wenn deine Dosis reduziert wird. Und bis dahin«, sie seufzt theatralisch, »bis dahin wird es wohl schwierig sein, deine beste Freundin zu sein, aber hach, jemand muss es ja tun.« Sie schüttelt ihren Kopf ob dieser Tragödie, ich schubse sie spielerisch und plötzlich gibt es keinen anderen Ort, an dem ich lieber wäre.

»Und jetzt, wo du wieder zur Arbeit kommst, musst du auch wieder beim Pubquiz mitmachen. Keine Ausreden mehr! Außer dir weiß keiner über dieses ganze Kunstgedöns Bescheid, das niemanden interessiert.«

»Aber du hast dich bestimmt gut geschlagen, wenn es um hirnlose Popmusik ging.«

»Immer noch besser als diese Depri-Singer-Songwriter, auf die du so stehst.« Sie tut so, als müsse sie gähnen, und ich lache laut auf. Dieses Geräusch habe ich so lange nicht mehr von mir selbst gehört, dass ich instinktiv eine Hand über meinen Mund schlage.

»Wie läuft es denn hier so?« Seit meiner Krankheit haben wir kaum über die Arbeit geredet.

»Alles beim Alten, außer dass Linda total gestresst und kurz angebunden ist. John kommt kaum noch vorbei und sie hat ganz schön viel zu tun.«

Die Praxis gehört Linda und ihrem Mann John, aber John ist letztes Jahr mehr oder weniger in Rente gegangen. Es wird bestimmt seltsam sein, ihn nicht mehr jeden Tag zu sehen. Über seine Scherze zu lachen. Zu sehen, wie er zwischen den Untersuchungen Kekse aus der Keksdose stibitzt.

»Jetzt wo John nicht mehr kommt, hat sie sogar angefangen, einfache Kekse zu kaufen, keine Schokoladenkekse mehr. Ist das nicht garstig? Jetzt, wo du die Teamleitung wieder übernimmst, wirst du die Revolte anführen müssen.«

»So weit sind wir noch nicht, ich bleibe erst mal bei Teilzeit.«

»Oh, super!« Rachel strahlt. »Ich hab mich inzwischen echt an das zusätzliche Einkommen gewöhnt.« Dann werden ihre Augen ganz groß. »Oh Gott, Jenna, Entschuldigung, so hab ich das nicht ...«, stammelt sie. »Ich meinte nur, wegen Liam und so.«

»Alles gut. Ehrlich. Ich versteh dich gut. Und wenn es mal knapp wird bei dir, dann helf ich dir gern«, biete ich ihr an, aber ich weiß, dass sie nicht darauf eingehen wird. Dafür ist sie zu stolz.

Wir fallen ganz automatisch in unsere alte Arbeitsroutine zurück. Rachel schaltet die Lüftungsanlage an und ich fahre den Computer hoch. Dann gehe ich die CDs durch und drücke eine Taste des uralten CD-Spielers, der sich knarzend öffnet. Manches ändert sich eben nie.

»Abba?« Rachel schlängelt sich hinter den Empfangstresen und hebt eine Augenbraue an, als die ersten Töne von »Mamma Mia« erklingen. »Wer sind Sie und was haben Sie mit Jenna gemacht?«

»Mir war nach was Fröhlichem.«

»Und das von meiner Jenna, die mal gesagt hat, sie würde sich lieber die Pulsadern aufschneiden, als schwedische Popmusik zu hören?« Sie dreht sich im Kreis und tippt ihre Hüfte gegen meine, dann schnappt sie sich einen Stift und hält ihn vor unsere Gesichter, damit wir hineinsingen können wie in ein Mikrofon.

So glücklich war ich schon lange nicht mehr.

»Na, da freut sich aber jemand, wieder hier zu sein.« In klackernden High Heels durchquert Linda den Empfangsraum und schließt mich in ihre Arme. Selbst durch die Kleidung hindurch kann ich ihre Knochen unter der Haut fühlen. Sie hat extrem abgenommen und wegen der dunklen Ringe unter ihren Augen wirkt sie noch blasser als sonst.

»Ist alles okay bei dir, Linda?«

»Das sollte ich dich fragen!«

»Mir geht's gut.«

»Ich soll dir liebe Grüße von John ausrichten. Er kommt im Laufe der Woche mal vorbei, um zu gucken, wie es dir hier so geht.« Linda und John haben keine Kinder und John hat mich immer gerngehabt. Als ich noch klein war, hat er mir immer tonnenweise Süßigkeiten mitgebracht, und später hat er mir immer einen Fünfpfundschein zugesteckt, wenn sie uns besucht haben. Linda ist ein bisschen strenger als er, aber ich arbeite gern für die beiden.

»Und du sollst es heute nicht übertreiben, okay, meine Liebe? Ich bin ja noch nicht ganz davon überzeugt, dass du schon wieder hier sein solltest.« Sie blickt mir prüfend ins Gesicht. »Wenn es dir doch zu viel sein sollte, würden wir das beide verstehen. Fühl dich nicht verpflichtet, hier zu sein.«

»Das tue ich nicht. Es ist gar kein Problem, ich muss es nur langsam angehen lassen.«

»Na gut, wenn du dir so sicher bist. Kelly bleibt in der Zwischenzeit auch noch da. Sie würde sich freuen, einen unbefristeten Vertrag zu bekommen, also mach dir keine Sorgen, dass wir zu wenig Leute hätten.«

Kelly, die Tierarzthelferin, die sie als Aushilfe eingestellt haben. Ich habe sie noch gar nicht kennengelernt. Rachel sagt, sie ist sehr nett, aber Rachel findet jeden nett.

Mit einem Bimmeln öffnet sich die Vordertür und der erste Patient des Tages schießt auf uns zu, mit kratzenden Krallen und aufgeregtem Hecheln.

»Johnson!« Ich sinke auf die Knie und begrüße den Boxer, der auf den glatten, steril weißen Fliesen herumschlittert.

»Wie schön, dass Sie wieder hier sind, Jenna.«

»Danke, Mr Harvey. Ist bei Johnson alles okay?«

Mr Harvey hat Johnson gekauft, nachdem seine Frau gestorben ist. Der lebhafte Hund macht zwar richtig viel Trubel, aber dank ihm weint sich Mr Harveys Sohn nicht mehr jede Nacht in den Schlaf.

»Heute gibt es keine Katastrophen zu melden, er ist nur wegen der Auffrischungsimpfung hier.»

Mr Harvey unterschreibt die nötigen Formulare und dann führt Rachel Johnson in das Untersuchungszimmer, während dieser hochspringt und nach seiner roten Stoffleine schnappt.

Den ganzen Vormittag über kommt ein Patient nach dem anderen. Ich hatte ganz vergessen, wie viel in der Praxis los sein kann. Als Linda den Kopf aus ihrem Büro heraussteckt und mich darum bittet, Kaffee für alle zu kochen, bin ich froh über die Verschnaufpause. Ich löffle löslichen Kaffee in die Tassen, gieße Milch dazu und lehne mich gegen die Arbeitsplatte. Der Wasserkocher blubbert und zischt vor sich hin und über das Geräusch hinweg höre ich gerade noch das Telefon klingeln. Ich laufe zum Empfang, bin aber nicht schnell genug. Also gehe ich in unseren Belegschaftsraum zurück, gieße den Kaffee auf und reiche die Tassen an die anderen weiter. Ich bin gerade dabei, auf Händen und Knien vor dem Kühlschrank herumzukriechen, um die Milch wegzuwischen, die aus dem Karton ausgelaufen ist, als Kelly ihren Kaffee in die Spüle schüttet und ihre Tasse ausspült. Einen Moment später folgt Rachel ihrem Beispiel mit ihrem eigenen und Lindas Kaffee.

»Willst du uns mästen?«

»Hä, wieso?«

»Du hast ganz schön viel Zucker reingetan.«

»Oh, hab ich ... daran kann ich mich gar nicht erinnern. Sorry. Ich bin doch müder, als ich dachte«, gebe ich zu.

»Wenn du früher gehen magst, spring ich gern für dich ein«, bietet Kelly mir an.

»Danke.« Wir gehen zum Empfang zurück und ich sammle meine Siebensachen ein. »Ich will nur noch kurz warten, bis Mrs Bainbridge kommt, damit ich ihr und Casper Hallo sagen kann. Sie haben einen Termin um zwölf.« Der kleine Jack Russell Terrier ist ein herzensguter Kerl und sein Frauchen auch. Ich kann es kaum fassen, dass ich sie seit neun Monaten nicht gesehen habe. Unsere Gespräche haben mir gefehlt. Sie hatte mir über Linda Blumen und eine Karte geschickt und ich möchte ihr sagen, wie viel es mir bedeutet, dass sie an mich gedacht hat. Ich weiß, dass sie nicht viel Rente bekommt und sich eigentlich keine Blumen leisten kann. Ich habe schon öfters selbst die Zuzahlungen für Caspers Medizin für sie übernommen, ohne es Linda zu verraten.

Die Glocke über der Tür bimmelt und Kelly und ich blicken auf. Mein Lächeln gefriert und mein Magen verkrampft sich, als Casper auf mich zu rennt, stark hechelnd und mit seitlich heraushängender Zunge. Ich spüre, wie Schweiß sich unter meinen Armen sammelt, und mein Blickfeld verengt sich. Mrs Bainbridge steht nun vor mir und aus den Augenwinkeln sehe ich, dass sich ihre Lippen bewegen, aber ich kann den Blick nicht von Casper abwenden. Von dem Speichel, der sich zwischen seinen nadelscharfen Zähnen sammelt.

»Jenna?« Kellys Gesicht schiebt sich in mein Blickfeld.

Ich höre, dass sie meinen Namen sagt, aber die Geräusche sind gedämpft, als wäre ich unter Wasser. Ich stemme mich gegen meinen Schreibtisch und schiebe meinen Stuhl nach hinten, um zur Toilette zu rennen. Die Übelkeit ist überwältigend. Ich spritze mir kaltes Wasser ins Gesicht und reibe es mit einem rauen blauen Papiertuch trocken. Mein Spiegelbild starrt mich an, mit knallroten Haaren und vor Panik geweiteten Augen. Warum habe ich solche Angst vor Casper? Er ist nicht halb so groß wie Johnson. Außerdem liebe ich Hunde, egal welcher Art.

Es hämmert an der Tür. »Jen, alles okay bei dir? Kelly sagt, du hast ganz entsetzt ausgesehen.«

»Alles gut, danke, Rachel«, rufe ich zurück, aber das stimmt hinten und vorne nicht. Meine Beine zittern so sehr, dass ich mich auf die geschlossene Toilette sinken lasse und meinen Kopf in meine Hände lege. Was ist nur los mit mir? Seit ich am Samstag Fiona, die Hellseherin, gesehen habe, werden die flüchtigen Gefühle, die mich aus dem Nichts überfallen und mein Herz zum Rasen bringen, immer bedrohlicher. Und immer häufiger. Inzwischen spüre ich fast ständig ein nervöses Flattern im Bauch. Ich werde den Gedanken an diese zweite Energie nicht los, obwohl ich doch nie an solche Dinge geglaubt habe. Irgendwie glaube ich immer noch nicht wirklich daran. Aber trotzdem ... Irgendetwas hat sich verändert und ich gebe offen zu, dass ich Angst davor habe. Als sei eine düstere Vorahnung zu meinem ständigen Begleiter geworden. Was kann das alles bedeuten? Schwebe ich in Gefahr? Mir ist, als könne ich tief in mir einen Aufschrei hören, kurz und abgehackt. Aber vielleicht bilde ich es mir auch nur ein.

SECHZEHN

Meine Augenlider sind vom Schlafen ganz verklebt. Ich reiße sie auf und gähne. Immer wenn ich tagsüber ein Nickerchen mache, fühle ich mich danach wie erschlagen. Draußen scheint noch die Sonne und wirft ihre Strahlen durch die Jalousien meines Wohnzimmerfensters, was meinem Laminatboden ein Streifenmuster verleiht. Mein Ledersofa klebt an mir und schält sich von mir ab, als ich mich aufsetze. Dann lasse ich meinen Kopf in die Hände sinken, als mir wieder einfällt, was für ein Desaster mein erster halber Arbeitstag war. Ich stolpere in die Küche, wo meine nackten Füße an den Fliesen kleben bleiben. Ich hole mir ein Glas Zitronensaft, lehne mich an die Arbeitsplatte und trinke. Der saure Geschmack verscheucht den Nebel der Müdigkeit und mein Blick fällt auf die chaotischen Linien meiner Mindmap. Gebannt starre ich sie an und ignoriere mein vibrierendes Handy. Mum oder Dad, keine Frage. Sie werden sich fragen, wie mein erster Tag war. Ich habe ihnen beiden eine SMS geschrieben, als ich nach Hause gekommen bin, um ihnen zu sagen, dass es gut lief, aber sie werden keine Ruhe geben, bis sie persönlich mit mir gesprochen haben. So, wie die beiden sich anstellen, könnte man meinen, ich wäre Bergsteigen gewesen. Wenn ich sie jetzt anrufe, merken sie sofort, dass etwas nicht stimmt, vor allem Mum. Und ich kann den Gedanken nicht ertragen, ihnen zu erzählen, wie ich weinend aus der Praxis geflohen bin, als ich Casper gesehen habe. Für das unvermeidliche Ich-hab's-dir-doch-gesagt habe ich gerade einfach nicht die Kraft.

Ich verscheuche die Gedanken an den Jack Russell Terrier, setze mich an den Tisch und öffne meinen Laptop. Ich lade verschiedenste Fotos von Callies Facebook-Seite herunter und schicke die Dateien an meinen WLAN-Drucker im Gang. Er rattert und klappert los und spuckt ein Bild nach dem anderen aus. Ich hänge sie mit den magnetischen Buchstaben an meinen Kühlschrank und als dort kein Platz mehr ist, klebe ich sie an der Wand fest. Callie im Schneidersitz auf einer Wiese, strahlend glücklich, eine Kette aus Gänseblümchen im Haar. Callie und Nathan, die nicht merken, dass sie fotografiert werden, und sich tief in die Augen sehen. Callie zwischen Tom und Amanda, Gläser voll sprudelndem Champagner zum Anstoßen gehoben. Unter jedes Foto hänge ich ein Post-it mit Details dazu, wo und wann es aufgenommen wurde. Wohin bist du in dieser Nacht nur gefahren? Ich fahre mit dem Finger über Callies Gesicht. Über ihre strahlende, perfekte, makellose Haut. Ich richte mich auf und mir ist, als hätte ich neue Kraft geschöpft, als könne ich neue Energie durch meinen Körper fließen spüren. Ich fühle mich nicht mehr krank und schwach, sondern wie jemand, der sein Leben in die Hand nehmen und einen Unterschied machen kann. Zielstrebig greife ich nach meinem Handy und tippe Nathans Büronummer ein, die auf meiner Mindmap geschrieben steht. Ich drücke auf die grüne Taste.

* * *

Draußen vor Nathans Bürogebäude glüht die Sonne auf dem heißen Asphalt und Abgasgestank hängt schwer in der Luft. Ich warte an einen Baum gelehnt und versichere mich immer wieder, dass die Äste genug Schatten werfen. Durch die Immunsuppressiva werde ich für immer ein höheres Hautkrebsrisiko haben. Diesen Sommer werde ich mir deshalb den blasshäutigen Look einer englischen Lady zu eigen machen. Ich lasse die Tür zum Gebäude keinen Moment aus den Augen. Nathans Sekretärin hat mir am Telefon gesagt, dass er um sechs Uhr aufhört zu arbeiten. Wartend unter meinem Baum fühle ich mich sehr allein und verletzlich. Ich spüre, wie nervöser Angstschweiß meine Klamotten durchweicht. Ich bin darauf bedacht, niemandem direkt in die Augen zu sehen. In Gedanken gehe ich immer wieder die Unterhaltung mit Nathan durch, die ich mir ausgemalt habe, aber die Worte wirken gezwungen und gekünstelt. Um sechs verlässt ein Strom von Menschen Nathans Bürogebäude. Die Männer lockern ihre Krawatten und rollen ihre Ärmel hoch, die Frauen stopfen Strickjacken in Handtaschen. Jedes Mal, wenn mich jemand im Vorbeieilen streift, zucke ich zusammen. Ich presse mich noch näher an den Baumstamm und die Rinde kratzt über die blanke Haut meiner Schultern. Um Viertel nach beginnen meine Beine wehzutun. Ich blicke so oft auf die Uhr, dass die Zeit sich schier endlos zieht. Um halb sieben bin ich überhitzt und müde und kurz davor, aufzugeben. Vielleicht habe ich ihn verpasst? Der Verkehr hier lässt nicht nach, Motoren jaulen, Stereoanlagen plärren und hinter meinen Augenbrauen bilden sich dumpfe Schmerzwolken. Als ich gerade beschließe, nach Hause zu gehen, schwingt die Tür noch mal auf, und dann steht er dort. Nathan. Beiger Regenmantel über dem Arm, hellbraune Aktentasche in der anderen Hand. Ich atme scharf ein, denn sein Anblick ist mir so vertraut, dass es mich trifft wie ein Blitz. Fast gegen meinen Willen setzen sich meine Beine in Bewegung, als würde mich ein unsichtbares Gummiband in seine Richtung ziehen. Er geht mit großen Schritten die Straße hinunter, seine glänzend polierten Lederschuhe klatschen auf den Asphalt und ich muss fast rennen, um ihn nicht zu verlieren.

In der nächsten Hauptstraße wuseln Menschenmassen hin und her, um die letzten paar Sonnenstrahlen aufzusaugen, und ich werde von einer Seite zur anderen geschubst. Zu viele Menschen um mich herum. Ich verliere Nathan aus den Augen. Das Blut rauscht in meinen Ohren und verzweifelt versuche ich, ruhig zu bleiben. Ich denke an Vanessas Ratschläge, achte darauf, wie schnell ich atme, und versuche, tiefere Atemzüge zu nehmen, während ich meine Hände mehrmals zu Fäusten balle und wieder entspanne. Trotzdem steigt meine Anspannung weiter. Ich weiß nicht mehr, ob ich drei oder fünf Sekunden lang einatmen – oder ausatmen? – soll, und fühle mich komplett hilflos im Kampf gegen die Panik. Ich trete zur Seite in einen Hauseingang und gehe in die Hocke, um mich so klein wie möglich zu machen. Atmen. Eins. Zwei. Drei. Das Zischen eines anfahrenden Busses lässt mich aufschrecken und ich sehe, wie die Räder sich drehen und von der Bordsteinkante entfernen. Ich starre durch die Fenster, als der Bus an mir vorbeifährt, aber keine Spur von Nathan. Er könnte inzwischen schon sonst wo sein. Keine Chance, ihn jetzt noch zu finden. Nach der langen Wartezeit ist es eine schreckliche Enttäuschung, ihn verloren zu haben, aber ehrlich gesagt spüre ich auch ein kleines Bisschen Erleichterung. Mein Kopf ist ganz schwer und meine Gedanken verworren. Meine Kehle ist ausgedörrt und ich blicke um mich, um einen Laden zu finden, der mir eine Flasche Wasser verkaufen könnte. Ein Stück die Straße hinunter sehe ich einen Co-op und etwas wackelig stehe ich auf. Ich konzentriere mich weiter auf tiefe Atemzüge und überquere die Straße. Sobald ich mein Wasser habe, werde ich mich auf den Heimweg machen.

Der Laden ist rappelvoll. Die Kunden schubsen und

schieben sich durch die Gänge, als müssten sie ihre letzten Weihnachtseinkäufe erledigen. Alle schnappen nach den letzten Hacksteaks für ihren Grillabend und meckern, dass es keine Brötchen mehr gibt. Die kühle Luft der Klimaanlage bildet einen krassen Kontrast zum strahlenden Sonnenschein draußen. Einen Moment lang bleibe ich stehen und genieße, wie sich mein Körper abkühlt und beruhigt. Aber es dauert nicht lang, bis sich Gänsehaut auf meinen Armen bildet, also kämpfe ich mich zum Kühlregal durch. Meine Gedanken und Gefühle entspannen sich langsam und ich beginne, über mein Abendessen nachzudenken. Ich sehe mich um, um etwas Leckeres zu finden, und entdecke am Ende des Obstregals Schälchen mit frischen Erdbeeren. Beim Anblick der runden roten Früchte schießt mir das Wasser in den Mund und obwohl ich sie eigentlich nicht ausstehen kann, steche ich ein Loch in die Plastikhülle. Ich schnappe mir die größte Beere und lasse sie über meinen Mund baumeln. Dann beiße ich genüsslich in das weiche Fruchtfleisch. Der süße Saft lässt meine Geschmacksnerven explodieren und läuft mein Kinn hinunter. Vor Wonne schließe ich meine Augen.

»Die scheinen Ihnen ja zu schmecken.«

Ich reiße die Augen auf und sehe, dass er es ist. Nathan. Der Lärm der anderen Kunden wäscht über mich hinweg und scheint dann zu verklingen. Ich starre ihn gebannt an. Meine Hand zuckt und möchte nichts lieber, als nach ihm zu greifen und über die Bartstoppeln an seinem Kinn zu fahren. Ob er das wohl auch spüren kann? Diese Verbindung zwischen uns. Ich wische mir mit dem Handrücken den Saft vom Kinn.

»Ich konnte einfach nicht widerstehen. Aber ich werde sie natürlich bezahlen.«

Er lacht, ein tiefes, herzliches Geräusch. »Darum ging es mir gar nicht. Ich kannte nur mal jemanden, der das auch immer gemacht hat.« Er legt den Kopf zur Seite und mustert mich. »Sie erinnern mich an sie. Wahrscheinlich wegen der Frisur.«

Meine Hand zuckt instinktiv zu meinem Hinterkopf. Immer noch ein seltsames Gefühl, die nackte Haut dort zu spüren.

»Sie hat Erdbeeren geliebt, sie hat sie tonnenweise gegessen. Und sie meinte immer, Erdbeeren würden die Zähne aufhellen. Aber das hatte sie als Zahnarzthelferin eigentlich gar nicht nötig.« Er fährt sich mit den Fingern durch sein kräftiges, lockiges Haar. »Ach, Entschuldigung, dass ich Sie so zuschwalle. Aber Callie hat das eben auch immer so gemacht. Immer, wenn wir Erdbeeren für ein Picknick gekauft haben, hat sie sie alle noch im Laden aufgegessen und ich musste zurückgehen und neue kaufen.«

Callie. Picknick. Erdbeeren. Meine Träume. Träume ich von Callie? Das wäre doch absurd. Ich erinnere mich an Amandas Gemälde. An die Mädchen aus meinem Traum. Am Strand. Callie und Sophie? Nathan blickt mich an und fragt, ob alles okay ist, das Gesicht in Sorgenfalten gelegt, aber es gelingt mir nicht, meinen Mund zu bewegen, um zu lächeln oder gar zu reden. Fiona hat von einer zweiten Energie gesprochen. Callie? Das kann doch nicht sein. Trotz der Klimaanlage wird mir ganz heiß. Meine Gefühle überschlagen sich und tausend Gedanken buhlen um meine Aufmerksamkeit. Ich fühle mich losgelöst von meinem Körper, als würde ich zu den weißen Lichtstreifen an der Decke hochschweben. Die Geräusche um mich herum verstummen, die Stille ist wie ein Schrei in meinem Kopf. Ich drehe mich im Kreis um mich selbst, mein Blickfeld wird kleiner und kleiner, ich bin Alice, ich falle ins Wunderland, nur noch ein kleiner Lichtpunkt bleibt und dann verschwindet die Welt im Nichts.

* * *

Schuhe. Ich bin umgeben von Schuhen. Turnschuhe, High Heels, Flipflops. Wie Konfetti liegen Erdbeeren um mich herum verstreut. Sinneseindrücke stürzen von allen Seiten auf mich ein. Ich setze mich blinzelnd auf und ziehe mein Oberteil nach unten, weil mir bewusst wird, dass meine Speckröllchen um die Taille sichtbar sein könnten.

»Hier.« Nathan kauert sich neben mich und öffnet eine Flasche Evian. Durch das kondensierte Wasser ist das Etikett weich und feucht.

Ich krächze ein Dankeschön heraus und trinke gierig, während sich die Zuschauermenge um mich herum auflöst.

»Sie werden wohl draußen einen Hitzschlag bekommen haben.«

»Wahrscheinlich, ja. Ich habe auch noch nichts zu Mittag gegessen.«

Ein pickliger Verkäufer starrt mich unfreundlich an – und das, obwohl auf seinem Namensschild steht Ich helfe gern. Er sammelt die Erdbeeren auf. Die, die auf dem weißen Fliesenboden aufgeplatzt sind, wischt er auf. Es sieht aus wie an einem Tatort. Ich schaudere, ziehe die Knie zum Kinn und schlinge die Arme um meine Schienbeine.

»Okay, wissen Sie was, Sie kennen mich zwar nicht, aber ich wohne direkt um die Ecke. Würden Sie gerne mit zu mir kommen? Ich kann Ihnen was zu essen geben und Ihnen ein Taxi rufen, sobald es Ihnen besser geht.« Nathan bietet mir seine Hand und zieht mich hoch. Ich schwanke etwas hin und her und er legt den Arm um meine Taille. Ich lehne mich an ihn, als hätte ich es schon tausendmal so getan.

»Das ist wirklich sehr freundlich von Ihnen, aber ...«

»Kein Aber. So kann ich Sie nicht nach Hause gehen lassen. Was, wenn Sie mitten auf der Straße wieder ohnmächtig werden oder so was in der Art? Das könnte ich mir nie verzeihen.«

»Ich könnte einfach meinen Vater anrufen und hier warten, bis er kommt.«

Der Verkäufer schrubbt mit dem Mopp um meine Füße, sodass Wasser darüberschwappt und meine Zehen in den offenen Sandalen vom Desinfektionsmittel klebrig werden.

»Tschuldigung«, murmelt er, aber er grinst dabei. Hier möchte ich keine Sekunde mehr bleiben.

Normalerweise würde ich nie im Leben mit einem Fremden nach Hause gehen, geschweige denn mich von ihm verköstigen lassen, aber mir ist wirklich nicht gut. Außerdem ist Nathan ja eigentlich kein Fremder, nicht wahr? Nicht wirklich. Und ich wollte ja sowieso mit ihm reden. Aber dann denke ich an Callies geschwollenes Gesicht und zögere. Was, wenn Nathan gefährlich ist?

»Falls Sie lieber Ihren Vater anrufen möchten, warte ich mit Ihnen, bis er kommt.«

Sorgenfalten durchfurchen seine Stirn und ich schiebe meine Zweifel von mir. Wie viele Menschen wären denn so nett, einer wildfremden Person zu helfen?

»Vielen Dank, aber ich glaube, ich würde tatsächlich gerne zu Ihnen nach Hause gehen.«

Zu Callie nach Hause, denke ich.

Zu mir nach Hause, pocht mein Herz.

SIEBZEHN

Meine Füße scheinen den Weg zu kennen, als ich neben Nathan herlaufe. An der Ampel links, rechts an der Kirche vorbei, stehen bleiben, Straße überqueren. Nathans tiefe, tröstende Stimme begleitet mich, aber ich kann nicht verstehen, was er sagt. Ich kann nicht verstehen, was mit mir passiert. Erdbeeren? Ich habe Erdbeeren immer gehasst. Der Traum von dem Picknick tanzt durch meine Gedanken. Werde ich langsam verrückt? Callies Herz schmerzt in meiner Brust. Das Herz, das untrennbar mit Nathan verbunden ist? Wie lächerlich. Ein Herz ist doch nur ein Organ.

Auf einmal weiß ich, dass wir da sind. Zu Hause sind. Alles kommt mir so surreal vor, als wäre ich betrunken. Wir werden langsamer und bleiben am Ende der Einfahrt stehen. Nathan hält seinen Regenmantel mit einer Hand hoch und klopft die Taschen ab, auf der Suche nach seinen Schlüsseln. Die Häuser hier wirken immer noch frisch wie Neubauten, obwohl sie bestimmt schon seit über zwanzig Jahren hier stehen. Keine Schornsteine, aber rote Dachziegel, soweit das Auge reicht.

Nathan schiebt das knarzende Tor auf und öffnet die glänzend schwarze Haustür mit silbernem Türklopfer. Ich folge ihm in einen Gang, in dem es stark nach Waschpulver riecht. Ein riesiges Bild des Eiffelturms bei Nacht in einem glänzend schwarzen Rahmen ziert die Wand.

»Machen Sie es sich gemütlich.« Nathan durchquert den Gang mit vier großen Schritten und hat schon die Küchentür erreicht. »Tee?«

»Ja, bitte.« Mit den Fingern fahre ich die zartgelben Wände entlang und folge ihm, dann streiche ich über den polierten weißen Türrahmen, der in ein kleines Bad führt. Ich kann es nicht lassen, alles zu berühren. Ich habe das starke Bedürfnis, die Echtheit dieses Hauses zu spüren, und sei es nur, um mich selbst zu überzeugen, dass das alles nicht nur ein Traum ist.

In der Küche ist Nathan bereits damit beschäftigt, Tassen aus Schränken zu ziehen und die Milch bereitzustellen.

»Möchten Sie Zucker?«

»Nein, danke.«

Nathan gräbt den Löffel in die Zuckerdose und häuft die weißen Körnchen in meine Tasse. Er rührt sorgfältig um und ich frage mich, ob er mich vielleicht nicht gehört hat. Bevor ich ihn darauf ansprechen kann, blickt er auf und schüttet noch einen halben Löffel hinein.

»Ich weiß, Sie wollten keinen, aber Zucker ist gut nach so einem Schock. Sie sind immer noch sehr blass. Zeit, dass Sie sich etwas hinsetzen. Wollen wir in den Garten gehen?« Und er ist schon dabei, die Hintertür aufzumachen.

Ich will eigentlich den Rest des Hauses sehen, aber er drückt mir eine Packung Chocolate Fingers in die Hand. »Die können Sie schon mal mit rausnehmen, damit Sie sofort was im Magen haben. Ich kümmere mich dann gleich noch um eine richtige Mahlzeit.«

Der Garten ist wunderschön, umrahmt von einem bunten Blumenmeer, und mir fällt wieder ein, dass Tom erzählt hat, wie gern Callie im Garten gearbeitet hat. Ich lehne mich an den Zaun und nippe an meinem Tee, während Nathan mit einem großen grünen Sonnenschirm kämpft. Er versucht, ihn so zu drehen, dass der Gartentisch im Schatten liegt.

»Würde es Ihnen was ausmachen, die Sitzkissen aus dem Gartenhäuschen zu holen?«, fragt er mich.

Die Hitze im Gartenhäuschen ist erdrückend und trotzdem riecht es darin noch nach feuchter Erde. An den Wänden hängt verschiedenes Gartenwerkzeug und verkrusteter Schlamm ziert die Zacken der Grabegabel. Am anderen Ende des Häuschens stapeln sich Säcke mit Komposterde und Kalkdünger. Auf dem Regal sind Gartenratgeber neben Samenpäckchen gequetscht. Unter einer Plane entdecke ich schließlich die Sitzkissen. Ich ziehe daran und bringe einen Blumentopf aus dem Gleichgewicht. Etwas Silbriges fällt heraus und mit einem Kreischen renne ich aus dem Häuschen, als die größte Spinne, die ich je gesehen habe, über den Boden huscht.

»Alles okay?« Nathan nimmt mir die Kissen ab.

»Spinne«, sage ich und verziehe mich in eine Ecke des Gartens, während Nathan die Kissen aneinanderschlägt. Staub wirbelt auf und senkt sich langsam ins Gras.

»Ach, ihr Frauen, immer Angst vor allem.« Er lächelt.

»Na, vor allem nicht«, sage ich. »Hat Ihre Freundin auch Angst vor Spinnen?«

»Ich habe keine Freundin. Callie. Meine Verlobte. Sie ist vor ein paar Monaten gestorben.«

»Das tut mir schrecklich leid.« Und ich meine es auch so.

»Danke«, sagt er. Sein Gesicht wirkt verschlossen, als er Stühle zum Tisch zieht, und ich merke, dass er nicht über Callie reden möchte. Ein Teil von mir ist erleichtert. Ich weiß überhaupt nicht, wo ich anfangen sollte, und mein Kopf pocht immer noch schmerzhaft, angestrengt darum bemüht, zu verstehen, was hier gerade passiert.

Aus dem Garten nebenan ertönt ein jaulendes Kläffen. Klingt nach einem kleinen Hund.

»Ach, dieses Mistvieh. Ich kann ihn nicht ausstehen«, sagt

Nathan. »Gehört den neuen Nachbarn. Callie würde ausflippen, wenn sie noch hier wäre. Sie hat Jack Russell Terrier bis aufs Blut gehasst. Als Kind hat einer sie gebissen und seitdem hatte sie schreckliche Angst vor ihnen. Eigentlich seltsam, große Hunde hat sie geliebt, aber bei Jack Russells hat sie Panik bekommen, selbst wenn sie angeleint waren.«

Der Garten kippt und verschwimmt vor meinen Augen. Bilder schießen durch meine Gedanken. Mrs Bainbridge – Casper – nadelscharfe Zähne – Callie – meine Angst in der Praxis. Ich stolpere zur Hintertür.

»Nur kurz auf Toilette«, sage ich. Ich muss Ordnung in meine Gedanken bringen.

Im Bad angekommen setze ich mich auf die geschlossene Toilette. Callie hatte Angst vor Jack Russell Terriern. War es ihre Angst, die ich in der Praxis gespürt habe? Das klingt so verrückt. Ich presse meine Hände gegen meine heiße Stirn. Die Sonne brennt draußen erbarmungslos nieder und ich versichere mir selbst, dass es die Hitze ist, die solch irrationale Gedanken in mir weckt, oder meine Medikamente, die mich paranoid machen, aber ich weiß, dass mehr dahintersteckt. Ich fühle, was Callie gefühlt hat, aber wie ist das möglich?

Nathan klopft an die Tür und ich bin so überspannt, dass ich heftig zusammenzucke.

»Jenna, alles okay?«

»Moment.« Ich fummle an dem Türschloss herum. Meine Hände wollen nicht aufhören zu zittern. Ich öffne die Tür, obwohl ich nicht genau weiß, was ich sagen soll.

»Entschuldigung. Es war dumm von mir, mit Ihnen in die Hitze rauszugehen, wo Sie doch sowieso schon ohnmächtig geworden sind. Sie sind so schrecklich blass. Sie werden doch nicht noch mal umfallen, oder?«

»Nein, alles okay. Ehrlich. Mir war nur ein bisschen schwindlig. Ich sollte wohl besser nach Hause gehen.«

»Warten Sie doch zumindest, bis Sie was gegessen haben

und sich etwas besser fühlen. Ich mach uns Spaghetti Bolognese. Wir können es uns im Esszimmer gemütlich machen. Wird schön sein, das Zimmer mal wieder zu benutzen.«

Ich zögere. Mir geht es wirklich dreckig und ich möchte ja mit Nathan sprechen.

»Oh, sorry, kommandiere ich Sie gerade herum? Callie meinte, das passiert mir manchmal. Aber ich meine es gut, versprochen. Ich würde mich über die Gesellschaft freuen«, sagt er und als er mich anlächelt, weiß ich, dass ich bleiben werde.

»Okay. Vielen Dank.«

* * *

»Wie haben Sie sich kennengelernt? Callie und Sie?« Ich sitze auf einem Küchenhocker und knabbere an einem Stück der Paprika, die Nathan für die Soße kleinhackt.

»In einer Bar. Ich war mit ein paar Arbeitsfreunden unterwegs. Sie hat auf ihre Drinks gewartet und über einen Witz ihrer Freundin gelacht. Bei ihrem Anblick blieb mir die Luft weg, sie war die schönste Frau, die ich je gesehen habe. Ihre Freundin ging zur Toilette und so ein ekliger Typ hat sich an sie rangemacht, hat versucht, mit ihr zu flirten. So ein opportunistischer Widerling, und so besoffen, dass er kaum noch gehen konnte.« Sein Gesichtsausdruck verfinstert sich, als er daran zurückdenkt. »Sie hat ihm den Rücken zugedreht und sich offensichtlich bemüht, ihn loszuwerden, aber er hat's einfach nicht kapiert. Ich bin einfach zu ihr rübergegangen und habe den Arm um sie gelegt. Ihren Gesichtsausdruck in dem Moment werde ich nie vergessen. Ich hab sie auf die Wange geküsst und gesagt: ›Sorry, dass ich spät dran bin, Schatz.‹ Das hat er dann endlich verstanden und ist wieder abgezogen. Sie nannte mich ihren Retter in der Not und ab dann war einfach alles klar.«

»Liebe auf den ersten Blick?« Bei Sam und mir hatten sich die Gefühle langsam entwickelt, wir waren vorher erst mal ewig befreundet gewesen.

»Sie war alles, was ich mir nur wünschen konnte. Lieb, wunderschön, gutherzig. Zu gutherzig.« Er köpft eine zweite Paprika.

»Kann man wirklich zu gutherzig sein?« Mir kommt es oft so vor, als wäre die Welt nicht gutherzig genug.

»Manchmal muss man auch in der Lage sein, für sein eigenes Recht einzustehen.« Sein Tonfall ist sanft, aber er hält das Messer so fest umklammert, dass seine Knöchel weiß werden. Er kratzt das Gemüse in den Topf, in dem das Hackfleisch schon zusammen mit dem Knoblauch und der Tomatensoße köchelt. Mein Magen knurrt.

»Kommen Sie, wir setzen uns ins Wohnzimmer, während die Soße durchzieht«, sagt Nathan.

Das Wohnzimmer ist makellos, glänzend weiße Möbel. Ein großer, flauschiger cremefarbener Teppich liegt zwischen dem karamellfarbenen Ledersofa und dem Couchtisch. Am anderen Ende sehe ich eine Tür, die wahrscheinlich ins Esszimmer führt. Auf dem Kaminsims steht ein großer silberner Bilderrahmen. Das Bild zeigt Callie auf einer wackligen Holzbrücke über einem plätschernden Bach. Sie lacht und hält ihre offene Hand über den Bach. Ein kleiner Stock fällt hinunter ins Wasser.

Mein Traum. Meine Beine werden weich wie Gummi und ich lasse mich auf das Sofa sinken.

»Das war an ihrem Geburtstag«, sagt Nathan, der hinter mir steht, aber ich kann den Blick nicht von dem Bild abwenden. »Sie hat immer so gern Pu-Stöckchen gespielt. Wir hatten zu der Zeit nicht genug Geld, um uns etwas Ausgefallenes zu leisten, aber sie hat mir versichert, dass sie mein Überraschungspicknick toll fand.«

Ich weiß, dass sie es ernst gemeint hat. Ich möchte ihm so gern von meinem Traum erzählen und davon, wie unfassbar glücklich und geliebt sie sich gefühlt hat, aber wie könnte er das verstehen? Es klingt völlig absurd. Es ist völlig absurd. Ich träume von Momenten, die ich nie erlebt habe. Die jemand anders erlebt hat, jemand, den ich nie getroffen habe. Ich lege meine Hand auf meine Brust und spüre, wie Callies Herz in mir pocht, pocht, pocht.

In diesem Moment verschwinden alle Zweifel und ich bin mir sicher. Ein Herz ist mehr als nur ein Organ. Es kennt unsere Geheimnisse und Lügen. Unsere Hoffnungen und Träume. Es ist mehr als nur ein Muskel. Das weiß ich jetzt.

Das Herz erinnert sich.

ACHTZEHN

»Hier, lesen Sie das.« Ich wedle mit einem Stoß zerknitterter DIN-A4-Blätter vor Vanessas Gesicht herum, die ich in meine Tasche gestopft hatte. Als ich letzte Nacht nach dem Essen mit Nathan nach Hause gekommen bin, habe ich stundenlang Google durchforstet und einen Erfahrungsbericht nach dem anderen ausgedruckt. Manche davon hab ich neben Callies Fotos an die Küchenwand geklebt, von deren hellrosa Anstrich inzwischen nicht mehr viel zu sehen ist.

»Jenna, ich weiß, dass Sie glauben, dass es so etwas wie Zellgedächtnis gibt ...«, sagt Vanessa.

»Das gibt es wirklich!« Ich springe auf und balle meine Hände zu Fäusten. »Es gibt viele Wissenschaftler und Ärzte – und es werden immer mehr –, die glauben, dass Erinnerungen in den Nervenzellen des Herzens gespeichert werden und dann an den Organempfänger übergehen. Es gibt neue wissenschaftliche Studien dazu, inwieweit das Herz mit unseren Emotionen zu tun hat. Und es wurde bereits bewiesen, dass das Herz eine eigene Intelligenz besitzt.«

»Aber es gibt keine Beweise, dass das Zellgedächtnis ...«

»Es gibt Beweise, dass Erinnerungen im gesamten Nervensystem verteilt werden, und das Nervensystem des Herzens enthält vierzigtausend Nervenzellen, die mit dem Gehirn kommunizieren. Wenn man ein Herz transplantiert, werden auch diese Nervenzellen übertragen.« Ich war die halbe Nacht wachgeblieben, hatte Fakten sortiert und mich durch medizinische Fachartikel gekämpft, um das Ganze zu verstehen. Ich fahre fort: »In Österreich wurde eine Studie von der Quality of Life Research veröffentlicht, die bei einundzwanzig Prozent der befragten Transplantationspatienten eine Veränderung festgestellt hat. Einundzwanzig Prozent! Das ist unglaublich!«

»Bitte setzen Sie sich.« Vanessas Tonfall bleibt unverändert. Sie mag gelegentlich eine fragende Augenbraue heben und einen über den Rand ihrer Brille hinweg prüfend anblicken, sodass man alles infrage stellt. Aber ihr Tonfall bleibt immer gleich.

Ich ignoriere sie und gehe zum Fenster.

»Wie war es für Sie, wieder in die Arbeit zu gehen?«

»Sie können die Studien auch finden.« Ich bin entschlossen, mich nicht vom Thema abbringen zu lassen. »Das Zellgedächtnis ist …«

»Jenna, ich kann nicht …«

»Nein, Sie wollen nicht.« Ich wirble herum und blicke ihr in die Augen. »Bitte. Lesen Sie die Fachzeitschriften. Die School of Nursing an der Honolulu-Universität in Hawaii hat eine Studie durchgeführt und konnte feststellen, dass alle Patienten mit einem Spenderherz sich verändert haben, auf eine Art, die zur Vorgeschichte der Organspender gepasst hat. Nicht nur Geschmäcker und Vorlieben, auch sensorische Erfahrungen. Es gibt online Tausende Berichte von Menschen, die ein Spenderorgan erhalten und sich dadurch verändert haben.«

»Natürlich haben sie sich verändert. Sie haben eine zweite Chance erhalten, die Chance, zu leben.«

»Wessen Leben zu leben? Ihr eigenes oder das der Spender?«

»Es ist völlig unmöglich ...«

»Es gab da einen Fall von einer britischen Frau, die nach ihrer OP aufgewacht ist und fließend Russisch sprechen konnte. Sie war noch nie in Russland gewesen – die Spenderin war Russin. In einem anderen Fall konnte ein Junge plötzlich Klavier spielen, so gut wie ein Konzertpianist. Er hatte vorher noch nie ein Instrument gespielt. Ich habe mir das alles nicht ausgedacht.« Heute früh war ich die Fakten in meinem Kopf wieder und wieder durchgegangen. Ich weiß, um ernst genommen zu werden, müsste ich die Informationen ruhig und gelassen präsentieren. Doch nun sprudeln die Worte aus mir heraus, überschlagen sich, und meine Stimme ist zu hoch und zu schnell.

»Natürlich denke ich nicht, dass Sie sich das ausgedacht haben, aber wissenschaftlich betrachtet ...«

»Wissenschaftlich betrachtet ist es unmöglich, dass ein junges Mädchen eine Organspende erhält und bei ihrer ersten Fahrstunde fährt wie Lewis Hamilton. Ihre Spenderin war Rennfahrerin.« Ich weiß, wie absurd das alles klingt, aber ich wünsche mir verzweifelt, dass Vanessa mir glaubt. Ich lasse mich wieder auf das Sofa sinken. »Okay.« Ich bemühe mich, ruhiger zu sprechen. »Es sind nicht immer so große Veränderungen. Oft sind es auch kleine Dinge. Ein Verlangen nach Essen, das die Patienten zuvor nie gegessen hatten. Neue Musik, neue Büchervorlieben. Wenn die Empfänger dann mit den Familien der Organspender sprechen, erfahren sie oft, dass die neuen Vorlieben auch die der Organspender waren. Die Wissenschaft nimmt das Thema ernst. Warum können Sie es nicht ernst nehmen?«

»Aber es ist doch ganz normal, dass Geschmäcker sich verändern. Wenn man eine zweite Chance bekommen hat, ist es nur nachvollziehbar, neue Dinge ausprobieren zu wollen. In vollen Zügen leben zu wollen. Neue Bücher und neue Musik auszuprobieren, gehört eben dazu.«

»Aber es gibt auch Berichte über seltsame Träume, Erinnerungen an Dinge, die dem Empfänger nicht passiert sind, aber dem Spender.«

»Viele Menschen erleben oft ganz ähnliche Dinge. Nur wenige Erlebnisse sind komplett einzigartig.«

»Ich habe so eine Verbindung zu Nathan gespürt. Als ob wir zusammengehören.«

»Und er hat diese Verbindung auch gespürt?«

Den Rest meiner Zeit bei Nathan war ich ganz benommen gewesen. Ich hatte meine Spaghetti gegessen und war gegangen, sobald er die Teller weggeräumt hatte. Wir hatten keine Nummern ausgetauscht. Heute Morgen habe ich ihm eine Freundschaftsanfrage auf Facebook geschickt, aber er hat nicht darauf geantwortet. Tom und Amanda haben sich auch nicht mehr gemeldet. Diese Menschen, zu denen ich so eine starke Bindung fühle, scheinen kein Problem damit zu haben, mich aus ihrem Leben verschwinden zu sehen. Bilde ich mir doch alles nur ein? Ich ignoriere Vanessas Frage und fahre mit meinem Plädoyer fort.

»Was ist mit meinen Aussetzern? Mit der Angst, der Panik, den Szenen, die ich sehe? Es ist, als ob sie schon mal passiert sind. Was, wenn sie wirklich schon passiert sind, aber nicht mir, sondern Callie? Das ist doch möglich, oder? Oder verliere ich den Verstand?«

»Sie verlieren nicht den Verstand, Jenna, aber Sie haben eine schrecklich traumatische Erfahrung durchgemacht und nehmen starke Medikamente ein. Ihre geistige Gesundheit hat gelitten, und das ist völlig verständlich. Wir haben doch bereits darüber gesprochen, dass Sie lernen müssen, sich zu entspannen, nicht wahr?«

Ich ignoriere auch diese Frage. »Und was ist mit meinem Traum? Pu-Stöckchen spielen auf der Brücke. Das Picknick.«

»Ich bin mir ziemlich sicher, dass jeder schon mal Pu-Stöckchen gespielt hat. Wahrscheinlich ist das eine alte Kindheitser-innerung, die wieder hochgekommen ist.«

Ich hatte als Kind aber keinen Sex in einem Maisfeld, denke ich, aber von dem Teil des Traums kann ich ihr nicht erzählen. Das wäre mir zu peinlich.

»Aber warum sollte ich mich gerade jetzt daran erinnern? Direkt bevor ich Nathan kennengelernt habe?« Ganz gleich, was Vanessa sagt, es ergibt einfach keinen Sinn.

»Wer weiß? Es gibt viele Auslöser dafür, dass unterbe-wusste Erinnerungen wieder hochkommen. Gerüche. Geräu-sche. Gefühle.«

»Das wäre ein zu großer Zufall.« Ich lehne mich nach vorn und ziehe die Ärmel von Sams grüner Fleecejacke über meine Hände, die Ellbogen auf die Knie gestützt, die unruhig auf und ab wippen.

»Aber so rufen wir oft Erinnerungen ab. Ganz subtil. Haben Sie schon mal eine von Derren Browns Shows gesehen? Er setzt Trigger ein, um die Gedanken in eine bestimmte Rich-tung zu lenken. Er weiß, was Leute sagen und tun werden, weil er die Antwort vorprogrammiert hat, durch visuelle und audi-tive Reize. Es ist nicht unwahrscheinlich, dass Ihre Erinne-rungen auf dieselbe Art hervorgerufen wurden.«

»Aber ich glaube nicht, dass es meine Erinnerungen sind. Ich glaube, es sind Callies. Dieser Traum, in dem ich mit einem anderen kleinen Mädchen am Strand war ... Ich glaube, das andere Mädchen ist Sophie. Callies Mum hat Gemälde an der Wand hängen, von kleinen Mädchen am Strand. Und das Pick-nick, der Mann, das muss Nathan sein.«

»Okay. Nehmen wir mal kurz an, in Ihren Träumen sehen Sie wirklich Callies Erinnerungen.« Vanessas Gesicht ist ausdruckslos und ich weiß, dass sie mich nur bei Laune halten will. »Wie fühlt sie sich da, zusammen mit dem Mann? Oder als kleines Mädchen?«

»Glücklich.«

»Haben Sie schon mal überlegt, ob es vielleicht Ihre enormen Schuldgefühle wegen Callies Tod sind, die in Ihren Träumen Ausdruck finden? Vielleicht träumen Sie davon, was für ein glückliches Leben sie hatte, um Ihr Gewissen zu beruhigen?«

Ich denke kurz darüber nach. Es klingt zumindest plausibel. »Aber es fühlt sich so echt an. Ich glaube, sie will mir etwas mitteilen, aber alles ist ganz durcheinander. In den Träumen ist sie glücklich, aber die Erinnerungsfetzen, die ich im wachen Zustand sehe, sind so schrecklich. Sie hatte Angst vor irgendetwas. Oder vor irgendjemandem. Da bin ich mir sicher.«

»Haben Sie denn Angst, Jenna? Nicht Callie, nur Sie selbst?«

»Manchmal schon.«

»Und die Träume. Nehmen wir mal den, wo Sie am Strand spielen. Wie haben Sie sich dabei gefühlt?«

»Weniger einsam«, gebe ich zu. Als Kind wollte ich immer ein Geschwisterchen haben. »Und ...« Ich beende den Satz, noch bevor ich richtig anfange. Das Blut schießt mir in die Wangen, als ich an den anderen Traum denke, den ich hatte, den mit dem Mann. Ich möchte Vanessa nicht verraten, dass ich beim Aufwachen immer noch seine warmen Finger auf meiner Haut gespürt habe und dass mein Körper sich danach sehnt, berührt zu werden. Ist es vielleicht doch nur mein Unterbewusstsein, das mir Dinge zuflüstert? Noch vor einer Stunde war ich felsenfest von der Theorie des Zellgedächtnisses überzeugt. Jetzt bin ich mir nicht mehr sicher.

»Fühlen Sie sich einsam?«

»Nein. Ja. Ein bisschen vielleicht.«

»Die Welt kann ganz schön angsteinflößend sein, wenn man sich einsam fühlt. All diese Emotionen, die Sie fühlen, sind Ihre eigenen, Jenna. Sie müssen sich das eingestehen, um weitere Fortschritte machen zu können. Sie haben solch eine schwere Zeit durchgestanden. Sie wären fast gestorben. Ihre

Beziehung zu Sam ist in die Brüche gegangen. Ihre Eltern haben sich getrennt. Jeder einzelne dieser Punkte würde ausreichen, um enormen mentalen Stress zu verursachen. Und alles auf einmal? Kein Wunder, dass Sie angespannt sind.«

»Aber Callie ...«

»Sich starr auf Callie zu fixieren, wird Ihnen nicht weiterhelfen. Ich fühle mit Callies Familie, sehr sogar«, sagt Vanessa. »Einer Organspende zuzustimmen, ist eine starke Leistung, aber Sie müssen versuchen, Ihren Frieden mit allem zu machen, was passiert ist. Callie wäre in jedem Fall gestorben, ob sie ihre Organe nun gespendet hätte oder nicht. Diese Reaktion ...« Sie tippt mit ihrem Stift auf meine vielen Notizen. »Das ist der Grund, warum wir von einem persönlichen Kontakt, der über einen Brief hinausgeht, abraten. Es ist zu aufwühlend. Für alle Beteiligten. Ich rate Ihnen stark davon ab, weiteren Kontakt zu der Familie zu suchen. Es mag gefühlskalt klingen, aber Sie, Jenna, haben für mich oberste Priorität. Sie sollten sich auf Ihr eigenes emotionales Wohlbefinden konzentrieren.«

»Aber der Traum mit dem Picknick ...« Ich bin inzwischen stark verunsichert. »Ich konnte Erdbeeren nicht ausstehen, bevor ich diesen Traum hatte. Jetzt kriege ich gar nicht genug davon.«

»Geschmäcker ändern sich mit der Zeit. Früher habe ich Rosenkohl in eine Serviette gewickelt und in meiner Tasche versteckt. Jetzt gehört er zu meinen Lieblingsspeisen.«

»Das lässt sich doch nicht vergleichen.«

»Ich bin zwar keine Ernährungswissenschaftlerin, aber ich weiß, dass hormonelles Ungleichgewicht oder Mängel ein Verlangen nach bestimmten Lebensmitteln auslösen können. Ihr Körper weiß, was er braucht. Erdbeeren sind gesund, es gibt also keinen Grund, sich deswegen Sorgen zu machen.«

»Aber ... Lust auf Abba-Lieder?«

»Stimmt, das könnte ein Grund sein, sich Sorgen zu machen.« Vanessa zwinkert mir zu, um zu zeigen, dass sie nur einen Scherz gemacht hat, dann legt sie ihr Klemmbrett und ihren Stift vor sich auf den Tisch. »Verzeihung, Jenna. Unsere Sitzung heute ist vergangen wie im Flug. Ich weiß, dass Sie sich Sorgen machen, und ich nehme Ihre Sorgen durchaus ernst. Führen Sie ein Tagebuch, um Ihre Gedanken festzuhalten, notieren Sie sich alles, was Ihnen seltsam vorkommt, und bringen Sie es nächste Woche mit. Dann gehen wir das gemeinsam durch. Und in der Zwischenzeit kann ich Sie nur darum bitten, sich etwas zu entspannen, oder es zumindest zu versuchen.«

Sie steht auf und mir wird klar, dass ich die Antworten, die ich brauche, hier nicht finden werde. Sie glaubt mir nicht. Aber irgendetwas ist mit mir los, und ich werde herausfinden, was es ist.

Als ich mich von ihr abwende und zur Tür gehe, rät sie mir: »Lassen Sie Callie los, Jenna.«

Aber was, wenn Callie mich nicht loslässt? Die Frage liegt mir auf der Zunge, aber ich verkneife sie mir und ein eisiger Lufthauch fährt mir in den Nacken.

NEUNZEHN

Tief in Gedanken versunken verlasse ich Vanessas Büro. Sie glaubt mir nicht und jetzt zweifle ich an mir selbst. Als ich letzte Nacht all die Erlebnisberichte anderer Organempfänger gelesen habe, war ich mir so sicher, dass Zellgewebe Erinnerungen speichern kann. Aber was Vanessa gesagt hat, wird wohl stimmen. Wir nehmen alle dieselben Medikamente. Ist es möglich, dass wir alle dieselben Nebenwirkungen haben? Ich trete vom Bordstein, um die Straße zu überqueren. Bremsen jaulen auf und lautes Hupen dröhnt in meinen Ohren. Ich bin vor Schreck wie erstarrt. Ein Mann streckt sein wütendes rotes Gesicht aus dem Fenster und brüllt mich an: »Pass auf, wo du hinläufst, du blöde Schlampe!« Dann fährt er einen Bogen um mich herum und davon. Plötzlich packt mich eine mittelalte Frau und zerrt mich zurück auf den Bordstein.

»Sie Arme, alles okay bei Ihnen?«, fragt sie mich.

Sie hält meinen Arm weiterhin umklammert und Panik steigt in mir hoch. Dieses Gefühl, festgehalten zu werden, löst heftige Angst in mir aus. Als sei es schon mal passiert. Ist es Callie schon mal passiert? Oder verliere ich mich in Wahnvorstellungen? Ich entreiße mich ihrem Griff, schnappe aber immer noch nach Luft. Ich kann nicht richtig atmen. Alles ist zu hell, zu laut. Schweiß sammelt sich in meinen Achselhöhlen und ich habe das verzweifelte Bedürfnis, wegzurennen. Ich fühle mich so einsam. So schrecklich und unwiderruflich allein. Im Moment gibt es nur einen Ort, an dem ich sein will.

* * *

Sams Auto steht vor dem Haus seiner Mutter. Seit unserer Trennung wohnt er hier. Unschlüssig stehe ich vor dem Gartentor. Meine Finger berühren die kühle Metallklinke, aber ich bewege sie nicht. Ich habe Kathy seit der Trennung nicht mehr gesehen und bin mir nicht sicher, ob ich hier willkommen bin.

Jemand hämmert gegen ein Fenster und ich blicke hoch. Harry, Sams Halbbruder, winkt mir aus seinem Schlafzimmer zu. Etwas nervös bin ich, dass mich jemand gesehen hat, aber die Erleichterung überwiegt. Jetzt kann ich nicht einfach wieder gehen.

Die Haustür öffnet sich. Sam trägt eine Anzughose und ein weißes Hemd mit hochgekrempelten Ärmeln. Ich weiß genau, dass ich seine Krawatte in die Tasche seines Jacketts gestopft finden würde. Er kann noch nicht lange zu Hause sein, sonst wäre er schon in Jeans und T-Shirt unterwegs. Einer seiner schwarzen Socken hat ein Loch und sein großer Zeh blitzt heraus. Mir wird klar, dass ich in einem anderen Leben die Frau gewesen wäre, die sich um ihn kümmert und die Löcher in seinen Socken stopft. Der Gedanke macht mich traurig. Dann schimpfe ich mit mir selbst. Ich habe in meinem Leben noch keine einzige Socke gestopft, das male ich mir jetzt doch zu romantisch aus.

»Hey, du«, sagt er.

»Ich wollt dir deine Jacke zurückbringen. Ich weiß, dass du

sie besonders gern trägst.« Ich spiele mit der Jackenkordel, mache aber keinerlei Anstalten, die Jacke auszuziehen.

»Würdest du gern reinkommen und Mum Hallo sagen?«

Kurz zögere ich, aber ich sehne mich so sehr nach einem kleinen Stück Normalität, und sei es nur für eine Stunde, also trete ich ein. Ich bin noch kaum drin, als mir Harry schon in die Arme springt. Mein Kinn liegt auf seinem Kopf und ich kann sein Limettenshampoo riechen.

»Ich hab dich vermisst, Jenna.«

»Ich hab dich auch vermisst.«

»Dann hättest du herkommen sollen.«

»Stimmt. Ich bin ganz schön blöd!« Ich trete einen Schritt zurück und schneide eine komische Grimasse, die Harry zum Kichern bringt. Harry ist erst sieben. Er ist das Ergebnis von Kathys kurzer Beziehung zu einem jüngeren Mann, der jetzt nichts mehr mit ihr oder ihrem gemeinsamen Kind zu tun haben will.

Kathy kniet in der Küche vor dem Herd und dreht an einem Knopf. Sie schaltet die Zündung an und Flammen schießen zischend hoch. Mein Magen verkrampft sich nervös, als sie aufsteht und sich zu mir wendet. Angespannt warte ich auf ihre Reaktion. Aber obwohl ihr die Erschöpfung ins Gesicht geschrieben steht und die Falten um ihre Augen meiner Erinnerung nach vor ein paar Monaten noch nicht dort waren, scheint sie ehrlich erfreut, mich zu sehen.

»Bleibst du zum Abendessen?«, fragt sie mich, als wären seit unserem letzten Treffen nicht viele Monate vergangen.

»Sehr gern.«

»Na dann heißt's Ärmel hochkrempeln, meine Liebe!« Sie grinst mich an und alles ist genau wie früher. Harry füllt sorgfältig Orangensaft in Gläser und Kathy wühlt im Tiefkühlfach herum, um willkürlich verschiedene Lebensmittelbeutel herauszuziehen, die sich zu einer Mahlzeit kombinieren lassen könnten. Smiley Fries, Würstchen im Teigmantel ... Sam öffnet eine Dose Baked Beans und ich halte eine gefrorene Schokoladentorte über eine Schüssel mit warmem Wasser, um den Auftauprozess zu beschleunigen. Aus dem Radio, das immer Hits der Achtziger spielt, ertönt »Hungry Like the Wolf«. Ich fühle mich wie zu Hause. Als wir uns um den winzigen Küchentisch quetschen, fällt mir auf, dass ich, seit ich hier bin, kein einziges Mal an Callie gedacht habe. Mit schlechtem Gewissen wird mir klar, wie erleichtert ich darüber bin.

Wir quatschen fröhlich die ganze Mahlzeit hindurch. Nachdem wir den Tortenrand verdrückt haben – in der Mitte ist sie noch gefroren –, spült Sam das Geschirr ab und Harry erzählt mir, dass er jetzt Star-Wars-Lego sammelt. Er rast die Treppe hinauf, um mir seine Figuren zu zeigen.

Kathy und ich wandern ins Wohnzimmer. Sie gähnt und steckt sich ein paar Haarsträhnen hinter das Ohr, die sich aus ihrem Pferdeschwanz gelöst haben. »Harry möchte seinen Vater kennenlernen«, verrät sie mir.

»Oh.« Ich weiß nicht genau, was ich sagen soll. Sie hat noch nie mit mir über Harrys Vater geredet und Sam erwähnt ihn fast nie. Wenn doch, dann immer nur als »Der Vollidiot«.

»Natürlich war mir klar, dass das eines Tages passieren würde, aber inzwischen sind es keine vereinzelten Fragen mehr, sondern ständige Forderungen.«

»Und was hast du nun vor?«

»Ich dachte mir, es ist nur fair, ihm eine SMS zu schreiben, Loser oder nicht, und ihn wissen zu lassen, dass sein Sohn nach ihm fragt. Ich dachte mir, ich gucke mal, wie er drauf ist, aber er hat nie geantwortet und kurz danach hat er aufgehört, Unterhalt zu zahlen. Früher hat er mir immer mal wieder Bescheid gesagt, dass er mir etwas Bargeld in den Briefkasten stecken wird. Er hat ›kein Vertrauen in Banken‹.« Sie malt mit ihren Fingern Anführungszeichen in die Luft. »Er hat immer aufgepasst, dass Harry ihn nicht sieht. Ich glaube, er hätte nie gedacht, dass Harry ihn eines Tages sehen will. Vielleicht ist er jetzt abgehauen.«

»Hast du versucht, ihn anzurufen?«

»Ja. Wochenlang hat er es einfach ewig klingeln lassen, jetzt ist kein Anschluss mehr unter dieser Nummer. Also muss ich jetzt noch mehr putzen, um genug Geld aufzubringen. Ich bin so erledigt.«

»Und was hast du Harry erzählt?«

»Was kann ich ihm davon schon erzählen? Die Wahrheit wohl kaum. Sein Dad war für mich nur eine Liebelei, nichts Ernstes. Er wollte keine Kinder. Er benimmt sich ja selbst wie ein Kind. Ich hab ihn mal in einem roten Cabrio rumfahren sehen, neben ihm ein Mädchen, das jung genug war, um seine Tochter zu sein. Als sie an einer roten Ampel standen, hat er sie abgeknutscht. Ich hätte gut Lust gehabt, ihr zu sagen, dass sie was Besseres verdient hat. Aber eins muss ich ihm zugutehalten, er hat immerhin finanziell für Harry gesorgt, wenn er auch keine Beziehung zu ihm aufbauen wollte. Aber jetzt ...«

»Gibt es da nicht Behörden, die einem helfen, Unterhalt einzufordern? Hast du dich schon mal an die gewandt?«

»Das bringt nichts. Er ist selbstständig, hat sich immer als Unternehmer bezeichnet. Wenn es keinen Arbeitgeber gibt, bei dem die anklopfen können, gibt es nicht viel, was sie tun können.«

Bevor sie noch mehr dazu sagen kann, stolpert Harry wieder ins Zimmer, die Arme voller Lego-Modelle. Ich hocke mich im Schneidersitz auf den Boden, um sie alle angemessen bewundern zu können und beim Wiederaufbau der Stücke zu helfen, die ihm beim Hereintragen runtergefallen sind. Dann spielen wir Top Trumps und Harry schlägt mich dreimal. Schließlich muss ich ihm sagen, dass es für mich langsam Zeit wird, zu gehen.

»Kann ich mal wieder vorbeikommen und mir die Tiere bei

euch angucken, Jenna? Bitte, bitte, bitte?« Harry schlingt seine Arme um meine Beine.

»Wär das okay?«, frage ich Kathy.

»Na klar.«

»Sonntagmorgen?« Ich weiß, dass ein paar Patienten über das Wochenende bleiben werden.

»Klingt gut. Dann sehen wir uns dann.«

»Ich bring dich heim«, sagt Sam.

»Schon okay, ich geh zu Fuß.« Ich kann es nicht riskieren, wieder mit Sam allein im Auto zu sein. Ihn wieder zu küssen. Das wäre nicht fair. Weder für ihn noch für mich.

In der Haustür stehen wir uns etwas verlegen gegenüber, dann lehnen wir uns für eine einarmige Umarmung nach vorne, vorsichtig darauf bedacht, dass sich unsere Körper nicht berühren.

Ich trete nach draußen und bin wieder allein. Die Wolken verdunkeln sich und rasen über den Himmel. Es ist kühl geworden und ich bin sehr froh, dass ich vergessen habe, Sam seine Jacke zurückzugeben.

Auf halber Strecke öffnen sich die Schleusen des Himmels und kalte, dicke Regentropfen klatschen auf mich herab. In der Wohnung angekommen schnappe ich mir einen Brief, der auf der Fußmatte liegt, und trage ihn ins Schlafzimmer, bevor ich mir Sams regendurchtränkte Fleecejacke vom Körper reiße und mich aus meinen Jeans schäle. Ich werfe beides in den übervollen Schmutzwäschekorb in der Zimmerecke und setze mich auf mein Bett, um den Brief aufzureißen.

Liebe Jenna,

vielen herzlichen Dank, dass du uns besucht hast. Uns war natürlich klar, dass ein Teil von Callie weiterlebt, aber erst durch das Treffen mit dir ist dieses Wissen greifbar geworden. Unsere Tochter hat ein Leben gerettet und wir sind unglaublich stolz auf sie. Wir haben beide eine starke Verbindung zu dir gespürt.

Nächsten Samstag ist Callies Geburtstag. Wahrscheinlich sollte ich sagen, wäre ihr Geburtstag gewesen ... Ich weiß nicht, ob ich mich je daran gewöhnen werde. Wir wollten nicht, dass du dich verpflichtet fühlst, deswegen haben wir nicht angerufen, aber wir werden gleich in der Früh Blumen auf Callies Grab legen und es würde uns sehr freuen, wenn du später im Laufe des Tages vorbeikommen könntest, um mit uns das Leben unserer Tochter zu feiern. Es würde uns unschätzbar viel bedeuten, einen Teil von Callie bei uns zu haben.

Herzliche Grüße

Tom und Amanda

Es fröstelt mich am ganzen Körper. Ich lese den Brief zum zweiten Mal. Dann gehe ich zum Schrank, um mir trockene Klamotten zu holen, aber ich kann es nicht lassen, auch die Holzkiste rauszunehmen und an meine Brust zu pressen. Wie können Tom und Amanda nur mit dem Verlust leben, den sie erlitten haben? Die Kiste ist verschlossen und aus dickem Holz, aber ich brauche den Deckel nicht zu öffnen, um zu sehen, was in der Kiste liegt. Ich sehe es jedes Mal, wenn ich die Augen schließe. Was Sam wohl sagen würde, wenn er wüsste, was in dieser Kiste liegt? Ich kann es mir nicht vorstellen. Ich knie mich vor den Schrank, stelle die Kiste vorsichtig wieder hinein und decke sie mit einem meiner Schals zu.

Wieder ein Abend allein zu Hause. Auf dem Küchentisch

lege ich meine Tabletten in einer Reihe vor mich hin, so wie ich früher Schnapsgläser aufgereiht habe. Dann nehme ich die erste von den lächerlich vielen Pillen, die ich brauche, um am Leben zu bleiben. Mit einem Glas lauwarmem Wasser spüle ich sie hinunter. Von den Bildern, die meine Wände bedecken, blickt Callie mich vorwurfsvoll an. Ich weiß nicht mehr, was ich glauben soll. Vor meinem Gespräch mit Vanessa war ich mir so sicher, dass dieses Herz in meiner Brust – ihr Herz – Dinge fühlt, die sie gefühlt hat.

Es fällt mir schwer, zur Ruhe zu kommen. Im Wohnzimmer zünde ich eine Kerze mit Kokosduft an, der in mir immer Bilder von entspannten Stunden an einem goldenen Strand hervorruft, von heißem Sand zwischen meinen Fingern. Ben Howard singt »Only Love« und ich zeichne, während meine Gedanken frei wandern. Meine Finger fliegen über die Seite, fast als hätten sie einen eigenen Willen. Als ich einen Blick auf die Zeichnung werfe, stelle ich schockiert fest, dass ich eine junge Frau gezeichnet habe, ein Knie gebeugt und angehoben, der gegenüberliegende Arm angewinkelt, als würde sie rennen. Sie dreht ihren Kopf, um hinter sich zu blicken, und ihr Gesicht ist von furchtbarer Angst erfüllt. Aber das allein ist nicht, was mich so erschreckt hat. Es ist die Tatsache, dass diese Frau genauso aussieht wie ich.

ZWANZIG

Ich stecke den abgelutschten Stiel des Lollis und die Feder in den Eckturm, als eine Art Flagge. Die Fenster und Türen haben wir mit Kieselsteinen markiert. Hier am Strand spielen haufenweise Kinder, aber ich finde unsere Sandburg am besten. Du gräbst einen Burggraben und schleuderst dabei Sand in meine Augen, meinen Mund und meine Haare.

»Lass das«, sage ich.

»Lass was?«, fragst du und lehnst dich zurück in die Hocke.

Ich starre dich missmutig an, aber dann kann ich mir ein Lächeln nicht verkneifen. Hinter deinem Körper kann ich nur die Flügel der hölzernen Eule im Hintergrund sehen und es sieht aus, als würden sie aus deinen Schultern herauswachsen. Mit deinen langen blonden Haaren, die in der Sonne glänzen, siehst du aus wie ein Engel und kichernd greife ich nach meinem Eimer.

»Komm, wir müssen den Burggraben auffüllen. Wer als letztes beim Meer ist, hat verloren!«

Ich trödle herum, damit du etwas Vorsprung hast. Du gibst Vollgas, mit deinem Eimer in einer Hand und der Schaufel in der anderen, doch als deine Füße ins Wasser platschen, bin ich direkt hinter dir.

Das eiskalte Wasser bremst mich aus. Ich lache über deinen überraschten Gesichtsausdruck und lecke mir das salzige Wasser von den Lippen.

Ich hüpfe auf Zehenspitzen herum und gehe in die Hocke, um in das graublaue Meer zu tauchen. Mein Haar fächert um meine Schultern herum auf und ich lasse mich nach hinten fallen. Die Arme und Beine weit von mir gestreckt treibe ich dahin und höre das Rauschen des Wassers in meinen Ohren. In Gedanken weit fort von allem beobachte ich die Wolken. Ich sehe einen Drachen, ein Schwein, ein Schloss.

Dann lasse ich meine Beine wieder sinken und paddle mit den Füßen herum, bis sie den sandigen, schleimigen Meeresboden berühren. Ich drehe mich zu dir um.

»Probier das mal«, sage ich. »So fühlt man sich wie ein Fisch.«

Du schüttelst den Kopf. Du hast es schon immer gehasst, wenn dein Gesicht nass wird, sogar in der Badewanne, und wenn Mum dir die Haare wäscht, trägst du eine Taucherbrille. Du kannst nicht schwimmen und willst es auch gar nicht lernen.

Ich stelle mich hinter dich und schiebe meine Hände in deine Achselhöhlen.

»Lass dich nach hinten fallen«, sage ich.

»Ich hab Angst«, flüsterst du.

»Brauchst du nicht haben. Ich fang dich auf. Ich werd dich immer auffangen.«

EINUNDZWANZIG

Das Wetter ist ekelhaft. Über Nacht hat der Regen nicht nachgelassen und der Himmel ist immer noch erdrückend grau. Auf dem Weg zur Arbeit klatschen mir eiskalte Regentropfen ins Gesicht. Ich wische mit den Fingern über meine Augen und die verschmierte Wimperntusche färbt sie dunkel. Mir fällt Callies blaues Auge wieder ein. Ist sie wirklich bei der Arbeit gegen einen Schrank gelaufen? Mir kommt eine Idee. Ich könnte es herausfinden, indem ich zu der Zahnarztpraxis gehe, in der sie gearbeitet hat, und die Mitarbeiter dort frage. Das Wasser sammelt sich in Pfützen am Straßenrand und ein vorbeirasendes Auto gibt mir eine gründliche Dusche. Genervt lenke ich meine Gedanken in fröhlichere Bahnen, zu dem Traum, den ich letzte Nacht hatte, die zwei kleinen Mädchen am Strand. Trotz all der wissenschaftlichen Skepsis von Vanessa glaube ich insgeheim immer noch daran, dass es sich um Callie und Sophie handelt. Der Gedanke an die glücklicheren Zeiten in Callies Leben verscheucht meine schlechte Laune.

Ich schiebe die Tür zur Tierarztpraxis auf und freue mich

sehr, als ich sehe, dass John gemeinsam mit Linda im Empfangsbereich steht.

»Na, wie ist das Rentnerleben?«, frage ich und mache einen Schritt auf ihn zu, um ihn zu umarmen, bevor sein Gesichtsausdruck mich innehalten lässt.

»Jenna. Könnten wir kurz im Büro mit dir sprechen?«

Ich stelle meine Tasche ab und folge John. Linda schließt die Bürotür hinter uns, dann eilt sie um den Schreibtisch herum und lässt sich mit einem Seufzen in ihren Stuhl sinken.

»Nachdem du gestern gegangen bist, haben wir eine Beschwerde von einem Mister Freeman erhalten.« John stellt sich hinter Linda und legt eine Hand auf ihre Schulter, aber sie schüttelt sie ab.

»Von wem?«

»Er ist gerade hergezogen und hat wegen eines Notfalls angerufen. Seine Katze wurde angefahren und ihm wurde gesagt, dass wir keine Termine frei hätten.«

»Mit wem hat er gesprochen?« In der Praxis gibt es eine Regel, dass wir unsere eigenen Namen nennen, wenn wir ans Telefon gehen.

»Er hat gesagt, er habe mit dir gesprochen, Jenna, und meinte, er sei ganz verzweifelt darüber gewesen, dass es keinen Termin mehr für ihn gab. Aber du hättest gesagt, das sei nicht unser Problem und aufgelegt.«

»Was?« Ich lehne mich im Stuhl nach vorne. »Er hat gesagt, dass er mit mir gesprochen hat? Aber davon weiß ich überhaupt nichts.«

»Bist du dir sicher?«, fragt John. »Linda hat mir erzählt, dass du in letzter Zeit ... etwas zerstreut bist.«

»Ganz sicher«, antworte ich. Meine Medikamente machen mich zwar vergesslich, aber doch nicht unhöflich. »Ihr glaubt mir doch, oder?«

Nach einer kurzen Pause sagt Linda: »Vielleicht hat er sich

verhört, vielleicht war es doch ein anderer Name. Belassen wir es also einfach dabei.« Aber als ich das Büro verlasse, kann sie mir nicht in die Augen sehen. Uns allen ist klar, dass der Name Jenna nicht mal annähernd so klingt wie Kelly oder Rachel. Es trifft mich sehr, dass die beiden mir vielleicht nicht mehr vertrauen. Dieser Job ist das einzige Bindeglied zu meinem früheren Leben. Wenn ich ihn nun auch noch verliere, weiß ich wirklich nicht mehr weiter.

»Vielleicht hat Kelly sich für mich ausgegeben?« Ich habe keine Zeit, mir meine Worte zurechtzulegen, bevor sie meinen Mund verlassen.

»Und warum sollte sie das tun?« In Johns Stimme höre ich keine Spur der üblichen Wärme.

»Um mich in Schwierigkeiten zu bringen? Du meintest doch, dass sie gerne mehr Stunden arbeiten würde?«

Linda blickt mich mit schmerzerfülltem Gesicht an. »Kelly ist ein herzensguter Mensch. Jenna, wir machen uns Sorgen um dich. Du bist so geistesabwesend. Selbst wenn du hier bist, scheint es, als wärst du in Gedanken ganz weit weg.«

»Das tut mir leid. Ich werde mir mehr Mühe geben, versprochen.«

Linda und John tauschen einen Blick aus, dann sagt John: »Dann mal zurück an die Arbeit. Aber wenn es etwas gibt, worüber du mit uns reden möchtest, egal was, oder wenn wir dir irgendwie helfen können, kannst du immer auf uns zukommen.« Ich verlasse das Büro und als ich die Tür hinter mir zuziehe, höre ich, wie sie sich leise und gedämpft unterhalten, und weiß, dass es dabei um mich geht. Als ich im Gang an Kelly vorbeilaufe, kann ich mich nicht davon abhalten, ihr einen bösen Blick zuzuwerfen.

* * *

Als ich den nächsten Anruf beantworte, gebe ich mir viel Mühe, besonders höflich zu sein.

»Hallo, Jenna«, sagt eine warme, vertraute Stimme. »Nathan hier. Ich wollte nur sichergehen, dass es dir gut geht nach letztem Montag? Ich war richtig wütend auf mich selbst, dass ich nicht nach deiner Nummer gefragt habe, und mit sozialen Medien kenne ich mich einfach nicht aus. Aber dann ist mir wieder eingefallen, wo du arbeitest. Ich hoffe, es macht dir nichts aus, dass ich anrufe?«

»Nein. Mir geht es gut. Das Ganze ist mir immer noch etwas peinlich, aber sonst geht es mir gut.«

»Ich habe mich gefragt ...« Ich kann ein Zittern in seiner Stimme hören. »Ich weiß noch, dass du erwähnt hast, dass du freitags nicht arbeitest, und ich habe noch einige Überstunden auszugleichen. Hättest du Lust, mit mir am Kanal spazieren zu gehen?«

Ich zögere, aber nur einen Moment lang.

»Ja.«

* * *

Meine Duftkerze verbreitet ein orangefarbenes Licht und schon bald zieht der Zimtgeruch durch die ganze Wohnung. Ich nehme die Kissen vom Sofa und schüttele eins nach dem anderen auf. Wenn Rachel ankommt, soll alles perfekt sein. Früher kam sie mich immer einmal pro Woche besuchen, wenn Sam beim Kegeln war, aber seit meiner Krankheit sind die Besuche immer seltener geworden. Unsere Tradition hat mir gefehlt.

An unseren Mädelsabenden haben wir meist eine dumme Realityshow nach der anderen geguckt, uns über *Don't Tell the Bride* lustig gemacht und die Entscheidungen des Bräutigams bekrittelt. Aber heute Abend wird der Bildschirm dunkel bleiben, wir haben einfach zu viel zu bequatschen und bei der Arbeit ist es nicht immer leicht, Zeit zum Reden zu finden. Ich durchstöbere Spotify auf der Suche nach Musik, die uns beiden gefällt, und lande schließlich bei Ellie Golding. »Anything Could Happen« tönt aus meinen Lautsprechern und ich singe mit, während ich den Teppich zurechtrücke.

Es klingelt an der Tür und ich renne hin, um Rachel in eine feste Umarmung zu schließen, als hätte ich sie nicht gerade noch vor ein paar Stunden bei der Arbeit gesehen. Ihre Haare sind noch feucht vom Duschen und statt des üblichen Arztpraxisgeruchs trifft mich der süße Duft von Birnenshampoo.

»Sorry.« Sie drückt mir eine Tüte in die Hand und ich höre Flaschen darin klirren. »Nur von Aldi. Ich bin zu pleite für Tesco – ist das nicht deprimierend?« Aber sie lächelt, als sie meine Wohnung betritt. Nichts kann Rachel lange bedrücken.

»Du hättest überhaupt nichts mitbringen müssen.« Aber insgeheim bin ich froh, dass sie es getan hat. Ich wollte eigentlich auf dem Heimweg bei Asda anhalten, aber ich habe es komplett vergessen. »Mach's dir im Wohnzimmer gemütlich, ich bring uns gleich was zu trinken.«

Ich merke gar nicht, dass Rachel mir in die Küche folgt, bis ich sie sagen höre: »Was zur Hölle, Jenna?«

Ihre Handtasche fällt mit einem dumpfen Knall zu Boden. Sie stellt sich in die Mitte der Küche und dreht sich um sich selbst. Ihr Mund steht offen, während sie auf die Bilder von Callie starrt, auf meine Notizen und Post-it-Zettel, auf die vielen Ausdrucke über Zellgedächtnis.

»Ich weiß, was für ein Chaos.« Ich nehme die Flaschen, die sie gekauft hat, aus der Tüte und Gläser aus dem Schrank. Rosé für sie, Holunderschorle für mich. »Aber es hat alles seine Logik.« Dann schütte ich eine Packung Chips mit Meersalzgeschmack in eine Schüssel und nasche einen davon.

»Das hier ...« Sie starrt mich an, während ich mir das Salz von den Fingern lecke. »Das ist nicht normal, Jen.«

»Das Herz eines anderen Menschen eingesetzt zu kriegen, ist auch nicht normal, Rachel. Du weißt doch, dass ich herausfinden will, was mit Callie passiert ist. Für Tom und Amanda.«

»Schon, aber ...« Sie gestikuliert in Richtung der Fotos.

Es ist das erste Mal, dass ich sehe, wie Rachel die Worte ausgehen, und es nervt mich, dass sie mich so verurteilt. Sie beugt sich zum Kühlschrank und studiert die verworrenen Linien meiner Mindmap. Ich warte darauf, dass sie etwas sagt.

»Mein Gott«, sagt sie schließlich und richtet sich wieder auf. Ich greife nach meinem Glas und kleckere etwas klebrige Flüssigkeit auf meine Finger.

»Komm mit«, sage ich, nehme die Chips und verlasse das Zimmer.

Im Wohnzimmer lässt Rachel sich in den Sessel fallen und trinkt gierig aus ihrem Glas. Nach wenigen Sekunden ist es leer und sie schenkt sich mehr Wein nach.

»Callies Verlobter hat mich heute angerufen. Nathan.«

Ich kann es kaum erwarten, ihr zu erzählen, dass wir uns am Freitag treffen werden, aber geduldig warte ich auf die vielen Fragen, die sie haben wird.

Aber sie sagt nur ganz leise: »Jen, ich glaube, du solltest mit jemandem darüber sprechen.«

»Ich hatte gehofft, dass ich heute mit dir darüber sprechen könnte.« Meine Freude darüber, sie hier zu haben, sinkt langsam in sich zusammen.

»Ich meinte eher jemand Professionellen ... einen Therapeuten. Vanessa vielleicht?«

»Ich bin nicht verrückt.« Es tut mir weh, dass sie offensichtlich denkt, ich wäre es. Ich habe ihr noch nicht mal von meinen Aussetzern erzählt und ein Gefühl von Einsamkeit wickelt sich wie ein schwerer Mantel um mich, als mir klar wird, dass ich sie jetzt erst recht nicht mehr erwähnen kann.

»Ich denke nicht, dass du verrückt bist.« Sie spricht langsamer als sonst, als würde sie sich jedes Wort sorgfältig zurechtlegen. »Aber du hattest in letzter Zeit sehr viel Stress: die OP, Sam und jetzt wieder die Arbeit.«

»Bei der Arbeit ist es wirklich stressig.« Ich nutze meine Chance, die Unterhaltung in andere Bahnen zu lenken, weg von Callie und meinem Geisteszustand. »Was hältst du von Kelly?«

»Sie ist supernett. Noch ziemlich jung, aber sehr eifrig bei der Sache und hilfsbereit.«

»Ich bin mir nicht sicher, aber ich glaube, sie versucht, mir meinen Job zu klauen.«

Rachels ungläubiger Gesichtsausdruck drückt mehr aus, als Worte es je könnten. Ich spüre eine tiefe Kluft zwischen uns, und mir ist, als hätte ich etwas verloren.

»Vergiss einfach, was ich grad gesagt hab«, sage ich rasch. »Magst du ein bisschen fernsehen?«

Ich schalte die Musik aus und greife nach der Fernbedienung und zappe von einem Sender zum nächsten, bis ich eine alte Folge *Say Yes to the Dress* finde. Schweigend sehen wir zu, wie die Braut beim Anblick eines Schmucksets mit herzförmiger Halskette und passendem Armband vor Entzücken quietscht. Die Chips stehen unberührt zwischen uns. Sam hat mir zum Valentinstag mal genauso ein Armband geschenkt. Ich trage es immer in einem Reißverschlussfach meiner Handtasche bei mir. Am Arm trage ich ein medizinisches Notfallarmband. Ich spiele mit dem Verschluss herum und fühle mich richtig elend. Kaum eine Stunde später ist die Folge zu Ende und Rachel erhebt sich, um nach Hause zu gehen.

»Kommst du morgen zur Arbeit?«

»Nur vormittags«, sage ich.

»Und danach? Kannst du morgen mit Vanessa sprechen? Mir zuliebe?«

»Ich werd darüber nachdenken«, sage ich, aber ich habe ganz bestimmt nicht vor, Vanessa morgen Nachmittag anzurufen. Ich werde in Callies Zahnarztpraxis anrufen und ihre Kollegen kennenlernen. Ich bin fest entschlossen, herauszufinden, ob die blauen Flecken in Callies Gesicht wirklich daher kamen, dass sie gegen einen Schrank gelaufen ist. Oder ob etwas ganz anderes passiert ist.

fen. Ich werde in Callies Zahnarztpraxis anrufen und ihre Kollegen kennenlernen. Ich bin fest entschlossen, herauszufinden, ob die blauen Flecken in Callies Gesicht wirklich daher kamen, dass sie gegen einen Schrank gelaufen ist. Oder ob etwas ganz anderes passiert ist.

ZWEIUNDZWANZIG

Wir verstecken uns unter den Flügeln der riesigen Holzeule. Dicke Regentropfen klatschen auf den Schotterboden und dichter Nebel hängt so tief am Himmel, dass er die Sicht auf das stahlgraue Meer verhängt.

»Bist du so weit?«, frage ich und ziehe dir die Kapuze deiner Regenjacke über den Kopf. Dann binde ich sie unter deinem Kinn fest, damit der heulende Wind sie nicht runterwehen kann.

Wir halten uns bei den Händen und rennen zur Spielhalle. Unsere Sandalen platschen in Pfützen und unsere Kleider werden unten patschnass. In der Halle angekommen ziehe ich den Reißverschluss deiner Jacke auf. Du schüttelst den Kopf wie ein Hund nach dem Bad und verteilst Wassertropfen auf dem Spielgerät, das neben der Tür steht.

»Die da.« Du zeigst mit dem Finger und ich schiebe dir eine Handvoll Münzen zu. Dann gucke ich zu, wie du zehn Pence in die Maschine steckst. Meine Hand schließt sich um den kalten Metallhebel und ich lenke die riesige Metallkralle nach links und nach rechts, nach oben und nach unten. Du quietschst vor Freude und klatschst in die Hände, als sie Pus Freund Ferkel erreicht. Die Kralle senkt sich schwankend und du fängst wieder an zu klatschen, als sie Ferkel am Bein packt. Der Sieg ist nahe! Doch als er schon fast uns gehört, entwischt Ferkel dem stählernen Griff der Kralle und purzelt hinunter, um sich wieder zwischen all die anderen Preise zu kuscheln. Du brichst in laute Tränen aus und ich tröste dich mit einer pinken Zuckerwattewolke. Während du noch damit beschäftigt bist, Stückchen davon abzureißen und in den Mund zu stopfen, eile ich zum Kiosk und tausche mein ganzes Taschengeld gegen ein Plüschtier ein. Ich erzähle dir, dass ich es gewonnen habe, nur für dich. Du strahlst mich an, schlingst die Arme um meine Taille und sagst, dass ich für dich immer alles besser mache. Immer. Und ich verspreche dir, dass das auch immer so bleiben wird.

DREIUNDZWANZIG

»Hallo? Erde an Jenna?« Linda winkt mit ihrer Hand vor meinem Gesicht herum und ich schrecke auf. Ich war schon wieder in Gedanken an Callie versunken.

»Entschuldigung. Hast du was gesagt?«

»Das Insulin, das du für Casper bestellen solltest – wo ist es?«

»Ist es nicht im Lager?«

»Ich habe es jedenfalls nicht gesehen. Bist du sicher, dass es geliefert wurde?«

»Muss es ja.« Aber ich kann mich nicht daran erinnern, es gesehen zu haben. »Kelly?«

Kelly dreht sich zu uns. Sie ist gerade dabei, die Regale mit Kauspielzeug für Hunde aufzufüllen.

»Hast du eine Lieferung Insulin angenommen?«

»Nein.«

Ich schiebe meinen Stuhl nach hinten. »Dann geh ich mal nachgucken. Es muss ja irgendwo sein. Vielleicht hat Rachel die Packungen umsortiert?« Ich habe Rachel heute Vormittag noch gar nicht gesehen. Ich glaube, sie geht mir wegen gestern Abend aus dem Weg.

Kelly lässt sich in den Stuhl fallen, den ich gerade verlassen habe, und tippt auf der Tastatur herum. »Ich sehe mal nach, was das Bestellsystem sagt.«

»Brauchst du ein Passwort?« Ich beginne, ihr mein eigenes zu buchstabieren.

»Ich habe selber eins.« Sie blickt stirnrunzelnd auf den Bildschirm. »Als du weg warst, hab ich mit den Bestellungen geholfen. Also diese Woche sehe ich keine Insulinbestellung im System.«

»Aber ich ... Das tut mir leid ...« Ich lege meine Hände auf meine vor Scham glühenden Wangen.

»Kein Problem, ich rufe einfach bei Greenacres an und frage, ob sie vielleicht was übrig haben«, sagt Linda, aber sie lächelt mich dabei nicht an und ihr Tonfall ist angespannt.

Ich kann es ihr nicht verübeln. In letzter Zeit mache ich so viele Fehler. Erst vor ein paar Tagen habe ich in einem der Behandlungsräume die Medizin für ein Kätzchen mit Darmparasiten vorbereitet. Es war doppelt so viel, wie für ein Tier dieser Größe empfohlen wird, und hätte den armen Kleinen umbringen können. Jedes Mal, wenn ich daran denke, wird mir ganz schlecht.

»Mach dir keine Sorgen, Jenna. Ich kann hinfahren und das Insulin abholen.« Kelly lächelt herzlich und ich werfe ihr einen verdrossenen Blick zu.

Linda denkt, Kelly wäre so verdammt perfekt. Aber ist sie das wirklich? Es ist total einfach, eine Bestellung aus dem System zu löschen. Misstrauen ergreift jede Zelle meines Körpers und meine Muskeln spannen sich an. Bin ich wirklich diejenige, die all diese Fehler macht? In meinem Kopf sind so viele schwarze Löcher, wo klare Erinnerungen sitzen sollten. Ich wünschte, ich hätte gestern Abend ausführlich mit Rachel darüber reden können.

Mit einem Klimpern der Türglocke betritt eine Dame die Praxis, die einen unwilligen Pudel an der Leine hinter sich herzieht. Der Hund stemmt die Füße in den Boden und wirft seinen flauschigen weißen Kopf zu einem lauten Jaulen nach hinten. Ich hätte gute Lust, mitzujaulen. Ein Blick auf die Uhr verrät mir, dass ich noch eine Stunde vor mir habe bis zur Mittagszeit und damit bis Feierabend. Ich lasse die Geräuschkulisse der Praxis hinter mir und versinke wieder tief in Gedanken.

* * *

Callies Zahnarztpraxis ist nicht allzu weit weg. Als ich den zugehörigen Parkplatz überquere, fällt mir auf, was für teure Autos hier stehen: ein schwarzer BMW, ein silberfarbener Mercedes und ein knallgelbes Sportauto, das sich vermutlich zum Cabrio umwandeln lässt. Ich frage mich, ob Zahnärzte so viel mehr verdienen als Tierärzte.

Ich schiebe die schwere Eingangstür auf. Drinnen empfängt mich ein Geruch nach Gewürznelken und das dumpfe Surren eines Bohrers. Als Kind waren Besuche beim Zahnarzt für mich das reine Grauen. Einmal brauchte ich eine Füllung und hatte solche Angst vor der Betäubungsspritze, dass ich danach jedes Mal gezittert habe, wenn meine Erinnerung zur Jahresvorsorgeuntersuchung kam. Aber jetzt, nach all den Blutproben, die mir in der Zwischenzeit abgenommen wurden, merke ich es kaum noch, wenn sich eine spitze Nadel in meine Haut bohrt.

Der Empfangsbereich ist strahlend weiß. Ein glänzend grüner Gummibaum ziert eine der Zimmerecken. Auf dem Boden kniet ein kleiner Junge vor einer blauen Plastikbox, aus der er ein Spielzeug nach dem anderen zieht. Als er Thomas, die kleine Lokomotive findet, quietscht er vor Freude.

»Wie kann ich Ihnen helfen?« Ich bin so damit beschäftigt, auf die unglaublich weißen Zähne der Rezeptionistin zu starren, dass ich ganz vergesse, zu antworten, bis sie ihre Frage wiederholt.

»Äh, ja, Entschuldigung. Ich bin eigentlich keine Patientin in dieser Praxis, aber meine Zahnärztin ist in Mutterschaftsurlaub und ich habe mich gefragt, ob mich einer der Ärzte hier heute reinquetschen könnte. Mein Zahnfleisch blutet in letzter Zeit stark und ich mache mir Sorgen deswegen.«

»Ich schaue gerne nach, aber ich fürchte, wir sind heute schon total ausgebucht.« Sie legt die Hand auf ihre Maus und bewegt sie hin und her, bis ihr Bildschirm aufleuchtet. »Gibt es in Ihrer Praxis niemand anderen, zu dem Sie gehen könnten?«

»Die sind alle ausgelastet. Ich wollte sowieso zu dieser Praxis wechseln. Meine Cousine hat hier gearbeitet und hat mir immer so viel Gutes erzählt.«

»Ach wirklich?« Sie blickt vom Bildschirm auf. »Wie heißt denn Ihre Cousine?«

»Callie. Callie Valentine.« Ich kann kaum fassen, was ich da gerade sage.

»Oh mein Gott, das tut mir so leid ... Ich bin Sara. Wir waren ziemlich gute Freunde, Callie und ich. Hat sie ...?«

»Sara!« Ich denke an das Foto, das ich im Internet gefunden habe, und wage einen Schuss ins Blaue. »Sie haben doch gemeinsam bei dem Sponsorenlauf für Krebsforschung mitgemacht?«

»Genau!«

Erleichtert atme ich aus.

»Wir konnten es alle gar nicht fassen, was passiert ist. Warten Sie mal, ich frage Chris, er hat zwar gerade Mittagspause, aber ich bin mir sicher, dass er Sie gern reinschieben wird. Er hatte Callie wirklich gern.« Sie schiebt ein Blatt Papier und einen Stift über die Theke. »Wenn Sie diese Formulare ausfüllen, kann ich Sie als Patientin eintragen.«

»Danke.« Sie telefoniert und ich überfliege die Poster an der Wand. Alles rund um Mundhygiene. Die Wörter verschwimmen vor meinen Augen. Was mache ich hier bloß? Lügnerin. Das kann nicht lange gut gehen.

»Er ist auf dem Weg nach unten«, sagt Sara und nur wenige Momente später höre ich jemanden die Treppe hinunterpoltern.

Ein Mann in meinem Alter kommt hereingeplatzt, gekleidet in einen weißen Zahnarztkittel.

»Das ist Chris«, sagt Sara.

»Hallo«, sage ich. Nach ein paar Sekunden betretenen Schweigens sagt er: »Sie sehen genau so aus wie sie. Wie Callie.« Unterdrückte Emotionen schwingen in seiner Stimme mit. Er starrt meine Haare an, als versuche er, sich jede einzelne Strähne genau einzuprägen. Verlegen verlagere ich mein Gewicht unter seinem prüfenden Blick von einem Fuß auf den anderen.

»Nicht wirklich.« Ich hebe die Hand und berühre meinen Kopf. »Das sind nur die roten Haare, die sind einfach sehr markant. Danke, dass Sie bereit sind, mich ohne Termin zu untersuchen, das ist wirklich nett von Ihnen. Ich weiß nicht, ob Sara schon erwähnt hat ...« Ich plappere drauflos, um die unangenehme Gesprächspause zu füllen.

»Ja, dass Sie sich Sorgen um Ihr Zahnfleisch machen. Kommen Sie einfach mit hoch, dann sehe ich es mir mal an.« Er dreht mir den Rücken zu und ich folge ihm die Treppe hinauf in einen Untersuchungsraum. Ich lege meine Handtasche und meine Jacke auf einen Stuhl in der Ecke und frage, ob ich vor der Untersuchung noch schnell auf die Toilette gehen kann.

Dort angekommen spritze ich mir kaltes Wasser ins Gesicht. Mein Atem geht schnell und meine Wangen glühen rot. Ich weiß nicht, ob seine Reaktion bei meinem Anblick mich so aus der Bahn geworfen hat oder einfach die Tatsache, dass ich hier bin, wo Callie gearbeitet hat.

Als ich das Untersuchungszimmer wieder betrete, deutet

Chris auf den großen schwarzen Stuhl und reicht mir einen Plastikumhang, den ich über meine Kleidung lege.

»Standen Sie Callie sehr nahe?«, frage ich, in einem verzweifelten Versuch, die Stille zu durchbrechen.

»Sie war Ihre Cousine?«

»Ja.« Ich zögere. »Sie hat natürlich viel von Ihnen gesprochen ...« Meine Worte versiegen und ich beschäftige mich damit, die Bänder des Umhangs hinter meinem Rücken festzubinden, während mein Blick durch den Raum schweift, über glänzend weiße Oberflächen und Chrom. An der Wand hängt eine Pinnwand, an der mit bunten Reißzwecken ein wildes Durcheinander an Fotos und Postkarten befestigt ist. In der Mitte hängt ein Foto von Chris und Callie, die Wange an Wange in die Kamera grinsen.

»Arbeitsessen.« Chris ist meinem Blick gefolgt. »Also, wie lang blutet Ihr Zahnfleisch schon?«

»Seit ein paar Monaten.« Ich sage ihm, welche Medikamente ich nehme, aber nicht, weswegen.

»Das dürfte eine ganz normale Nebenwirkung sein, aber es ist trotzdem gut, dass Sie vorbeigekommen sind. Vorsicht ist besser als Nachsicht!«

Ich setze mich und Chris zieht sich Einweghandschuhe über. Mit einem Surren senkt sich der Stuhl, und als Chris nach einem Edelstahlinstrument greift, das im grellen Licht der Deckenlampe glänzt, schließe ich meine Augen und öffne meinen Mund so weit wie möglich. Spitzes Metall kratzt über meine Zähne und pikst in mein Zahnfleisch. Ich versuche, mich auf die Radiomusik im Hintergrund zu konzentrieren. Ein Klassiksender.

»Okay. Also mir scheint, dass das Zahnfleischbluten eine unvermeidliche Nebenwirkung Ihrer Medikamente ist. Ansonsten sieht alles gut aus. Machen Sie in sechs Monaten noch mal einen Termin aus, damit wir das im Auge behalten können.«

Mit einem erneuten Surren schiebt der Stuhl mich wieder in eine sitzende Position. Ich blinzle im grellen Licht und spucke die rosafarbene Flüssigkeit in meinem Mund in das Edelstahlbecken neben mir, das daraufhin gluckert und rauscht. Chris nimmt seine Handschuhe ab und wirft sie in den Mülleimer zu seinen Füßen.

»Was mit Callie passiert ist, tut mir schrecklich leid. Ich hatte sie wirklich gern. Wir hatten sie alle gern.«

Es klopft an der Tür.

»Mein nächster Patient«, sagt Chris. Was für eine Enttäuschung, dass ich ihm keine wirklichen Fragen stellen konnte.

»Vielen Dank, dass Sie sich Zeit für mich genommen haben«, sage ich.

»Gern geschehen. Bis zum nächsten Mal.«

Unten im Empfangsbereich durchwühle ich meine Tasche auf der Suche nach meinem Geldbeutel, während Sara eine orangefarbene Zahnbürste mit einem Löwen am Griff und Erdbeerzahnpasta für das kleine Kind einpackt, das ich vorhin gesehen habe.

»Guck. Hund!« Der Kleine deutet auf den Scooby-Doo-Aufkleber, den er bekommen hat. Ich sage ihm, dass ich gar keinen Aufkleber bekommen habe und dass er bestimmt besonders tapfer war. Er strahlt vor Stolz.

»Wie lief's?«, fragt Sara mich, nachdem die Familie gegangen ist.

»Alles in Ordnung«, antworte ich. »Sagen Sie, Sara, wohnt vom Praxispersonal jemand in Woodhaven?«

»Nein, ganz bestimmt nicht. Das wäre ja eine schreckliche Fahrerei. Wie kommen Sie denn darauf?«

»Callie hatte ihren Unfall in der Gegend. Wir sind uns nicht sicher, warum sie dort unterwegs war, und würden es schrecklich gerne herausfinden.«

»Leider überhaupt keine Ahnung.«

»Haben Sie eine Idee, wer das vielleicht wissen könnte?

Wir kennen Callies Freunde nicht wirklich, Sie wissen ja, wie das ist in der Familie, da bekommt man nicht immer alles mit. Mit wem hat sie ihre Zeit verbracht?«

»Eigentlich nur Nathan, soweit ich weiß. Wir haben sie manchmal deswegen geneckt, wie unzertrennlich die beiden waren, aber im Grunde fand ich es süß. Er hat sie oft zur Arbeit gebracht, und wenn es ging, hat er sie auch wieder abgeholt. ›Wenn ich doch nur auch so einen Mann hätte‹, hab ich oft gesagt.«

»Was meinen Sie, wie war ihre Stimmung in den Tagen vor dem Unfall?«

»Lassen Sie mich kurz überlegen ...« Sara runzelt konzentriert die Stirn. »Am Montag war sie nicht hier, krank, irgendeine Magen-Darm-Sache. Nathan hat an dem Tag angerufen und wollte mit ihr sprechen, das muss also ganz plötzlich gekommen sein, nachdem er das Haus verlassen hatte, weil er ja nicht wusste, dass sie noch zu Hause war. Und als sie dann wieder herkam, hat sie gar nicht gut ausgesehen, ganz blass. Und sie hatte ein blaues Auge. Sie hat mir erzählt, wie sie in der Dusche ausgerutscht und hingefallen ist. Ich hab noch zu ihr gesagt: ›Du solltest gar nicht hier sein. Am Ende steckst du uns alle an und ich will am Wochenende bei meiner Geburtstagsfeier bestimmt nicht kotzen müssen. Wenn du mich ansteckst, bring ich dich um!‹« Sie senkt ihren Blick. »Wenn ich gewusst hätte, dass ... Dann hätte ich das natürlich im Leben nie gesagt.«

»Das ist doch nur eine Redewendung. Bitte, grämen Sie sich deswegen nicht, das würde Callie nicht wollen«, sage ich, als hätte ich sie wirklich gekannt.

»Sie wollte auf jeden Fall nicht nach Hause gehen, dafür war sie zu pflichtbewusst. Sie hat es immer gehasst, wenn sie nicht zur Arbeit kommen konnte. In der Woche habe ich aber sichergestellt, dass sie sich nicht übernimmt, und ich hab mich um sie gekümmert. Ich hab ihr sogar etwas Suppe mitgebracht, aber Nathan ging ja jeden Tag mit ihr Mittag essen, deswegen konnte sie die gar nicht essen.«

Genau wie Tom scheint Sara überzeugt zu sein, dass Nathan sich einfach gut um Callie gekümmert hat. Für mich klingt es fast schon ein bisschen übertrieben.

»Ich bin mir sicher, dass sie die Geste zu schätzen wusste.«

»Das hoffe ich.« Sara schnieft ein bisschen. »Wie dem auch sei ... Wie geht's ihren Eltern? Und Sophie?«

»Tom und Amanda tun ihr Bestes, um mit der Situation klarzukommen, aber Sophie ist zurzeit nicht hier. Sie ist seit Monaten in Spanien unterwegs und meldet sich gar nicht.«

»Vielleicht ist es alles in allem gar nicht schlecht, dass Sophie von hier weggekommen ist.«

»Alles in allem?«

Sara läuft rot an. »Sie hat sich oft im Prince of Wales betrunken. In diesem Pub in der Green Street. Wussten Sie das nicht? Sie ist ein bisschen auf die schiefe Bahn geraten. Callie war alles andere als begeistert über die Leute, mit denen sie rumgehangen hat.«

»Dann gucke ich auf dem Heimweg mal dort vorbei und frage nach, ob jemand von ihr gehört hat. Danke.«

»Oh, Moment, da fällt mir noch was ein.« Sie dreht sich zu einer Schublade und wühlt darin herum. Dann reicht sie mir eine durchsichtige Plastiktüte mit einem klobigen Nokia-Handy. »Das habe ich gefunden, als ich Callies Schublade ausgeräumt habe. Sie hat eigentlich ein iPhone benutzt, das kann also nicht ihr aktuelles Handy gewesen sein. Deswegen schien's mir nicht wert, ihre Eltern damit zu nerven. Ein alter Staubfänger, liegt hier wahrscheinlich schon seit Ewigkeiten herum. Es lässt sich auch nicht mehr anschalten. Da waren auch noch ein paar KitKats, aber die habe ich aufgegessen ... War das schlimm von mir? Früher haben wir uns immer Snacks geteilt.«

»Das hätte sie nicht gestört.« Langsam glaube ich selbst daran, dass ich Callie gekannt habe.

Ich nehme das Handy an mich. Obwohl Sara gerade gesagt hat, dass der Akku leer ist, kann ich es mir nicht verkneifen, den Anschaltknopf zu drücken. Der Bildschirm bleibt schwarz.

Das Handy an meine Brust gepresst verlasse ich die Praxis, mit dem starken Gefühl, dass sich Blicke in meinen Hinterkopf bohren. Ich drehe mich um und schaue zu den Untersuchungsräumen hinauf. Chris' Schatten zeichnet sich in einem der Fenster ab.

VIERUNDZWANZIG

Nach meinem Besuch in der Zahnarztpraxis schaue ich bei Carphone Warehouse vorbei, um ein Ladegerät für das Handy zu kaufen, das Sara mir gegeben hat. Danach mache ich mich auf den Weg zu dem Pub, in dem Sophie sich früher betrunken hat, in der Hoffnung, die üblichen Feierabendtrinker zu erwischen. Bestimmt hat dort jemand von Sophie gehört. Ich kann mir bereits ausmalen, wie begeistert Tom und Amanda sein werden, wenn ich es schaffe, Sophie zu kontaktieren und zur Heimkehr zu bewegen!

Im Prince of Wales ist von königlichen Befindlichkeiten überhaupt nichts zu spüren. Das ausgebleichte Schild mit Kronenmotiv und abgeblätterter Farbe knarzt im Wind und die dünnen Fensterscheiben vibrieren im Dröhnen der donnernden Rockmusik. Motorräder stehen wie Zinnsoldaten aufgereiht am Straßenrand, mit glänzendem Chrom und polierten schwarzen Ledersitzen. Es ist noch früh. Am Himmel sind Sonne und Mond zwischen indigoblauen und grauen Wolkenstreifen zu sehen. Ich spähe durch das zersplitterte Glaspanel in der Vordertür – für die Tageszeit ist der Pub überraschend voll. Ich betrachte gerade die silbernen Trinkkrüge, die über der Bar hängen, als lautes Gebrüll ertönt. Ich springe vor Schreck zurück und verdrehe mir dabei den Knöchel. Die Tür bleibt geschlossen. Ich wage noch mal einen Blick hinein und bemerke den Fernseher, der an der Rückwand hängt. Ein Fußballspiel läuft ohne Ton und ein paar der Pubbesucher verhöhnen die Spieler.

»Gehste nu rein oder nicht?« Die knurrende Stimme in meinem Rücken lässt mich zusammenzucken und ich stammle eine Entschuldigung, bevor ich zur Seite trete. Der Mann läuft an mir vorbei und betritt den Pub. Durch die offene Tür weht mir der Geruch von abgestandenem Bier entgegen. Ich folge dem Mann nach drinnen. Mein Knöchel pocht bei jedem Schritt.

Wahrscheinlich bilde ich es mir nur ein, aber mir ist, als würden die Gespräche im Pub leiser werden, als ich mich an die Bar stelle. Ich spüre eine kalte Brise im Nacken, wie den sanften Atem eines Menschen neben mir, aber als ich herumwirble, ist dort niemand. Mit zitternden Händen ziehe ich einen Zehnpfundschein aus meinem Geldbeutel und warte darauf, dass der Barkeeper mich bemerkt. Das Klacken von Billardkugeln hinter mir lässt mich zusammenfahren und plötzlich scheinen alle Geräusche sehr laut. Zu laut. Ein einarmiger Bandit spuckt klimpernde Münzen aus und mir läuft kalter Schweiß den Rücken hinab. Ich wünsche mir mit einem Mal nichts sehnlicher, als wegzurennen, zurück in meine sichere Wohnung, und merke gar nicht, dass der Barkeeper vor mir steht, bis er beide Handflächen auf den Tresen knallt.

»Hey, bist du taub, oder was? Ich sprech doch die richtige Sprache, oder, Neil?«

Ein Typ auf einem Barhocker neben mir lacht verächtlich. »Jo, ich hab dich verstanden, Steve.«

Ich öffne den Mund, um zu antworten, aber er ist so trocken, dass die Worte darin kleben bleiben.

»Möchtest. Du. Was. Zu. Trinken?«, fragt Steve.

Inzwischen glüht mein Gesicht feuerrot, aber dann denke ich an Tom und Amanda und daran, wie unbedeutend mein Unbehagen im Vergleich zu ihrer Trauer ist. Ich schaffe das. Ich lecke mir über die Lippen und schlucke meine Zweifel hinunter.

»Sprite.« Ich blicke ihm in die Augen. »Bitte«, füge ich hinzu, als er sich nicht bewegt.

»Strohhalm gefällig für deine Sprite?«

Ich setze zu einer Antwort an, aber Neil dreht seinen Kopf zu mir und sagt: »Vielleicht mag sie 'ne Kirsche und ein Cocktailschirmchen?« Die beiden machen sich über mich lustig. Mich verlässt die Hoffnung, hier Antworten zu finden, und mit ihr meine ganze Willenskraft. Ich ziehe einen Hocker heran und setze mich.

Mit einem Knall landet mein Getränk vor mir auf dem Tresen und Flüssigkeit schwappt über den Rand des Glases. Steves Blick ist eine offene Herausforderung, als würde er darauf warten, dass ich mich beschwere. Ich senke den Blick und greife nach einem Geschirrtuch, um die Sauerei aufzuwischen, aber das Tuch ist steinhart und verkrustet. Ich lasse es fallen und wische meine Hände an meiner Jeans ab. Die Limo ist schal und warm, aber der frische Limettengeschmack gibt mir Kraft. Ich richte mich auf und hebe meinen Kopf, dann schiebe ich mein Glas zurück über den Tresen.

»Ich hätte gern etwas Eis.«

Nach einem kurzen Moment des Schweigens huscht ein fast unmerkliches Lächeln über Steves Gesicht. Neil bricht in lautes Gelächter aus und zieht seinen Hocker in meine Richtung, den Eimer mit dem Eis in der Hand. Er stinkt nach Öl und fahlem Zigarettenrauch und es kostet mich einige Überwindung, nicht zurückzuweichen.

»Dich hab ich hier noch nie gesehen.« Neil öffnet den Reißverschluss seiner schwarzen Kapuzenjacke und zieht sie aus. Seine Hände sind komplett verdreckt und auf der bleichen

Haut seiner Arme sprießen dunkle Haare. Er hebt den Deckel des Eimers und grabscht mit bloßen Fingern nach Eiswürfeln. Ich versuche, das Gesicht nicht zu verziehen, als er sie in mein Getränk fallen lässt, und verdränge den Gedanken an all den Dreck unter seinen Fingernägeln, als ich mein Glas hochhebe. Allerdings kann ich mich nicht dazu überwinden, tatsächlich daraus zu trinken.

»Ich bin gerade erst hergezogen«, lüge ich. »Eine Freundin von mir hat gern hier getrunken und da dachte ich, ich probier's mal aus.«

»Ach?« Er hebt sein Bierglas zum Mund und nimmt einen Schluck. Mit dem Handrücken wischt er den Schnurrbart aus Bierschaum weg, der sich auf seiner Oberlippe gebildet hat. »Und wie heißt diese Freundin?«

»Sophie.«

»Kenn ich nicht. Hier hängen viele Mädels rum.«

»Moment.« Mir fällt das Foto wieder ein, das Tom mir gegeben hat. Ich nehme es aus meiner Handtasche und zeige es Neil.

»Da, auf der linken Seite, das ist Sophie. Kennen Sie sie?«

»Nee. Und ich trink hier schon seit Jahren.« Sein Gesichtsausdruck ist schwer zu lesen. Unbehaglich rutsche ich unter seinem Blick auf dem Holzhocker hin und her, die Füße in den Boden gestemmt. Ich möchte das Foto gerade wieder in meine Tasche stecken, als er es mir aus der Hand reißt.

»He, Steve«, grölt er. »Die hier hat 'ne Freundin namens Sophie, die angeblich öfter hier getrunken hat.« Er wedelt mit dem Bild hin und her. »Du bist schon länger hier als ich, kennst du die?«

»Nope«, sagt Steve, mit dem Rücken zu uns, ohne einen Blick auf das Bild zu werfen.

»Und wo ist die jetzt? Deine Freundin?« Er lehnt sich zu mir. Sein Atem stinkt nach Zwiebeln.

»Ich weiß nicht.« Unter seinem prüfenden Blick beginnt meine Haut zu kribbeln. »So nahe stehen wir uns gar nicht.«

»Aber du schleppst ein Foto von ihr mit dir rum? Du scheinst ja echt an ihr zu hängen. Und du siehst ein bisschen aus wie ihre Schwester.« Sein Tonfall hat sich verändert und er betrachtet mich ganz genau.

»Woher wissen Sie denn, dass Callie Sophies Schwester ist, wenn Sie sie nicht kennen?«, wage ich einen Vorstoß.

»Hast du halt vorhin erwähnt.«

»Das glaube ich kaum.« Ich versuche, unsere Unterhaltung noch mal Revue passieren zu lassen, aber durch meine Nervosität kann ich mich jetzt schon nicht mehr an alle Details erinnern.

»Willst du behaupten, dass ich dich anlüge?« Jeglicher Schein von Freundlichkeit ist jetzt verschwunden und er starrt mich mit zusammengekniffenen Augen an.

»Nein, selbstverständlich nicht.« Ich greife nach dem Foto und öffne meine Tasche, aber meine Hände zittern so stark, dass sie hinunterfällt und ihren Inhalt über den Boden verteilt. Ich gehe in die Hocke und klatsche meine Hand über einen davonrollenden Tampon. Ein Loch im Boden, in dem ich mich verkriechen könnte – das wäre jetzt schön.

»Forest Gate? Liegt ja nicht gerade um die Ecke?« Neil hat sich meine Handtasche gegriffen und liest die Daten auf meinem Ausweis.

»Das war vor dem Umzug«, behaupte ich und schnappe nach dem Ausweis, um ihn wieder in meine Tasche zu stopfen. »Gibt's hier ein Klo?« Vielleicht kann ich durch den Notausgang verschwinden.

Er deutet mit dem Kopf nach hinten in den Pub und ich eile zu der dunklen Tür. Bei jedem Schritt kleben meine Fußsohlen an dem dreckigen Holzboden.

Ich kann keinen anderen Ausgang sehen, deswegen kämpfe ich mich zu der heruntergekommenen Tür mit der Aufschrift

»DAMEN« durch. Ein beißend chemischer Geruch schlägt mir entgegen. Knallpinke Flüssigkeit in verfärbten Kloschüsseln. Das blickdichte Fenster über dem verkalkten Waschbecken steht einen Spalt offen und ich lehne mich dagegen, in der Hoffnung, endlich frische Luft zu schnappen.

Draußen sind Schatten in Bewegung und es klingt nach einem Handgemenge. Mit einem donnernden Geräusch wird jemand gegen die Wand geknallt. Ich wage es kaum, mich zu bewegen, und höre einen Mann betteln: »Es tut mir leid, ich kann's besorgen, bitte lass ...«

Ein dumpfer Schlag und jemand schreit auf. Eine andere, tiefere Stimme antwortet.

»Das will ich dir geraten haben. Du weißt ja, was passiert, wenn du mich hängen lässt. Du willst doch nicht, dass deine Kinder ohne Vater aufwachsen müssen, oder? Stell dir mal vor, wie die sich fühlen würden, wenn du einen Unfall hättest?«

Sofort denke ich an Callie. Im Auto, ohne Sitzgurt. Das Blut gefriert mir in den Adern. Mir ist klar, dass ich den Pub auf der Stelle verlassen muss, die Frage ist nur wie?

Ich werfe einen Blick durch die Tür, die zurück zur Bar führt. Das Blut donnert so laut in meinen Ohren, dass ich die Musik aus der Jukebox kaum hören kann. Der Hocker, auf dem Neil eben noch saß, ist leer. Sein leeres Bierglas steht neben meiner vollen Sprite, aber seine Kapuzenjacke hängt nach wie vor über dem Hocker. War er es, dessen Stimme ich da draußen gehört habe? Ich flitze zum Ausgang und ignoriere Steve, der mir hinterherruft: »He, Prinzesschen, was ist mit deiner Sprite?«

Draußen stehen ein paar Raucher herum und blasen Ringe in die Luft. Mich schaudert unter ihren Blicken. Trotz meines Knöchels, der schmerzhaft pocht, jogge ich die Straße hinunter. Die Dunkelheit steigt inzwischen schnell herauf, der Himmel ist in dunkles Tintenblau getaucht und nur jede zweite Straßenlaterne funktioniert. Der Weg nach Hause ist weit und ich zögere kurz beim Anblick einer Bushaltestelle, aber ich fühle mich zu schutzlos, um stehen zu bleiben. Die Drohung, die dort hinter der Pubtoilette ausgesprochen wurde, geht mir nicht aus dem Kopf. »Stell dir mal vor, wie deine Kinder sich fühlen würden, wenn du einen Unfall hättest?« Die seltsamen Umstände von Callies Unfall gehen mir durch den Kopf, aber ich versuche, den Gedanken daran abzuschütteln. Ein Wetterwechsel kündigt sich an und Nebel steigt herauf. Ich schlinge meine Arme um mich selbst, um mich wenigstens ein bisschen vor dem eisigen Wind zu schützen, der mich in die Wangen beißt und meine Nasenspitze taub werden lässt. Ich trage nur eine leichte Jacke und einen Baumwollschal mit Sonnenblumen darauf – ich hatte ganz vergessen, wie erbarmungslos kalt Frühlingsabende sein können. Autos rumpeln gemächlich an mir vorüber und ihre Lichter zerschneiden die Dunkelheit. Die Haare in meinem Nacken stellen sich auf – werde ich beobachtet? Ich werfe einen Blick nach hinten, aber dort ist niemand zu sehen. Mit schnelleren Schritten laufe ich die Straße hinunter, bis ein nicht identifizierbares Geräusch mich erneut innehalten lässt. Das Blut rauscht in meinen Ohren. Ich wende meinen Kopf nach links und nach rechts. Durch Vorhänge sehe ich das Flackern eines Fernsehers und der Gedanke, dass ein anderer Mensch in meiner Nähe ist, tröstet mich. Ich ärgere mich über mich selbst, dass ich mich so paranoid verhalte. Gerade denke ich darüber nach, Sam anzurufen, als hinter einem der geparkten Autos ein Schlurfen zu hören ist. Adrenalin schießt heiß durch meinen Körper und ich starre angestrengt in die Dunkelheit und warte, ob sich etwas bewegt, aber ich sehe nichts als schwarze Nacht. Doch dann, eine Veränderung, ein Schatten. Ich drehe mich um und beginne zu rennen. Meine Füße donnern auf den Asphalt.

Ich bin nicht mehr allzu weit von zu Hause entfernt. Völlig außer Atem erreiche ich die Kreuzung. Ich schlage auf den Knopf, aber warte nicht, bis die Ampel grün wird, und hetze über die Straße. Auf meiner atemlosen Jagd durch den stillen Park sehe ich die Enten im Teich, die Köpfe unter die Flügel gesteckt. Keine Kleinkinder sind mehr hier, um ihnen trockene Brotkrusten ins schlammige Wasser zu werfen. Als ich den Spielplatz erreiche, höre ich ein Knarzen und bleibe stocksteif stehen. Was war das? Ein weiterer Windstoß und mir wird klar, dass es nur eine Schaukel ist, die hin und her schwingt, als würde ein kleines Geisterkind auf dem verlassenen Spielplatz spielen.

Ich reiße mich los und nehme die Abkürzung über den Rasen. Wegen des Adrenalins spüre ich den Schmerz in meinem Knöchel kaum noch. Die Nässe des Rasens kriecht in meine Sneaker. Hier, abseits der Wege, ist es noch dunkler, aber ich weiß, dass ich das Parktor fast erreicht habe. Doch dann höre ich es. Schritte. Ich bleibe stehen und drehe mich um. Stille. Meine Fäuste sind so verkrampft, dass meine Fingernägel sich in meine Handflächen bohren. Da, ein Rascheln im Busch. Nur ein Tier, sonst nichts. Ich nehme wieder Geschwindigkeit auf und da ist es wieder. Bumm-bumm-bumm. Füße auf Asphalt.

»Hallo?« Ich drehe mich im Kreis und halte den Atem an. Über dem Hämmern meines Herzens ist mir, als würde ich die Schritte wieder hören, also renne ich los. Ich schieße zum Tor. Meine Umhängetasche schlägt gegen meinen Oberschenkel und meine Lungen brennen vor Anstrengung. In der eiskalten Luft schnappe ich nach Atem. Jetzt bin ich wieder auf dem Pfad und kurz vor dem Tor. Meine Schuhe sind patschnass und rutschen ständig weg, aber ich lasse mich nicht aufhalten. Nur noch ein paar Minuten und ich bin zu Hause. Doch als ich das Tor erreiche, werde ich nach hinten gerissen. Mein Schal ist hängen geblieben.

Oder jemand hat ihn gepackt.

FÜNFUNDZWANZIG

Das Gefühl, festgehalten zu werden, steigert meine Angst ins Unermessliche. Mit beiden Händen reiße ich an meinem Schal, meine Muskeln zum Zerbersten gespannt, und ich schreie, in Erwartung des heißen Atems in meinem Nacken und der Hände, die sich um meinen Hals schließen werden. Doch alles, was ich höre, ist das Geräusch des zerreißenden Baumwollstoffs. Mein Schal hängt im Ast eines Baums fest. Ich winde mich aus meiner Schlinge heraus und renne durch das Tor. Vor Erleichterung muss ich beinahe weinen. Fast zu Hause. Als ich in meine Straße einbiege, öffne ich meine Tasche und fische nach meinem Schlüsselbund, aber meine Hände zittern so unkontrollierbar, dass er klirrend zu Boden fällt. Hinter mir hustet jemand. Ein Mann. Vor Angst bebend grabsche ich nach dem Schlüssel.

Die Tür, die in meinen Wohnkomplex führt, ist nie abgesperrt. Ich stoße sie mit solcher Wucht auf, dass sie gegen die Wand knallt, zurückspringt und mich an der Wange erwischt. Meine Zähne schlagen zusammen und ich beiße mir auf die Zunge.

Ich schlucke das Blut in meinem Mund hinunter und fliege

die Treppe hinauf. Als ich an meiner Wohnungstür ankomme, zittere ich so stark, dass ich den Schlüssel nicht ins Schlüsselloch bekomme. Unten fällt die Haustür ins Schloss. Ist mir jemand ins Haus gefolgt? Ich kämpfe erneut mit dem Schlüsselloch. Die unterste Treppenstufe knarzt. Liegt es an den alten Dielen oder ist dort jemand? Ich kann einfach nicht stillhalten, mein ganzer Körper zittert. Noch einmal schiebe ich den Schlüssel nach vorne – diesmal erwische ich das Schloss. Ich drehe den Schlüssel, es klickt und ich falle durch meine Tür in die Wohnung und knalle sie hinter mir zu.

Meine Beine wollen mich nicht mehr tragen und ich sinke auf den Flurboden nieder. Lange sitze ich dort und fühle, wie das Adrenalin abebbt, höre meinen rasselnden Atem und ein paar Fetzen der Rapmusik aus der Wohnung über mir.

Als ich mich etwas beruhigt habe, stehe ich auf und mache mich auf den Weg in die Küche, mit wackligen Beinen, als wäre der Boden unter mir weich wie ein Schwamm. Draußen hüllt der Nebel die Straßenlaternen ein und taucht den Großteil der Straße in Dunkelheit. Ich kann überhaupt nichts sehen. Aber das muss nicht heißen, dass dort niemand ist.

Das Licht in der Küche ist zunächst ziemlich matt, aber als die Energiesparlampe langsam in Fahrt kommt, zeichnen sich die Bilder von Callie klarer an meiner Wand ab. Ich stelle mich vor ein Foto von ihr, das ich auf Facebook gefunden habe. Sie kniet vor einem Strauch mit zartpinken Rosen, eine Gartenschere in der Hand. *Was ist dir nur zugestoßen?* Ich greife nach einem roten Filzstift, schreibe den Prince of Wales auf meine Mindmap und ziehe von dort eine Linie zu Sophie. Ist der Pub wichtig? Mir ist, als würde ich ein Zahlenbild anstarren, das keinen Sinn ergibt, weil ich vergessen habe, eine der Zahlen zu verbinden.

Ich stecke das Handy, das Sara mir gegeben hat, an das Ladegerät, das ich dafür gekauft habe, aber es lässt sich immer noch nicht anschalten. Dann setze ich mich an den Tisch und presse die Leertaste meines Laptops, damit der Bildschirm angeht. Es ist so still. Nichts ist zu hören außer dem Klackern meiner Finger auf der Tastatur. Ich google »SOPHIE VALENTINE«, finde aber nichts, was direkt mit ihr zu tun hat. Auf Facebook gibt es Tausende Menschen mit diesem Namen. Also versuche ich es mit »PRINCE OF WALES PUB«. Ich tippe die Adresse ein und klicke mich durch verschiedene Artikel und durch Bewertungen auf TripAdvisor, die wohl jeden davon abschrecken würden, den Pub aufzusuchen. Dann finde ich etwas Interessantes, einen alten Zeitungsartikel aus dem Archiv:

Heute Morgen fanden Joggerinnen einen schwer verletzten Mann Anfang dreißig. Der Mann schien Opfer einer Schlägerei gewesen zu sein und wurde im Park in der Nähe des Prince of Wales aufgefunden, einer Gaststätte in der Green Street. Er wurde von seiner Freundin (Name bisher unbekannt) gegen 9:00 Uhr morgens als vermisst gemeldet, nachdem sie mehrmals erfolglos versucht hatte, ihn auf seinem Mobiltelefon zu erreichen, welches zertrümmert am Tatort aufgefunden wurde. Polizeibeamte waren bereits auf dem Weg zu ihr, als die Meldung eintraf, dass der Mann gefunden wurde. Seine Verletzungen sind erheblich, scheinen aber nicht lebensgefährlich zu sein. Der zuständige Polizeibeamte Phillip Denby gab an, dass der Mann zuletzt im Prince of Wales gesehen worden war. Um etwa 22:30 Uhr hatte er seine Freundin angerufen und sich auf den Heimweg gemacht, war aber nie angekommen. Die Polizei bittet dringend um Hinweise unter der Nummer ...

Das Gespräch, das ich im Pub mitgehört habe, liegt wie ein Stein in meinem Magen: »Du willst doch nicht, dass deine Kinder ohne Vater aufwachsen müssen? Stell dir mal vor, wie die sich fühlen würden, wenn du einen Unfall hättest?«

Die Haustür im Treppenhaus knallt zu und ich zucke zusammen. Ist jemand hereingekommen oder gegangen? Ich warte angespannt, die Hände zu Fäusten geballt. Keine Schritte auf der Treppe, kein Mucks aus der Wohnung über mir. Unbehagen überfällt mich und ich stehe im Schneckentempo auf, wobei ich meinen Stuhl hochhebe, statt ihn zurückzuschieben, damit er ja keinen Laut von sich gibt. Ich schaue durch das Fenster, aber das Licht in meiner Küche leuchtet so hell, dass ich außer der Reflektion meines besorgten Gesichts absolut nichts erkennen kann.

Immer noch unruhig wende ich mich wieder meinem Laptop zu und öffne einen weiteren Zeitungsartikel aus dem Archiv. Er ist wenige Tage nach dem erschienen, den ich eben gelesen habe:

Gestern wurde der ortsansässige Neil Cartwright (abgebildet) in der Gaststätte Prince of Wales von der Polizei verhaftet. Er wird des Überfalls verdächtigt. Mister Cartwright war schon zuvor wegen Verdacht auf beabsichtigten Drogenhandel polizeilich befragt worden. Zudem war er bereits mehrmals wegen Einbruchs in Haft.

Ich vergrößere das verpixelte Bild und betrachte den abgebildeten Mann. Sein Kopf ist leicht nach rechts gedreht, als würde er sich mit dem Mann hinter ihm unterhalten, der noch unschärfer abgebildet ist. Aber der Mann vorne im Bild ist auf jeden Fall derselbe Neil, mit dem ich vorhin gesprochen habe. Wer ist er bloß und woher wusste er, dass Callie und Sophie Schwestern waren?

Ein Knall hallt durch die Wohnung, aber diesmal kommt das Geräusch nicht aus dem Treppenhaus. Jemand hat gegen meine Wohnungstür geschlagen. Mein Herz schlägt mir bis zum Hals. Ich erwarte keinen Besuch. Seit meiner OP ist meine Welt so klein geworden, dass ich die Leute, die mich besuchen kommen, an einer Hand abzählen kann. Und sie würden alle vorher anrufen, um sicherzugehen, dass ich genug Energie für einen Besuch habe. Es klopft erneut, diesmal noch lauter. Noch ungeduldiger. Ich wage es nicht, mich zu bewegen. Oder zu atmen. Stocksteif und angespannt warte ich, doch dann kommt mir ein schrecklicher Gedanke. Habe ich meine Tür zugesperrt? Ich kneife die Augen zusammen und denke zurück an die Erleichterung, mit der ich durch meine Tür gestürzt kam. Meinen Zusammenbruch im Flur, meine Tasche und den Schlüsselbund fest in der Hand. Scheiße. Ich hab sie nicht zugesperrt. Ganz sicher nicht.

Nichts hält den Menschen, der da an meine Tür hämmert, davon ab, hereinzukommen.

SECHSUNDZWANZIG

Ich greife nach meinem Schlüsselbund und schleiche durch den abgedunkelten Flur zur Tür. Bei jedem Klimpern der Schlüssel zucke ich zusammen. Mit ausgestreckter Hand schiebe ich den Schlüssel ins Schloss und drehe ihn mit angehaltenem Atem nach rechts – aber es ist bereits abgeschlossen. Ich muss das ganz automatisch gemacht haben. Ich trete einen Schritt zurück und es rappelt am Briefschlitz. Er öffnet sich und ich sehe ein Paar Augen hindurchblicken.

»Callie? Sind Sie zu Hause? Ich bin es, Chris.«

Ich brauche ein paar Sekunden, bis ich den Namen und die Stimme zuordnen kann. Callies Kollege.

»Chris?« Ich schalte das Licht an und sperre die Wohnungstür auf, um sie einen Spaltbreit zu öffnen. Selbst unter seinem schwarzen Mantel riecht er immer noch ein bisschen nach Zahnarztpraxis.

»Was machen Sie hier?« Ich bin bereit, die Tür falls nötig sofort zuzuknallen. »Sind Sie mir gefolgt?« Mir fällt ein, dass ich Sara zum Abschied noch gesagt hatte, dass ich zum Pub gehen würde. War Chris derjenige, der mir vom Prince of Wales nach Hause gefolgt ist?

»Was? Nein, natürlich nicht. Ich habe Ihre Adresse vom Anmeldeformular. Sara hat das bei uns im Empfang gefunden, nachdem Sie gegangen sind.« Er hält mir das Armband entgegen, das Sam mir geschenkt hat. »Sie dachte, dass es Ihnen gehören könnte.«

»Tut es tatsächlich.« Ich strecke meine Hand aus und er legt das Armband hinein. Meine Finger schließen sich fest darum. Ich bin mir sicher, dass ich es im Reißverschlussfach meiner Handtasche verstaut hatte, aber es wird wohl herausgefallen sein, als ich meinen Geldbeutel herausgenommen habe.

»Wahrscheinlich haben Sie es verloren, als Sie bezahlt haben. Und ich dachte mir, Ihre Wohnung liegt ja sowieso auf meinem Heimweg ...«

»Wie sind Sie hierhergekommen?« Es klingt eher wie eine Anschuldigung als wie eine Frage.

»Mit dem Auto. Tut mir leid, Callie, ich wollte Sie nicht erschrecken.«

»Jenna. Mein Name ist Jenna«, entgegne ich heftig.

»Oh Gott, ja, Entschuldigung, es ist nur so ... die Haare, wissen Sie.« Er weicht zurück. »Entschuldigung«, sagt er noch einmal und poltert dann die Treppe hinunter.

Ich knalle meine Tür zu und hänge die Türkette ein, bevor ich zum Küchenfenster eile und es aufreiße. Ich lausche in die Nacht hinein, nach dem Geräusch eines anspringenden Autos, aber in der Straße herrscht Stille. Und Dunkelheit. Ich höre kein noch so kleines Geräusch.

* * *

Das Handy hat inzwischen genug Akku, um sich anschalten zu lassen. Mir wird klar, dass es gar nicht so alt ist, wie Sara dachte. Massenweise SMS und Anrufe und alle sind erst kurz vor Callies Tod datiert. Ich lese die SMS-Nachrichten und merke, wie sich die Haare auf meinen Unterarmen aufstellen.

Nur ein gespeicherter Kontakt, eine Nummer, kein Name. Alle Anrufe und SMS sind nur zwischen diesem Handy und dieser einen Person. Ich überfliege den SMS-Verlauf.

Ich wollte zu dir kommen, aber er ist mir gefolgt, schreibt Callie.

Sei vorsichtig, lautet die Antwort.

Kannst du abhauen?

Nein. Er beobachtet mich die ganze Zeit.

Ich brauch dich.

Ich weiß, ich versuch's ja. Gib mir Zeit, es ist nicht so einfach.

Komm her, jetzt.

Er folgt mir.

In der Nacht, in der Callie gestorben ist, kam eine ganze Reihe an SMS bei ihr an, aber sie hat auf keine davon geantwortet.

Wo bleibst du? Solltest du nicht längst hier sein?

Ich hab versucht, dich anzurufen, GEH RAN!

Wo bist du?

Wer hat Callie diese Nachrichten geschickt? Hatte sie eine Affäre? Ich muss es einfach wissen. Fast ohne nachzudenken wähle ich die Nummer aus Callies Kontakten und stelle sicher, dass meine eigene Nummer unterdrückt ist. Es klingelt und klingelt, und als ich gerade auflegen will, höre ich ein Klicken.

Jemand atmet am anderen Ende. Ich bleibe still. Warte darauf, dass die andere Person als Erstes spricht. Im Hintergrund höre ich ein Geräusch. Es kommt mir irgendwie bekannt vor, aber ich weiß nicht genau, woher. Ich schließe die Augen. Was ist das für ein Geräusch?

Ich reibe mir über die Stirn, als könne ich so das zu dem Geräusch passende Bild heraufbeschwören, wie einen Dschinn aus seiner Öllampe. Die Person am anderen Ende atmet immer unregelmäßiger und räuspert sich schließlich, aber ich kann nicht mit Sicherheit feststellen, ob es ein Mann oder eine Frau ist.

»Hallo«, sage ich schließlich, als ich das Warten nicht mehr aushalte. Ein Rauschen in der Leitung verrät mir, dass die Verbindung unterbrochen wurde. Ich versuche es noch einmal, diesmal von Callies Handy, aber eine automatische Nachricht informiert mich, dass die Nummer derzeit nicht erreichbar ist. Was nun?

* * *

In der Küche ist es stockfinster, bis auf das grünliche Licht der Ofenuhr. Es ist ein Uhr nachts und meine Augen brennen vor Müdigkeit, aber ich kann mich nicht von meinem Fenster losreißen. Inzwischen knie ich schon so lange auf dem Holzstuhl, auf dem ich normalerweise beim Frühstücken sitze, dass das Kribbeln in meinen Füßen einer stumpfen Taubheit gewichen ist. Der Heimweg vom Pub hat mich tief erschüttert und Neil spukt durch meine Gedanken. Jedes Mal wenn ich mit dem Gedanken spiele, ins Bett zu gehen, sticht mir draußen etwas Neues ins Auge. Ein unheimlicher Schatten hinter einem geparkten Auto. Eine Bewegung in einem Hauseingang. Die Nacht ist still. Außer dem Summen meines Kühlschranks ist fast nichts zu hören, nur hin und wieder zerreißt ein Geräusch den Mantel des Schweigens – eine kreischende Katze, ein ratterndes Auto in der Ferne. Ich halte Callies Handy fest umklammert. Meine Gedanken rasen. Wer hat sie beobachtet? Beobachtet dieselbe Person nun mich? Ich blicke die Straße entlang, kann aber niemanden sehen.

Irgendwann löse ich meine verknoteten Glieder dann doch, stehe stolpernd auf und versuche, etwas Leben in meine tauben Füße hineinzustampfen. Ich bin viel zu müde zum Zähneputzen, tröpfle aber etwas Lavendelöl auf mein Kissen, das mir hoffentlich hilft zu entspannen. Dann lasse ich mich in mein Bett fallen und warte darauf, dass die Erschöpfung mich in den Schlaf zieht. Aber dann frage ich mich zum tausendsten Mal, ob meine Tür auch wirklich richtig zugesperrt ist, ob ich wirklich in Sicherheit bin. Also stehe ich auf und rüttle am Türgriff, gucke nach, ob der große Riegel komplett eingerastet ist. Trotzdem, die Unsicherheit bleibt. Jemand hat mich verfolgt. Da bin ich mir sicher. Wieder im Bett angekommen drehe ich mich hin und her und hin und her. Schließlich schalte ich meine Nachttischlampe an. Das Zimmer füllt sich mit einem sanften Licht und endlich fühle ich mich ruhig genug, um die Augen zu schließen.

Irgendwie schaffe ich es tatsächlich, ein bisschen zu schlafen, aber nur unruhig. Bedrohliche Gesichter beherrschen meine Träume: Chris, Neil, Nathan. Callie, die verzweifelt um Hilfe schreit. Im frühen Morgengrauen wache ich auf und lese mir sofort noch mal die SMS auf Callies Handy durch. Jemand hat sie beobachtet, ist ihr gefolgt. Panik springt in meiner Brust hin und her, als ich wieder daran denke, dass dieselbe Person nun vielleicht mir folgt.

SIEBENUNDZWANZIG

Schweißperlen tröpfeln zwischen meinen Schulterblättern hinab. Es ist noch früh am Freitagmorgen, aber in der Polizeistation ist es jetzt schon viel zu warm. Seit fast einer Stunde sitze ich im Empfangsbereich. Die Lampen hier sind grell, die Stimmung ist bedrückend und mir scheint, als würden die grauen Wände und die Decke immer näher kommen, um mich zu zerquetschen. Der harte Plastikstuhl, auf dem ich sitze, ist am Boden festgeschraubt und ich klammere mich an den Sitz, um mich dazu zu zwingen, hierzubleiben und weiterhin diese abgestandene Luft einzuatmen.

Callies Handy steckt in meiner Handtasche. Es ist das einzige Beweismittel, das ich habe, um zu zeigen, dass jemand sie beobachtet und verfolgt hat. Falls sie eine Affäre hatte, könnte die Person, die ihr gefolgt ist, Nathan sein. Aber dann denke ich daran, wie freundlich er zu mir war, als ich ohnmächtig geworden bin, und es fällt mir schwer, mir vorzustellen, dass er Callie solche Angst hätte einjagen können. Ich weiß nicht, ob ich hier gerade das Richtige tue. Damit zur Polizei zu gehen. Die Vorstellung, dass ein Polizeiwagen bei Tom und Amanda vorfährt und ein Beamter in ihrem schwülen

Wohnzimmer steht und ihnen erklärt, dass Callies Tod nun als Verdachtsfall eingestuft wurde, bricht mir das Herz. Kann es sein, dass ich alles nur noch schlimmer mache?

Ich kann gar nicht mehr klar denken. Die Geräuschkulisse in der Station ist überwältigend, ständig klingelt irgendwo ein Telefon, Türen knallen, Radios rauschen. Der Mann, der neben mir sitzt, hat ein Stacheldrahttattoo, das sich um seinen Hals schlingt. Seine Kleidung stinkt nach Zigaretten. Sein Knie wippt ununterbrochen auf und ab und er klappt sein Zippo-Feuerzeug auf und zu und auf und zu und geht mir so auf die Nerven damit.

Ein Türsummer zu meiner Linken springt an. Die Tür öffnet sich quietschend und ein Polizeibeamter, der viel zu jung aussieht, um hier zu sein, ruft: »Jenna McCauley?«

Ich nicke und stehe auf. »Das bin ich.«

»Mein Name ist Hodges. Wenn Sie mir bitte folgen würden?« Er geht schnellen Schrittes einen schier endlosen Gang entlang.

Meine Sandalen quietschen auf dem schmutzig weißen Linoleum und ich komme kaum hinterher. Als wir endlich in einem kleinen Verhörzimmer ankommen, bin ich völlig außer Atem und sinke dankbar auf den Stuhl.

»Sie haben angegeben, dass Sie Informationen für uns haben, bezüglich eines verdächtigen Todesfalls?« Hodges hält seinen Bleistift über dem Notizbuch bereit und ich kann meine Überraschung nicht verbergen.

»Sollte nicht noch jemand anderes bei diesem Gespräch dabei sein?«, frage ich. »Noch ein zweiter Polizist?«

»Das ist kein offizielles Verhör, Miss McCauley.«

»Aber Sie nehmen das Gespräch auf?« Ich blicke um mich. In diesem Zimmer gibt es nichts außer kahlen Wänden und einem kleinen Fensterchen, das so hoch oben angebracht ist, dass ich draußen nur Wolken sehen kann.

»Das müssen Sie wohl aus dem Fernsehen haben. Das hier

ist nur ein inoffizielles Gespräch. Fangen wir erst mal klein an. Name und Adresse?«

Ich rattere die Informationen herunter und er notiert sie.

»Um welchen Todesfall handelt es sich hierbei?«

»Callie Valentine.«

»Eine Verwandte von Ihnen?«

»Nein.«

»Weiß die Familie der Verstorbenen, dass Sie hier sind?«

»Nicht direkt.«

»War Callie eine Freundin von Ihnen?«

»Jein.«

»Jein?« Er hebt fragend eine Augenbraue.

»Ja«, sage ich, diesmal mit mehr Überzeugung. Ich erzähle ihm von Callies Unfall. »Aber ich glaube nicht, dass es ein Unfall war.« Sein Gesicht verrät nichts, als ich davon erzähle, wie ich zum Pub gegangen bin und das Gespräch mitgehört habe. »Und dann hab ich noch das hier.« Ich schiebe das Handy geradezu siegessicher über den Tisch. Er greift danach und macht sich weiterhin Notizen, während er die SMS durchgeht.

»Und dieses Handy wurde in Callies Arbeitsstätte gefunden?«

»Ja.«

»Aber Sie wissen nicht eindeutig, ob es wirklich ihr gehört hat?«

»Es lag in ihrer Schublade. Können Sie die Nummer nicht einfach ins System eingeben? Ist das nicht Beweis genug?«

»Ein Beweis wofür? So einfach geht das leider nicht, Miss McCauley. Falls es sich hierbei um ein Prepaidhandy handelt, ist es quasi unmöglich, das nachzuverfolgen. Und selbst wenn dieses Handy Miss Valentine gehört hat, muss das nicht heißen, dass an ihrem Tod etwas verdächtig ist. Bitte warten Sie hier.«

Er verlässt das Zimmer und die Tür knallt hinter ihm ins Schloss. Ich stehe auf und tigere hin und her, drehe Kreise in diesem unwahrscheinlich kleinen Zimmer, eine Ratte im Käfig.

Sehr viel später, als ich den kleinen Plastikbecher mit Wasser, der mir gegeben wurde, bereits geleert und in meinen Händen zerknüllt habe und mit dem Kopf in den Händen am Tisch sitze, kommt Hodges endlich zurück und setzt sich wieder.

»Es scheint, als hätten wir Callie Valentines Tod schon damals untersucht. Wir sind zu dem Schluss gekommen, dass es sich um einen Unfall gehandelt hat.«

»Ich weiß, aber …«

»Ihre Familie und Freunde wurden befragt. Wir sind wirklich sehr gründlich vorgegangen.«

»Aber das Handy …«

»Wir werden das überprüfen.« Er hält mir das Handy hin.

»Sollten Sie das nicht behalten? Als Beweismittel?« Ich bleibe beharrlich.

»Zu diesem Zeitpunkt besteht kein Grund, die Ermittlung wieder aufzunehmen, aber wie gesagt, wir werden das überprüfen und uns bei Ihnen melden, falls dabei etwas aufkommt. In der Zwischenzeit können Sie natürlich jederzeit noch mal vorbeischauen.«

»Aber ich glaube wirklich, dass …« Ich werde lauter.

»Leider brauchen wir hier mehr als ›glauben‹, Miss McCauley.« Seine sarkastische Antwort versetzt mir einen Stich. »Kommen Sie, ich begleite Sie nach draußen.« Er drückt mir das Handy in die Hand und eilt zur Tür. Er reißt sie auf und ich bin entlassen. Einfach so.

* * *

Draußen vor der Polizeistation lasse ich mich auf die kalten Treppenstufen sinken. Feuchtigkeit sickert durch mein Kleid. Die Sonne sendet ein paar Strahlen durch die Wolkendecke, aber es ist trotzdem kühl, und ich schlinge die Arme um meine Beine, den Kopf auf die Knie gestützt. Die warme Schamesröte, die mein Gesicht in der Polizeistation überzogen hat, ist inzwischen verschwunden. Hodges hat mich mit ähnlich ungläubigem Ausdruck angeschaut wie Rachel vor ein paar Tagen. Niemand glaubt mir. Ich weiß nicht, was ich als Nächstes tun soll. Um zwei bin ich mit Nathan am Kanal verabredet und unsicher, ob ich hingehen soll. Eine Autotür knallt zu und lässt mich aufschrecken. Auf der anderen Straßenseite sehe ich ein paar Läden und davor einen knallgelben Sportwagen in einer Parkbucht. Dieses Auto kenne ich doch ... Ich brauche einen Moment, bis ich mich daran erinnere, woher. Der Parkplatz vor der Zahnarztpraxis. Gehört der Wagen vielleicht Chris?

Kein Fahrer ist zu sehen. Nervös tippe ich mit der Fußspitze auf den Boden, unterdrücke meinen natürlichen Instinkt, wegzurennen. Die Skepsis, mit der mich die Polizei behandelt hat, treibt mich an und kurz entschlossen marschiere ich hinüber. Ich werde Chris zur Rede stellen und fragen, was zur Hölle er sich gestern eigentlich dabei gedacht hat. Ich lehne mich an die Motorhaube und versuche, deutlich entspannter auszusehen, als ich mich fühle. Tief durch die Nase einatmen, die Fäuste entspannen. Die Tür zur Apotheke öffnet sich. Eine Frau mit langen braunen Haaren verlässt den Laden und kommt mir mit gerunzelter Stirn entgegen.

»Entschuldigung, könnten Sie sich bitte woanders anlehnen und nicht an mein Auto?«, fährt sie mich an und ich stammle eine Entschuldigung hervor, während ich mich von ihr entferne.

Mir scheint, als würden mein Körper und mein Geist sich getrennt voneinander bewegen. Mir wird ganz schwummrig und ich strecke eine Hand zur nächsten Wand, als könne ich mich so davon abhalten, einfach fortzuschweben.

Bilde ich es mir wirklich alles nur ein? Der Motor des gelben Autos wummert, des Autos, von dem ich so sicher war, dass es Chris gehört. Ich bin wütend. Und eingeschüchtert.

Und verwirrt. Und unsicher, ob ich meinen eigenen Gedanken vertrauen kann. Ich weiß, dass ich so nicht weitermachen kann. An die raue Backsteinmauer gelehnt wähle ich eine Nummer.

»Bitte, ich brauche Hilfe«, bettle ich.

ACHTUNDZWANZIG

Vanessa sagt, es sei schön, mich zu sehen, und bittet mich, Platz zu nehmen. Sie fragt nicht, warum ich Beverly, ihre Empfangsdame, um einen spontanen Termin angefleht habe. Ich lasse meine Handtasche mit einem dumpfen Knall auf den Boden fallen und sinke auf die Couch. Vanessa schiebt die Schachtel Taschentücher näher zu mir, als ob heute der Tag gekommen wäre, an dem sie endlich meine Mauern niederreißt. Ich kann meine Beine nicht still halten und versuche verzweifelt, all die Sachen, die ich ihr unbedingt erzählen möchte, irgendwie zu ordnen. Vanessa schenkt Wasser aus einem Krug in zwei Gläser und ich trinke dankbar. Die kühle Flüssigkeit tut gut. Da ich den ganzen Weg von der Polizeistation bis hierher gerannt bin, bin ich schweißnass und zittere. Mein Kopf pocht, Vanessas Potpourrivase duftet und mit jedem lavendelgetränkten Atemzug nimmt der Druck hinter meiner Stirn zu.

»Danke, dass Sie mich in Ihrer Mittagspause treffen, ich weiß das wirklich zu schätzen.« Meine Stimme ist tonlos und verstummt sofort wieder.

»Jenna, wie geht es Ihnen?«

Ich öffne den Mund, um zu antworten, doch stattdessen

bricht ein Schluchzen aus mir heraus. Still wartet Vanessa, während ich nach den Taschentüchern greife, von denen ich nie vermutet hätte, dass ich sie doch mal brauchen würde. Ich trockne meine Augen und schnäuze mich, doch bei jedem Versuch, zum Sprechen anzusetzen, bleiben mir die Wörter im Hals stecken.

»Lassen Sie sich Zeit«, sagt Vanessa und ich nicke. Ich schäme mich dafür, dass ich mich so gar nicht zusammenreißen kann.

Schließlich hören meine Schultern doch auf zu zittern und Vanessa schiebt mir einen braunen Flechtkorb hin, damit ich die zusammengeknüllten Taschentücher hineinwerfen kann. »Ich weiß nicht, was ich sagen soll.« Ich lasse meinen Blick über die Wolkenberge draußen vor dem Fenster schweifen und vermeide es, ihr in die Augen zu sehen.

Sie stellt mir keine Fragen. Ich weiß, dass das ein Trick ist. Sie denkt, wenn sie nur lange genug still ist, werde ich versuchen, die Stille mit Worten zu füllen. Aber ich weiß wirklich nicht, wo ich anfangen soll. Sie wird denken, dass ich verrückt bin. Langsam frage ich mich ja selbst, ob ich es bin.

»Ich glaube, dass Callie etwas Schlimmes zugestoßen ist.« Ich drehe meinen Kopf zu ihr, aber ihr Gesichtsausdruck bleibt neutral. »Und ich weiß nicht, was ich deswegen tun kann.«

»Was, glauben Sie, ist Callie zugestoßen?«, fragt sie.

Ich ziehe ein weiteres Taschentuch aus der Schachtel und wickle es bedächtig um meine Finger.

»Ich glaube, sie hatte Angst. Ich glaube, dass ihr jemand wehgetan hat. Ich war schon bei der Polizei, aber die haben mich nicht ernst genommen. Ich glaube, sie wurde ...« Ich zögere kurz, will das Wort nicht laut aussprechen. Ich will es nicht mal denken. »Ich glaube, sie wurde vielleicht ermordet«, flüstere ich und mache mich auf ihre Reaktion gefasst.

Vanessa schnappt nicht nach Luft. Sie sieht nicht einmal überrascht aus. Stattdessen fragt sie nur in ihrem ewig neutralen Tonfall: »Warum denken Sie, dass jemand Callie wehgetan hat?« Ich fühle mich wie vor den Kopf geschlagen. Da hatte ich deutlich mehr Reaktion erwartet.

»Ich habe versucht, herauszufinden, was an dem Abend passiert ist – Sie wissen schon, wegen Tom und Amanda. Damit sie nicht mehr von der Frage besessen sein müssen, warum Callie die Hochzeit verlassen hat, und endlich richtig trauern können.« Es kommt mir so vor, als hätte sich Vanessas Augenbraue bei dem Wort »besessen« um einen Millimeter angehoben, aber ich kann es nicht mit Sicherheit sagen und fahre fort: »Es ist schwieriger, als ich gedacht hätte. Am Anfang dachte ich, Nathan hätte ihr wehgetan. Ich spüre so viel Angst in mir und ich glaube, das ist ihre Angst. Ich träume oft von einem Mann, immer von demselben Mann. Ich kann sein Gesicht nie sehen, aber ich bin mir sicher, dass es Nathan ist.«

»Und in diesen Träumen tut der Mann Callie weh?«

»Nein«, gebe ich zu. »In den Träumen ist sie glücklich, aber wenn ich wach bin, spüre ich so viele negative Emotionen. Ich glaube, das sind Callies Erinnerungen, aber ich kann mir keinen Reim darauf machen. Als ich Chris getroffen habe, hatte ich ein ganz seltsames Gefühl ...«

»Wer ist Chris?«

»Callies Chef, in der Zahnarztpraxis.« Vanessa kneift ihren Mund zusammen, aber ich kann es einfach nicht lassen, ihr alles zu erzählen, auch von meinem Vorsatz, Sophies Aufenthaltsort in Spanien herauszufinden, damit Tom und Amanda sie direkt kontaktieren können. Dann erzähle ich von meinen Erlebnissen im Prince of Wales und es ist solch eine Erleichterung, das alles loszuwerden. Als ich endlich fertig bin, erwarte ich halb, dass Vanessa aufspringt und sagt, dass wir sofort die Polizei anrufen müssen. Aber sie schiebt nur ihre Brille mit der einen Hand nach oben, während sie mit der anderen Notizen in meine Patientenakte kritzelt. Während ich darauf warte, dass sie mit dem Schreiben aufhört, spreche ich noch etwas anderes an.

»Ich habe noch mehr recherchiert. Über das Zellgedächtnis. Es gibt einen belegten Fall, in dem eine Achtjährige das Herz eines zehnjährigen Mädchens bekommen hat, das ermordet wurde. Sie hatte schreckliche Albträume davon, wie der Mörder die Organspenderin umgebracht hat. Die Träume waren so traumatisch und detailliert, dass ihr Psychiater und ihre Mutter sich an die Polizei gewendet haben. Sie konnten genug Beweise sammeln, um den Mörder zu finden und zu verurteilen.«

Vanessa blickt von ihren Notizen auf und kurz denke ich, dass ich ihr Interesse geweckt habe, aber sie sagt nur: »Dazu kann ich nichts sagen, Jenna, aber ich kann Ihnen versichern, dass das, was Sie erleben, eine ganz normale Reaktion ist.«

»Es ist normal, zu denken, dass jemand ermordet wurde?« Ich glaube kaum, dass sie mich davon überzeugen kann.

»Sagt Ihnen Sekundärtraumatisierung etwas?«

»Nein.«

»Diese Art von Traumatisierung tritt ein, wenn eine Person, in diesem Fall Sie, von dem direkten Trauma anderer erfährt. Frauen und Menschen mit eigenem unbewältigten Trauma sind besondere Risikogruppen dafür. Sie passen in beide Kategorien. Die Schuldgefühle darüber, dass Sie Callies Herz erhalten haben, verbunden mit dem Mitgefühl, das Sie Tom und Amanda gegenüber empfinden, und Ihre Hilflosigkeit, den Schmerz der beiden zu lindern, hat, meiner Ansicht nach, eine Sekundärtraumatisierung ausgelöst.« Vanessa nimmt einen Schluck Wasser und fährt dann fort: »Zu den Symptomen gehören Hoffnungslosigkeit, Verzweiflung, Nervosität, unerwünschte Gedanken, Albträume und das gedankliche Erleben traumatischer Ereignisse, auch solcher, die die Betroffenen nie selbst erlebt haben.«

»Aber jemand hat mich verfolgt, das weiß ich genau. Und

ich fühle mich immer so unruhig, als ob mich jemand beobachten würde.«

»Erhöhte Sensibilität und übermäßige Wachsamkeit gehören zu den Symptomen einer Sekundärtraumatisierung und können dazu führen, dass Sie das Gefühl haben, verfolgt zu werden, selbst wenn dies nicht der Fall ist.«

»Aber ich bilde mir das alles nicht nur ein.« Ich weigere mich, zu glauben, dass das alles nur Hirngespinste sein sollen.

»Ich wollte damit nicht sagen, dass Sie sich Dinge einbilden, Jenna. Alles, was Sie denken und fühlen, ist für Sie extrem real. Allerdings vermute ich, dass die Sekundärtraumatisierung in Kombination mit Ihren Medikamenten zu irrationalen Gedanken führt. Wir wissen ja zum Beispiel, dass Prednison zu Paranoia führen kann. Und Ihre Art, diese Symptome auszuleben, ist die intensive Beschäftigung mit Callies Tod. Denken Sie wirklich, dass die Polizei es als Unfalltod eingestuft hätte, wenn die Umstände auf irgendeine Art verdächtig gewesen wären? Sie haben ja selbst gesagt, dass die Polizei den Unfall gründlich untersucht und jeden Verdacht ausgeschlossen hat.«

»Aber Tom und Amanda glauben, dass da etwas nicht ganz passt.«

»Das ist ganz natürlich. Es ist eine Art, damit umzugehen. Unfälle sind so willkürlich, so zufällig. Das ist schwer zu akzeptieren. Da ist es ganz normal, nach einem Grund zu suchen, der all dem einen vermeintlichen Sinn gibt, verstehen Sie?«

Ich denke einen Moment darüber nach. »Ich kann verstehen, dass die beiden nach einem Sinn suchen. Aber eine Sekundärtraumatisierung kann nicht alles erklären! Das Handy, das Sara mir in der Praxis gegeben hat, und die SMS – die sind echt. Hier, ich zeige sie Ihnen.« Ich krame in meiner Tasche herum und ziehe das Handy hervor. Vanessa wendet es langsam in ihren Händen hin und her, als hätte sie noch nie ein Handy gesehen.

»Woher wissen Sie, dass es Callie gehört hat?«, fragt man mich heute schon zum zweiten Mal.

»Sara hat es in ihrer Schublade gefunden.«

»Aber gibt es denn Beweise dafür, dass es wirklich Callies Handy war? In den SMS wird sie nicht beim Namen genannt, oder? Sie wissen, dass Callie ein iPhone benutzt hat, das nun im Besitz ihrer Eltern ist. Es könnte doch sein, dass ein Patient es im Empfang verloren hat und dass sie es in ihre Schublade gesteckt hat, um sich später darum zu kümmern. Ich habe eine ganze Schachtel voll zurückgelassener Gegenstände in meinem Schrank. Bei Ihnen in der Tierarztpraxis vergessen die Leute doch bestimmt auch oft Dinge?«

Erst letzte Woche habe ich eine Basecap im Empfangsbereich gefunden und in meine Schublade gestopft, für den Fall, dass der Besitzer zurückkommt, um sie abzuholen – aber das erzähle ich lieber nicht. Stattdessen wechsle ich das Thema: »Okay, aber das im Pub? Ich habe definitiv einen Mann sagen hören: ›Stell dir mal vor, wie deine Kinder sich fühlen würden, wenn du einen Unfall hättest?‹ Da bin ich mir sicher!«

»Der Pub ist doch bekannt dafür, dass es dort nur so von Kleinkriminellen wimmelt. Sie wissen nicht, wen Sie dort draußen haben reden hören. Außerdem hätten Sie sowieso nicht dort hingehen sollen, vor allem nicht allein. Und Sie haben keinerlei Beweise dafür, dass Sophie oder Callie Neil gekannt haben.« Und da ist es wieder, dieses Wort, das alle davon abhält, mir zu glauben. Beweise.

»Aber er wusste, dass die beiden Schwestern waren«, wende ich ein.

»Vielleicht einfach gut geraten, falls die beiden sich ähnlich sehen? Und sind Sie ganz sicher, dass Sie es nicht selbst erwähnt haben?«

»Ja«, sage ich, aber ich habe zu lange mit der Antwort gezögert. Ich bin mir nicht ganz sicher und Vanessa weiß Bescheid.

»Okay, Jenna. Aus meiner Perspektive gibt es nichts, das

beweist, dass irgendetwas Verdächtiges passiert ist, weder mit Callie noch mit Sophie.«

Ihre Worte fallen wie ein Stein in meinen Magen. Ich hatte gar nicht in Betracht gezogen, dass Sophie etwas passiert sein könnte. »Denken Sie, Sophie geht es gut? Es ist doch seltsam, dass sie sich nicht mehr gemeldet hat.«

»Sophie hat etwas Traumatisches durchgemacht, den Tod ihrer großen Schwester. Da ist es nicht ungewöhnlich, etwas Abstand zu brauchen, um zu trauern. Ich bin mir sicher, dass sie sich wieder bei ihren Eltern melden wird, sobald sie Gelegenheit hatte, das Ganze zu verarbeiten. Sie hatten erwähnt, dass sie schon früher mal verschwunden ist, als ihr alles zu viel wurde?«

»Ja.« Ich kaue auf meiner Lippe herum. Meine Gedanken drehen sich im Kreis und ich versuche, all das, was Vanessa gesagt hat, zu verarbeiten. Jede Erklärung, die sie mir anbietet, scheint plausibel. Vielleicht plausibler als meine eigenen Theorien? Alles doch nur Einbildung? Ich weiß es einfach nicht mehr. Noch ein letztes Mal versuche ich, sie zu überzeugen: »Callie hat die Hochzeit verlassen ... und Nathan auch. Tom sagt, es hätte ihr gar nicht ähnlichgesehen, sich nicht zu verabschieden.«

»Vielleicht haben sie sich gestritten. So wie Tausende Paare es tun. Jenna, glauben Sie mir«, Vanessa legt ihre Notizen nieder und lehnt sich zu mir, »falls ich auch nur den geringsten Anlass hätte, zu glauben, dass Callies Tod kein Unfall war, wäre ich moralisch dazu verpflichtet, mich damit an die Behörden zu wenden – aber ich sehe einfach keine konkreten Hinweise darauf. Ganz ehrlich.«

»Aber dieses Gefühl, dass Callie mich dazu auffordert, etwas zu tun ... Es ist so stark.« Ich denke an meine Küche, an die Mindmap und die Fotos von Callie, die meine Wände verdecken, aber jetzt bin ich mir nicht mehr so sicher. Die Hälfte der Zeit weiß ich ja kaum, was ich tue. »Bei der Arbeit mache ich dauernd Fehler und vergesse Dinge. Könnte das auch daran liegen? An dieser Sekundärtraumatisierung?«

»Auf jeden Fall.«

»Kann man dagegen etwas tun? Können Sie das heilen?«, frage ich zaghaft.

»Wir können gemeinsam daran arbeiten, weiterhin Gespräche führen. Wann ist Ihre nächste Untersuchung im Krankenhaus geplant?«

»Nächste Woche habe ich meine Halbjahresuntersuchung.«

»Danach sollte die Dosierung Ihrer Medikamente ja hoffentlich erneut reduziert werden. Das sollte ebenfalls einen Unterschied machen. Sie sind nicht allein, Jenna.« Sie greift nach meiner Hand und drückt sie sanft. Zum zweiten Mal an diesem Tag schießen mir Tränen in die Augen, aber diesmal sind es Tränen der Erleichterung.

* * *

Voller Zuversicht verlasse ich Vanessas Büro und trete in die helle Nachmittagssonne hinaus. Ich schütze meine müden Augen mit einer Sonnenbrille und schlendere die fast leere Straße hinunter, wobei ich den Drang unterdrücke, mich umzusehen, um nach Verfolgern Ausschau zu halten. Vanessas Beteuerungen, dass eine Sekundärtraumatisierung zu Paranoia und irrationalen Gedanken führen kann, haben mich etwas beruhigt. Ich bin zwar noch nicht ganz überzeugt, dass das Zellgedächtnis nicht existiert – es gibt einfach zu viele Belege, um es zu ignorieren –, aber ich sehe ein, dass das Handy einem beliebigen Patienten gehören könnte. Und anscheinend wurde Callies Tod ja wirklich gründlich untersucht. Aus der offenen Tür einer Bäckerei fliegt mir der Duft frisch gebackenen Brots entgegen und mein Magen knurrt. Ich blicke auf meine Armbanduhr. Kurz nach halb zwei. Um zwei ist mein Treffen mit Nathan. Ich denke, ich gehe trotzdem hin. Ein letzter Versuch, eine Antwort für Tom und Amanda zu finden, oder, noch besser, Sophies Adresse herauszukriegen.

Hinter mir ertönt das Geräusch von Schuhen auf hartem Asphalt. Die Schritte kommen immer näher und meine Schultern spannen sich an, aber ich drehe mich nicht um. Es gibt keinen Grund, Angst zu haben. Meine Schritte werden etwas schneller. Natürlich nur deshalb, weil ich nicht zu spät kommen möchte, nicht weil ich nervös bin, versuche ich mir einzureden. Die Haut auf meinem Hinterkopf brennt heiß. Wegen der Sonne, keine Frage, nicht, weil ich Blicke darauf spüre. Ich spiele die Unterhaltung mit Vanessa wieder und wieder in meinem Kopf durch und versichere mir selbst, dass meine Angst nicht echt ist, aber dann zerreißt ein Knall die Stille und mein Magen verkrampft sich. Ich kann mir nicht helfen und wirble herum. Hinter mir hat jemand einen Stapel Paletten umgestoßen, aber mir ist auch, als sähe ich jemanden in einem schwarzen Kapuzenpullover – trotz der Hitze. Sobald mein Blick auf die Person fällt, huscht er oder sie in die Bäckerei. Mein Atem geht schneller und ich weiß nicht genau, wieso. Es gibt doch gar keinen Grund, Angst zu haben – oder?

NEUNUNDZWANZIG

Mückenschwärme bilden kleine Wolken über dem sonnenbefleckten Wasser des Kanals. Nathan ist noch nicht hier. Ich setze mich zum Warten auf eine Holzbank und unterdrücke ein Gähnen nach dem anderen. Ein schmales Boot mit oranger Blumenmalerei an der Seite treibt gemütlich an mir vorbei und weht den Geruch gebratenen Specks herüber. Ich sehe zu, wie es an einer Schleuse anhält. Eine Frau mit grauen Haaren und ein kläffender Yorkshire Terrier gehen von Bord, ein Mann mit Schiebermütze bleibt zurück. Eine Bewegung auf der Brücke springt mir ins Auge. Eine schattenhafte Figur. In der grellen Sonne kann ich keine Details erkennen, aber mir ist, als würde die Person mich direkt anstarren. Trotz Vanessas beruhigender Erklärungen steigt meine Nervosität und ich starre zurück, bis die Person den Arm hebt, winkt und auf mich zugeht – da erkenne ich, dass es nur Nathan ist, und atme langsam und erleichtert wieder aus.

»Schön, dich wiederzusehen«, sagt Nathan und küsst mich auf die Wange, als ich aufstehe, um ihn zu begrüßen. »Ich hab was für dich.« Er zieht seinen Rucksack nach vorne und fischt eine Flasche Wasser heraus. »Damit dir nicht wieder zu heiß wird!« Ich lache und fühle mich sofort wieder wohl.

Wir gehen spazieren und unterhalten uns gut. Die Sonne hat anscheinend alle Familien nach draußen gelockt, denn auf dem kleinen Pfad herrscht ein einziges Gewusel: Kleinkinder auf Rollern, Kinder auf Fahrrädern, Hunde, die an ihren Leinen zerren und unbedingt ins Wasser hüpfen wollen.

»Guck, da drüben!« Nathan bleibt stehen. Einige Entenküken wippen im Wasser auf und ab und versuchen angestrengt, ihrer Mutter hinterherzuschwimmen, die ihnen erschreckend schnell davonpaddelt.

»Oh, der Kleine da kommt nicht hinterher.« Ich deute mit dem Finger.

»Komm, wir halten sie auf.« Nathan greift erneut in seinen Rucksack und präsentiert mir eine Tüte Brot.

»Da.« Er reicht mir ein Stück Kruste. Ich breche es in kleine Würfel und werfe sie in den Kanal, wo sie an der Oberfläche des trüben Wassers treiben. Die Entenmutter gleitet in Richtung der Brotstückchen und die Babys hinterher. Wir sehen zu, wie sie das Brot hinunterschlingen und dann unbeirrt weiterschwimmen, um schließlich hinter einem Büschel Schilfgras zu verschwinden.

Nathan stopft die leere Tüte in seinen Rucksack. »Magst du ein Eis?«

»Ja, sehr gern.« Ich lasse mich auf einer Bank nieder, während Nathan am Kiosk ansteht. Kurz darauf kommt er mit dem Eis zurück – der Schokoriegel steckt wie eine Flagge im perfekt geformten Softeis.

Ich danke Nathan und lasse meine Zunge am Rand der Eiswaffel entlanggleiten. Nathan dagegen beißt direkt hinein und verzieht dann sein Gesicht.

»Zu kalt?«

Er nickt und zieht eine Grimasse.

»Einfach Zunge gegen den Gaumen drücken«, sage ich.

»Harry isst sein Eis auch immer zu schnell. Aber der Trick funktioniert, das erzeugt Hitze und hilft gegen die Kältekopfschmerzen.«

Einen Moment später kann er wieder sprechen. »Das hat wirklich geholfen. Aber daran merkt man, dass man älter wird, nicht wahr? Wenn man nicht mehr in was Kaltes reinbeißen kann. Als ich so alt war wie er dort«, er nickt mit dem Kopf in Richtung eines kleinen Jungen, der sein Eis am Stiel gierig zerkaut und dabei bunte Streusel im Gras verteilt, »da hab ich genauso in mein Eis gebissen. Und wer ist Harry?«

»Du hast also noch Kontakt mit Sams Familie?« Nach meiner Erklärung runzelt er die Stirn.

»Ja. Ich hab sie eine halbe Ewigkeit nicht mehr gesehen, nach … nachdem Sam und ich miteinander Schluss gemacht haben, aber ich kann mir gar nicht vorstellen, Harry nie wieder zu sehen. Hältst du noch Kontakt zu Callies Familie?«

»Nein.« Trotz der kurz angebundenen Antwort bohre ich weiter.

»Wieso nicht?«

»Nach dem Unfall wollten sie mich nicht mehr sehen. Wahrscheinlich einfach zu schmerzhaft.«

»Hatte Callie Geschwister?« Ich beobachte eine schillernd blaue Libelle auf ihrem Flug über das Wasser, denn ich schaffe es nicht, ihm bei meiner Frage in die Augen zu sehen. Diese bewusste Täuschung fühlt sich nicht gut an.

»Sie hatte eine Schwester, Sophie, aber die habe ich zuletzt irgendwann vor dem Unfall gesehen. Sie konnte nicht damit umgehen und ist nicht mal zu Callies Beerdigung gekommen, um ihr die letzte Ehre zu erweisen. Sie hat einen Blumenkranz geschickt, als ob das ein guter Ersatz wäre.«

»Wohnt Sophie auch hier in der Nähe?«

»Ich hab keine Ahnung, wo sie jetzt wohnt.«

Ich atme tief ein. »Und … Callies Unfall. Was ist passiert?«

Nathan zerpflückt den Rest seiner Eiswaffel und wirft die Stückchen ins Wasser.

»Sie war mit dem Auto unterwegs und ist gegen einen Baum gefahren. Das Wetter war schrecklich und die Straßen gefährlich.«

»Das ist ja entsetzlich. Wo wollte sie denn hin?«

»Was für eine Rolle spielt das denn?« Sein Tonfall ist knapp und ich fühle mich, als würde ich ihn verhören, aber ich muss es tun. Tom und Amanda zuliebe. Ich probiere es noch einmal.

»Ich hatte mich nur gefragt, ob sie unterwegs zu dir war?«

»Nein.« Seine Stimme versagt. Er lehnt sich nach vorn und lässt seinen Kopf in seine Hände sinken. Jetzt fühle ich mich schlecht, dass ich so nachgebohrt habe.

»Sie muss dir so schrecklich fehlen.« Ich strecke meine Hand zu ihm und drücke sanft seinen Arm. »Ihr wart lange zusammen, nicht wahr?«

Er richtet sich auf und seufzt. »Fünf Jahre. Aber am Ende war das nicht viel wert. Mich hat keiner gefragt.«

»Wonach gefragt?«

»Einfach insgesamt. Zum Beispiel die Beerdigung. Den Gottesdienst hätte sie gehasst. Sie wollte eine Feuerbestattung und dass ihre Asche am Meer verstreut wird. Wir hatten da mal drüber geredet, nachdem wir einen Film gesehen haben, in dem jemand ganz jung gestorben ist. Und ihre Eltern haben sogar zugelassen, dass man sie aufgeschnitten hat. Dass man Teile aus ihr rausgeschnitten und in der Welt verteilt hat, wie ein Stück Fleisch vom Metzger.«

»Du hältst also nichts von Organspenden?«, frage ich spitz.

»Das ist doch nicht natürlich, oder? Ärzte, die Gott spielen wollen.« Er schiebt seine Hände energisch in die Hosentaschen und lehnt sich gegen die harte Rückenlehne der Holzbank. »Sie war einfach so, na ja, so perfekt, wunderschön, weißt du, was ich meine? Der Gedanke, dass Teile von ihr fehlen, das ist einfach nicht okay.«

»Ich kann mir vorstellen, wie schwer das für dich sein muss. Aber sie hat damit bestimmt Leben gerettet.«

»Ich weiß. Das hätte ihr gefallen. Ich kann nur den Gedanken nicht ertragen, dass sie nicht mehr ganz Callie ist. Und ich hätte wenigstens ein Mitbestimmungsrecht haben sollen. Wir hatten doch vor, zu heiraten. Aber man hat alle Formulare Tom und Amanda in die Hand gedrückt und mich hat man nicht mal nach meiner Meinung gefragt. Ich weiß noch, als alles vorbei war und die Krankenschwester Tom Callies Sachen gegeben hat, hat er sie mir in die Hand gedrückt, als ob das alles wäre, wozu ich tauge – ihre Sachen zu halten. Ich hab sie so fest an meine Brust gedrückt, dass ich das Gefühl hatte, meine Rippen müssten unter dem Druck brechen. So verdammt wütend war ich.«

Schweigend sitzen wir nebeneinander. Ich weiß nicht, was ich tun soll. Ich weiß nicht, was ich sagen soll, und frage mich, ob ich nicht am besten einfach nach Hause gehen sollte. Tom und Amanda werden irgendwann lernen, mit ihrem Verlust umzugehen, und Nathan trauert noch. Meine Detektivarbeit scheint mich wirklich nicht weit zu bringen.

Ich räuspere mich und Nathan dreht sich zu mir.

»Entschuldige, Jenna, das war nicht das, was ich heute vorhatte, nur über meine Ex-Freundin zu reden. Aber mit dir fühle ich mich wohl, viel mehr als mit anderen Leuten«, sagt er und ich frage mich, ob er es auch spüren kann, dieses unsichtbare Band, das uns miteinander verknüpft.

»Ist schon okay. Ehrlich.«

»Nein, ist es nicht. Hast du Hunger? Wollen wir zur Wiedergutmachung was essen gehen?« Er steht auf und streckt mir beide Hände entgegen, um mich von der Bank hochzuziehen. »Es gibt hier in der Nähe einen tollen Pub.«

* * *

Beim Abendessen plätschert unsere Unterhaltung mühelos dahin. Mir ist, als würde ich Nathan schon seit Ewigkeiten kennen, und auf gewisse Weise stimmt das ja auch. Jedes Mal, wenn ich Callie oder Sophie erwähne, wechselt Nathan das Thema und nach einer Weile finde ich es sehr befreiend, über Belangloses zu sprechen: Fernsehen, Musik. Überrascht stelle ich fest, dass ich gerade wirklich Spaß habe, und ich frage mich, ob es ihm ebenso geht.

Als unsere Teller leer sind und wir beide nach der Rechnung greifen, spüre ich einen Funken zwischen uns und die Stimmung ändert sich. Nathan fragt mich, ob ich noch auf einen Kaffee zu ihm kommen möchte. Ich spüre Sehnsucht an mir zerren und versuche mir einzureden, dass das nur daran liegt, dass ich Callies Gefühle spüre. Ich versuche, mich gedanklich an Sam festzuhalten, aber als wir den Pub verlassen, spüre ich nichts außer Nathans warmer Hand auf meinem Rücken und ich kann mir nicht helfen, ich wünschte, sie läge direkt auf meiner Haut.

* * *

Bei Nathan angekommen setze ich mich auf das Sofa, die Füße gemütlich unter meine Beine gesteckt, und fühle mich wie zu Hause.

»Möchtest du Wein?«

»Nein, danke.« Die wohlige Wärme des Alkohols würde mir bestimmt dabei helfen, meine Nervosität unter Kontrolle zu kriegen, aber seit meiner OP ist das keine Option mehr für mich. »Ich kriege Migräne davon«, schwindele ich. Wenn ich Leuten erzähle, dass ich überhaupt keinen Alkohol trinke, gucken sie mich immer misstrauisch an, und es führt zwangsläufig zu viel zu vielen Fragen.

»Das ist hart. Eine meiner Kolleginnen hat auch Migräneanfälle. Da hatte ich bisher wirklich Glück, so was hatte ich noch nie. Ich mach uns einen Tee.«

Er geht und ich versuche, mich zu erinnern, was Tom gesagt hat. Hatte Nathan die Hochzeit nicht wegen einer Migräne verlassen? Oder war ihm einfach schlecht? Ich kneife angestrengt die Augen zusammen, aber die Erinnerung tanzt in meinem Kopf hin und her und bleibt ungreifbar.

Nathan kommt zurück und setzt sich so dicht neben mich, dass unsere Oberschenkel sich berühren. Mir wird heiß und kalt, ich bin aufgeregt und panisch und alles dazwischen, nur Durst habe ich keinen. Aber das macht nichts. Meine Hände zittern sowieso so stark, dass ich meine Tasse nicht hochheben könnte.

»Darf ich dich was ganz Persönliches fragen, Jenna?«

Instinktiv fährt meine Hand zu meinem Ausschnitt, um sicherzugehen, dass meine Narbe nicht zu sehen ist. »Ja.«

»Bist du immer noch in Sam verliebt?«

Die Frage trifft mich wie ein Schlag in den Magen und ich öffne den Mund, um Nein zu sagen, aber das Wort bleibt auf meiner Zunge kleben wie Erdnussbutter. Ich kann es nicht ausspucken. Stattdessen schüttle ich den Kopf, aber ich werde Nathan damit wohl kaum mehr überzeugt haben als mich selbst.

Nathan durchquert das Zimmer. Er bückt sich, um auf einem silbernen iPod herumzutippen, der an einen Sonos-Lautsprecher angeschlossen ist. Entspannter Folk füllt das Zimmer und meine Finger beginnen, im Rhythmus mitzutrommeln, als würden sie den Song bereits kennen.

»Fühlst du dich manchmal einsam?«, fragt Nathan und nimmt damit unsere Unterhaltung wieder auf.

Ich denke daran, wie oft ich schon todtraurig auf dem Fliesenboden im Bad gelegen habe. An die Nächte, in denen ich aufwache und meine Hände auf meine Brust presse, um sicherzugehen, dass mein Herz noch schlägt, voller Angst, es könnte aufhören. An die kalten, dunklen Abende, an denen ich mich ganz allein auf meinem Sofa zusammenrolle.

»Ich bin gern allein«, sage ich, aber meine Augen füllen sich mit Tränen und meine Stimme versagt. Ich hasse, wie verletzlich ich mich fühle.

Nathan nimmt mich in den Arm und streichelt über meinen Nacken. Meine Haut glüht so heiß, dass ich kaum fassen kann, dass seine Finger daran nicht verbrennen. Zu Beginn sitze ich stocksteif da, unsicher und unbeholfen. Aber dann erlaube ich mir, mich an ihn zu lehnen. Er ist nicht Sam, aber doch so vertraut, dass Sehnsucht meinen Körper erfüllt. Es ist so lange her, dass mich jemand berührt hat. Zuerst sitzen wir ganz still und schweigend da.

Dann flüstert er meinen Namen und ich drehe meinen Kopf und blicke ihm ins Gesicht.

Ich habe Angst, aber bin auch aufgeregt, und als er seinen Kopf zu mir neigt, um mich zu küssen, weiche ich etwas zurück, unsicher, ob ich das hier wirklich will. Ich berühre sein Gesicht. Er lehnt sich noch einmal zu mir, seine Lippen streifen meine und ich verliere mich in dem Kuss. Er schiebt mich nach hinten, bis ich auf dem Sofa liege. Meine Hände krallen sich in sein Haar und seine Zunge erkundet meinen Mund. Ich spüre seine Hände überall und mein ganzer Körper schreit vor Wonne, aber als er anfängt, den Knopf meiner Jeans zu lösen, verwandelt sich meine Ekstase in Panik. Kann mein Herz das hier aushalten? Könnte es mich umbringen? Ich schiebe seine Hand weg und versuche mich aufzusetzen, aber er küsst mich erneut und greift nach den Knöpfen meiner Bluse. Ich kann nicht zulassen, dass er meine Narbe sieht, also lege ich meine Hand energisch auf seine, kann aber nicht aufhören, ihn zu küssen. Kann ihm nicht sagen, dass das zu viel ist. Zu früh. Ich bin noch nicht so weit. Das hier war nie Teil des Plans, aber ich verzehre mich so sehr danach, dass meine Hüfte sich ihm entgegenneigt. Ich zerre an seinem Hemd und spüre seine warme Haut unter meinen Fingern. Ich zähle meine Herzschläge, als Nathan mit meinen Brustwarzen spielt, und höre auf zu zählen, als seine Lippen meinen Hals entlangfahren. Als seine Hand sich in meine Jeans schiebt, hat sich mein ängstliches Wimmern längst in Lustschreie verwandelt und ich achte gar nicht mehr darauf, wie sehr mein Herz rast. Ich keuche und spreize meine Beine und lasse mich fallen, fallen, fallen ...

* * *

Spätabends sitze ich wieder an meinem Küchentisch. Der Mond leuchtet durch mein Fenster, vor mir steht eine halb leere Tasse Kamillentee. Ich schließe die Augen und fahre mit meinen Fingern über meine Brust. Ich will fühlen, was Nathan gefühlt hat. Ob er meine Narbe bemerkt hat? Die Haut dort fühlt sich für mich dünner an. Uneben. Aber ich weiß ja auch, dass sie dort ist. In meinen Gedanken herrscht reinstes Chaos. Ich habe keine Ahnung, wie ich heute Nacht einschlafen soll.

»Bleib«, hat Nathan mich angefleht.

»Ich kann nicht.« Ich hab mich aus seiner Umarmung herausgewunden und mir ein Taxi gerufen. Nathan hat angeboten, mich nach Hause zu fahren, aber ich habe auf dem Taxi bestanden. Ich wollte uns die Peinlichkeit ersparen – und die Notwendigkeit –, ihn höflicherweise noch hereinzubitten.

»Aber zu Hause wartet doch niemand auf dich, oder?«, hat er mit gerunzelter Stirn gefragt.

»Nein.« Ich hab auf meiner Lippe herumgekaut und wusste nicht, was ich sagen soll. Ich wollte es vermeiden, mich vor ihm auszuziehen, Fragen über meine Narbe zu beantworten. Außerdem ist morgen Callies Geburtstag und ich werde früh aufbrechen müssen, um mich mit Tom und Amanda zu treffen.

»Am Montag habe ich frei«, hab ich gesagt. »Kannst du da wieder Überstunden ausgleichen?«

»Ja, Montag passt mir, aber wie wär's gleich am Wochenende?«

»Da habe ich schon was vor. Tut mir leid.« Er sah richtig traurig aus.

Das Taxi hat unten gehupt und Nathan hat mich nach draußen begleitet und mir einen langen, heftigen Kuss gegeben.

»Na, wird das hier heute Abend noch was?«, hat der Fahrer uns zugerufen und ich bin auf den Rücksitz gestiegen.

Ich spüle meine Tasse aus und gucke aus dem Fenster. Auf der anderen Straßenseite sehe ich, wie sich ein Schatten im Dunkel bewegt. Da steht jemand. Ich erstarre. Meine Lichter sind aus, also sollte niemand von draußen hereinschauen können, aber trotzdem stellen sich die Haare in meinem Nacken auf. Die Person lehnt sich gegen eine Wand und starrt zu meinem Fenster hoch. In der Dunkelheit kann ich nicht viel erkennen und bin mir unsicher, ob es ein Mann oder eine Frau ist. Meine Kehle schnürt sich zu. Wer ist das da draußen? Kann man mich doch sehen? Ich zwinge mich dazu, meinen Blick abzuwenden. Aber meine Augen wandern ganz automatisch wieder zum Fenster. Die Person steht immer noch dort. Ich rede mir ein, dass es wahrscheinlich einfach jemand ist, der draußen eine rauchen wollte, auch wenn ich kein verräterisches rotes Glühen erkennen kann. Mein Körper ist zum Zerreißen gespannt, meine Muskeln protestieren schon. Aber ich bleibe stehen und beobachte meinen Beobachter, bis ich schließlich blinzeln muss und die Person verschwindet und ich mich frage, ob sie jemals wirklich dort war. Vanessa hat mir versichert, dass ich keinen Grund zur Angst habe, aber mein Herz rast trotzdem.

DREISSIG

Es ist windig hier oben und ein Luftstoß spielt mit dem Saum meines Rocks. Ich lege meine Hände auf den glatten Seidenstoff und ziehe ihn nach unten. Marilyn Monroe hat das mit dem vom Wind umspielten Sex-Appeal vielleicht drauf, aber ich würde es gerne vermeiden, ganz Paris meine Unterwäsche zu präsentieren, obwohl die brandneue rote Seide schon schick ist – oh, là, là! Heute sind wir schon zum zweiten Mal oben auf dem Eiffelturm. Vorhin haben wir genau an diesem Fleck hier gestanden, die eiskalten Hände um Tassen voll dickflüssigem Kakao geschlossen, den wir uns im Café gekauft hatten. Wir haben die Leute unter uns beobachtet, die wie Ameisen hin und her wuselten, ohne auch nur einmal hochzusehen. Wie lang man wohl in einer Stadt wohnen muss, bis man ihre Schönheit nicht mehr wahrnimmt? Wenn ich hier wohnen würde, würde ich das hier nie als selbstverständlich ansehen, da bin ich mir sicher. Die Aussicht ist wirklich umwerfend, trotz der Kälte. Vor mir glänzt das Lichtermeer und der Mond taucht den Fluss unter uns in sanftes Licht. Der Nachthimmel ist sogar klar genug, um die Sterne zu sehen. Das hier ist ganz ohne Zweifel der romantischste Abend meines Lebens.

Ein Boot gleitet über das Wasser. Blitzende Kameras zaubern ein Miniaturfeuerwerk in der Dunkelheit und ich frage mich, wann das Boot wohl seine letzte Runde dreht und ob es an Bord eine Bar gibt. Ich schaudere vor Kälte und du legst mir dein Jackett über die Schultern. Du stellst dich direkt hinter mich und schlingst die Arme um meine Taille. Ich versuche, mir jede Kleinigkeit genau einzuprägen. Um uns herum summt das Leben. Die Frauen wirken so elegant mit ihren taillierten Kleidern und den schicken Pixie-Cuts. Ich fingere an meinen eigenen Haaren herum. Ich trage sie schon seit Ewigkeiten lang. In unserem Hotel gibt es einen Friseursalon und ich glaube, morgen werde ich mir eine Kurzhaarfrisur schneiden lassen. Vielleicht lasse ich sie mir auch färben?

Ich lehne meinen Kopf an deine Brust. Du räusperst dich und ich spüre, wie dein Körper sich anspannt. Als du mich loslässt, umhüllt mich die Kälte wieder, und ich drehe mich zu dir, um zu fragen, ob alles in Ordnung ist.

Zuerst verstehe ich gar nicht, was ich dort sehe. Du stehst vor einem Scheinwerfer und ich sehe nur deine riesige Silhouette. Als du dich auf ein Knie sinken lässt, denke ich kurz, du hast dich verletzt, aber dann sehe ich es: ein funkelnder Diamant, strahlender als alle Pariser Nächte. Ich kann den Blick nicht von der Ringschachtel in deiner Hand abwenden.

»Willst du mich heiraten, mein Schatz?«

Das ist so unerwartet, dass ich keine Worte finde. All die Menschen, die mit uns hier oben sind, verblassen in meiner Wahrnehmung, obwohl ich sie flüstern hören kann. Sie warten auf meine Antwort. Die Welt wirbelt um mich herum, als wäre mir hier oben schwindlig geworden, dabei habe ich gar keine Höhenangst. Mir ist, als würde ich fallen. Du streckst mir eine Hand entgegen und ich ergreife sie und bin wieder in Sicherheit. Eine Kamera klickt, das Blitzlicht blendet mich und schwarze Punkte tanzen vor meinen Augen. Ich kann nichts sehen, aber ich kann es spüren. Ich fühle in mich hinein und weiß, dass mein Herz dir gehört. Nur dir allein.

»Ja«, sage ich und kann kaum fassen, was für ein Glück es war, dass ich dich getroffen habe.

Dir würde ich mein Leben anvertrauen.

Ich weiß, es ist albern, aber heute Morgen habe ich ein schwarz-weiß gestreiftes Oberteil aus meinem Schrank gezogen. Mein Traum von letzter Nacht hat mich inspiriert. Ich möchte dieselbe mühelose Eleganz ausstrahlen wie die Pariser Frauen unter dem Eiffelturm. Vielleicht fühle ich mich insgesamt wohler, wenn ich mit meinem Äußeren zufrieden bin. Ich lasse mein normales Parfüm stehen und spritze mir etwas Chanel N° 5 auf die Handgelenke, aber der blumige Duft dreht mir den Magen um. Beim Gedanken an mein Treffen mit Tom und Amanda werde ich richtig nervös. Wie sie sich wohl fühlen, zum ersten Mal Callies Geburtstag ohne Geburtstagskind zu feiern?

Ich trage gerade Wimperntusche auf, als ein Klopfen an der Tür mich zusammenzucken lässt. Vor Schreck verteile ich die schwarze Farbe auf meiner Wange. Sie passt perfekt zu meinen dunklen Augenringen. Letzte Nacht habe ich mich stunden-lang im Bett herumgewälzt. Immer wenn ich kurz davor war, wegzudösen, haben meine Nerven Alarm geschlagen und ich bin zur Wohnungstür gerannt, um sicherzustellen, dass sie verschlossen ist. Dass niemand hereinkommen kann, falls mich doch jemand beobachtet.

Es klopft erneut und ich zögere, aber wenn ich mich jemals von dieser Sekundärtraumatisierung erholen will, muss ich ja irgendwo anfangen. Außerdem scheint es absolut unwahrscheinlich, dass irgendetwas Schlimmes passieren könnte, wo die Sonne so fröhlich durch die Fenster strahlt. Ich öffne die Tür und rubble mit der anderen Hand über meine Wange.

»Nathan!«

»Entschuldigung, ich weiß, dass ich hier nicht einfach unangekündigt auftauchen sollte«, sagt er, ohne zu lächeln, »und dass wir uns erst am Montag treffen wollten.« Er starrt auf seine Füße.

»Möchtest du kurz reinkommen? Ich muss in einer halben Stunde los, aber ...«

»Was hattest du noch mal gesagt, wo du heute hingehst?« Er macht einen Schritt über die Türschwelle und es ist mir unangenehm, ihn dort im Flur stehen zu sehen, wo Sam früher stand. Im erbarmungslosen Licht des neuen Tages bin ich mir nicht mehr sicher, was ich von Nathan halte. Ich weiß nicht mehr, welche Gefühle mir gehören und welche Callie.

»Ist alles okay?« Ich blicke ihn prüfend an und weiche seiner Frage aus. »Du siehst ganz schön erledigt aus.« Er ist unrasiert und seine Augen sind gerötet.

»Ich konnte nicht schlafen.«

Er schafft es nicht ganz, mir in die Augen zu sehen, und nach einer kurzen Pause frage ich: »Stimmt irgendwas nicht?«

»Letzte Nacht.« Er räuspert sich. »Das war nicht meine Absicht. Es hat sich aber trotzdem richtig angefühlt. Für mich zumindest. Aber heute ... heute ist ein schwieriger Tag. Heute wäre Callies Geburtstag gewesen und ich frage mich, ob ich einfach ein schrecklicher Mensch bin. Ich mag dich, Jenna, ganz ehrlich, aber ich fühl mich so verdammt schuldig.« Seine Schultern zucken und ich gehe einen Schritt auf ihn zu, um ihn in den Arm zu nehmen. So stehen wir eine ganze Weile dort, Arm in Arm, Herz an Herz. Als wir uns schließlich voneinander lösen, fragt er: »Könnte ich bitte ein Glas Wasser haben?«

»Natürlich.« Ich drehe mich um und laufe zur Küche, Nathan dicht hinter mir. Doch als ich die Tür erreiche, lächelt mir Callie von meinen Wänden entgegen, an meinem Kühlschrank hängt die Mindmap und ich bleibe so abrupt stehen, dass Nathan mit mir zusammenstößt. Ich drehe mich zu ihm, um ihm die Sicht zu versperren. Er runzelt die Stirn und ich frage mich, ob es nicht schon zu spät ist. Wie viel hat er gesehen?

»Warum wartest du nicht im Wohnzimmer? Die Küche ist ein Riesenchaos.« Ich deute den Flur hinunter.

»Ah, Geschirrberge, so weit das Auge reicht? Das ist doch kein Problem. Wir haben alle unsere schlechten Angewohnheiten.« Er tritt einen Schritt zur Seite, um sich an mir vorbeizuschlängeln, aber ich stelle mich ihm in den Weg und gehe auf ihn zu, um ihn zum Rückzug zu zwingen.

»Bitte«, sage ich und lege meine Hände auf seinen Brustkorb. Er kneift die Augen zusammen und wirft einen Blick über meine Schulter, doch ich dränge ihn zurück.

Schweigend sitzt Nathan auf meinem Sofa, als ich ihm sein Wasser reiche, und ich hoffe, dass er nicht merkt, wie sehr meine Hand dabei zittert.

Keiner von uns sagt ein Wort, beide in Gedanken versunken, aber der Kuss, den er mir zum Abschied auf die Wange drückt, fühlt sich steif und gezwungen an. Oder bilde ich mir das nur ein?

* * *

»Komm rein, Jenna«, sagt Tom, aber sein Lächeln währt nur kurz und weicht einem unglücklichen Ausdruck, den er nicht verbergen kann. Im Wohnzimmer ist es noch stickiger als letztes

Mal und mir ist, als würde etwas Schweres auf meiner Brust lasten, als ich durchs Zimmer gehe, um Joe Hallo zu sagen und Amanda mit einem Kuss auf die Wange zu begrüßen.

»Lief auf dem Friedhof alles okay?«, frage ich.

»Da lagen Seidenblumen auf Callies Grab«, sagt Amanda. »Sie hätte sie geliebt. Nathan muss sie dort hingelegt haben. Ich bin froh, dass er sie nicht vergessen hat.«

»Ich mach uns eine Kanne Tee«, sagt Tom.

»Warum gehen wir nicht ein bisschen raus? Auf einen Spaziergang?«, schlage ich vor. Ich möchte dieser abgestandenen, schwülen Luft entkommen.

»Raus? Schon wieder?« Amanda wird ganz bleich bei dem Gedanken und ich drücke sacht ihre Hand.

»Wir könnten in den Park gehen«, sagt Tom. »Das hätte Callie gefallen.«

»Okay«, sagt sie.

»Draußen ist es richtig warm geworden, vielleicht solltest du deinen Pullover ausziehen?«, sage ich und Tom führt sie die Treppe hinauf, damit sie sich fertig machen kann.

Sobald sie das Zimmer verlassen haben, wende ich mich an Joe. »Haben Sie heute von Sophie gehört?«

»Nein«, sagt er.

Als ich sehe, wie sein Gesicht in sich zusammenfällt, platzt es ungeplant aus mir heraus: »Ich versuche, sie zu finden.«

»Was? Wieso?«

Die Frage wirft mich aus der Bahn und ich verstumme, aber er lehnt sich zu mir. Mir ist klar, dass ich es jetzt erklären muss. Ich fange zunächst zögernd an, erzähle, wie sehr ich helfen will, aber das Gefühl habe, in Treibsand geraten zu sein. Dabei beobachte ich sein Gesicht und versuche, seinen Ausdruck zu deuten. Ohne es wirklich zu wollen, erzähle ich ihm von dem Pub, von der Polizei. Die Worte sprudeln aus mir heraus und ich stolpere von Satz zu Satz im Bestreben, ihm alles zu erzählen, bevor Tom und Amanda zurückkommen. Als ich meine Geschichte beendet habe, lehnt er sich in seinem Stuhl zurück und reibt sich mit der Hand übers Gesicht.

»Ich weiß, Sie meinen es gut«, sagt er, »aber dieser Pub klingt nach einem schlechten Ort für jemanden wie Sie. Ehrlich gesagt überrascht es mich, dass Sophie dort hingegangen ist. Dieser Neil klingt, als ob er echt gefährlich sein könnte. Und Sara, die Empfangsdame, ist die sich ganz sicher, dass Sophie wirklich zu dem Pub in der Green Street gegangen ist? In West Creaton gibt es auch einen Prince of Wales. Das ist ein netter Pub und der wäre auch näher an Sophies Wohnung gewesen.«

Das lässt mich zögern. Habe ich einfach den falschen Pub erwischt?

»Wissen Sie was, ich gehe einfach selber mal hin, um mich umzusehen, aber ...«

Doch er unterbricht sich selbst mitten im Satz, als Tom seinen Kopf zur Tür hereinsteckt und uns sagt, dass sie bereit zum Aufbruch sind.

* * *

Im Park wirkt Amanda nervös und ihre Blicke huschen ständig hin und her. Ich kann mir gar nicht vorstellen, wie überwältigend es sein muss, nach Monaten der Isolation wieder in die Welt hinauszutreten. So hell. So laut. Ich frage mich, ob es nicht zu viel für sie ist. Tom streckt sein Gesicht in die Sonne. Es ist ein wunderschöner Tag. Bunte Drachen steigen in einen strahlend blauen Himmel und lassen ihre Bänder im Wind flattern. Das quietschende Gelächter fröhlicher Kinder vermischt sich mit dem Zwitschern der Vögel und dem Geruch von frisch gemähtem Gras. Tom niest.

»Heuschnupfen«, sagt er und schnäuzt sich. »Ging Sophie auch immer so. Nur am Schniefen.«

»Callie hätte es hier richtig gut gefallen, nicht wahr, Thomas?«, sagt Amanda.

»Absolut. Sie war so gerne draußen unterwegs«, erzählt mir Tom. »Auch wenn sie sich immer total eingepackt hat, lange Ärmel und lange Röcke, sie dachte, sie wäre dick. Keine Ahnung wieso, ich fand, sie hatte eine gute Figur. Sophie dagegen war im Sommer fast nur im Bikini anzutreffen. So eine Bohnenstange, unsere Kleine. Bist du gern draußen in der Sonne, Jenna?«

»Ja, aber leider muss ich aufpassen, wegen der Medikamente. Ich trage immer ganz viel Sonnencreme auf.«

»Weißt du noch, unsere Geburtstagspicknicks mit den Mädels?«, fragt Joe. »Am Ende gab's immer Flake 99. Wartet, ich hol uns welche.«

Tom und Joe laufen den Hügel hinauf zu dem pinken Van mit der riesigen Eiswaffel auf dem Dach. Amanda und ich setzen uns auf eine Metallbank, von der man einen guten Blick auf den Teich hat.

»Warm heute, nicht?« Amanda fächelt sich mit der Hand etwas Luft zu. »Ach, ich hätte um ein Getränk bitten sollen statt um Eis.«

»Hättest du gern etwas Wasser?«

»Ja, bitte.«

Ich mache mich auf den Weg zu Tom und Joe. Die beiden stehen in ihre Unterhaltung vertieft am Ende der Schlange, die sich um eine massive Eiche herumwindet. Ich stelle mich hinter die beiden und freue mich über den Schatten. Als ich gerade das mit dem Wasser erwähnen will, wird mir klar, dass die beiden sich streiten. Tom blafft Joe an: »Hör einfach auf, Joe. Wir sind Brüder. Die Vergangenheit kannst du nicht ändern … Jenna!« Als er mich bemerkt, verfällt er wieder in seinen üblichen sanften Tonfall. »Alles okay?«

»Amanda hätte gerne eine Flasche Wasser«, sage ich.

»Na klar. Heute knallt's ja richtig runter!« Er lockert seinen

Kragen. Ich mache mich auf den Rückweg. Als ich mich zu den beiden umdrehe, streiten sie nicht mehr, sondern stehen mit verschränkten Armen und schweigend stocksteif nebeneinander.

* * *

Ich schirme meine Augen vor der hellen Sonne ab und beobachte die Enten, die an aufgeweichten Brotstücken knabbern, die ihnen Mütter mit ihren Kleinkindern zugeworfen haben.

»Callie hat immer so gern die Vögel gefüttert«, erzählt Amanda. »Einmal wollte sie für ihre Geburtstagsfeier eine Schwanenprinzessin sein. Ich konnte einfach kein Kostüm für sie finden und Tom musste damals so viel arbeiten, also hat Joe einen Haufen Federn im Bastelladen gekauft und auf ein Stück Pappe geklebt, um ihr ein Paar Flügel zu basteln. Ihren Gesichtsausdruck werde ich nie vergessen.« Sie atmet langsam und hörbar aus und ich greife nach ihrer Hand.

»Erzähl mir von der Feier.«

»Wir waren ...« Sie hält inne und räuspert sich, als wäre sie den Klang ihrer eigenen Stimme nicht mehr gewohnt. »Wir waren einfach zu Hause. Haben klassische Kinderspiele gespielt, Pass the parcel und so was in der Art. Als die Mädchen klein waren, hatten wir nicht viel Geld. Vor ein paar Jahren haben wir sie dann zu Fortnum & Mason zum Nachmittagstee eingeladen und danach waren wir in einem Musical im West End. Und letztes Jahr sind wir nach Paris geflogen. Als ich noch jung war, habe ich meine Geburtstage nie in England verbracht, und ich habe mir immer gewünscht, dass die beiden das auch erleben können. Dieses aufregende Gefühl, seinen besonderen Tag in einem anderen Land zu verbringen. Aber am Ende haben sie ehrlich gesagt meistens von den Geburtstagsfeiern geredet, die sie als Kinder hatten. Von damals, als Sophie den

Eselsschwanz anstecken wollte und die Reißzwecke stattdessen in Joes Bein gesteckt hat. Ich glaube, es hat ihm nicht wirklich wehgetan, sie hat sie ja nicht hineingerammt, aber er ist danach auf einem Bein herumgehüpft und hat so geschrien, dass die Mädchen geheult haben vor Lachen. Ich wollte ihnen immer alles geben. Aber in Paris hat es geregnet. Wir sind die Seine hinuntergefahren und es war eiskalt. Nicht genau die Erfahrung, die ich mir für sie gewünscht hätte. Aber Callie muss es wohl doch gefallen haben, sie ist nur wenige Wochen später mit Nathan noch mal hingeflogen.«

»Ich glaube, Geburtstage sind als Kind einfach viel aufregender. Diese Vorfreude, die nimmt mit dem Alter irgendwie ab, nicht wahr?«

»Mag sein. Aber ich hatte immer das Gefühl, dass ich nicht genug für sie getan habe. Ihnen nicht genug gegeben habe.«

»Alles, was ein Kind braucht, ist die Liebe der Mutter«, sage ich und verziehe mein Gesicht, als mir klar wird, wie abgedroschen das klingt.

»Ich hab tonnenweise Mutterliebe und niemanden, dem ich sie geben kann.« Tränen glänzen in Amandas Augen und ich lege meinen Arm um sie.

Perlendes Gelächter fliegt durch die Luft und wir gucken beide nach rechts. Dort spielen zwei kleine Mädchen im flaschengrünen Gras Fangen. Sie tragen beide Jeanskleider im Partnerlook, und ich spüre Amandas Schulterblätter nach oben wandern, als sie scharf einatmet. Ihre Blicke folgen den beiden in ihrem rasanten Spiel, aber ich konzentriere mich auf etwas anderes. Hinter ihnen, auf einer schattigen Bank neben einem Baum, sitzt jemand, die Gesichtszüge vom unsteten Sonnenlicht verborgen, eine schwarze Kapuze über den Kopf gezogen. Ich starre ihn an und er neigt den Kopf zur Seite, als wisse er, dass ich ihn ansehe, aber er bewegt sich nicht.

Tom und Joe kommen zurück und präsentieren uns Eiswaffeln, an deren Seiten das Eis schon in kleinen Schmelzbächen herunterrinnt. Joe versucht, eine Unterhaltung anzustoßen, aber Tom und Amanda sind vom Anblick der Mädchen wie hypnotisiert und ich kann meinen Blick nicht von der Person auf der Bank abwenden. Wir essen unser Eis, und als wir aufstehen, steht der Mann ebenfalls auf.

Wir machen uns auf den Weg zum Ausgang. Tom und Joe spekulieren über den Fischbestand des Teichs, aber ich höre kaum zu. Ich kann es nicht lassen, Blicke über meine Schulter zu werfen. Die Mädchen spielen immer noch, aber der Mann ist verschwunden. Ich schaue mich um und versuche, an den Bäumen entlang des Pfads vorbeizusehen. Versteckt er sich dort? War er jemals wirklich hier?

»Alles okay, Jenna?«, fragt Joe.

»Alles gut, danke«, sage ich, aber das stimmt nicht. Trotz Vanessas Erklärungen zur Sekundärtraumatisierung breitet sich Angst in mir aus wie kleine Wellen im Teich, und es gelingt mir nicht, die Wogen zu glätten.

ZWEIUNDDREISSIG

Harry wird erst um zehn in die Praxis kommen, um sich die Tiere anzugucken, aber ich bin schon um kurz nach neun dort. Ich bin schon im Morgengrauen aufgewacht und habe versucht, die Gedanken an Callie unter einem Berg Hausarbeit zu begraben. Aber auch während ich vor meinem leeren Kühlschrank stand und mit dem feuchten Lappen über die Glasplatten geschrubbt habe, war ich die ganze Zeit in Gedanken versunken. Die Wände meiner Küche schienen näher zu kommen, die Fotos von Callie eine beharrliche Drohung. Schließlich hab ich mir meine Tasche und meine Schlüssel geschnappt und bin hierhergekommen, in einem Versuch, Callie zu entkommen. Aber das Pochen ihres Herzens in meiner Brust verrät mir, dass ich ihr nie ganz entkommen werde, selbst wenn ich alle Fotos von der Wand nehme.

Die Eingangstür zur Praxis ist schon aufgesperrt und sofort mache ich mir Sorgen, dass ich vergessen habe, zuzusperren, als ich die Praxis das letzte Mal verlassen habe – aber dann fällt mir ein, dass ich ja schon seit Donnerstag nicht mehr hier war. Endlich ist es mal eindeutig nicht meine Schuld, aber das beruhigt meine angespannten Nerven kaum. Wer könnte denn sonst noch hier sein? Ich werfe einen Blick über meine Schulter. Der Parkplatz ist leer.

Ich öffne die Tür und bin überrascht, als ich Rachel über den Computer gebeugt dasitzen sehe.

»Rachel?« Zögernd gehe ich auf sie zu. Seit dem unangenehmen Mittwochabend in meiner Wohnung haben wir nicht viel miteinander geredet. »Was machst du denn hier?«

»Na, heute kommt doch Harry vorbei, oder? Ich wollte ihn mal wiedersehen. Und ein bisschen Zeit mit dir verbringen.« Ihre Augen sind gerötet.

»Du siehst ja schrecklich aus«, rutscht es mir heraus.

»Na, herzlichen Dank auch. Ich geh bald nach Hause und leg mich hin. Ich war die ganze Nacht bei Asda, Regale einräumen. Um Geld für Liams Ausflug zusammenzukratzen.«

»Ich wusste gar nicht, dass du dir einen zweiten Job zugelegt hast?«

»War meine erste Schicht gestern. Und auch meine letzte. Ich gucke grade im Internet nach anderen Teilzeitjobs.«

»Warte, ich helf dir.« Ich trete zu ihr hinter den Schreibtisch, aber sie fährt den Computer schon herunter.

»Du kannst mir helfen, indem du mir ’nen starken Kaffee kochst.« Sie schenkt mir ein müdes Lächeln und ich mache mich auf den Weg in die Küche. Das ist das Mindeste, was ich tun kann.

* * *

Harry stürmt in die Praxis und hält ein Lego-Modell fest umklammert. »Guck mal, Jenna, eine Rettungskapsel aus Star Wars!«

Ich gehe in die Hocke und untersuche die Kapsel sorgfältig, bevor ich sie ihm zurückgebe.

»Morgen.« Ich lächle Kathy zu. Obwohl ich erst letzte Woche bei ihnen zum Abendessen war, fühlt es sich noch ein bisschen komisch an. Ich weiß nicht genau, wie seine Mutter und ich ohne Sam zueinander stehen.

»Morgen, Jenna. Danke, dass du das hier machst. Er hat die ganze Woche von nichts anderem geredet. Na ja, fast nichts anderem.« Ihr Gesichtsausdruck verdüstert sich und ich frage mich, ob Harry Kathy wohl immer noch darum anbettelt, seinen Vater kennenzulernen.

»Ich hab mich schon darauf gefreut. Wollt ihr was zu trinken?«

»Wenn du nichts dagegen hast, würde ich gern schnell meine Einkäufe erledigen. Ich wär dann in ein paar Stunden zurück?«

»Kein Stress. Wir können uns gut beschäftigen, nicht wahr, Harry?«

Aber er ist schon nach hinten gewandert. Ich höre ihn mit Rachel quatschen, also verabschiede ich mich von Kathy und schließe mich den beiden an. Harry kniet auf dem Boden und bewegt einen Stock mit einer Feder vor den Augen einer jungen schwarzen Katze hin und her. Wegen des weißen Streifens auf der Nase heißt sie Zebra. Sie kauert auf dem Boden und ihre Augen folgen gebannt dem Spielzeug. Als sie sich endlich darauf stürzt, grölt Harry vor Vergnügen. Normalerweise bieten wir keine Urlaubsbetreuung für Tiere, aber Zebra gehört Freunden von John und Linda und John mit seinem weichen Herz kann einfach nicht Nein sagen, wenn jemand um einen Gefallen bittet.

Harry spielt den Großteil des Vormittags mit Zebra. Als die Kleine irgendwann erschöpft ist, hebt Rachel sie hoch und setzt sie zurück in ihren Käfig.

»Guck mal, wer hier drin ist, Harry. Aber du musst ganz leise sein!« Ich nehme ihn bei der Hand und führe ihn in ein kleines Zimmer. Ganz vorsichtig schleicht Harry auf Zehenspitzen zu dem Hundezwinger, fest entschlossen, kein Geräusch zu machen. Er schlägt beide Hände über den Mund, als er den kleinen schwarzen Mischlingshund sieht, der auf einer ehemals weißen Fleecedecke liegt.

Mit gesenkter Stimme erkläre ich ihm, dass der Hund zu uns gebracht wurde, nachdem man ihn in einem Garten gefunden hatte. »Wir vermuten, dass sie von einem Auto angefahren wurde. Wir nennen sie Lavenda, nach dem Lavendelstrauch, in dem man sie gefunden hat.«

Sie hat keinen Chip im Ohr und bisher hat sich noch kein Besitzer gemeldet. Wir werden sie hierbehalten, bis ihr Bein verheilt ist, und dann werden wir sie in eins der überfüllten Tierheime bringen, wo Besucher auf der Suche nach dem süßesten, kuschligsten Haustier zwischen den Käfigen umherstreifen, während Hunde hinter Gittern zittern. Oder sie werfen sich im immer gleichen Rhythmus gegen die Gitter und jaulen: *Nimm mich mit-Nimm mich mit-Nimm mich mit.*

»Also gibt es niemanden, der sie lieb hat?« Sofort schießen ihm Tränen in die Augen und seine Stimme wird laut. Ich lege meine Hand auf seinen Arm, um ihn zu beruhigen.

»Das wissen wir noch nicht, Harry. Vielleicht hat sie eine Familie, die schon nach ihr sucht.« Aber ihr verfilztes Fell und ihre hervorstehenden Rippen lassen mich daran zweifeln.

»Ich hab sie lieb. Ich hab sie so lieb! Kann ich sie behalten?«

Das passiert jedes Mal, wenn Harry die Praxis besucht, und manchmal frage ich mich, ob es nicht zu viel für ihn ist. Er ist immer ganz aufgelöst, aber Kathy versichert mir, dass er jedes Mal sagt, wie schön es war, und darum bettelt, wieder herkommen zu dürfen.

»Ich denke, ihre Familie wird sie bald holen kommen«, sage ich diplomatisch. Ich weiß, dass Kathy nicht wirklich scharf darauf ist, sich einen Hund ins Haus zu holen.

»Mummy sagt, dass Hunde viel Arbeit machen. Kinder machen auch viel Arbeit, aber Hunde noch mehr.«

»Das stimmt, Harry. Man muss sich viel um sie kümmern.«

»Und mit ihnen Gassi gehen und sie füttern. Glaubst du, dass mein Dad einen Hund hat?«

Die Frage erwischt mich kalt und ich mache mich daran, Lavendas Wasserschüssel aufzufüllen, während ich mir eine Antwort überlege.

»Ich weiß nicht.« Es ist das Beste, was mir einfällt.

»Wenn mein Dad einen Hund hat, dann kann ich mit dem Gassi gehen und ihn lieb haben und er würde mich auch lieb haben«, verkündet Harry. »Ich werde meinen Dad bald treffen.«

»Ach echt?« Das überrascht mich. Anscheinend hat Kathy ihn doch noch erreicht.

»Ja. Ich hab Mum gefragt. Wahrscheinlich geht er mit mir in den Park. Kennst du Debbie aus meiner Schule? Neben der sitze ich, aber ich mag sie nicht. Die bohrt immer in der Nase und wischt den Popel am Tisch ab, wenn sie denkt, dass keiner hinguckt. Ihr Dad schläft jetzt in einem anderen Haus bei jemandem namens Tante Sharon, aber das ist eigentlich gar nicht Debbies Tante. Ist das nicht doof?« Harrys Worte sprudeln so schnell aus ihm heraus, dass ich die Wasserschüssel sein lasse und mich voll auf ihn konzentriere. »Ihr Dad geht jeden Sonntag mit ihr raus, weil sie können nicht zu Hause bleiben und Videospiele spielen, weil die Tante Sharon dann ›Migreine‹ kriegt, und die Wohnung ist so klein und frische Luft ist gut für einen. Und dann gehen sie in den Park, weil ihr Dad sagt, dass er's sich nicht leisten kann, sie irgendwo anders hinzubringen, weil Debbies Mum ihm das Geld aus der Tasche zieht. Aber ich finde, im Park ist's doch super. Und wenn Tante Sharon einen ihrer Anfälle hat, dann bleiben sie länger draußen und holen sich Abendessen bei McDonald's.« Harry muss Luft holen und ich nutze die Gelegenheit.

»Hat sich dein Dad denn gemeldet, Harry?«

»Noch nicht, aber Mum sagt, er wird bestimmt bald aus der Versenkung auftauchen. Jenna, wo ist denn die Versenkung?«

Ich zucke diplomatisch nichtssagend mit den Schultern. »Weiß ich nicht, Harry. Möchtest du ein bisschen Futter für Lavenda vorbereiten?«

Der Hund beobachtet Harry dabei, wie er das Trockenfutter, das nach Bratensoße riecht, in einen Messbecher schaufelt und dann in eine Edelstahlschüssel klackern lässt. Dann hebt er die Schüssel mit beiden Händen hoch und trägt sie vorsichtig zu Lavenda, die still sitzen bleibt, aber mit dem Schwanz wedelt. Harry stellt ihr das Futter hin und sie schnuppert daran und leckt sich über die Schnauze. Dann starrt sie fragend zu uns hoch, als wolle sie um Erlaubnis bitten.

»Hau rein, Süße.« Ich kraule sie am Ohr. »Hier tut dir keiner weh.«

Lavenda schiebt die Brocken mit ihrer Nase hin und her und schnüffelt aufgeregt, bevor sie das Futter hinunterschlingt.

»Ich muss mal aufs Klo, Jenna«, sagt Harry. »Und danach rat ich dir, ein paar Minuten zu warten, bevor du reingehst.« Er wedelt mit der Hand vor seiner Nase hin und her. »Das sagt Sam immer in der Früh!« Harrys schallendes Gelächter folgt ihm den Gang hinunter. Er schließt die Toilettentür hinter sich und ich gehe in den Hinterhof hinaus. An einem Picknicktisch sitzt Rachel, den Kopf in den Händen vergraben.

»Alles okay?«, frage ich.

»Bin total k. o. Ich werd bald nach Hause gehen. Aber können wir kurz reden?«

»Na klar.« Ich setze mich auf die Bank ihr gegenüber. »Was gibt's?«

»Es ist wegen dieser Fotos in deiner Küche, die von Callie.«

Mit den Handflächen stemme ich mich wieder vom Tisch hoch. Ein Holzsplitter bohrt sich in die weiche Haut zwischen meinem Daumen und Zeigefinger. Mit einer Grimasse ziehe ich ihn heraus und ein kleiner Tropfen Blut läuft an meiner Hand herunter.

»Bitte, Jenna, setz dich.«

»Ich dachte, ich hätte die Türglocke gehört.« Ich lausche, den Kopf zur Seite geneigt, aber ich kann nichts hören außer dem Zwitschern der Vögel, die fröhlich an den grünen Netzen der Meisenknödel baumeln und Körner aus dem Vogelhäuschen picken.

»Kathy findet uns dann schon. Hör zu. Ich weiß, dass du Callies Eltern helfen willst, damit es ihnen besser geht, und das verstehe ich, versprochen. Aber ich will dir helfen, damit es dir besser geht, verstehst du?«

»Ich weiß.« Ich lasse mich auf die Bank fallen und knirschend rutscht sie auf dem Kiesboden etwas nach hinten.

»Du fehlst mir.«

»Ich bin doch hier.«

»Körperlich, klar, aber geistig? Du bist in Gedanken ständig bei Callie und ich kann natürlich nicht verstehen, wie sich das anfühlt, einen Teil eines fremden Menschen in sich zu haben, aber ...«

»Ich habe mit Vanessa gesprochen«, unterbreche ich sie. »Ich weiß, dass ich in letzter Zeit etwas ...«, das Wort »besessen« will ich lieber nicht verwenden, »... unberechenbar bin, aber ich muss da selber mit klarkommen. Auf meine Art und in meinem Tempo.«

»Ach, das freut mich sehr, dass du mit ihr geredet hast. Hat das geholfen?«

»Ja«, gebe ich zu. »Das erklär ich dir jetzt nicht im Detail, wo du so erledigt bist, aber Vanessa kann mir helfen. Danke, dass du es immer noch mit mir aushältst, Rachel. Du bist wirklich eine gute Freundin. Ich weiß, dass es schwierig ist. Dass ich schwierig bin. Nächste Woche ist meine Halbjahresuntersuchung und ich kann es kaum erwarten. Wenn meine Dosis reduziert wird, fühle ich mich hoffentlich wieder mehr wie ich selbst. Zumindest sollte ich dann die Pfunde wieder loswerden, die sich hier angesammelt haben.« Ich lege eine Hand auf meinen Bauch.

»Dann willst du also keinen Bissen hiervon?« Sie zieht einen Marsriegel aus ihrer Tasche.

»Das ist keine ernst gemeinte Frage, oder?« Ich hebe eine Augenbraue an. Sie lächelt und packt den Riegel aus, um ihn in zwei Teile zu brechen. Karamellfäden verbinden die beiden Hälften, zerreißen und Rachel reicht mir mein Stück. Wie eine Art Friedenspfeife.

* * *

»Jenna?« Kathy streckt ihren Kopf durch die Hintertür.

»Hey!« Ich stehe auf und lecke meine klebrigen Finger ab. »Harry ist auf dem Klo. Er hat mich gewarnt, dass es 'ne Weile dauern könnte!«

»So ist das in einem Haus voller Männer«, seufzt Kathy theatralisch. »Hoffentlich braucht er nicht zu lang. Ich hab gefrorene Fischstäbchen im Auto.«

Ich betrete die Praxis und klopfe an der Toilettentür. »Harry? Deine Mum ist hier.«

Schweigen.

Ich klopfe noch mal, etwas energischer.

»Harry?«

Ich drücke die Türklinke hinunter und die Tür schwingt auf in das leere Zimmer dahinter.

»Harry?« Mit quietschenden Sohlen renne ich von Zimmer zu Zimmer. Schweißperlen bilden sich auf meiner Stirn.

»Kathy ...« Mein Mund ist trocken. »Es tut mir so leid, aber ich kann ihn nicht finden, er ist weg.« Und erst dann fallen mir die Legosteine auf, die auf dem Boden verstreut liegen.

Kathy hält meine Hand fest umklammert, während wir auf der Rückbank des Polizeiautos sitzen. Die Polizei hat die Umgebung bereits abgesucht, aber wir starren trotzdem beide aus unserem jeweiligen Fenster und halten verzweifelt Ausschau nach Harry. Es gibt so viele Kinder mit dunkelbraunen Haaren. Jedes Mal, wenn ich eines sehe, spüre ich einen kleinen Funken Hoffnung, der sofort wieder erlischt, sobald ich erkenne, dass es nicht Harry ist. Kathy hat weder geschrien noch geflucht noch auf irgendeine Art heftig reagiert, wie ich es an ihrer Stelle getan hätte. Aber ich weiß genau, selbst wenn sie mich anbrüllen und mit ihren Fäusten ihre Wut an mir ausprügeln würde, könnte ich mich nicht schlechter fühlen, als ich es sowieso schon tue. Als die Polizeibeamten gefragt haben, ob wir irgendetwas gehört hätten, haben Rachel und ich uns angesehen und uns beide daran erinnert, wie ich aufgestanden bin, weil ich meinte, die Türglocke gehört zu haben. Aber daraufhin hatte ich mich ja wieder hingesetzt und wir hatten uns den Schokoriegel geteilt. Karamell und Schuldgefühle liegen mir schwer im Magen und mir ist kotzübel.

Jetzt sind wir auf dem Rückweg zu Kathys Haus. Es wurde

zwar bereits durchsucht und wir wissen, dass Harry nicht dort ist, aber er ist noch nicht lange verschwunden. Man versichert uns, dass es höchst wahrscheinlich ist, dass er bald einfach wieder auftaucht. Anscheinend werden dauernd Kinder vermisst. Aber das hier ist Harry. Harry, mit seinen fransigen braunen Haaren und dem ansteckenden Lächeln. Es macht überhaupt keinen Sinn, dass er einfach so fortspaziert sein soll. Das hat er noch nie gemacht.

* * *

Als wir bei Kathy zu Hause ankommen, stellt uns eine Polizistin dieselben Fragen, die wir vorhin schon beantwortet haben.

Harry hat sich nicht ungewöhnlich verhalten. Er hat uns keinen Grund zur Annahme gegeben, dass er von zu Hause weglaufen wollte. Wir haben über Tiere geredet. Über die Schule. Darüber, dass Harry für den Hundeschutz arbeiten und streunende Tiere mit einem großen Auto einfangen und retten möchte, so wie man das im Fernsehen sieht.

»Und draußen vor dem Gebäude ist Ihnen nichts Verdächtiges aufgefallen?« Die Polizistin hält mir eine Tasse dampfenden Kaffee hin, aber als ich meine Hand ausstrecke, um sie entgegenzunehmen, zittere ich so stark, dass sie die Tasse stattdessen auf den Tisch stellt.

Ich zögere kurz, bevor ich die Frage beantworte. Ich weiß nicht, wie ich es ihr erklären soll. Dieses Gefühl, verfolgt und beobachtet zu werden. Ich habe keine konkreten Beweise für sie und Vanessa denkt ja sowieso, dass ich mir das nur einbilde. Und selbst wenn es doch keine Hirngespinste sind, kann das ja nichts mit Harry zu tun haben, oder? Außerdem habe ich heute Morgen sowieso niemanden gesehen.

»Nein.«

»Und auch sonst, irgendetwas?« Sie betrachtet mich prüfend, als wisse sie, dass ich ihr nicht alles erzähle.

»Na ja.« Ich mustere Kathys bleiches Gesicht, ihre rotgeweinten Augen. Ich will sie wirklich nicht noch mehr belasten, aber es gab tatsächlich noch etwas, worüber Harry und ich geredet haben, und es könnte wichtig sein. »Harry hat seinen Vater erwähnt. Er wollte sich unbedingt mit ihm treffen und er hat sich gefragt, ob er einen Hund hat.«

Kathy entfährt ein Schluchzen und sie ballt ihre Hände zu Fäusten. »Harry fragt immer wieder, ob er einen Hund haben darf. Wenn er nur zurückkommt, darf er alles haben, was er will. Alles.«

Ich rutsche zu ihr und lege meinen Arm um sie. Sie schüttelt ihn ab.

»Okay, und Harrys Dad, was ist mit dem?«

Kathy schüttelt den Kopf. »Owen? Der ist ein Vollidiot. Mit Harry hatte er nie was zu tun.«

»Haben Sie seine Kontaktdaten? Telefonnummer, Adresse?«

Kathy wischt ihre Nase an einem Taschentuch ab und greift nach ihrem Handy. Sie geht ihre Kontaktliste durch und gibt der Polizistin seine Nummer. »Er geht schon länger nicht mehr ran, wenn ich anrufe. Er hat vor Monaten aufgehört, Unterhalt zu zahlen.«

Draußen vor dem Fenster sehe ich etwas Kirschrotes vorbeifahren, dann höre ich es in der Einfahrt rumpeln. Quietschende Bremsen. Sam. Ich halte den Atem an, als die Haustür mit einem Knall aufgerissen wird und vertraute Schritte durch den Flur poltern. Im Türrahmen bleibt er kurz stehen, als er die Polizeibeamten sieht, dann läuft er zu Kathy und kniet sich vor ihr auf den Boden, um sie in die Arme zu schließen. »Mum, alles wird gut, wir werden ihn finden.«

»Sie haben mir Fragen zu Owen gestellt, aber der würde ihn

doch nicht einfach mitnehmen, oder? Er will doch nichts mit ihm zu tun haben. Aber was, wenn er keine Lust mehr hat, jeden Monat für ihn zu zahlen? Oh Gott ...« Sie beginnt, vor und zurück zu wippen. »Er würde ihm doch nicht wehtun, oder, Sam?«

»Natürlich nicht.« Sam dreht seinen Kopf zu der Polizistin. »Was kann ich tun?«

»Haben Sie ein aktuelles Foto von Harry?«

Sam zieht sein Handy aus der Tasche und durchsucht seine Galerie. Ich schaue ihm über die Schulter und sehe Bilder von Harry: Harry auf dem Bauernhof beim Ziegenfüttern, Harry im Garten beim Herumplanschen mit dem Gartenschlauch, Harry, wie er das Geschenkpapier um eine große Schachtel zerfetzt. In jedem der Bilder strahlt er vor Glück.

Schließlich entscheidet sich Sam für ein aktuelles Bild von Harry in der Schule. Er strahlt mit einem zahnlückigen Lächeln direkt in die Kamera. Sam reicht der Polizistin sein Handy.

»Und von seinem Vater? Owen, richtig?«, fragt sie.

Sam schüttelt den Kopf. »Von dem habe ich kein Foto. Du, Mum?«

Kathy wischt sich mit ihrem Ärmel über das Gesicht. »In dem Fotoalbum mit Fotos von Harry als Baby, in der untersten Schublade dort. Da gibt es eins aus dem Krankenhaus. Das einzige Mal, dass Owen Harry gesehen hat.«

Sam holt das Album und blättert darin herum. »Da.« Er zeigt auf das Bild: Kathy mit erschöpftem Lächeln und dunklen Augenringen im Krankenhausbett, Harry im Arm, neben ihr ein dunkelhaariger Mann, der auf seinen Sohn hinabschaut.

Ich starre Owen ins Gesicht und meine Lungen brennen, als ob jemand den Sauerstoff herausgesaugt hätte. Regen. Dunkelheit. Blut. Bilder schießen mir durch den Kopf. Mir ist, als säße ich in einem Zug, der durch einen Tunnel donnert und mich nur flüchtige Blicke auf vorbeirasende Bilder werfen lässt. Owens Gesicht kommt mir so bekannt vor. Ich weiß, dass ich ihn noch nie getroffen habe, aber mir ist, als habe sich der

Korken aus einer Flasche gelöst, aus der nun bruchstückhafte Erinnerungen wie Champagner hervorsprudeln und eine Pfütze unguter Gefühle bilden. Die Angst in mir wächst immer weiter an. Abgrundtiefe Hilflosigkeit. Eine dünne Schicht Schweiß bildet sich auf meinem ganzen Körper. Was passiert hier mit mir? Ich presse die Hände auf meine Ohren, um mich vor dem lauten Flüstern meiner Gedanken abzuschirmen.

VIERUNDDREISSIG

Oh mein Gott. Was hab ich nur getan? Was hab ich nur getan? Was hab ich nur getan?

»Jen?« Vage nehme ich Sams Stimme wahr und meine Gedanken fangen an, sich zu beruhigen. »Alles okay?«

Ich nehme die Hände von den Ohren. Alle starren mich an und ich schwanke zwischen Scham und Panik.

»Du bist ja ganz verschwitzt. Hier.« Er zieht ein Taschentuch aus seiner Tasche und tupft mir damit sanft die Stirn ab, genau wie damals, als ich krank war. Dann drückt er mir das Tuch in die Hand und ich schließe meine Finger darum. Ich weiß genau, wenn ich es an meine Nase führen würde, würde es nach Pfefferminzbonbons riechen.

»Lass uns doch rausgehen an die frische Luft«, sagt er.

Wir setzen uns auf die Treppenstufe hinter dem Haus. Unsere Oberkörper sind im Schatten, auf unseren Beinen brennt die Sonne. Starker Rosmarinduft aus Kathys Kräutergarten erfüllt die Luft.

»Was ist denn dadrinnen passiert, Jenna?«

Ich nehme tiefe Atemzüge. Rein durch die Nase, raus durch den Mund. Eine halbe Ewigkeit scheint zu vergehen, bis ich mich ruhig genug fühle, um zu sprechen. »Ich habe Owen nie kennengelernt, oder?« Ich möchte eine Bestätigung für das, was ich schon weiß.

»Nein, nicht dass ich wüsste. Wieso?«

Wie kann ich ihm das erklären? Dieses Gefühl, als ich das Bild gesehen habe und mir so war, als hätte ich diese Augen schon einmal gesehen? Mein Bauchgefühl verrät mir, dass irgendetwas Schreckliches passiert ist, aber was? Das liegt wie unter einer Schicht schlammigen Wassers verborgen, darunter verschwommene Gestalten und Bewegungen. Also sage ich: »Es tut mir so leid. Das mit Harry.« Ich wickle eine Ecke des Taschentuchs um meine Finger, bis ein Dreieck daraus wird.

»Es ist nicht deine Schuld«, sagt Sam, obwohl wir beide wissen, dass es das sehr wohl ist. »Er ist sieben Jahre alt. Er weiß, dass er nicht einfach so weglaufen kann. Wir werden ihn schon finden.« Ein Zittern liegt in seiner Stimme und er zerfurcht sein Haar mit den Fingern. Nun steht es an allen Seiten unregelmäßig nach oben und ich muss den Drang unterdrücken, es wieder glattzustreichen.

Er steht auf und tigert über die kleine graue Terrasse, auf der wir an unzähligen Sommerabenden Würstchen schwarzgegrillt und Zwiebeln karamellisiert haben, bis dunkler Rauch über die Zäune der Nachbarn flog. »Scheiß auf das, was die Polizei sagt, ich kann nicht einfach nur rumsitzen und nichts tun. Ich fahr zu Owen.«

»Weiß Harry denn überhaupt, wo er wohnt?«, frage ich.

»Mum hat die Adresse in ihrem Adressbuch. Es wäre Harry nicht schwergefallen, sie zu finden. Er ist ein cleverer kleiner Kerl.«

»Aber bei Owen würde die Polizei doch bestimmt als Erstes nachsehen, oder? Vielleicht reden sie ja grade schon mit ihm.« Ich kann die Polizistin in der Küche in ihr Radio hineinsprechen sehen.

»Na, wenn Owen ihn entführt hat, wird er wohl kaum ans Telefon gehen! Sie sagen zwar, dass sie alles tun, was sie können, aber meinst du, es hat für sie wirklich Priorität, bei Owen vorbeizugucken? Nehmen die das Ganze überhaupt ernst? Er ist ja kein Baby und in der Praxis war schließlich … nichts.«

Er meint Blutspuren, wird mir klar. Kurz herrscht Schweigen.

»Warum sollte er da ausgerechnet jetzt hingehen? Heute?«

»Vielleicht hat er nur auf eine Chance gewartet. Er kann die Schule ja nicht verlassen, ohne dass ihn ein Erwachsener abholt, und zu Hause passt Mum wie ein Schießhund auf ihn auf. Sie lässt ihn ja immer noch nicht allein draußen spielen. Scheiß drauf. Ich fahr da hin.« Jetzt ist Sams Tonfall schon sicherer. »Kommst du mit?« Er streckt mir seine Hand hin und ich ergreife sie. Er zieht mich hoch und ich verliere kurz das Gleichgewicht, wodurch ich in seine Arme falle. Er hält mich dort einen Moment länger fest, als unbedingt nötig gewesen wäre.

* * *

Dröhnend erwacht Sams Motor zum Leben und ich kann kaum hören, wie er sagt: »Tschuldigung, dass es so laut ist, ich hab ein Loch im Auspuff.«

Laut wie ein Formel-1-Rennwagen rasen wir zu Owens Haus. Sam sagt kein Wort und seine Lippen sind zu einer dünnen Linie zusammengepresst, während er sich durch den Stadtverkehr schlängelt und an jeder gelben Ampel Gas gibt.

Owens Haus ist ganz anders als erwartet. Sam hat so eine schlechte Meinung von dem Typen, dass ich mir eine elende Hütte vorgestellt habe. Ein einziges Zimmer, vollgemüllt mit Pizzakartons und leeren Bierflaschen. Stattdessen bremsen wir vor einem kleinen Einfamilienhaus. Zwischen den Pflastersteinen an der Vorderseite wächst das Unkraut büschelweise.

»Warte hier.« Sam öffnet seine Tür und läuft die Einfahrt

hinauf. Die Panik, die mich beim Anblick von Owens Foto überwältigt hat, kocht wieder hoch und es fällt mir schwer, meinen Atem unter Kontrolle zu halten. Mir wird schlecht und ich schließe meine Augen. Meine Fäuste schlagen im strömenden Regen gegen eine Tür. Tränen fließen. Mein Herz pocht so schnell, als würde es jeden Moment aus meiner Brust herausspringen. Ich bettle. Schreie durch den Briefschlitz: »Ich will nur mit dir reden!«

Meine zitternden Finger lösen meinen Sitzgurt. Ich öffne die Tür und stelle meine Füße auf den Boden. Schwankend steige ich aus und lege eine Hand auf das heiße Autodach, um mein Gleichgewicht wiederzufinden, bevor ich auf das Haus zugehe. Sam hat aufgehört, an die Haustür zu klopfen und ist gerade auf dem Weg in den Hinterhof. Die Haustür ist zugesperrt. Die Jalousien zugezogen. Ich gehe in die Hocke und werfe einen Blick durch den Briefschlitz. Berge an Post stapeln sich an der Tür. Im Hinterhof klappert Sam an der Terrassentür herum und ich kämpfe mich durch ein Gestrüpp aus Unkraut und Brennnesseln, das nach meinen Beinen grabscht und sich in meinen Schnürsenkeln verhakt. Um diesen Garten hat sich schon sehr, sehr lange niemand mehr gekümmert. Ich lege meine Hände wie eine Brille um meine Augen und drücke mein Gesicht an das verschmierte Fensterglas.

Mein Blick streift durch das Wohnzimmer. Sofa, Beistelltisch, Kamin. Dort bleibt mein Blick hängen. An einem dunklen Fleck.

Aus heiterem Himmel höre ich einen Schrei. Ich stolpere zurück und falle fast hin. Ich weiß nicht, ob das nur in meinem Kopf war, im Haus bewegt sich jedenfalls nichts. Meine Hand greift nach Sams Arm, um sicherzugehen, dass er hier ist. Dass er echt ist.

»Hast du das gehört?«, flüstere ich.

»Was gehört?«, fragt er.

»Nichts«, sage ich. Was passiert mit mir? Was ist mit Callie passiert? Sie hat Owen gekannt, da bin ich mir sicher. Und sie hatte Angst vor ihm.

* * *

Wir sind wieder bei Kathy, wo Freunde und Nachbarn sich auf die Suchaktion vorbereiten. Ich suche mir ständig neue Beschäftigungen, denn ich habe Angst, stehen zu bleiben, Angst, dass meine Umgebung dann wieder verschwimmen und die Dunkelheit mich umhüllen würde. Ich mache Sandwiches, die auf ihren Tellern liegen bleiben und austrocknen werden, mit verwelkendem Salat und erhärtenden Eiern. Hunger hat hier niemand. Im Hintergrund flackert der Fernseher und Kathy starrt mit leerem Gesichtsausdruck auf den Bildschirm. Ich weiß genau, wenn ich mich vor das Gerät stellen und sie fragen würde, was sie sich anguckt, hätte sie nicht den geringsten Schimmer.

Sam tigert im Flur auf und ab und tätigt einen Anruf nach dem anderen. Niemand hat Harry gesehen, aber alle wollen helfen. Er sagt ihnen allen, dass sie herkommen sollen. Der Drucker spuckt stapelweise Landkarten der Umgebung aus und Sam markiert, wo man suchen soll. Meine Eltern sind auch unterwegs hierher.

»Wenn alle da sind, teilen wir sie in Zweiergruppen auf. So geht es am schnellsten.«

Ich reibe mir die Augen. Es ist zwar noch nicht mal vier Uhr nachmittags, aber ich bin völlig erledigt. Ich kann es kaum fassen, dass Harry erst seit ein paar Stunden vermisst wird. Es fühlt sich an wie mehrere Tage. Ich komme einfach nicht zur Ruhe. Es ist, als hätte Owens Anblick einen Schalter in mir umgelegt, etwas freigesetzt, das nun pulsierende Bilder durch meinen Kopf schickt, die verschwinden, bevor ich sie ganz erfassen kann. Es ist wie bei einer Runde Flüsterpost und ich habe keine Ahnung, wie ich das, was bei mir ankommt, übersetzen soll.

Als mir die Ablenkungen ausgehen, schreibe ich Nathan eine SMS, um ihn wissen zu lassen, was bei mir los ist. Er bietet seine Hilfe an und fragt, ob er vorbeikommen soll, aber ich zögere, unsicher, ob ich meine Vergangenheit und meine Gegenwart im selben Raum haben möchte.

»Jenna?« Sam spricht mich an und ich stecke mein Handy weg. Er ist die Ruhe selbst, während er die Suchgruppen organisiert, seine Stimme ist zuversichtlich, aber er blinzelt viel mehr als sonst, und ich weiß genau, wie viel Angst er hat. »Kannst du in der Gegend um die Tierarztpraxis herum suchen? Du kennst dich da besser aus als alle anderen.«

Ein Klemmbrett wird herumgereicht und ich schreibe meine Handynummer auf eine lange Liste. Sam wird die Liste kopieren, damit wir einander alle kontaktieren können. »Wenn wir ihn gefunden haben«, sagt Sam, und alle lächeln und nicken. »Wir werden ihn natürlich finden.«

Ich quetsche mich neben Kathy auf das Sofa, während ich auf meine Kopie der Liste warte. »Ihm wird nichts passieren«, sage ich, aber sie ist in ihrer eigenen Welt verschwunden. Ich greife nach der Fernbedienung, bereit, vom Nachrichtensender zu etwas weniger Deprimierendem zu schalten. Aber dann fällt mein Blick auf die Masse an Polizisten, die um ein Feld herumwuseln. Der Reporter hat einen ernsten Gesichtsausdruck aufgesetzt und deutet mit seiner Hand auf das gelbe Absperrband hinter sich. Die Kamera fährt zu einem weißen Zelt und zoomt dann an das Gesicht des Polizisten heran, der mit finsterer Miene vor dem Eingang Wache steht. Er steht breitbeinig da, die Hände vor dem Körper gefaltet. Ich drehe die Lautstärke hoch und lehne mich zum Fernseher.

Das Gesicht einer Frau erscheint im Bild. Ihre Wangen sind rot angelaufen, graue Haarsträhnen blitzen unter ihrer schwarzen Mütze hervor.

»Können Sie uns in eigenen Worten berichten, was hier vorgefallen ist?«

»Ja.« Die Augen der Frau füllen sich mit Tränen und sie beginnt, von einer Seite zur anderen zu schwanken. Die Kamera zoomt heraus. Der Reporter legt eine Hand auf ihren Arm, vielleicht um sie festzuhalten, vielleicht um sie zu trösten, ich weiß es nicht.

»Ich war mit Barnaby Gassi.«

»Mit Ihrem Hund?«

»Ja.« Sie gestikuliert in Richtung des King Charles Spaniels, der um ihre Füße herumspringt. »Ich hab ihn aus dem Tierheim. Meine Enkelin, Chloe, hat ihm den Namen gegeben.« Ein flüchtiges Lächeln huscht über ihr Gesicht, als wäre ihr gerade erst bewusst geworden, dass sie im Fernsehen ist. Dass Chloe sie vielleicht sehen könnte. Doch dann wirft sie einen Blick über ihre Schulter und ihr Gesicht fällt wieder in sich zusammen.

»Da drüben, da war es.« Ihre Stimme versagt, sie geht einen Schritt zurück und putzt sich die Nase, aber der Reporter schiebt ihr das Mikrofon wieder ins Gesicht.

»Und Sie haben dort etwas gefunden, richtig? Was war es?«

Jetzt laufen die ersten Tränen ihre Wangen hinunter und sie schüttelt den Kopf. »Eigentlich war es Barnaby. Er hat einfach nicht aufgehört zu buddeln. Ich hab versucht, ihn wegzuziehen, aber dann hat er mich angeknurrt. Das sieht ihm gar nicht ähnlich, da dachte ich mir, er muss wohl was richtig Gutes riechen. Vielleicht einen Knochen.« Mit geweiteten Pupillen starrt sie gedankenverloren ins Nichts.

»Was ist danach passiert?«

Sie zuckt sichtlich zusammen, als die Stimme des Reporters sie wieder ins Hier und Jetzt zurückruft. »Verzeihung, ja, genau. Also ich hab Barnaby am Halsband gepackt und versucht, ihn wegzuziehen, und da hab ich's dann gesehen.« Sie kneift die Augen fest zusammen.

»Was?«

»Die Hand. Eine Hand. Von einem Menschen. Es tut mir leid, ich kann nicht ...« Sie läuft davon und die Kamera richtet sich auf das Gesicht des Reporters.

»Unsere Eilmeldung: Eine Spaziergängerin hat gerade eben eine Leiche am Burton Aerodrome entdeckt. Bleiben Sie dran für weitere Live-Updates.«

SECHSUNDDREISSIG

Du gottverdammter, verfluchter Bastard.

SIEBENUNDDREISSIG

Zuerst denke ich, dass es Kathy war, die gesprochen hat, aber die sitzt auf dem Sofa, Arme um ihren Körper geschlungen, und wippt sachte vor und zurück. Die Polizisten versichern ihr sofort, dass es nicht Harrys Leiche ist, die da gefunden wurde, aber der düstere Gedanke »Was, wenn doch?« hängt in der Luft und die Stimmung hat sich verändert. Ich blicke durch den Raum und der Schock zeichnet sich in jedem Gesicht ab. Keiner spricht den Gedanken aus, aber alle denken es. Unsere Hoffnung, dass Harry einfach davongewandert ist, hat sich in Angst verwandelt, dass etwas Schreckliches passiert sein könnte. Alle ziehen sich Schuhe und Jacken an, bereit für die Suche. In meinem Kopf wirbeln Gedanken umher. Burton Aerodrome, der letzte Ort, den Callie in ihr Navi eingegeben hatte. Aber bevor ich meine Gedanken sortieren kann, höre ich eine vertraute Stimme im Gang »Hallo?« rufen. Die Tür zum Wohnzimmer öffnet sich und beim Anblick von Mum und Dad, die Schulter an Schulter dort stehen, schnürt es mir die Kehle zu. Ich hatte mich so danach gesehnt, die beiden wieder im selben Raum stehen zu sehen. Aber nicht zu diesem Preis.

»Mum.« Ich durchquere das Zimmer und küsse sie auf die

gepuderte Wange. Sie riecht wie frisch aus der Bäckerei und als sie eine Haarsträhne hinters Ohr schiebt, merke ich, dass Mehl und Butter unter ihren Fingernägeln kleben. Es rührt mich sehr, dass sie alles hat stehen und liegen lassen, um hier zu sein.

»Dad hat mich abgeholt. Ich dachte mir, das geht schneller, als auf ein Taxi zu warten.« Mum geht neben Kathy in die Hocke und tätschelt ihre Hand. »Wir werden ihn finden, keine Sorge.«

»Hallo, Sam.« Dad schüttelt Sam die Hand, aber keiner von beiden lächelt dabei. Niemand sagt »Schön, dich wiederzusehen.« Das hier ist kein fröhliches Wiedersehen.

»Er ist also in der Praxis verschwunden? Weiß Linda schon Bescheid?«, wendet Dad sich an mich.

»Ich bin mir sicher, dass die Polizei bereits mit Linda gesprochen hat, falls es nötig war«, fährt Mum ihn an.

»Ich meinte doch gar nicht, dass ich ...«, setzt Dad zu einer Antwort an.

»Ihr zwei hört jetzt sofort auf. Das ist hier weder der Zeitpunkt noch der Ort für so was«, zische ich die beiden an und sie blicken betreten auf ihre Schuhe. Mir ist, als hätten wir Rollen getauscht.

Wir sind gerade auf dem Weg nach draußen, als das Polizeiradio zischend und knisternd zum Leben erwacht. Die Polizistin hebt die Hand, als würde sie den Verkehr anhalten. Wir bleiben alle wie angewurzelt stehen, als sie nach draußen geht. Bitte, bitte, sag, dass es ihm gut geht. Als sie ein paar Minuten später zurückkommt, lächelt sie.

»Wir haben ihn gefunden. Es geht ihm gut und er wird direkt nach Hause gefahren.«

Kathy lässt sich ohne einen Ton auf das Sofa fallen und ich trete nach draußen und ziehe mein Handy aus der Tasche. Ich sehe mehrere verpasste Anrufe und SMS von Nathan, der wissen will, ob es Neuigkeiten gibt, aber bevor ich irgendetwas anderes tue, muss ich Rachel anrufen. Sie sitzt immer noch in der Praxis und wartet auf Neuigkeiten.

»Rachel, es ist alles okay, sie haben ihn gefunden«, schieße ich los, noch bevor sie Hallo sagen kann.

»Scheeeeiße, was 'ne Erleichterung!« Sie atmet laut aus. »Die ganze Zeit sitz ich hier und denk mir, wie ich mich fühlen würde, wenn das Liam wär. Ich glaub, heut Nachmittag bin ich um zehn Jahre gealtert.«

»Tut mir leid. Ich schuld dir 'nen Drink.«

»Nee, nee, Jenna McCauley, du schuldest mir mehr als das! Bis morgen bei der Arbeit dann.«

Wir sitzen wieder im Wohnzimmer und unterhalten uns leise. Die Uhr scheint nur halb so schnell zu ticken wie sonst. Es kommt uns vor, als würden Stunden vergehen, bis endlich das Wummern eines Motors und das Knallen von Türen zu hören sind und Harry ins Zimmer hinkt, das bleiche Gesicht von den Spuren seiner Tränen gezeichnet. Kathy schließt ihn in ihre Arme und ausnahmsweise windet er sich nicht aus ihrer Umarmung.

»Wo war er?«, fragt Sam.

»Miller Road«, sagt der Polizist, der ihn nach Hause gefahren hat. »Eine junge Mutter hat ihn von ihrem Fenster aus weinen sehen und ist rausgegangen, um zu gucken, ob alles okay ist. Würden heutzutage ja nicht mehr viele tun. Er hat sich den Knöchel verdreht, aber wir haben ihn gründlich untersucht und es geht ihm gut. Nichts Schlimmes passiert.«

Kathy lockert ihren Griff um Harry, ohne ihn komplett loszulassen, als hätte sie Angst, er könnte dann wieder verschwinden. »Was um Himmels willen hattest du denn da verloren, Harry? Wir haben uns solche Sorgen gemacht.«

Ihre Stimme wird dabei immer höher. Harry bricht wieder in Tränen aus, also antwortet stattdessen der Polizist.

»Er hat uns gesagt, dass er aus der Toilette kam und in den Empfang lief, um Jenna zu suchen.« Ich rutsche verlegen auf meinem Stuhl hin und her. »Harry hat draußen auf dem Parkplatz jemanden gesehen. Er hat gewunken und die Person hat zurückgewunken und da kam Harry der Gedanke, dass das sein Vater sein könnte, der gekommen war, um ihn zu überraschen. Die Tür war nicht verschlossen ...«, wieder zucke ich zusammen, »... und er ist der Person hinterhergelaufen, aber er konnte nicht mithalten. Dann hat er versucht zu rennen und sich dabei den Knöchel verstaucht.«

»Und diese Person«, sage ich, »wie sah die aus?«

»Er hat nur gesagt, dass sie Jeans und einen schwarzen Hoodie trug. Und das hätte ja jeder sein können, nicht wahr?«

* * *

Im Laufe der nächsten halben Stunde leert sich das Wohnzimmer langsam und Dad fragt mich, ob er mich nach Hause fahren soll.

»Kannst du noch bleiben?«, fragt Sam. Ich nicke und umarme meine Eltern zum Abschied. »Danke, dass ihr gekommen seid.«

»Ich bin immer für dich da, wenn du mich brauchst«, sagt Dad, aber er schaut dabei nicht mich an, sondern Mum. »Na, Daphne, sollen wir gehen?«

»Ich kann mir ein Taxi rufen, Ken«, sagt sie.

»Wenn ich dich fahre, kann ich dir auch gleich den Rasen mähen. Und vielleicht könnten wir danach miteinander reden?«

Sie blickt zur Decke hinauf, als würde sie um Rat suchen, bevor sie antwortet. »Hast du schon was gegessen?«

»Nur eine Schüssel Cornflakes.«

»Das ist doch kein Abendessen. Ich hab Pie gemacht.« Ohne ihm einen weiteren Blick zuzuwerfen, dreht sie sich um und läuft mit steifen Schritten zur Tür hinaus. Durch das Fenster beobachten wir, wie sie sich erwartungsvoll neben das

Auto stellt. Dad öffnet ihr die Beifahrertür und obwohl sie ihn abwimmelt, als er ihre Schulter berührt, um ihr den Sitzgurt zu reichen, glaube ich, dass das ein guter Anfang sein könnte.

* * *

Als Sam mich dann heimfährt, wühlt er mit einer Hand in einer Tüte Pfefferminzbonbons herum. Er zieht eins heraus und versucht, gleichzeitig zu lenken und es auszuwickeln. Es gab mal eine Zeit, da hätte ich die Plastikverpackung für ihn entfernt und ihm das Bonbon in den Mund gesteckt, aber nun würde sich das viel zu intim anfühlen. Der Motor wummert, während wir an einer roten Ampel warten. Ich mustere ein rotes Backsteinhäuschen, das nicht ganz zum Rest der Straße passt, in der wir gerade stehen. Geißblatt rankt sich durch die Spaliere links und rechts neben der Tür und eine zartrosa Klematis klettert gen Himmel in die Abenddämmerung hinein.

Das alles ist so herzzerreißend schön. So herzzerreißend normal. Wenn Harry heute etwas Schreckliches zugestoßen wäre, hätte ich die Welt nie wieder auf dieselbe Art sehen können.

Sam hat inzwischen den zähen Mittelteil seines Humbugs erreicht und kaut ein bisschen darauf herum, bevor er das Bonbon hinunterschluckt.

»Jen, ich wollte mal mit dir reden.«

Ich drehe mich zu ihm, aber sein Gesicht gibt nichts preis. Seine Augen sind auf die Straße vor uns gerichtet.

»Es geht um deine ... Obsession mit Callie.«

»Das ist keine Obsession. Es ist eine Sekundärtraumatisierung.«

Sam dreht sich zu mir und die Überraschung steht ihm ins Gesicht geschrieben.

»Also hast du schon mit jemandem darüber geredet?«

»Am Freitag war ich bei Vanessa. Ich weiß, dass ich in letzter Zeit etwas ... abgelenkt war.«

»Dann hast du auch diese Bilder von den Wänden genommen, die in der Küche?«

»Woher weißt du davon?« Ich bemühe mich sehr, meinen Tonfall nicht scharf werden zu lassen.

»Rachel hat es mir erzählt. Sie macht sich solche Sorgen um dich. Wir machen uns beide Sorgen.«

»Also redet ihr hinter meinem Rücken über mich? Super, verdammt nett für euch!« Eifersucht brennt wie Säure in meinem Bauch. Das hat Rachel vorhin nicht erwähnt.

»Es ist ja nicht, als ob sie über dich gelästert hätte. Sie war einfach total aufgebracht, nachdem sie die Bilder gesehen hat. Sie meinte, es sähe fast aus wie ein Altar.«

»So ein Scheiß, ein Altar. Ich interessiere mich für Callie, das ist alles. Das würde doch jedem so gehen!«

»Du bist also nicht gerade dabei, dich in ihre Familienangelegenheiten zu verwickeln und zu denken, dass du auf irgendeine Art ...«

»Ich verwickle mich in gar nichts. Die wollen sich genauso mit mir treffen.«

»Rachel hat mir erzählt, dass du versuchst, mehr über Callies Unfall herauszufinden? Ich glaube nicht, dass ...«

»Da hatte Rachel ja verdammt viel zu erzählen, ha?«

»Du kannst dich glücklich schätzen, sie zur Freundin zu haben, Jenna.«

Vor meiner OP hätte man mich wahrscheinlich als »ehrlich«, »loyal« und »freundlich« beschrieben. Jetzt kann ich mich »glücklich schätzen«, ich bin »eine Inspiration« und »so tapfer«. Das von Sam zu hören – da stellt sich bei mir alles auf.

»Sag du mir nicht, wie ich mich fühlen soll«, fahre ich ihn an.

»Du scheinst zu glauben, dass du diesen Leuten was schuldest.« Jetzt wird er auch laut. Vielleicht sind es nur die angestauten Gefühle des Tages, die sich hier Bahn brechen, aber ich kann mich auch nicht beruhigen.

»Und stimmt das etwa nicht? Sie haben mir das Leben gerettet.«

»Das war ihre Entscheidung. Du schuldest niemandem was, Jen.«

»Nicht mal dir?«

Mit quietschenden Bremsen kommt er am Bordstein vor meiner Wohnung im absoluten Halteverbot zum Stehen. Wir starren einander wütend an.

»Jetzt wo du's sagst, ja, mir schuldest du verdammt noch mal was.«

»Und was, was schuld ich dir, Sam? Den Rest meines Lebens?«

»Zumindest eine richtige Unterhaltung! Diese fremden Leute scheinen dir wichtiger zu sein als ich.« An seiner Schläfe pocht eine Ader. »Mich hast du weggestoßen, weil ...«

»Was, wenn es nichts damit zu tun hatte? Wenn ich einfach nicht mehr mit dir zusammen sein wollte? Den Gedanken kannst du einfach nicht ertragen, nicht wahr, Sam?«

»Vielleicht will ich auch nicht mehr mit dir zusammen sein, ist dir der Gedanke schon mal gekommen? Aber es gibt trotzdem Sachen, über die wir reden sollten.«

»Wahrscheinlich willst du mit Rachel zusammen sein, damit ihr eure netten Unterhaltungen fortführen könnt.« Ich habe keine Kontrolle mehr über das, was ich sage, und sehe, wie ein Ausdruck des Ekels über sein Gesicht huscht.

»Immerhin freut sich Rachel, dass sie am Leben ist. Du liegst nicht im Sterben, Jenna, heute nicht. Hör auf, so zu tun, als ob jeder Atemzug dein letzter sein könnte, weil ehrlich gesagt, im Moment ist Callies Herz an dir verschwendet.«

Ich spüre seine Worte wie einen Schlag gegen die Brust und falle fast aus dem Auto. Die Tür knalle ich hinter mir zu und dann stapfe ich zu meiner Wohnung. Als Sam mit quietschenden Reifen davonfährt, drehe ich mich nicht um.

Meine Wut kocht weiter vor sich hin, während ich die Treppe zu meiner Wohnung hinaufpoltere. Wäre ich nicht so in Gedanken versunken, hätte ich es vielleicht gehört. Ein Geräusch. Das Öffnen der Haustür. Knarzende Treppenstufen. Leise Schritte, die hinter mir herschleichen. Aber so ist mir überhaupt nicht bewusst, dass ich nicht allein bin, während ich in meiner Handtasche nach meinem Schlüssel krame. Zumindest nicht, bis ich frustriert tief einatme, um kräftig schnauben zu können. Da kann ich es riechen. Öl. Abgestandener Zigarettenrauch. Und dann braucht es nur den Bruchteil einer Sekunde, bis ich jemanden hinter mir spüre. Heiße, sauer stinkende Atemzüge streifen meine Wange. Ein Schrei kämpft sich meine Kehle hinauf, aber schon liegt eine Hand auf meinem Mund und Finger krallen sich in mein Haar.

ACHTUNDDREISSIG

Mein Angreifer spricht. Seine Stimme ist tief und sein Tonfall gemäßigt, aber während ich versuche, mich zu befreien, dröhnt und rauscht das Blut so laut in meinen Ohren, dass ich nichts verstehen kann.

Todesangst rast durch meinen Körper. Ich kämpfe mit aller Kraft, bis ich das Gleichgewicht verliere und vornüberfalle wie eine Marionette ohne Fäden. Ich werde am Haar hochgerissen und spüre Tausende schmerzhafte Nadelstiche an meiner Kopfhaut. Mein Mund klappt trotz der darauf gepressten Hand auf und ich beiße so fest zu, wie ich kann, meine Zähne ein Schraubstock um seine Finger.

»Verdammte Schlampe!«

Ich werde nach vorne gestoßen, lande hart auf meinen Knien und schlage mit dem Kopf gegen den Boden. Benommen krabble ich in eine Ecke und drehe mich ungeschickt um, bis mein Rücken eng an die Wand gepresst ist. Meine Blicke huschen durchs Treppenhaus und suchen nach irgendetwas, das ich als Waffe benutzen kann, egal was. Neil, der Typ aus dem Prince of Wales, starrt mich mit wütend zusammengekniffenen Augen an und lutscht an seinem Finger.

»Was willst du?« Ich zwinge mich dazu, aufzustehen, wobei ich meine Handtasche wie einen Schild an meinen Oberkörper presse, die Finger durch den Griff geschoben, bereit, sie ihm über den Kopf zu ziehen, wenn er näher kommt.

»Wo ist Owen?«, fragt er, und das bringt mich kurz aus dem Konzept.

Was will er denn mit Harrys Dad? Und warum kommt er damit zu mir? Ich reibe mir über die Beule, die gerade an meiner Schläfe anschwillt, als könne das den Nebel aus meinen Gedanken vertreiben.

»Bist du mir da letztens nach Hause gefolgt? Warum fragst du mich wegen Owen? Kennst du Kathy und Harry?«

Ich weiß, dass ich plappere. Zu viele Fragen stelle. Aber ich habe Angst, dass ich selbst Antworten geben muss, wenn ich aufhöre, und ich weiß doch nichts über Owen. Was Neil dann wohl mit mir macht?

Von draußen ertönt ein Motorengeräusch, das wir normalerweise nicht hören würden, wenn das Fahrzeug kein Loch im Auspuff hätte.

»Das ist mein Freund, Sam!«, rufe ich erleichtert.

Neil zögert kurz, bevor er einen Blick aus dem kleinen rissigen Fenster wirft, das auf die Straße hinausgeht.

»Und was fährt der für ein Auto?«

»Einen Fiat. Einen roten.« Mit langen, erschauernden Atemzügen sehe ich zu, wie Neil herumwirbelt und die Treppe hinunterrast, wobei er immer zwei Stufen auf einmal nimmt. Die Haustür öffnet sich knallend und ich laufe zum Fenster hinüber. Sam ist gerade dabei, draußen vor dem Blumenladen einzuparken. Ich schaue in beide Richtungen die Straße hinab, aber ich kann Neil nicht entdecken.

Sam hat inzwischen geparkt, aber der Motor läuft noch. Statt ihn abzuschalten, lässt er seine Stirn auf das Lenkrad sinken, als versuche er, eine Entscheidung zu treffen. Ich beobachte ihn dabei, meine Stirn gegen das dreckige Fensterglas gepresst, und wünsche mir mit aller Kraft, er möge hochkommen. Die Zeit streckt sich unendlich in die Länge. Keiner von uns beiden rührt sich. Das Fenster beschlägt durch meinen Atem. Ich ziehe meinen Ärmel über den Handballen und wische die Scheibe ab. Als ich wieder klar sehen kann, ist Sams Rücklicht an. Sein Auto setzt sich in Bewegung, der Motor heult auf, und als er vom Bordstein wegfährt, flüstere ich ihm zu: »Geh nicht, bitte.« Aber natürlich kann er mich nicht hören und schon bin ich wieder allein.

Oder auch nicht?

Ein Geräusch. Vielleicht nur das normale Knarzen des Hauses. Vielleicht spielt der Wind mit dem Briefschlitz. Vielleicht ist es etwas anderes. Vielleicht ist es gar nichts. Aber ich reiße meinen Schlüssel aus der Tasche und renne in meine Wohnung, wo ich die Tür hinter mir zusperre und meinen Telefontisch davorschiebe. Für alle Fälle.

* * *

Gott, bin ich müde. Meine Mindmap ist ein verwirrendes Durcheinander aus geschwungenen Linien. Als ich versuche, meine schlaftrunkenen Augen darauf zu fokussieren, scheinen die Farben auf dem Papier zu tanzen. Aber meine Erschöpfung ist nichts im Vergleich zu der Angst, die sich seit dem Besuch bei Owen um mich gewickelt hat wie Efeu um einen Baum. Ich bin mir sicher, dass ich ihn schon mal gesehen habe. Zum zigsten Mal gucke ich auf mein Handy. Ich habe einen Google Alert für Burton Aerodrome eingerichtet, aber es gibt noch keine Updates. Ich kann nicht aufhören, an die Leiche zu denken, die sie dort gefunden haben. Warum war Callie dort unterwegs? Ein unerwartetes Geräusch zerreißt die frühmorgendliche Stille und lässt mich zusammenzucken. Kurz mache ich mir Sorgen, dass Neil zurückgekommen ist, und ich frage mich erneut, ob ich nicht doch die Polizei hätte rufen sollen, aber es ist nur ein bellender Hund. Neil. Owen. Callie. Wie in einem Kaleidoskop tauchen ihre Gesichter in meinen Gedanken auf und ab, und gerade als ich das Gefühl habe, dass mein Kopf gleich explodiert, macht es Klick. Das unscharfe Bild von Neil in dem Onlineartikel über seine Anklage wegen Körperverletzung. Diese verschwommene Person hinter ihm. Das ist Owen. Ich bin mir ganz sicher und ein kurzer Kontrollblick auf das Foto sagt mir, dass ich recht habe. Hat Callie Owen gekannt? Hatte sie eine Affäre mit ihm? Natürlich habe ich sie nicht gekannt, aber ich kann mir Callie und Owen überhaupt nicht zusammen vorstellen. Ich bin so müde. Ich vergrabe meine Hände in den Haaren und ziehe daran, als könne ich so den Druck in meinem Schädel ablassen. Meine Augen fallen zu. Ich leere meine Tasse, aber diesmal kriege ich die Augen trotzdem nicht wieder geöffnet, also falte ich meine Arme vor mir auf dem Tisch und lege den Kopf darauf. Nur für einen Moment. Ich bin so müde. Aber ich werde nicht einschlafen. Schlafen ist zu gefährlich. Trotzdem legt sich die Dunkelheit um mich, gräbt sich in mein Unterbewusstsein und führt eine Erinnerung ans Licht.

NEUNUNDDREISSIG

Ich reiße mir Kleid und Unterhose vom Leib und stopfe sie tief in den geflochtenen Wäschekorb in der Ecke. Morgen werde ich sie dann wegschmeißen. Ich könnte es nicht ertragen, sie noch mal anzuziehen. Meine Beine zittern so stark, dass ich es nur mit Mühe in die Badewanne schaffe. Ich schalte die Dusche an, drehe auf heiß und lasse mich auf die Knie sinken. Mir ist, als würde mir nie wieder warm werden. Was hab ich nur getan? Ich knie so lange bewegungslos dort, dass Gänsehaut meine Arme hinaufkriecht. Das brausende Wasser verschwindet im Abfluss und mit ihm meine Tränen. Ich greife nach dem Duschgel und meinem Schwamm, dann schrubbe ich meine Haut, bis sie pink leuchtet und brennt, aber ich fühle mich immer noch schmutzig. Außen. Und innen. Ein Bild schiebt sich in meine Gedanken, von unserem letzten gemeinsamen Bad. Wie ich mich an dich gelehnt habe, während du mir sanft Shampoo in die Haare massiert hast. Flackernde Kerzen. Lavendelduft. Seifenblasen. Wie konnte sich alles nur so verändern?

Ein Klopfen an der Tür. »Ich hab dich gar nicht heimkommen hören. Hattest du einen schönen Abend?«, fragst du, *obwohl ich genau weiß, dass es dich immer verletzt, wenn ich etwas ohne dich unternehme.*

Übelkeit steigt in mir hoch und ein gewaltiges Zittern schüttelt meinen Körper. Ich versuche, die Toilette zu erreichen, schaffe es aber nicht rechtzeitig, keuche und würge und verteile meinen Mageninhalt über den gesamten Fliesenboden, unterbrochen von abgehackten Schluchzern.

»Süße, bist du krank? Lass mich rein«, sagst du, aber ich kann nicht.

Ich kann dich nicht reinlassen. Vor dir habe ich noch nie irgendwas verbergen können. Du hast mir immer gesagt, dass wir beide nichts brauchen als einander. Aber das stimmt nicht. Nicht mehr. Und ich weiß nicht, wie ich dir das sagen soll, aber ich weiß, dass ich es tun muss.

* * *

»Frosch im Hals?«, fragst du und ich schüttle meinen Kopf.

»Dann sag es. Du musst mir versprechen, dass du niemandem erzählen wirst, wie du dir das hier zugezogen hast.« Du fährst ganz sachte mit dem Finger über mein geschwollenes blaues Auge, und ich ziehe mich wieder in meinen Stuhl zurück.

»Natürlich. Ich hab's dir schließlich versprochen.«

»Ich glaube, ich sollte dich hinfahren«, sagst du. Ich stehe auf und trage unser Frühstücksgeschirr zum Waschbecken, wobei ich es vermeide, dir direkt in die Augen zu sehen.

»Ich fang heute doch erst später an. Da würde es komisch aussehen, wenn ich so früh kommen würde. Geh du nur zu deinem Meeting.«

»Ich weiß nicht ...«

»Schau mal, du wolltest doch, dass alles wieder wird wie früher?« Ich berühre meine Wange und frage mich, wie du auch nur ansatzweise denken kannst, dass ich das hier vergessen könnte.

»Okay.«

Du drückst mir einen Kuss auf den Kopf und sagst mir, dass wir uns später sehen werden. Deine Schritte hallen im Flur, und als die Haustür zuschlägt, eile ich ins Wohnzimmer und linse aus dem Fenster, halb versteckt hinter den Vorhängen. Du verschwindest um die Ecke, mit deinem beigen Regenmantel über dem Arm und der hellbraunen Aktentasche in der anderen Hand. Ich weiß nicht, wie du es schaffst, heute früh so normal zu wirken, als hätte es die Schreie und die Wut von letzter Nacht nie gegeben. Ich wage kaum zu atmen, warte ab, ob du zurückkommst – Überraschung! Aber als die Sekunden zu Minuten werden, spüre ich, wie ich anfange, mich zu entspannen. Du bist wirklich fort.

Es ist so egal, was ich anziehe. Und obwohl ich mich gerade erst vom Fenster losgerissen habe, könnte ich nicht sagen, welches Wetter draußen ist. Regen? Sonnenschein? Keine Ahnung. Ich ziehe meine Arbeitsklamotten aus und greife nach Jeans und T-Shirt. Meine Reisetasche liegt oben auf dem riesigen Eichenschrank, und ich muss mich auf die Zehenspitzen stellen, um sie runterzuziehen. Staubflöckchen fallen mir ins Gesicht und ich huste und huste.

Ich stopfe die Tasche voll, ohne einen Gedanken an den Inhalt zu verschwenden. Kleidung, Unterwäsche, Hygieneartikel. Was man eben so braucht. Als die Tasche zum Platzen voll ist, kämpfe ich mit dem Reißverschluss, um sie zu schließen.

Ich ziehe meine Jacke an und hänge mir meine Handtasche über die Schulter. Dann werfe ich einen Blick in meinen Geldbeutel, um nachzusehen, wie viel Bargeld ich habe, aber der Geldbeutel ist leer. Ich war mir eigentlich sicher, dass ich noch zwei Zwanzigpfundscheine hatte. Dann muss ich wohl noch bei der Bank vorbei. Ich öffne die Bank-App von Lloyds auf meinem iPhone, um nachzusehen, wie viel Geld wir haben. Früher hatte ich ein eigenes Konto, aber jetzt wird mein Gehalt jeden Monat auf ein Gemeinschaftskonto eingezahlt. Darauf war ich zu

Beginn nicht scharf, aber, wie du mal bemerkt hast, wenn man mich mit meinem eigenen Geld hantieren lässt, gebe ich viel zu viel für Klamotten aus. Inzwischen gefällt es mir, wie sorgfältig du bist, mit deinen Tabellen und der Schachtel mit Quittungen und Kassenzetteln. Wir haben uns ein schönes Polster angespart. Ich tippe meine PIN ein und trommle mit dem Fuß auf dem Boden herum, während ich darauf warte, dass die Seite lädt. Als sie es endlich tut, stockt mein Atem. Unser Konto ist leer.

Angst und Frust vermischen sich und bittere Tränen steigen meine Kehle hinauf. Ich werfe mich auf unser Bett und beginne zu schluchzen. Wie soll ich dich denn jetzt verlassen? Ich habe nichts mehr. Überhaupt nichts.

VIERZIG

In meinem Traum habe ich geweint und als ich aufwache, ist mein Gesicht feucht. Zuerst bin ich völlig desorientiert, weil ich nicht in meinem Bett liege. Meine Arme sind eingeschlafen und liegen schwer auf dem Küchentisch. Ich richte mich auf und ein scharfer Schmerz fährt mir ins Genick. Meine Mindmap klebt an meiner Wange. Ich ziehe sie mir vom Gesicht und wische die Sabberspuren weg, die sich in meinen Mundwinkeln gesammelt haben. Beigerote Streifen ziehen draußen über den Himmel und die leuchtende Anzeige meiner Ofenuhr verrät mir, dass es sechs Uhr morgens ist. Ich gucke auf mein Handy. Keine Updates in Sachen Burton Aerodrome, aber später, als ich in dem Rührei herumstochere, das mein rebellierender Magen nicht haben will, piepst mein Handy doch. Ich schnappe sofort danach und hoffe auf Neuigkeiten. Stattdessen sehe ich eine SMS von Nathan, der mir bestätigt, dass er mich mittags von der Arbeit abholen wird. Ärger macht sich in mir breit. Ich kann doch nicht zur Arbeit. Ich kann mich doch nicht mit Nathan treffen. Ich hab hier Sachen herauszufinden. Aber dann springt Owens Name mich von meiner Mindmap her an und ich denke, wenn Callie ihn gekannt hat, muss Nathan ihn auch kennen. *Freu mich darauf, dich zu sehen,* schreibe ich zurück, aber in meiner Brust spüre ich ein dumpfes Gefühl und meine Zähne sind so hart aufeinandergepresst, dass das Blut in meinen Schläfen pocht.

* * *

Ich gucke hoch, als jemand die Praxis betritt. Alles, was ich sehen kann, sind in Jeans gekleidete Beine und der Kopf einer Frau. Ihr Körper ist nicht zu erkennen, versteckt hinter einem enormen Flechtkorb voll Rosen und Lilien.

»Lieferung für Jenna McCauley?«

»Das bin ich!« Ich nehme die Blumen entgegen und drehe meinen Kopf so, dass mir der überwältigende Duft nicht direkt in die Nase steigt. Ich setze den Korb auf dem Empfangstresen ab, öffne den beiliegenden Umschlag und lese die Karte:

Herzlichen Dank, dass du uns an Callies Geburtstag
Gesellschaft geleistet hast.
Liebe Grüsse von Tom und Amanda

Als ich ihre Namen lese, schließt sich der vertraute Schraubstock um mein Herz.

Um zwölf stoße ich gerade die Tür auf, um zu gehen, als Kelly mir hinterherruft: »Vergiss deine Blumen nicht, Jenna.«

»Die lasse ich bis morgen hier.«

»Würd's dir was ausmachen, sie heute mitzunehmen?« Sie verzieht ihr Gesicht. »Ich hab Heuschnupfen.«

Sie schnieft und ich schlucke meinen Ärger hinunter.

Blütenblätter fallen zu Boden, als ich nach den Blumen greife, und ich hebe sie nicht auf.

* * *

Nathan wartet schon in seinem Auto. »Die sehen ja teuer aus«, sagt er und dreht sich in seinem Sitz um, als ich den Blumenkorb hinten ins Auto stelle. »Von einem geheimen Verehrer?«

»Von einer dankbaren Patientin.« Die Lüge rollt mir ganz leicht über die Lippen.

»Das ist ja nett. Ist denn keine Karte dabei?« Er guckt prüfend in die Blumen hinein.

»Nein. Wurden persönlich vorbeigebracht.«

»Deine Patientin ist also Floristin?«

Kurz bin ich verwirrt.

»Ich habe gerade gesehen, wie die Dame sie aus ihrem Van zu euch getragen hat.« Nach einer kurzen Pause fährt er fort: »Wie dem auch sei. Interessierst du dich für Kunst? Im Gemeindesaal in der Chiltern Road läuft gerade eine Ausstellung von Hobbykünstlern.« Aber er wartet meine Antwort nicht ab, sondern biegt einfach links ab, als er den Parkplatz verlässt, die Augen starr auf die Straße vor ihm gerichtet.

* * *

Der Eintritt für die Ausstellung kostet drei Pfund; dafür bekomme ich dann auch noch einen Keks mit Vanillefüllung und ein kochend heißes Getränk in einem dünnen Styroporbecher, das mir die Finger verbrennt. Drinnen ist es düster und kalt. Der chemische Geruch von Desinfektionsmittel hängt in der Luft. Gänsehaut breitet sich auf meinem Körper aus, als wir durch den Saal schlendern. Die Qualität der Ausstellungsstücke reicht von überraschend gut bis zu was-zur-Hölle-ist-das.

»Du bist so still. Ist alles okay?«, fragt Nathan und ich spüre die Wärme seiner Hand auf meinem Rücken und ein Flattern im Bauch. Ich weiß nicht genau, ob es Aufregung oder Abscheu ist. Die Nähe zwischen uns, die am Freitag noch zu spüren war, ist verschwunden. Jetzt fühle ich mich einfach komisch in seiner Gegenwart.

»Mir geht's gut, bin nur müde.« Ich trete näher an ein Gemälde einer orangefarbenen, rechteckigen Katze heran, um seiner Berührung auszuweichen.

»Wir können zu dir nach Hause gehen, wenn du möchtest?«

»Nein!« Das Wort platzt lauter als gewollt aus mir heraus und ich ignoriere den verletzten Gesichtsausdruck, der über sein Gesicht huscht. Stattdessen laufe ich zum nächsten Ausstellungsstück. Ein kleines Strandgemälde sticht mir ins Auge. Pastellfarbene Strandhütten, zwischen ihnen sind Wimpel gespannt, als würden die Hütten sich darauf vorbereiten, um die Wette in das apfelgrüne Meer hineinzurennen. Ein einsamer pinker Eimer und eine Schaufel liegen auf dem honigfarbenen Sand. Die Szene erinnert mich an Amandas Gemälde, die in ihrem Haus an den Wänden hängen. Und daran, warum ich eigentlich hier bin, mit Nathan.

»Tut mir leid.« Ich strecke meine Hand nach ihm aus und lege sie auf seinen Arm, als er zu mir tritt. »Ich bin total am Ende. Letzte Nacht hab ich kaum geschlafen, wegen der Sache mit Harry.«

»Das ist doch verständlich. Ich dachte, du wärst sauer auf mich, weil ich am Samstag so unangekündigt bei dir aufgetaucht bin. Ich hab gemerkt, dass es dir unangenehm war, mich dazuhaben.«

»Daran lag es gar nicht, ich hatte nur keinen Besuch erwartet. Überall lag schmutziges Geschirr.«

»Und du wolltest nicht, dass ich in die Küche gehe und alles sehe?«

»Alles?« Kurz verkrampft sich mein Magen zu einem festen Ball, als ich an meine Mindmap denke, aber dann wird mir klar, dass Nathan nur das schmutzige Geschirr meint, also rede ich weiter. »Der Samstag muss echt hart gewesen sein, wegen Callies Geburtstag.«

»Jeder Tag ist hart. Egal ob Geburtstag oder nicht.« Trauer liegt in seinen Augen.

»Bestimmt musst du dauernd an sie denken. Und an den Unfall. Wenn du mal drüber reden möchtest ...«

»Wie wär's mit was Neuem?«

Zuerst denke ich, dass er das Thema unserer Unterhaltung meint, aber er deutet nur auf das nächste Ausstellungsstück. Ich merke, dass ich mich kaum von dem Strandgemälde losreißen kann, und beschließe spontan, es für Amanda zu kaufen. Da heute der letzte Ausstellungstag ist, freut sich der Künstler, es loszuwerden. Während er es für mich in Seidenpapier wickelt, bittet Nathan mich, seine Jacke zu halten, damit er auf die Toilette gehen kann. Ich zahle für meinen Spontankauf und stecke das Bild in meine Tasche, dann laufe ich Richtung Toilette. Nathans Jacke ist schwer, und als sie gegen mein Bein schlägt, spüre ich etwas Hartes an meinem Oberschenkel. Sein Handy. Ich werfe einen Blick zur Toilettentür. Geschlossen. Ich weiß, dass ich nicht viel Zeit habe, um Nathans Kontakte durchzugehen. Um nachzusehen, ob Owen in der Liste steht. Wenn Callie ihn gekannt hat, könnte Nathan ihn doch auch kennen? Ich schiebe meine zitternde Hand in die Jackentasche und ziehe das Handy heraus. Eine Berührung und der Bildschirm leuchtet auf. Er zeigt ein Bild von Callie, die im Schneidersitz an einem See sitzt und in die Ferne schaut, ohne zu merken, dass sie beobachtet wird. Nathan hat keine Bildschirmsperre und ich öffne das Menü und scrolle durch seine Kontakte. Da ist ein Eintrag für »Owen«, aber bevor ich ihn öffnen kann, um nach einer Adresse zu suchen, fällt mir das Handy aus der Hand und scheppernd zu Boden. Ich gehe in die Hocke und hebe es auf, doch bevor ich wieder aufstehen kann, bewegen sich Nathans Schuhe in mein Blickfeld. Ich sehe zu ihm hoch und weiß genau, dass mein Gesicht glühend rot sein muss.

»Was machst du denn da?«, fragt Nathan und streckt mir seine Hand hin.

»Dein Handy ist aus der Tasche gefallen, tut mir leid.«

Ich reiche es ihm und er wirft einen kurzen Blick auf den Bildschirm, bevor er es in seine Hosentasche stopft und meine Handgelenke umfasst, um mich hochzuziehen. Er greift fest zu. Fast zu fest. Ich spüre die Panik in mir aufsteigen und kann sie nicht unterdrücken. Als sich die Toilettentür erneut öffnet, erreicht mich ein Schwall Lufterfrischerduft, und mir wird ganz schlecht davon. Mein Handy klingelt und Nathan lässt mich los, aber während ich in meiner Handtasche danach krame, spüre ich immer noch Hände, die sich in meine Handgelenke bohren, das weiche Fleisch und meine Knochen zerquetschen. Mir wird heiß. Schwindelig. Alles verschwimmt. Der Anruf ist von einer unbekannten Nummer und ich entferne mich ein paar Schritte von Nathan, bevor ich rangehe.

»Hallo?«

»Jenna! Joe hier. Callies Onkel. Ich hoffe, es stört Sie nicht, dass ich anrufe. Tom hat mir die Nummer gegeben.«

Ich werfe einen Blick zu Nathan rüber, aber er ist komplett in den Anblick eines Gemäldes versunken.

»Überhaupt nicht. Ist alles okay?«

»Nicht wirklich.« Er seufzt so tief in sein Telefon hinein, dass ich fast meine, seinen Atem an meinem Ohr zu spüren. »Callies Geburtstag hat Amanda nicht gutgetan und Tom tut sich auch richtig schwer. Er versucht ständig, gute Miene zum bösen Spiel zu machen, aber dieser erste Geburtstag ohne Callie und auch ohne Sophie, das war einfach viel zu viel für die beiden. Amanda hat sich gestern komplett geweigert, ihr Bett zu verlassen, und heute auch.«

»Das tut mir schrecklich leid. Kann ich irgendwas tun? Ich würde Ihnen immer noch gern dabei helfen, Sophie zu finden, wenn ich kann.«

»Sie könnten uns helfen, indem Sie ein bisschen Zeit mit Amanda verbringen?«

Er spricht so leise, dass ich ihn fast nicht mehr hören kann, als ein Servierwagen mit viel Getöse an mir vorbeigeschoben wird, deswegen drehe ich mich zur Wand und lege meine Hand über mein rechtes Ohr.

»Dann hätte Tom mal eine Verschnaufpause. Ich helfe ja selber, sooft ich kann, aber in den nächsten paar Tagen bin ich wieder unterwegs. Ich mache mir solche Sorgen um ihn, wenn er so gestresst ist, das ist nicht gut für sein Herz. Es hat den beiden so geholfen, dass Sie an Callies Geburtstag da waren, das weiß ich genau. Klar, Sie sind kein Familienmitglied, aber die Nähe ist trotzdem da.«

»Dann schaue ich, was ich tun kann. Ich werde Tom anrufen und fragen, wann die beiden Zeit haben. Ich habe sowieso was für Amanda.«

»Als ob die zwei jemals keine Zeit hätten! Im Moment sind sie beide zu Hause. Ich hab gerade mit Tom telefoniert.«

»Ach so ...«

»Ach, Entschuldigung, Sie sind bestimmt gerade beschäftigt?«, fragt Joe und kurz zögere ich, aber wie könnte ich jemals Nein sagen? Das hier ist die Familie meines Herzens.

»Nein, nein, ich kann gleich zu ihnen gehen«, antworte ich.

»Sie sind eine Heldin. Vielen, vielen Dank.«

Ich lege auf und drehe mich um. Nathan steht direkt hinter mir.

»Wer war es denn?«, fragt er und mir fällt nicht sofort eine Antwort ein. Ich frage mich, wie lang er wohl schon dort steht. Was er gehört hat. Habe ich die Namen erwähnt? Tom, Amanda, Callie? Oder kam das nur von Joe?

»Frosch im Hals?«, fragt Nathan und lächelt.

Doch als er diesen Satz sagt, denselben, den ich letzte Nacht im Traum gehört habe, schießen Bilder durch meine Gedanken: blaues Auge, kein Geld, in die Ecke gedrängt. Ich kann nicht antworten. Nathan starrt mich immer noch an und mir wird eiskalt. Er kann es doch nicht sein, vor dem Callie solche Angst hatte, oder? Als wir miteinander geschlafen haben, war er so zärtlich. Es scheint mir völlig unmöglich.

»Jenna? Ist alles okay?«

»Es tut mir so leid, ich muss gehen.«

»Habe ich etwas Falsches gesagt?«

»Nein, nein, es ist nur ... nur ... eine Freundin. Sie braucht meine Hilfe.«

»Dieselbe Freundin, die dir die Blumen geschickt hat?«

»Nein. Es ist ...« Mir gehen die Worte aus. Ich weiß nicht, wie ich es erklären soll. »Es ist ein Notfall.«

»Ich fahr dich hin«, sagt er.

»Es ist total weit weg ...«

»Ich bestehe darauf.« Er sagt es ganz freundlich, aber mir scheint, als könne ich in seiner Stimme einen eisigen Unterton hören, genau wie in meinem Traum. Oder bilde ich es mir doch nur ein?

Wir treten hinaus in das helle Sonnenlicht. Als wir an der Kreuzung warten, werfe ich verstohlen einen Blick auf Nathan – hat er Callie wehgetan? Die Ampel wird grün und piepst, um zu signalisieren, dass ich nun ohne Sorge losgehen kann. Aber als Nathan meinen Ellbogen umfasst, um mich über die Straße zu führen, mache ich mir durchaus Sorgen und frage mich, wie ich ihm entkommen kann.

EINUNDVIERZIG

»Danke für dein nettes Angebot, Nathan, aber ich werde doch ein Taxi nehmen.« Ich bemühe mich sehr, einen lockeren, freundlichen Tonfall beizubehalten, als ich ein vorbeifahrendes Taxi heranwinke. »Ich ruf dich später an.«

»Aber was ist mit ...«, setzt er an, aber ich bin schon auf den Rücksitz geklettert und knalle die Tür hinter mir zu. Als wir losfahren, drehe ich mich um und schaue aus dem Rückfenster. Der Schock steht Nathan ins Gesicht geschrieben.

Eine Dreiviertelstunde später komme ich an. Tom ist ganz blass, als er mir die Tür öffnet, aber er umarmt mich zur Begrüßung und fragt, wie es mir geht.

»Mir geht's gut, aber wie geht es Amanda?« Ich spreche ganz leise, während ich den Flur betrete.

Sorgenfalten durchfurchen sein Gesicht. »Es wird immer schlimmer mit ihr. Ich weiß nicht mehr, was ich tun soll.«

»Wie wär's erst mal mit einer Pause? Geh doch ein bisschen spazieren. Ich bleibe bei ihr.«

Offensichtlich hin- und hergerissen schaut er die Treppe hinauf. »Ein Spaziergang wäre schön, aber ...«

»Ihr passiert nichts, versprochen. Wahrscheinlich wird sie

gar nicht merken, dass du nicht hier bist.«

»Danke. Ich komme auch bald wieder.«

Er schlüpft in seine Schuhe und ich schleiche nach oben. Ich weiß nicht, ob Amanda wach ist oder nicht. Als ich meinen Kopf in das Schlafzimmer stecke, muss ich mich zusammenreißen, um nicht vor dem sauren Gestank von Schweiß und Verzweiflung zurückzuweichen.

»Amanda?«, flüstere ich. Im Halbdunkel des Raumes kann ich nicht viel sehen, also laufe ich auf Zehenspitzen auf die Gestalt zu, die zusammengekauert im Bett liegt. Die Bettdecke bewegt sich sachte auf und ab und ich höre leises Schnarchen. So leise wie möglich verlasse ich das Zimmer wieder. Oben am Treppenabsatz halte ich dann kurz inne. Das ehemalige Kinderzimmer liegt rechts neben mir. Die Tür steht offen. Ich kann die Kisten mit Callies Sachen sehen und werfe einen Blick nach unten in den Flur. Tom wird bestimmt eine halbe Ewigkeit lang wegbleiben und Amanda schläft. Es kann doch nicht schaden, ganz schnell mal reinzugucken?

* * *

Ganz leise versuche ich, die erste Kiste zu öffnen, aber die Kartonflächen scharren beim Öffnen aneinander, und ich halte alle paar Sekunden inne, um nach Geräuschen aus Amandas Zimmer zu lauschen. Der erste Karton ist voll mit Kleidungsstücken. Ich schiebe meine Hand hinein, kann aber nichts als weichen Stoff spüren. Also versuche ich es mit der nächsten Kiste. Verworrene Kabel und darunter ein iPad. Ich öffne das magnetisch verschlossene Faltetui, aber der Bildschirm bleibt schwarz. Ich krame nach dem passenden Kabel und stecke das iPad ans Netz. Zuerst blinkt das Akkusymbol nur rot, doch nach ein paar Minuten leuchtet die Anzeige auf. Als sich das Gerät anschaltet, öffne ich aufgeregt die Safari-App, nur um festzustellen, dass ich keine Internetverbindung habe. Ich muss über mein Handy einen Hotspot einrichten, bevor ich es erneut versuchen kann. Callies Suchverlauf ist leer. Enttäuscht öffne ich stattdessen ihre E-Mails. Ich gehe die Liste durch, finde aber nichts Interessantes. Rezepte von Amanda. Lustige Katzenvideos auf YouTube von Sara, ihrer Arbeitskollegin. Ich gehe Callies Apps durch. Spiele. *Words with Friends, Air Hockey, Tetris*. Ich tippe auf ihre Notizapp *Evernote*. Ein Ordner für ihren Garten. Eine Notiz zu Staudenpflanzen. Und ein Ordner namens »FLÜGE«. Darin finde ich einen Link, der mich zu einer Website mit Preisen für zwei Flüge nach Spanien führt. Nur Hinflug. Callie muss Sophie und ihrem Freund wohl bei ihren Reiseplänen geholfen haben. Aber ich frage mich, warum sie keine Rückflüge gebucht hat, wo Tom und Amanda doch anscheinend darauf hoffen, dass Sophie jeden Moment zurückkommt. Ich sehe noch eine andere Notiz mit einem Link, der zu einem Antrag auf einen Kurzzeitkredit führt, aber bevor ich noch mehr dazu lesen kann, höre ich ein Geräusch aus Amandas Schlafzimmer. Ich stecke das iPad aus und lege leise alles wieder zurück in die Kisten. Dann verlasse ich das Zimmer und klopfe an Amandas Tür.

Sie liegt auf dem Rücken und starrt nach oben ins Nichts. Ihre Hände liegen auf der Bettdecke, ihre Handgelenke wie spröde Zweigchen, die aus ihren Ärmeln herauswachsen. Eine falsche Bewegung und alles zerbricht.

»Amanda! Wie fühlst du dich?«

»Müde«, flüstert sie, obwohl sie doch gerade erst aufgewacht ist.

»Ich habe etwas für dich. Darf ich einen Vorhang aufziehen?«

Die Bewegung ist fast unmerklich, aber ich glaube, sie nickt. Ich gehe um das Bett herum, ziehe die Vorhänge auf und kippe das Fenster. Honiggelbes Licht flutet den Raum und die Luft scheint mir gleich weniger stickig.

Die Matratze quietscht und biegt sich nach unten durch, als

ich mich auf die Bettkante setze. Amanda stützt sich auf ein Kissen und setzt sich auf, während ich meine Tasche öffne und das Gemälde herausnehme.

Ihre Hände zittern und sie braucht ewig, um das Seidenpapier von dem Bild zu entfernen. Als sie es geschafft hat, erschrecke ich darüber, wie viel Schmerz sich in ihrem Gesicht abzeichnet. Sie starrt die Strandszene an und sieht darin so viel mehr, als ich es je könnte.

»Es tut mir so leid. Ich wollte dich nicht verletzen.«

»Das hast du nicht. Es war sehr freundlich von dir, an mich zu denken.«

»Ich habe das Gemälde heute bei einer Ausstellung von Hobbykünstlern gekauft. Es hat mich an die Bilder erinnert, die du gemalt hast.«

»Wir waren alle immer so gerne am Strand. Aus meiner Jugend war ich Urlaub im Ausland gewöhnt, mit immerzu strahlendem Sonnenschein. Aber das konnten Tom und ich unseren Mädchen nicht bieten. Jahr für Jahr sind wir zum Owl Lodge Campingplatz gefahren, in Newley-on-Sea. Die Mädchen haben es dort geliebt. Sogar wenn der Regen so laut auf das Dach unseres Wohnwagens peitschte, dass ich ihnen Baumwolle in die Ohren stopfen musste, damit sie einschlafen konnten. Callie und Sophie hatten einen pinken Strandeimer, genau so einen.« Mit ihrem Finger fährt sie die Farbwirbel nach, die der Pinsel hinterlassen hat.

»Das sind sehr schöne Erinnerungen.«

»Ich war mir gar nicht bewusst, was für ein Glück ich hatte.« Amanda bricht in Tränen aus.

Ich stehe auf und stelle mich gekrümmt neben sie, um sie in den Arm zu nehmen. Ihre Trauer saugt sich in mein T-Shirt. Ich halte sie fest und spüre das Zittern ihres Körpers, ohne das Kribbeln in meinen eingeklemmten Händen und meinen schmerzenden Rücken zu beachten, bis Tom wieder nach Hause kommt.

* * *

Was für ein langer Tag. Ich bin völlig erledigt, aber als ich die Haustür zu meinem Wohnkomplex aufstoße, merke ich instinktiv, dass etwas nicht stimmt. Ein ekelhaft süßlicher Geruch hängt in der Luft. Zunächst sage ich mir, dass es nur meine überspannten Nerven sind – nach meiner gestrigen Begegnung mit Neil ist es ja kein Wunder, dass mir etwas bang zumute ist –, aber als ich das Haus betrete, sehe ich sie. Lilien und Rosen, über die ganze Treppe verteilt. Die Blumen, die ich in Nathans Auto vergessen habe. Der Flechtkorb, in dem sie arrangiert waren, liegt in Stücken auf dem Boden, zerstört und zerpflückt, als wäre jemand darauf herumgetrampelt. Ich stehe da und starre das Chaos vor mir an, dann schießt mir das Blut in den Kopf und ich beginne, hin und her zu wanken. Mit einer Hand an die Wand gestützt versuche ich, mich wieder zu fangen. Hinter mir knallt die Tür zu und mein Magen verknotet sich zu einem steinharten Bündel Angst. Ich greife hinter meinem Rücken nach der Tür, um sie erneut zu öffnen und zufallen zu lassen, als hätte ich das Haus wieder verlassen. Dann kauere ich mich in die Schatten neben der Treppe und warte darauf, dass Schritte die Treppe hinunterpoltern. Ich bleibe in meinem Versteck und mache mich so klein wie möglich. Minute um Minute vergeht, bis ein Wadenkrampf mich dazu zwingt, wieder aufzustehen. Ich glaube, es ist niemand mehr hier.

Langsam. Leise. Ich schleiche die Treppe hinauf und drehe meinen Kopf in alle Richtungen, um die kleinste Bewegung im Schatten, das leiseste Geräusch von Schritten wahrzunehmen, und obwohl sich absolut nichts rührt, wächst meine Angst immer weiter und weiter, bis ich oben ankomme, wo mich eine furchtbare Erkenntnis erwartet.

Meine Tür steht offen.

Da ist jemand in meiner Wohnung.

ZWEIUNDVIERZIG

Ich presse eine Hand auf meinen Mund und stehe stocksteif da, die Ohren gespitzt, um nach Bewegungen in meiner Wohnung zu lauschen. Es ist nichts zu hören außer leisem Gelächter aus der Wohnung über mir und dem dumpfen Brummen ihres Fernsehers. Kurz überlege ich, zu ihnen hochzurennen, aber sie sind gerade erst eingezogen und ich habe sie noch gar nicht kennengelernt. Außerdem kann ich kein Geräusch aus meiner Wohnung hören.

Mit ausgestrecktem Arm drücke ich ganz sacht gegen meine Tür und öffne sie so behutsam wie möglich. Quietschend schwingt sie auf und ich lasse meine Hand wieder fallen. Bilder springen mich an, wahllos und ohne Zusammenhang. Eine versteckte Person hinter meiner Tür, unter meinem Bett, in meinem Schrank. Ich kann mich nicht dazu bringen, die Wohnung zu betreten. Stattdessen trete ich zurück, bis mein Rücken an die Wand gepresst ist, und rechne halb damit, dass jemand auf mich zurast. Den Blick starr auf meine Tür gerichtet trete ich den Rückzug an und erst, als ich draußen angekommen bin, lasse ich mich auf den Bordstein sinken, meinen Kopf zwischen die Knie fallen und warte darauf, dass dieses Gefühl der Schwerelosigkeit wieder vergeht. Als es das endlich tut und ich das Gefühl habe, wieder sprechen zu können, ziehe ich mein Handy aus meiner Tasche. Ich habe eine SMS von Nathan bekommen und mir stockt der Atem, als ich sie lese:

Hoffe deiner Freundin geht's gut. Ich hab dir die Blumen vor die Wohnung gestellt. Liebe Grüße.

Unbehagen breitet sich in mir aus und schon wieder habe ich das Gefühl, beobachtet zu werden. Nach einem prüfenden Blick in alle Richtungen fange ich an, die Nummer des Notrufs zu wählen. Dann zögere ich, mein Finger verharrt unentschlossen über der Tastatur. Die Blumen beweisen zwar, dass Nathan hier war, aber doch nicht unbedingt, dass er in meiner Wohnung war. Oder dass irgendwer in meiner Wohnung war. Habe ich die Tür zugesperrt, als ich gegangen bin? Habe ich sie überhaupt geschlossen? Meine verschwommenen Erinnerungen laufen mir wie Sand durch die Finger und ich versinke darin. Ich bin mir einfach nicht sicher. Denk nach, Jenna!

Ich schließe die Augen und stelle mir vor, wie ich dort stehe, Schlüssel in der Hand. Ich glaube wirklich, dass ich die Tür hinter mir zugezogen habe. »Leider brauchen wir hier mehr als ›glauben‹, Miss McCauley.« Der Satz, mit dem man mich bei der Polizei abgewimmelt hat, schmerzt immer noch. Die Polizei will ich nicht rufen, bis ich mir absolut sicher bin, dass jemand bei mir eingebrochen ist, und ich bin mir eben nicht sicher. Überhaupt nicht sicher. Was kann ich denn nun tun?

* * *

Ich sitze immer noch auf dem Bordstein, als Sam ankommt. Meine Zähne klappern, aber kalt ist mir nicht. Quietschend kommt er im Halteverbot zum Stehen.

»Jen.« Er schlägt seine Autotür zu und ist in drei großen Schritten bei mir. Wankend stehe ich auf und er zieht mich an sich. Die Wolle seines Pullovers kratzt mich an der Wange, aber ich entziehe mich seiner Umarmung nicht.

»Ist die Polizei schon oben?«, fragt er.

»Ich hab sie gar nicht gerufen.«

»Wieso denn nicht?« Er hält meine Oberarme umfasst, nimmt aber einen Schritt zurück, um mir prüfend ins Gesicht zu blicken, und ich hoffe, dass er mir die Schuldgefühle nicht vom Gesicht ablesen und erraten kann, dass ich mit einem anderen Mann geschlafen habe.

»Ich bin mir nicht sicher, ob ich die Tür geschlossen habe, als ich gegangen bin. Mir ging einiges durch den Kopf«, gebe ich schließlich zu. »Morgen ist mein Biopsietermin. Ich kann gerade nicht klar denken. Ich wollte sichergehen, dass ich die Zeit der Polizisten nicht unnötig verschwende.« Ich kaue auf meiner Unterlippe herum und verkneife es mir, ihm zu erzählen, dass ich erst vor ein paar Tagen bei der Polizei war und mir Sorgen mache, dass sie mir wieder nicht glauben werden. Langsam aber sicher wiegen die Dinge, die ich verborgen halte, schwerer als die Wahrheiten, die ich preisgebe. Im Wettstreit zwischen Täuschung und Ehrlichkeit hat Täuschung die Nase vorn.

Sam wirft einen Blick nach oben zum Wohnungsfenster. »Ich gehe nachsehen. Du wartest hier.«

Sam verschwindet durch die Haustür und nach wenigen Sekunden bin ich ihm auf den Fersen, leise und auf Zehenspitzen. Doch als er den oberen Treppenabsatz erreicht, flüstere ich: »Sam!«

Er dreht sich zu mir.

»Vielleicht sollten wir doch die Polizei rufen. Es könnte ja jemand in der Wohnung sein.«

Seine Gefühle stehen ihm deutlich ins Gesicht geschrieben. »Ich werde nicht zulassen, dass dir jemand wehtut«, sagt er, und bevor ich noch einwenden kann, dass ich mir doch um ihn Sorgen mache, nicht um mich, hat er die Wohnung bereits betreten.

Mir entfährt ein lautes Keuchen, als ich Sam durch die Tür folge. Ein Blick zur Rechten verrät mir, dass im Wohnzimmer Chaos herrscht. Bücher aus den Regalen gezogen, Kissen auf dem Boden verteilt.

»Geh und warte draußen auf mich«, sagt Sam mit angespanntem Tonfall. Ich laufe ihm nicht hinterher, als er vorsichtig den Gang hinunterschleicht, kann mich aber auch nicht losreißen. Mein Magen hat sich zu einem schmerzhaften Knoten verhärtet und ich stehe wie angewurzelt dort. Sam betritt jedes Zimmer, bevor er zu mir zurückkommt.

»Hier ist niemand, aber wir müssen die Polizei rufen.«

Ich drücke mich an ihm vorbei und renne ins Schlafzimmer. »Jenna, fass nichts an«, ruft er mir hinterher, aber es ist schon zu spät. Über herausgezogene Schubladen hinweg, die aus meiner Kommode gerissen wurden und deren Inhalt wie Farbpfützen am Boden verteilt liegt, bahne ich mir einen Weg zu den offenen Türen des Schranks und zu der gravierten Holzkiste, die umgedreht und leer vor mir liegt. Ich sinke auf die Knie und nehme sie an mich.

»Jenna?«

Ich höre Sam hinter mir, aber ich antworte nicht. Ich kann nicht antworten. Verzweifelt grabe ich mich durch das Chaos am Boden, suche nach den Gegenständen und lege sie einen nach dem anderen wieder in die Kiste zurück, aber es hilft nichts, sie kommen mir alle besudelt vor. Ein Fremder hat sie angefasst. Saure Galle steigt mir in den Mund und ich schlucke sie hinunter. Die zitronengelben Babysöckchen. Der cremefarbene Kuschelhase mit den umgeknickten Ohren. Der winzige Strampelanzug mit dem eingekugelten, schlafenden Igel darauf. Zunächst kann ich es nicht finden, das Ultraschallbild, und obwohl sich das Bild in mein Herz eingebrannt hat, steigt Panik in mir auf, bis meine Finger das glänzende Papier ertasten und ich das Bild des kleinen Lebens hochhebe, das nie seinen Anfang nehmen durfte.

»Du hast das alles behalten?«, murmelt Sam und ich spüre pure Emotion in meinem Körper brennen. Dann kauere ich mich zu einem kleinen Ball zusammen und lege meinen Kopf auf die Knie.

All die Dinge, über die wir nie wirklich gesprochen haben, hängen wie Nebel in der Luft. Ich will ihm sagen, wie leid es mir tut, dass ich unser Baby verloren habe, als mein Herz nicht mehr weitermachen wollte. Aber die Entschuldigungen bleiben in meiner Kehle stecken, zusammen mit Tränen und all meiner Scham. Sam hält mich im Arm, während ich vor und zurück wippe. Mit dem Daumen streichelt er in gleichmäßigem Rhythmus über meinen Nacken und Reue breitet sich in mir aus.

* * *

Ein bisschen komisch ist es schon, Sam Decken und ein Kissen zu geben, als wäre er ein Gast. Als wäre das hier nicht früher auch sein Zuhause gewesen. Aber ich bin froh, dass ich heute Nacht nicht alleine bin. Ich liege im Bett und lausche der prasselnden Melodie des Regens an meinem Fenster. Starre so lange nach draußen, auf die Straßenlaterne, bis das orange Leuchten mit dem kohlschwarzen Himmel verschwimmt. Ich schließe die Augen. Morgen ist meine Halbjahresuntersuchung und ich muss unbedingt etwas schlafen.

Die Klospülung rauscht und Wasser schießt durch die Rohre unter den Dielen. Das Knarzen von Sams Schritten im Flur ist ein tröstliches Geräusch, aber statt dass er zu mir ins Bett kommt und mich in den Arm nimmt, höre ich das Quietschen der Wohnzimmertür und das Kreischen der Sprungfedern, als er sich auf das Sofa legt.

Er kommt nicht zur Ruhe. Das Sofa knarrt und quietscht unter seinem Gewicht und ich frage mich, ob er rüberkommen und sich zu mir ins Bett legen wird. Ich frage mich, ob ich will, dass er das tut.

Seit dem Einbruch pulsiert Angst in meinem Körper wie kurze Elektrostöße. Die Polizei habe ich nicht gerufen. Trotz des Durcheinanders, trotz der Papiere, die überall verteilt sind, meine Rechnungen, mein Skizzenblock, scheint nichts zu fehlen, und es graut mir davor, alles erklären zu müssen, wo in meinem Kopf doch solches Chaos herrscht. Sam hat mir beim Aufräumen geholfen und schweigend die Fotos von Callie hochgehoben, die von den Küchenwänden gerissen wurden, aber ich konnte seinen fassungslosen Gesichtsausdruck sehen, als er die zerfetzten Teile meiner Mindmap betrachtet hat. Und das leichte Kopfschütteln, mit dem er meine ungeordneten Gedanken studiert hat. Ob er wohl immer noch denken würde, dass ich mir alles nur einbilde, wenn ich nicht zum Kühlschrank gerannt wäre und mich vor die Tür gestellt hätte, als wir die Küche betreten haben, damit er nicht sehen konnte, was ich gesehen habe? Die magnetischen Buchstaben, die zu drei Worten arrangiert worden waren? SUCH NICHT WEITER.

DREIUNDVIERZIG

»Ist nicht schlimm.« Vorsichtig fahre ich mit den Fingerspitzen über die geschwollene Haut unter meinem Auge. »Ich bin zu Hause die Treppe hinuntergefallen.« Ein langer Morgen voller Erklärungen liegt hinter mir. Ein Morgen, an dem ich besorgte Fragen und mitfühlendes Lächeln abwimmeln musste, aber die Wahrheit kann ich ihnen ja wohl kaum erzählen. Dir habe ich die Wahrheit erzählt. War zu ehrlich. Und jetzt kann ich ja sehen, was mir das gebracht hat.

Ich sehne mich danach, allein zu sein, und beobachte, wie die Zeiger der Uhr die Zeit wegticken, Sekunden, dann Minuten, dann Stunden, bis es endlich Zeit für die Mittagspause ist.

»Ich geh kurz raus«, rufe ich und renne zur Tür hinaus. Ich brauche dringend etwas frische Luft. Ein bisschen Zeit für mich. Raum für meine Gedanken.

Ein eisiger Wind weht und ich ziehe meinen Kopf ein, stemme mich gegen den Wind und überquere den Parkplatz. Ein bisschen Regen nieselt herab und ich denke daran, wie sehr ich im Park dem Wetter ausgesetzt wäre. Ich könnte schnell meine Eltern besuchen, obwohl ich dir versprochen habe, dass ich nicht zu ihnen gehen werde. Dass ich niemanden besuchen werde. Nicht ohne dich.

In Gedanken versunken nehme ich den trostlos grauen Asphalt unter meinen Füßen kaum wahr, bis mein Blick auf etwas fällt. Schuhe. Glänzend schwarze Lederschuhe. Deine Schuhe. Ich blicke auf und sehe dich auf der Mauer sitzen, die Aktentasche zu Füßen.

»Wollen wir uns was zum Mittagessen holen?«, fragst du und mein Herz wird schwer.

VIERUNDVIERZIG

Ich reiße die Augen auf. Jemand hat mich am Fuß gepackt. Ich versuche, nach der Person zu treten, mein Körper ist schweißnass, aber ich kann meine Beine nicht bewegen. Mein Herz schlägt mir bis zum Hals, doch dann erkenne ich endlich, dass es nur mein Bettlaken ist, das sich um meine Knöchel gewickelt hat. Ich lehne mich nach vorn und befreie meine Füße, dann setze ich mich auf und nehme langsame, tiefe Atemzüge, bis sich mein Puls wieder beruhigt. Alles ist gut. Ich bin in Sicherheit. Aber dann höre ich eine Bewegung aus dem Wohnzimmer und verfalle erneut in Panik, bis mir einfällt, dass er ja noch hier ist. Sam.

Auf der anderen Seite der Wand höre ich Sam wieder auf dem Sofa herumrutschen und ich lege meine Hand zwischen die Streben am Kopfende meines Betts und spüre den kalten Verputz der Mauer, die uns trennt.

* * *

»Morgen.« Sam tapst in die Küche, barfuß und komplett verstrubbelt. Er greift nach dem Wasserkocher und schüttelt ihn ein paarmal hin und her, bevor er ihn zum Wasserhahn trägt und Wasser hineinrauschen lässt. Ich drehe die neue Mindmap, die ich gezeichnet habe, schnell um und lege die Hände um meine inzwischen kalt gewordene Kaffeetasse. Ich bin schon seit Stunden wach und gehe in Gedanken meine Erinnerungen und Vermutungen durch. Zu viel Angst, um noch mal einzuschlafen. Wer war der Einbrecher, der diese Warnung auf meinem Kühlschrank hinterlassen hat? Und wird er wiederkommen? Das Koffein bringt meinen Körper zum Vibrieren und ich rutsche auf meinem Stuhl herum.

»Du siehst total erledigt aus.« Sam nimmt sich einen Stuhl und ich schließe kurz meine Augen bei dem quietschenden Geräusch, mit dem die Stuhlbeine über den Boden rutschen. »Jen. Wir müssen miteinander reden. Und zwar richtig.« Mein Körper spannt sich bei seinen Worten an und ich stehe auf. Kurz huscht eine Emotion über sein Gesicht. Ist er gekränkt? Genervt?

»Jetzt ist nicht der richtige Zeitpunkt dafür, Sam.« Will er über den Einbruch oder das Baby reden? Ich weiß es nicht. »Ich muss mich jetzt fertig machen fürs Krankenhaus.«

»Wie fühlst du dich wegen der Biopsie?« Sein mitfühlender Gesichtsausdruck schnürt mir die Kehle zu.

»Gut.« Aber mein Tonfall ist etwas zu fröhlich, und als später das heiße Duschwasser auf mich herabprasselt, drehe ich voll auf, damit er mich nicht weinen hören kann.

* * *

Ich kann mich nicht erinnern, jemals so müde gewesen zu sein. Ein summendes Geräusch breitet sich in meinem Kopf aus und wahrscheinlich hätte ich gar nicht erst zur Arbeit gehen sollen. Dad wird mich um halb zwölf abholen, um mit mir ins Krankenhaus zu fahren. Nachdem Sam die Wohnung heute früh verlassen hat, hat sie sich dunkel und leer angefühlt und ich bin bei jedem noch so kleinen Geräusch zusammengezuckt. Dort wollte ich nicht alleine bleiben. Aber jetzt, wo ich hier bin, kostet es mich unendlich viel Energie, den Kunden zuzulächeln, ihnen zu versichern, dass ihre Haustiere sich gut erholen werden, auch wenn ich nicht immer daran glaube. Schlimme Dinge passieren immer wieder.

Die Tür zur Praxis öffnet sich und ein plötzlicher Luftstoß weht fast die Papiere vom Empfangstresen. Ich klatsche meine Hand darauf, damit sie nicht davonfliegen können. Ein Lieferant stemmt die Tür auf und fängt an, Karton um Karton aus seinem Van in eine Ecke des Wartezimmers zu tragen.

»Das war der letzte.« Er schiebt mir ein Klemmbrett unter die Nase und ich kritzele meinen Namen auf den Lieferschein.

»Du meine Güte«, sagt Linda. »Was ist denn das alles?«

»Die Medikamentenlieferung.« Aber so viele Kartons habe ich noch nie ankommen sehen.

Die Kartons fühlen sich an, als seien sie mit Blei gefüllt. Ich setze einen erschöpften Fuß vor den anderen, bis wir endlich alle ins Lager getragen haben. Linda schnappt sich eine Schere und schneidet das Packpapier auf. Wir knien uns auf den Boden und packen die Kartons aus. Als wir damit fertig sind, setzt Linda sich auf.

»Jenna, das hier ist dreimal so viel, wie wir brauchen.« Ihre Stimme ist angespannt. »Ich denke wirklich, du solltest dir eine Auszeit nehmen. Ich mache mir Sorgen ...«

»Mir geht's gut. Bestimmt gab's einen Fehler im Lagerhaus. Ich bin mir sicher, dass ich einfach dieselbe Bestellung wie letzte Woche durchgegeben habe.« Ich kneife die Augen zusammen und versuche, mich genau zu erinnern, aber mein Gedächtnis ist von schwarzen Flecken durchlöchert. Wenn ich ganz ehrlich bin, erinnere ich mich nicht daran, die Bestellung überhaupt aufgegeben zu haben. »Ich hol schnell den Lieferschein.«

Am Empfang klingelt das Telefon, ein Hund bellt, aus

einem Tragekorb tropft Katzenurin und der Geruch ist stark, sauer. Ich weiß nicht, was ich zuerst tun soll. Ich bin so kurz davor, auseinanderzufallen.

»Jenna!« Mrs Bainbridges schmerzerfüllter Schrei reißt mich aus meinen Gedanken. Sie stolpert durch die Tür. Tränen laufen in kleinen Sturzbächen über ihr sorgenblasses Gesicht. Sie hält Casper wie ein Baby im Arm. Beim Anblick des Jack Russell Terriers läuft es mir kalt den Rücken hinunter. Er liegt ganz still da. Zu still. Ich ignoriere die Wogen der Angst in mir und zwinge mich dazu, ihn ihr abzunehmen. Als ich auf ihn hinunterblicke, auf sein offen stehendes Maul, seine schweinchenrosa Nase und die nadelscharfen Zähne, verschwimmt er vor meinen Augen.

»Was ist passiert?«

Linda reißt mich aus meiner Trance und dankbar reiche ich Casper an sie weiter. Obwohl er so klein ist, wog er schwer in meinen Armen.

»Er lag heute früh genau so in seinem Korb. Die Küche war komplett verdreckt, überall Durchfallspuren. Wird er sterben?«, fragt sie mit einem Beben in der Stimme.

»Wir werden alles tun, was wir können.«

Ich folge Linda in das Behandlungszimmer. Sie legt ihn auf den Tisch. »Kommst du kurz allein zurecht? Ich muss mich noch schnell um das Kaninchen im anderen Zimmer kümmern.«

»Klar«, sage ich. Ich bin müde bis auf die Knochen, aber die eintrainierten Bewegungen laufen ganz automatisch, als ich eine Kanüle in Caspers Bein einführe und ihn an den Tropf hänge. Ich setze den Infusionsbeutel ein und drücke sachte darauf, bis die Flüssigkeit hinunterläuft. Ich rufe Mrs Bainbridge herein. Als sie ihn sieht, fängt ihre Unterlippe an zu zittern.

»Was hat er denn?«

»Das können wir nicht mit Sicherheit sagen, bis wir ein

paar Tests vorgenommen haben. Sein Zustand ist kritisch, aber stabil. Sobald Sie die Einverständniserklärung unterschrieben haben, werden wir ihm etwas Blut abnehmen.« Mrs Bainbridge greift mit bebender Hand nach dem Stift, den ich ihr hinhalte. Ihre Unterschrift ist kaum lesbar. Ich führe sie in den Empfangsbereich zurück. »Das wird wahrscheinlich eine Weile dauern. Sie sollten besser zu Hause warten.«

»Ich will hierbleiben.«

Fast eine Stunde später warten wir immer noch auf die Testergebnisse. Ich habe ihr bereits drei Tassen Tee mit Milch gemacht, an denen sie nippt, während ich ihre andere Hand fest in meiner halte und mit dem Daumen über ihre trockene, leberfleckige Haut streichle.

»Jetzt sollte es nicht mehr lang dauern«, sage ich und bin mir dabei vollauf bewusst, dass ich bald zu meinem Termin muss. Der Gedanke, sie allein zu lassen, macht mir Sorgen.

»Kann ich rein zu ihm?«

»Ich gehe mal nachgucken.« Ich tätschele ihre Hand.

Casper liegt in seinem Zwinger auf der Seite, die Beine starr von sich gestreckt, die Augen glasig.

»Notfall, kommt schnell«, rufe ich, obwohl ich bei seinem Anblick genau weiß, dass es schon zu spät ist.

Mit donnernden Schritten rennen die anderen ins Zimmer. Als ich mich umdrehe, stehen Linda, Kelly und Rachel stumm hinter mir.

»Er ...« Ich deute auf den Hund. »Arme Mrs Bainbridge. Armer Casper.« Seine glänzenden Augen scheinen mich zu beobachten und ich breite ein Laken über seinen bewegungslosen Körper. Als ich mich wieder aufrichte, bemerke ich, wie Kelly etwas hochhebt, das hinter dem Waschbecken lag.

»Jenna?«, sagt sie. Als ich ihren kalten, harten Gesichtsausdruck sehe, schaudert es mich.

»Was?«

»Ich hab das hier gefunden.« Sie öffnet ihre Hand, damit

wir die beiden leeren Insulinampullen sehen können. »Du warst heute die Erste, die dieses Zimmer benutzt hat. Hast du das in Caspers Infusion gemischt? Damit er einen Anfall kriegt?«

»Natürlich nicht.« Ich schlucke nervös. Warum starren sie mich alle so an?

»Es ist ja kein Geheimnis, dass du Angst vor ihm hattest«, sagt Kelly.

»Ich würde so was niemals tun.« Mit meiner Hand deute ich auf ihn.

Ich warte darauf, dass Linda oder Rachel mich verteidigen, aber sie tun es nicht.

»Wir nehmen ihm noch mal Blut ab«, sagt Linda mit gerunzelter Stirn.

»Ich war das nicht.« Fassungslos überlege ich, ob ich wirklich so einen dummen Fehler gemacht haben könnte. Wobei. Kann das ein Fehler gewesen sein? Insulin hätte nicht mal in der Nähe der Infusion sein sollen. Das hier war Absicht. Ich bin müde und verwirrt, aber selbst in meinem von Medikamenten benebelten Zustand hätte ich das nicht getan. Ich könnte so was niemals tun. In Gedanken gehe ich die Liste der Dinge durch, die schiefgelaufen sind, seit ich wieder zur Arbeit gehe. Fehlende Bestellungen. Falsche Bestellmengen. Falsche Dosierungen. Wut kocht in mir hoch und verdrängt alle anderen Gedanken, als plötzlich alles Sinn ergibt.

»Du warst das.« Ich steche mit meinem Finger nach Kelly und sie stolpert nach hinten. »Du versuchst, mich verrückt aussehen zu lassen. Damit ich meinen Job verliere und du ihn haben kannst. Du ... Du verfluchtes Miststück!« Ich schubse sie weg. Ihr Kopf knallt gegen die Wand und vor Schock und Schmerz reißt sie die Augen auf.

Ich springe zu ihr hin, aber Rachel packt mich am Arm und gräbt ihre Finger in mein Handgelenk.

»Hör auf, Jenna. Kelly würde so was nicht tun.«

Ich schüttle sie ab und wirble herum. »Dann warst es vielleicht du? Als ich am Sonntag angekommen bin, warst du am Computer. Hast du meine Bestellungen verändert?« Ich weiß, dass ich komplett die Kontrolle verloren habe, aber ich kann mich nicht beruhigen. »Es ist ja kein Geheimnis, dass du pleite bist. Mit deinem versoffenen Vater und deinem Bruder, für die du aufkommen musst. Wenn ich gefeuert werde, darfst du deinen höheren Lohn behalten. Oder vielleicht ist es ja Sam, den du willst? Er hat mir von euren ach so netten Unterhaltungen hinter meinem Rücken erzählt.« Die Worte sprudeln wie saures Gift aus mir heraus und die Wut brennt ein Loch in meine Brust.

»Danke, liebe Freundin. Ich bin die, die versucht hat, deine Fehler wiedergutzumachen.«

Ich öffne den Mund, um zu antworten, aber Linda unterbricht mich. Leise und bestimmt.

»Ich denke, es wäre am besten, wenn du jetzt nach Hause gehst, Jenna.«

»Linda, du kannst doch nicht wirklich glauben, dass ich das getan habe? Du kennst mich doch schon seit Jahren.«

»Ich weiß nicht, was ich glauben soll, aber ich habe ein Wartezimmer voller Patienten, einen toten Hund zu rechtfertigen und Assistentinnen, die sich anschreien. Wenn du dich wieder beruhigt hast und wir die Ergebnisse von Caspers Bluttest haben, sprechen wir noch mal miteinander, aber bis dahin bitte ich dich darum, zu gehen, Jenna. Du hast Kelly angegriffen.«

»Ich möchte zumindest Mrs Bainbridge die schlechte Nachricht überbringen.« Ich weiß, wie verzweifelt sie sein wird.

Linda wirft einen Blick auf Kelly. Sie hält ihren Hinterkopf umklammert. So arg habe ich sie auch wieder nicht geschubst.

»Du kannst durch die Hintertür gehen«, sagt Linda.

»Na fein.« Ich stoße die Tür auf. Sie knallt gegen die Wand, und nachdem ich mir meine Handtasche geschnappt habe, stapfe ich zum Notausgang hinaus.

Zuerst laufe ich schnellen Schrittes davon, aber als das Adrenalin nach und nach verebbt, verlangsamt sich mein Tempo. Habe ich gerade meinen Job verloren? Nervosität steigt in mir auf, diesmal noch schneller und dringender. Habe ich gerade Rachel verloren? Es gibt kein Gefühl, das einen mehr von innen auffrisst, als Misstrauen. Es brennt sich in mich ein wie Säure. Rachel würde so etwas nie tun. Oder doch? Argwohn krallt sich in meinem Herzen fest. Schließlich hat Rachel es ja nicht geleugnet? Aber dann trifft mich ein anderer Gedanke wie ein Schlag und lässt mich straucheln. *Was, wenn ich es war?* Ich kann schließlich nicht leugnen, dass meinem Gedächtnis in letzter Zeit vieles entgeht. Ich presse meine Hände gegen die Stirn, grabe meine Finger in meine Kopfhaut und versuche, die vergangene Stunde in Gedanken zu rekonstruieren. Aber ab dem Moment, in dem Casper reingebracht wurde, ist alles wie von Nebel bedeckt, als wäre es vor langer Zeit geschehen. Ich bin mir sicher, dass in Caspers Infusionsbeutel nur eine Kochsalzlösung war. Aber doch nicht hundertprozentig sicher. Im Moment fühle ich mich, als könne ich absolut niemandem vertrauen. Nicht mal mir selbst.

FÜNFUNDVIERZIG

Um halb zwölf warte ich an einer Straßenecke außer Sichtweite der Praxis, bis Dads Auto herangefahren kommt. Ich dachte, Mum würde uns im Krankenhaus treffen, aber sie winkt mir vom Beifahrersitz aus zu. Es rührt mich, dass die beiden ihre Streitigkeiten auf Eis gelegt haben, um mich zu unterstützen. Ich klettere auf den Rücksitz und wickle mich in die muffige rote Karodecke, die Dad immer dabeihat, »für Notfälle«, und mir ist, als würde ich mich in ein Stück Geborgenheit einkuscheln. Ich könnte genauso gut wieder ein Kind sein, hier auf dem Rücksitz angeschnallt, während Dad ein Zitronenbonbon zerkaut und Mum ihm erklärt, dass er falsch abgebogen ist.

Schulter an Schulter betreten wir das Krankenhaus und mich überkommt eine Woge der Dankbarkeit, dass ich immer noch zwei Menschen habe, auf die ich mich verlassen kann. Im Wartezimmer ist es warm und leise bis auf das ferne Klappern eines Krankenbetts. Wir pumpen etwas Desinfektionsmittel in unsere ausgestreckten Hände und ich verziehe mein Gesicht, als meine kleine Wunde anfängt zu brennen. Ohne die veralteten Magazine auf dem Tisch zu beachten, hocke ich mich auf einen der harten orangefarbenen Stühle und frage: »Na, ihr zwei seid also ...?«

Sie werfen sich einen verstohlenen Blick zu und für den Bruchteil einer Sekunde frage ich mich, ob ich es doch falsch verstanden habe, aber dann nimmt Dad Mum bei der Hand und sagt: »Ja. Wir haben uns nach dem ganzen Chaos wegen Harry endlich richtig ausgesprochen und wir wollen es noch mal miteinander versuchen.«

»Das ist ja wunderbar«, sage ich und meine es auch so.

»Wir haben jetzt einen Termin für eine Therapie, so wie du mit deiner Vanessa, um alles ganz gründlich durchzusprechen«, sagt er.

»Du willst mit einem fremden Menschen über deine Gefühle sprechen?« Dad kann ja noch nicht mal einen Fremden nach dem Weg fragen, wenn er sich verirrt hat.

»Was auch immer nötig ist, Jen.«

Ich breche in Tränen aus. Heiße, laute Tränen.

»Jenna? Schätzchen? Wir dachten, dass du dich freuen würdest?« Mum fischt ein Taschentuch aus ihrer Handtasche heraus.

»Tu ich ja auch.« Ich schnäuze mich. »Es ist so schön, mal gute Nachrichten zu hören. In letzter Zeit war einfach alles so schrecklich und so schwierig und ich glaube ... ich glaube, ich hab meinen Job verloren.«

»Wieso?« Mums Stimme ist richtig scharf.

»Ich hab so viele Fehler gemacht. Zu viele Medikamente bestellt. Die falschen Medikamente herausgegeben. Es gab auch eine Beschwerde, dass ich unhöflich zu Kunden gewesen wäre. An das meiste erinnere ich mich gar nicht mehr. Durch die Medikamente habe ich manchmal richtig Watte im Kopf, es fällt mir so schwer, mich zu konzentrieren. Und heute früh ...« Ich wische mir die Tränen aus den Augen. »Casper ist gestorben und Kelly hat eine Ampulle voll Insulin neben seinem Infusionsbeutel gefunden. Sie hat mir vorgeworfen, das absichtlich hineingemischt zu haben.«

»Ach Jenna.« Dad drückt liebevoll meine Hand. »Das tut mir so leid.«

»Aber Dad, ich hab Kelly beschuldigt. Gesagt, dass sie das war und dass sie meinen Job haben will. Und als sie es geleugnet hat ... da habe ich Rachel beschuldigt. Und gesagt, dass sie will, dass ich gefeuert werde, damit sie die Teamleitung übernehmen und mehr Lohn einstreichen kann. Außerdem hab ich schreckliche Sachen über ihre Familie gesagt. Und am Ende war es ja wahrscheinlich doch ich, die das Insulin in die Kochsalzlösung gemischt hat. Ich bin so verdammt müde. Ich weiß echt nicht, was zurzeit mit mir los ist.«

»Das glaube ich aber keine Sekunde lang, dass du das warst.« Dad reicht mir ein frisches Taschentuch.

»Das kannst du nicht wissen. Letztens habe ich doch komplett vergessen, bei dir vorbeizukommen, um die Bücher für Linda abzuholen, nicht wahr? Stimmt doch. Und Mum, dich hab ich nicht angerufen, obwohl ich es versprochen habe. Ich vergesse die ganze Zeit alles Mögliche. Mache dauernd Fehler. Armer Casper.« Ich putze mir wieder die Nase.

Mum und Dad werfen sich einen Blick zu.

»Schaut! Sogar ihr zwei denkt doch, dass ich eine Katastrophe bin.« Und schon platzt ein neuer Schwall Tränen aus mir heraus.

»Du meine Güte, Ken, jetzt sag es ihr doch endlich«, fährt Mum ihn an.

»Was? Was soll er mir sagen?«

Dad steht auf und tigert im Korridor auf und ab.

»Wenn du es nicht tust, dann tu ich es«, sagt Mum.

»Jenna.« Dad geht vor mir in die Hocke und greift nach meinen Händen, als würde er mir eine schlimme Nachricht überbringen.

»Als du krank warst ...« Er schluckt hart und schaut zur Seite, als müsse er die Worte erst sortieren, bevor er fortfahren kann. »Das war eine harte Zeit. Für uns alle. Ich habe mich so hilflos gefühlt, weil ich dir nicht helfen konnte, und ich habe jemanden zum Reden gebraucht. Linda stand mir immer schon nahe, aber dann habe ich in einer Nacht einen schrecklichen Fehler gemacht.« Er kaut auf seiner Unterlippe herum. »Sagen wir einfach ... Linda und ich sind uns etwas zu nahegekommen.«

Zunächst verstehe ich gar nicht, was er mir damit sagen will, und werfe Mum einen fragenden Blick zu, aber sie weicht meinem Blick aus. Und dann macht es Klick. »Du hast mit Linda geschlafen?« Ich entreiße ihm meine Hände. »Dad, wie konntest du nur? Hast du nicht an Mum gedacht? An John? Er ist doch dein Freund!« Das erklärt auch, warum Dad so plötzlich aufgehört hat, mit John Golf zu spielen.

»Ich bin nicht stolz auf das, was ich getan habe. Auf den Schmerz, den ich verursacht habe. Ich war in dem Moment wie im Wahn, aber dann ... dann wurde es noch komplizierter. Linda wollte mehr. Sie war wohl schon seit Jahren nicht mehr glücklich mit John. Ich hab ihr gesagt, dass das zwischen uns nur ein dummer Fehler war. Das hat ihr überhaupt nicht gefallen, aber sie musste es akzeptieren. Allerdings wollte sie kompletten Kontaktabbruch. Keine Treffen zu viert mehr. Und sie wollte auch keine Zeit mehr mit dir verbringen.«

»Deswegen wart ihr zwei also so dagegen, dass ich wieder zur Arbeit gehe. Es lag gar nicht daran, dass ihr euch Sorgen wegen des Infektionsrisikos gemacht habt.«

»Doch, Schatz, das natürlich auch«, sagt Mum. »Aber ...«

»Und Linda. Dauernd fragt sie mich, ob es mir gut genug geht zum Arbeiten. Sagt, dass sie vollstes Verständnis hat, wenn ich gehen möchte.«

»Natürlich. Sie konnte dich ja nicht einfach feuern. Wie hätte sie das denn John erklären sollen? Und vor allen anderen wollte sie nicht herzlos erscheinen. Nicht nach deiner OP. Ich glaube, sie hat das alles gemacht, um dich zu ärgern. In der Hoffnung, dass du kündigen würdest oder dass sie einen guten Grund hätte, dich zu feuern.«

»Und ihr habt mich dorthin zurückgehen lassen?« Ich starre Mum ins Gesicht und sie rutscht unangenehm berührt auf ihrem Sitz herum. »Warum habt ihr es mir nicht erzählt?« Ich kann es einfach nicht fassen. Wie konnte Mum das nur aushalten, dass ich für diese Frau gearbeitet habe? Aber dann erinnere ich mich daran, wie sie seit meiner OP versucht hat, mich sanft in andere Richtungen zu lenken, mir neue Wege aufzuzeigen.

Mum atmet lange aus. Dann sagt sie mit einem Beben in der Stimme: »Es war einfach so eine Extremsituation. Das mit deinem Dad und Linda war eine einmalige Sache. Ein Fehler. Und du hattest schon so viel verloren. Sam, das Baby, deine Gesundheit. Dein Job war das Letzte, woran du dich noch festgehalten hast. Da konnte ich nicht diejenige sein, die dir auch das noch wegnimmt.«

»Ihr habt mich angelogen.« Ich stehe auf, als eine Krankenschwester kommt, und obwohl mir vor dem graut, was mir bevorsteht, folge ich ihr erleichtert die verwinkelten Korridore hinunter. Ich sehe kein einziges Mal zu meinen Eltern zurück.

* * *

Die Schwester führt mich in ein Zimmer und ich ziehe mir ein Krankenhaushemd an. Eine der Schleifen am Rücken fehlt und ich halte es fest, während ich vorwärts schlurfe, im vollen Bewusstsein, dass ich allen meinen Hintern präsentiere. Gut, dass ich heute meine größte Unterhose angezogen habe.

Dr. Kapur freut sich, mich zu sehen. Er begrüßt mich jedes Mal, als wäre ich seine allerliebste Patientin. Und obwohl ich weiß, was als Nächstes kommt, freue ich mich auch, ihn zu sehen. Er ist zu so einem großen Teil meines Lebens geworden, dass es sich fast anfühlt, als würde ich einen alten Freund treffen. Ich klettere auf die schmale Liege und klammere mich daran fest, während die Krankenschwester die Pumpe betätigt. Ich steige immer weiter in die Höhe und bei jedem Schub nach oben spanne ich meine Muskeln an, um nicht runterzufallen.

Schweigend versuche ich, meine Angst im Zaum zu halten, während Dr. Kapur die Stille mit Erzählungen von seinen Töchtern füllt, Zwillinge, die vor Kurzem in die Schule gekommen sind. Als das erste Mal eine Biopsie bei mir gemacht wurde, dachte ich, es sei ein Scherz, dass sie ein Stückchen aus meinem Herzen herausschneiden würden, um es zu testen. Ich hab nervös gelacht, als Dr. Kapur meinte, sie würden mir dafür nur eine örtliche Betäubung geben, keine Vollnarkose. Aber er meinte es todernst. Ich lag auf dieser kalten, harten Liege, hab in das grelle Licht der weißen Deckenlampe gestarrt und versucht, mich zu entspannen. Ich habe Dr. Kapur geglaubt, der mich beruhigt hat und mir versicherte, dass ich fast nichts spüren würde. Sie haben einen Katheter in eine Vene an meinem Hals eingeführt, um zu meinem Herzen zu gelangen. Als die Biopsiezange ein Stückchen lebendigen Muskel entnahm, wurde das leichte Ziehen, das er mir versprochen hatte, zu einem scharfen Reißen. Tränen sind mir in die Augen geschossen, als ich spürte, wie mir ein Teil meines Herzens entrissen wird, und mir war, als würde ich in einen Abgrund stürzen.

Dieses Mal steht auch noch eine Angiografie an. Ich kneife die Augen zusammen und stelle mir vor, ich wäre woanders, als meine Leistengegend rasiert wird und ich das spitze Stechen der Nadel in diesem empfindlichen Bereich spüre. Das dudelnde Radio im Hintergrund, der sanfte irische Akzent der Krankenschwester, all das verklingt und ich atme tief ein. Ich zwinge meinen Körper dazu, sich zu entspannen, bis ich mich davonschweben spüre. Zwar nehme ich noch halb wahr, was um mich herum geschieht, trotzdem drifte ich ab und hinein in eine Erinnerung, die mich sofort in Panik versetzt.

SECHSUNDVIERZIG

Wasser sprudelt in Sturzbächen aus dem Duschkopf und übertönt meine Stimme, als ich mich gegen die kalten blauen Fliesen im Bad presse, eine Hand über meinem Ohr, um die Stimme am anderen Ende der Leitung zu hören. Meine eigene Stimme ist zu Beginn noch leise, doch dann werde ich immer lauter und lauter, um mir Gehör zu verschaffen.

Der Türgriff rappelt und ich zucke zusammen, das Handy gegen meinen Brustkorb gepresst. Ich warte.

Bumm-bumm-bumm. Die Tür vibriert in ihrem Rahmen und mein Herz rast.

»Mit wem redest du?« Deine Stimme ist tief vor Wut.

»M...m...mit niemandem.« Ich lege auf und drehe das Duschwasser ab.

»Ich hab dich reden hören.«

»Ich werd ja wohl kaum jemanden hier drinnen haben, oder?«, gebe ich zurück. »Und du hast mir ja schließlich mein Handy abgenommen, damit ich niemanden anrufen kann, nicht wahr?« Mein Herz hämmert so laut in meiner Brust, dass es mich überrascht, dass du es nicht hören kannst. Ich hoffe, dass du dich nicht an das Prepaidhandy erinnerst, dass ich mir vor ein

paar Jahren gekauft habe, als mein iPhone repariert werden musste. Wenn du mir das auch noch abnimmst, weiß ich nicht mehr, was ich tun soll.

Es rappelt wieder am Türgriff. Diesmal noch gewaltsamer. Ich lege meine Hand auf die Fliesen, um das Gleichgewicht zu behalten.

»Sperr auf.«

»Ich bin dabei, mich abzutrocknen.«

»Sperr jetzt auf ...«

»Moment noch bitte ...« Ich bin nicht nass und noch voll angezogen, also reiße ich mir die Klamotten vom Leib und wickle mir ein Handtuch um den Körper. Hustend öffne ich unseren Spiegelschrank, damit du das Geräusch nicht hören kannst. Ich nehme meine Tampons aus ihrer Schachtel und stecke mein Geheimhandy hinein, dann lege ich die Tampons wieder darüber und schüttle die Schachtel, um sicherzugehen, dass das schwarze Plastik komplett verdeckt ist. Ich stelle die Schachtel wieder in den Schrank, lege meinen Veet-Kit darauf und schließe die Tür.

Dann gehe ich vor der Badewanne in die Hocke und streiche mit den Händen über den Boden, um Wassertröpfchen auf meinen Schultern zu verteilen.

»Komm. Jetzt. Raus.« In deiner Stimme liegt eine gewisse Schärfe. Diese ganz bestimmte Schärfe. Ich atme tief ein, bevor ich die Tür öffne.

SIEBENUNDVIERZIG

Später sitze ich in der Tagesklinik und tunke einen Ingwerkeks in eine Tasse schwachen Tee. Der Zucker sorgt dafür, dass ich mich endlich etwas weniger zittrig fühle. Ich greife nach meiner Handtasche und krame nach meinem Handy. Obwohl ich immer noch wütend auf meine Eltern bin, will ich Mum doch Bescheid geben, dass es gut lief. Sie wird sich Sorgen machen. Ich habe einen verpassten Anruf, von Linda. Als ich ihren Namen sehe, beiße ich verkrampft die Zähne zusammen. Sie hat eine Sprachnachricht hinterlassen und ich entsperre den Bildschirm, um sie zu löschen, aber dann überkommt mich die Neugierde doch und ich spiele sie ab.

»Jenna, ich bin's. Linda. Dein Vater hat mich angerufen und mir erzählt, dass du weißt, was ... dass du jetzt Bescheid weißt. Ich wollte nie ... Ich hätte nicht ... Also, das mit Casper, das war nicht deine Schuld – meine auch nicht. Er war alt, und als ich ihn gefunden habe, war er schon tot. Ich schicke dir gern eine Kopie unserer Testergebnisse, wenn du möchtest. Das mit dem Insulin ... das war einfach dumm. Und all das andere Zeug ... Weißt du, du warst uns immer sehr wichtig, John und mir. Es geht ihm nicht gut. Hast du das gewusst? Sie haben einen Haufen Tests mit ihm gemacht und er verträgt keinen Stress. Ich hoffe, dass wir das unter uns ausmachen können. Ruf mich an. Bitte. Wenn du mir nur eine Chance gibst, mich ...«

Da geht ihr die Zeit aus und eine automatische Ansage bietet mir eine Reihe an Optionen. Ich entscheide mich dafür, die Nachricht wieder und wieder anzuhören, und in meinem Bauch vermischt sich der Ingwerkeks mit Traurigkeit. John und Linda waren jetzt schon so lange ein Teil meines Lebens. Meine kleine Welt ist um ein weiteres Stück geschrumpft.

* * *

Ich döse vor mich hin, als Dr. Kapur schwungvoll meine Kabine betritt und den Vorhang um uns schließt.

»Jenna! Wie geht es Ihnen?«, fragt er mit donnernder Stimme. Er muss wohl denken, dass der mickrige Vorhang zur Schalldämmung taugt.

»Gut.« Ich biete ihm diese typisch britische Antwort, als hätte er nicht gerade ein Stück meines Herzens herausgeschnitten, um es zu untersuchen.

»Nichts, was Sie mir gerne mitteilen möchten?«, hakt er nach und studiert die Notizen auf seinem Klemmbrett.

Ich schüttle den Kopf und er macht sich eine weitere Notiz, bevor er seinen Stift schließt und in seine Tasche steckt.

»Ich werde Ihre Dosis reduzieren, aber ich würde Sie gern in ein paar Wochen wiedersehen.«

»In ein paar Wochen?« Sofort schießen meine Hände zu meiner Brust, in Erwartung schrecklicher Neuigkeiten. »Stimmt etwas nicht?«

»Körperlich sieht alles gut aus. Eigentlich sogar hervorragend.« Er lächelt mir aufmunternd zu. »Aber die Nebenwirkungen sind ein bisschen ... extrem. Ich möchte sichergehen, dass die reduzierte Dosis eine Verbesserung bewirkt.«

»Nebenwirkungen?« Von denen habe ich so viele, dass ich mich frage, ob er sich auf eine bestimmte bezieht.

»Die Paranoia.«

»Woher wissen Sie denn davon?« Ich kann mich nicht daran erinnern, ihm davon erzählt zu haben.

»Vanessa meinte ...«

»Vanessa?« Nun bin ich diejenige, die zu laut spricht. »Das ist meine Therapeutin. Sie darf doch nicht ...«

»Vanessa arbeitet eng mit uns zusammen. Wir haben Sie schließlich zu ihr geschickt. Wenn sie sich Sorgen um einen unserer Patienten macht, wie in Ihrem Fall, dann hat sie durchaus das Recht ...«

»Was ist mit meinen Rechten? Das ist ein Vertrauensbruch. Ich habe ihr vertraut.«

»Das können Sie auch weiterhin. Ich versichere Ihnen, dass sie niemals Dinge mit uns besprechen würde, die ...« Aber die Stimme in meinem Kopf übertönt seine Worte und flüstert mir zu: *Vertrau niemandem.*

* * *

Als man mir sagt, dass ich nun gehen kann, spüre ich fast so etwas wie Enttäuschung. Die lächelnde Krankenschwester reicht mir Anweisungen für die Nachsorge, eine Liste mit möglichen Nebenwirkungen und einige Telefonnummern, die ich im Notfall anrufen kann, und ich bin versucht, sie zu fragen, ob ich hierbleiben darf. Ich bin nicht wirklich darauf erpicht, Mum und Dad zu sehen. Vor allem Dad. Oder darauf, in meine Wohnung zurückzukehren. Die Krankenschwester fragt, wer mich abholt, und ich sage ihr, dass meine Eltern hier irgendwo sein müssen. Wahrscheinlich in der Cafeteria. Sie bietet mir an, sie anzurufen, aber ich sage ihr, dass ich das selbst tun werde.

Ich lasse mir Zeit beim Anziehen und erst, als ich es nicht länger vor mir herschieben kann, greife ich nach meinem Handy. Ich habe eine SMS von einer unbekannten Nummer bekommen, und als ich sie öffne, schnürt sich meine Kehle zu.

Hoffe, du hast meine Nachricht auf dem Kühlschrank gefunden? Wäre doch schlimm, wenn DU auch einen Unfall hättest.

ACHTUNDVIERZIG

»Jetzt nimm sie schon.«

»Nein.«

»Mund auf.« Du zwängst deinen Daumen zwischen meine Lippen und drückst fest auf meinen Unterkiefer. Ich versuche, meinen Kopf nach hinten zu werfen, aber deine Finger haben mein Kinn fest im Griff. Tränen steigen mir in die Augen. Ich kralle mich mit beiden Händen in deinen Arm und versuche, dich wegzudrängen, aber ich bin schwach.

»Komm schon«, sagst du. »Das wird dir helfen. Das weißt du doch.«

Erschöpft höre ich auf, mich zu wehren, und als sich dein Griff um mich lockert, falle ich in meinen Stuhl zurück.

»Nur eine.«

Du stehst direkt vor mir und ich versuche, meinen Kopf nach links und nach rechts zu bewegen, aber ich fühle mich krank. Schwindlig. Eingeschüchtert.

»Mir zuliebe.« Jetzt ist dein Tonfall weicher.

Ich kann nicht mehr gegen dich ankämpfen. Ich öffne meinen Mund. Du legst die Tablette auf meine Zunge. Sie schmeckt bitter. Du hältst mir ein Glas warmes Wasser an die Lippen und ich schlucke alles hinunter.

»Braves Mädchen«, sagst du und streichst mir das Haar aus dem Gesicht und die Falten von der Stirn.

Ich schließe die Augen. Warte darauf, dass sich die Gefühllosigkeit in mir ausbreitet. Ganz langsam entspannen sich meine Muskeln. Mir ist, als würde ich schweben.

Als du das nächste Mal mit mir sprichst, ist deine Stimme gedämpft, als wärst du ganz weit weg. Ich glaube, du sagst: »Ich möchte doch nur, dass es dir besser geht«, aber ich bin mir bei gar nichts mehr sicher.

* * *

Mein Bewusstsein kommt und geht. Mein Körper ist schwer und ich scheine jegliche Koordination verloren zu haben. Mir ist, als würde ich mich bewegen. Du trägst mich und ich versuche, mich zu befreien, aber mein Körper ist schwer wie Blei.

»Schhhh«, raunst du mir zu. Du hast den Arm um mich gelegt und mein Kopf passt perfekt in die Kuhle zwischen deinem Kopf und deinen Schultern.

»Bitte«, versuche ich zu sagen, aber meine Zunge ist schwer und ich kriege das Wort nicht richtig heraus. Ich drifte wieder ab in die Dunkelheit. Was für eine Erleichterung, nichts mehr fühlen zu können. Nicht mehr zu denken.

»Ich kann dich nicht gehen lassen, Callie«, flüsterst du.

NEUNUNDVIERZIG

Immer noch bebend wache ich auf, verkrampft und unbequem auf dem Sofa liegend. Seit meiner Biopsie sind inzwischen zwei Tage vergangen, aber ich war immer noch nicht im Bett. Jedes Mal, wenn ich einschlafe, stürze ich in Callies Erinnerungen hinein, und ich habe Angst davor, was ich sehen werde, wenn ich meine Augen schließe. Angst davor, wie finster meine Träume sind. Vor den Dingen, an die ich mich beim Aufwachen nicht immer erinnere, die mich aber schwitzend und schreiend hochschrecken lassen. Die einzelnen Details verschwimmen, verschwinden wieder aus meinem Gedächtnis und zurück bleibt nichts als Angst, die immer schwerer auf meiner Brust wiegt. *Wäre doch schlimm, wenn DU auch einen Unfall hättest.* So lautet die SMS, die ich bekommen habe. Und ich weiß genau, wenn ich damit zur Polizei gehe, werden sie mich wieder nur abwimmeln. Es gibt keine Möglichkeit, herauszufinden, wer sie mir geschickt hat, und außerdem ist sie so geschickt formuliert, dass sie nicht zwangsläufig als Drohung interpretiert werden muss, auch wenn ich weiß, dass es eine ist. Und obwohl ich ständig zur Tür laufe, um zu kontrollieren, dass sie abgesperrt und die Kette eingehängt ist, obwohl sich die

Möbel, die ich vor die Tür geschoben habe, nicht bewegen, bin ich doch bei jedem noch so kleinen Geräusch überzeugt, dass jemand in meiner Wohnung ist.

Ich versuche, wach zu bleiben, indem ich eine Tasse Kaffee nach der anderen trinke, in meiner Wohnung herumtigere, meine Mindmap studiere und Ewigkeiten herumgoogle. Es sind zehn Tage vergangen, seit diese Leiche beim Burton Aerodrome entdeckt wurde. Warum hat die Polizei sie immer noch nicht identifiziert?

Wer war in meiner Wohnung? In den Nachrichten kam nichts zu anderen Einbrüchen während der letzten paar Tage und ich frage mich, ob vielleicht eine Verbindung zu dem Einbruch bei Tom und Amanda besteht. Ich durchsuche die Zeitungsarchive um das Datum von Callies Unfall herum. Stundenlang lese ich zahllose Artikel, bevor ich etwas finde. Ein kleiner Absatz, in dem der Einbruch erwähnt wird, und dann Tage später diese Meldung:

Die Polizei hat zwei Männer festgenommen, die in Verbindung zum Einbruch in der Chester Road stehen. Bis auf das Bargeld aus dem Safe und eine ungewöhnliche Halskette (Abb. unten) konnten alle gestohlenen Gegenstände geborgen werden. Die Polizei bittet um Hinweise zu der abgebildeten Halskette unter der daneben aufgeführten Nummer. Die Behörden gehen davon aus, dass die beiden Männer für eine Reihe von Einbrüchen verantwortlich sind. Ihre Vorgehensweise scheint darin bestanden zu haben, zu warten, bis die Hausbesitzer bei Beerdigungen waren.

Unter dem Artikel sehe ich ein Foto von Amandas sternförmiger Halskette aus Rubinen und Diamanten. Weder Neil noch Owen sind unter den erwähnten Einbrechern und ich vermute, dass der Einbruch bei Callies Eltern wahrscheinlich nichts mit Callie zu tun hatte. Aber was ist mit dem Einbruch in meiner Wohnung? Wieder huschen meine Blicke zu der Nachricht an meinem Kühlschrank.

Such nicht weiter

Oh Gott. Ich habe solche Angst.

Als am Himmel der Morgen graut, sinke ich auf dem Sofa zusammen und starre blicklos auf den leuchtenden Fernseher in der Ecke. Ich habe die Lautstärke ganz weit runtergedreht, damit ich hören kann, wenn wieder jemand in meine Wohnung eindringen will. Und ich lausche. Ich bin nur noch am Lauschen.

Vor einhundertvierundachtzig Tagen wurde Callies Herz in meinen Körper eingesetzt. Jetzt hasse ich sie manchmal, diese Frau, die es mir ermöglicht hat, weiterzuleben. Ich weiß nicht, was sie will. Was sie versucht, mir zu sagen. Ich weiß nicht mehr, was echt ist und was nicht, und es gibt niemanden, mit dem ich reden kann. Niemanden, dem ich vertrauen kann.

Draußen schickt die Sonne ihre ersten goldenen Strahlen herab, aber sogar im neuen Tageslicht kann ich es noch spüren. Dieses Kribbeln im Nacken, Augen, die mich beobachten. Lauernd. Wartend. Und wieder schleiche ich durch die Wohnung. Gucke in den Schrank, hinter Türen, unter das Bett, aber dort ist niemand. Dort ist nie jemand.

Ich habe einen Kloß im Hals, als ich meine Medizin hinunterschlucke. Meine Nase läuft und meine Stirn glüht. *Ich sterbe.* Ganz ohne Einladung schleicht sich dieser Gedanke in meinen Kopf und ich schmeiße ihn hochkant wieder hinaus. Natürlich sterbe ich nicht. Aber was, wenn doch? Was, wenn mein Körper anfängt, Callies Herz abzustoßen, und ich nie herausfinden kann, was in dieser Nacht passiert ist? Für Tom und Amanda. Ich lege meinen schweren Kopf auf den Händen ab. Trotz der Warnungen, die ich erhalten habe, muss ich es noch mal versuchen. Aber ich weiß nicht, welcher Spur ich folgen soll.

In meiner Küche studiere ich die Mindmap, während das

Sonnenlicht sich im silbernen Griff des Kühlschranks spiegelt. Die grelle Reflektion löst eine Erinnerung aus, meine eigene diesmal, von meinem ersten Besuch bei Nathan. Wie ich die Sitzkissen für die Gartenstühle aus dem Gartenhäuschen geholt und den Blumentopf umgeworfen habe. Eine Erinnerung an ein silbernes Glitzern, bevor ich vor der Spinne weggerannt bin. An einen Haustürschlüssel.

* * *

Ich betrete Nathans Flur, sperre die Haustür hinter mir zu und lasse den Schlüssel in meine Tasche gleiten. Ich werde ihn wieder im Gartenhäuschen deponieren, wenn ich gehe. Im Haus ist alles ganz still. Aber die Stille scheint mir eher erdrückend als beruhigend. Obwohl ich weiß, dass Nathan bei der Arbeit und sonst niemand hier ist, öffne ich die Wohnzimmertür nur einen Spalt breit, bevor ich mich hindurchquetsche und auf Zehenspitzen zum Fenster schleiche. Ich lasse meine Handtasche fallen, öffne die Vorhänge und werfe einen Blick nach draußen auf die Straße. Mir fallen so viele verschiedene Möglichkeiten ein, wie das hier schiefgehen könnte, aber trotz meiner Nervosität sind dort keine Nachbarn, die auf das Haus zeigen und besorgt in ihre Handys sprechen. Ich glaube nicht, dass mich irgendwer hat reinkommen sehen, und nach ein paar Minuten fühle ich mich sicher genug, um mich zu bewegen. Ich weiß nicht, was genau ich hier zu finden hoffe, trotzdem bin ich aufgeregt und ängstlich zugleich. Mein Herz flattert und rast in meiner Brust.

Ich war noch nie oben im ersten Stock. In dieser einen Nacht haben wir es nicht vom Sofa ins Bett geschafft. Als mir wieder einfällt, was wir hier getan haben, wie seine Hände auf meinem Körper lagen, steigt mir saure Galle in den Mund. Oben liegen drei verschlossene, glänzend weiße Türen vor mir und vorsichtig öffne ich die erste von ihnen. Ein Badezimmer, mit einem leichten Geruch nach Bleichmittel. Meine Augen schweifen über den Flechtkorb in der Ecke, die blauen Fliesen entlang der Badewanne. Genau wie in meinen Träumen. Falls ich vorher noch den leisesten Zweifel hatte, so bin ich mir jetzt absolut sicher: Meine Träume sind Callies Erinnerungen. Ich öffne den Spiegelschrank, finde darin aber keine Schachtel mit Tampons und keinen Veet-Kit, nur einen einsamen Rasierer und Aftershave.

Als Nächstes schaue ich ins Schlafzimmer. In der Ecke steht der große Eichenschrank, von dem Callie in meinem Traum ihre Reisetasche runtergezogen hat. Also wollte sie Nathan tatsächlich verlassen. Erschöpft setze ich mich auf das ordentlich gemachte Bett mit der flachgestrichenen Tagesdecke und denke an die SMS, die Callie an diese unbekannte Person geschickt hat. Mir scheint, sie hatte eine Affäre, von der Nathan erfahren hat. Daraufhin hat er sie wohl geschlagen. Ich frage mich, ob es das erste Mal war oder ob das auch vorher schon passiert ist. Gewalttätig sieht er eigentlich nicht aus. Tom hatte ihn Callies »Beschützer« genannt, aber meiner Meinung nach können beschützen und kontrollieren oft zwei Seiten derselben Medaille sein. Scheint, als wäre Nathan auf die falsche Seite geraten. Wenn er ihr gemeinsames Bankkonto nicht geleert hätte, hätte sie ihn wahrscheinlich früher verlassen. Der Gedanke, dass sie dann vielleicht noch am Leben wäre, macht mich traurig. Zugleich ist mir aber auch bewusst, dass ich dann wahrscheinlich nicht mehr hier wäre. Wahrscheinlich war sie auf dem Weg zu ihrem Geliebten, als sie den Unfall hatte. Vielleicht hatte sie ihren Kurzzeitkredit bekommen und träumte von einem Happy End. Natürlich sind das alles nur Vermutungen und selbst wenn ich eindeutige Beweise hätte, könnte ich Tom und Amanda niemals verraten, dass ihre Tochter mit Nathan unglücklich war, und es kommt mir so vor, als hätte ich sie irgendwie im Stich gelassen. Gedanken schießen wild durch meinen Kopf und er pocht schmerzhaft. Ich lege meine Hand auf meine Stirn. Heiß. Ich sollte nach Hause gehen. Es geht mir wirklich nicht gut. Aber ich kann nicht aufhören, mich zu fragen, mit wem Callie wohl geschlafen hat. War es Owen? War er mit Nathan befreundet? Ich krame im Schrank und in der Kommode herum, ohne genau zu wissen, wonach ich eigentlich suche. Aber es gibt hier keine verstreuten Gegenstände, die ich durchsuchen könnte, nur penibel gefaltete und gebügelte Kleidungsstücke.

Das dritte Zimmer ist genauso ordentlich. Systematisch organisiert. Hier finde ich nur ein Einzelbett und eine große Holzkiste. Ich öffne den Deckel und entdecke Stapel an großen braunen Briefumschlägen. Ich leere den ersten auf dem Boden aus. Ein Haufen Valentinskarten und Liebesnachrichten auf Notizzetteln. Ich lese sie und fühle mich dabei ganz elend. Callie und Nathan waren mal glücklich miteinander. Der nächste Umschlag ist zum Bersten gefüllt und mein Schock ist groß, als ich hineingucke und bündelweise Bargeld sehe, das mit Gummibändern zusammengehalten wird. Nachdem ich sie herausgezogen habe, entdecke ich ganz unten noch etwas anderes, das im Licht glitzert. Eine Halskette. Rubine und Diamanten in Form eines Sterns. Die Halskette, die Amanda gestohlen wurde, bei dem Einbruch am Tag von Callies Beerdigung. Warum hat Nathan diese Halskette? Ich weiß noch, dass Tom meinte, Nathan wäre nicht zum Leichenschmaus gekommen, aber er wäre doch sicherlich nicht bei ihnen eingebrochen, oder? Der nächste Umschlag ist ganz leicht und im ersten Moment denke ich, er ist leer, doch dann fallen mir drei Reisepässe in die Finger. Ich blättere darin herum, bis ich zu den Fotos komme. Einer für Nathan, einer für Callie, einer für Sophie. Sophie? Die doch angeblich in Spanien ist? Aber wie soll sie denn dort sein, wenn ihr Pass hier ist? Nathan muss wissen, dass sie nicht im Ausland ist. Warum lügt er? Und warum meldet sie sich nicht bei ihren Eltern? Dann sorgt ein neuer Gedanke dafür, dass mir die Luft wegbleibt. Die Leiche beim Flughafen – was, wenn das Sophie ist? Ist es das, was Callie versucht hat, mir mitzuteilen? Wie extrem gefährlich Nathan ist? Mit einem flauen Gefühl im Magen lege ich die Reisepässe wieder in den Umschlag und gerade, als sie mir aus der Hand gleiten, lässt mich ein lautes Krachen zusammenfahren. Das Gartentor. Schnell sammle ich die auf dem Boden herumliegenden Gegenstände zusammen und schmeiße sie in die Kiste, dann halte ich den Atem an und warte, hoffe auf das Geräusch von Werbepost, die klappernd durch den Briefschlitz geschoben wird. Ein Schlüssel scharrt im Schlüsselloch und ein Luftstoß fährt durchs Haus, als die Tür sich öffnet. Nathan ist nach Hause gekommen. Erschrocken blicke ich in alle Ecken des Zimmers. Keine Möglichkeit, mich zu verstecken. Und dann rutscht mir das Herz in die Hose, als mir etwas einfällt.

Meine Handtasche liegt noch im Wohnzimmer.

FÜNFZIG

Mein Herz pumpt Panik durch meinen Körper, als ich Nathan dabei zuhöre, wie er im unteren Stockwerk rumort. Dumpf knallt seine Aktentasche auf den Boden, seine Schuhe landen klappernd auf der Fußmatte. *Bitte geh nicht ins Wohnzimmer.* Dieser Gedanke kreist in meinem Kopf wie ein Mantra, aber dann wird mir klar, dass ich ja auch nicht möchte, dass er hochkommt. Meine Muskeln sind so angespannt, dass ich mir vorkomme wie eine Marmorstatue. Ich traue mich kaum, mich zu bewegen. Oder zu atmen. Ein Knarzen. Die Treppe. Er ist hierher unterwegs. Ich frage mich, ob ich alles wieder dorthin zurückgelegt habe, wo ich es gefunden habe, aber ich kann mich einfach nicht erinnern, ob ich den Spiegelschrank im Bad geschlossen habe oder nicht. Mit vorsichtigen Schritten schleiche ich zum Fenster und gucke nach draußen, auf der verzweifelten Suche nach einem anderen Ausweg, aber ich weiß schon, dass es keinen gibt. Seine Schritte kommen immer näher. Schweiß läuft mir den Rücken hinunter und mein T-Shirt klebt an mir. Es wundert mich fast, dass er mein verzweifelt rasendes Herz nicht hören kann. Einen Moment lang herrscht absolute Stille. Keine Bewegung ist zu hören. Warum hat er innegehalten? Ich lege meine Stirn an die Tür und stelle mir vor, wie er auf der anderen Seite steht und die Hand nach dem Türgriff ausstreckt. Ich bin mir sicher, dass alle Türen geschlossen waren, als ich ankam. Jetzt stehen sie alle offen. Er muss wissen, dass jemand hier ist. Was wird er nur sagen, wenn er mich findet? Was wird er nur tun? Das schrille Klingeln eines Handys zerreißt das Schweigen und instinktiv greife ich in meine Tasche, aber es ist Nathan, der sich mit einem unfreundlichen »Hallo« meldet, das Klingeln ist verstummt. Es war nicht mein Handy. Mit einem leisen, erleichterten Seufzer stelle ich mein eigenes Handy auf lautlos.

»Was zur Hölle willst du?« Er klingt wütend. Richtig wütend. So habe ich ihn noch nie sprechen hören.

Ich spüre ein Kratzen im Hals und versuche, es hinunterzuschlucken. Bloß nicht husten.

»Ich hab dir gesagt, dass du dich nie wieder bei mir melden sollst.« Kurze Pause. »Ich weiß. Ich hab's gesehen. Nicht wirklich mein Problem, oder?«

Noch eine Pause.

»Wo bist du?«

»Scheiße!« Er klingt völlig außer sich und ein Wimmern entwischt meiner Kehle. Ich schlage mir die Hände über den Mund und gehe in die Hocke. Mir ist viel zu weich in den Knien, um aufrecht stehen zu bleiben. »Das ist ein gefährliches Spiel, das du da spielst. Fein. Morgen Nacht.«

Eine Pause.

»Dann eben um zehn Uhr. Aber das war's dann, verstanden? Danach kontaktierst du mich. Nie. Mehr. Wieder.«

Ein Knall lässt mich zusammenzucken, aber nur wenige Sekunden später höre ich Wasser in die Wanne plätschern, als die Dusche angestellt wird. Ich wage es nicht, mich zu bewegen. Bin mir sicher, dass er die offene Schranktür bemerkt hat und sich auf mich stürzen wird, sobald ich versuche, das Haus zu verlassen. Die Sekunden werden zu Minuten und ich weiß, dass ich nicht mehr viel Zeit habe. Ich ziehe mir die Schuhe von den Füßen und trage sie in einer Hand, mit der anderen greife ich nach der Tür und ziehe sie langsam zu mir. Sie quietscht. Ich kneife die Augen zusammen, aber das Wasser läuft weiter. Die Badtür bleibt geschlossen. Die Treppe kommt mir endlos lang vor, als ich Stufe für Stufe hinunterschleiche und nach jedem Schritt, jedem Knarzen stehen bleibe, um mich umzusehen. Sobald ich unten angekommen bin, hole ich meine Tasche aus dem Wohnzimmer und versuche, die Haustür zu öffnen. Verschlossen. Ich greife nach dem Schlüssel in meiner Hosentasche, als mir etwas anderes auffällt. Das Wasser rauscht nicht mehr. Klickend öffnet sich die Badtür. Ich presse meine Lippen aufeinander, damit mir nur ja kein Laut entfährt, und fummle an der Tür herum, um sie so schnell wie möglich zu öffnen. Die Holzdielen über mir knarzen. Das Schloss öffnet sich. Ein Schatten fällt auf den Treppenabsatz. Meine Finger umklammern den Türgriff. Er kommt runter. Ich reiße die Tür auf und stürze hinaus, dann schließe ich sie so leise wie möglich hinter mir. Und dann renne ich los.

* * *

Die Wut, die während des Telefonats in Nathans Stimme lag, geht mir nach und beim Rennen stelle ich mir vor, wie seine Finger meine Schultern packen, wie er mich zurückreißt und sein heißer Atem in meinen Nacken fährt. Die Naht von der Biopsie brennt und ich presse meine Hand darauf, werde immer langsamer und bleibe schließlich komplett stehen. An eine Wand gelehnt stütze ich mich mit den Händen auf den Knien ab, vornübergebeugt und nach Luft ringend, ohne dabei die Richtung aus den Augen zu lassen, aus der ich komme. Als jemand in mein Blickfeld tritt, bleibt mein Herz kurz stehen, aber es ist nicht Nathan. Mit dem Ärmel wische ich mir über die Stirn und überlege, was ich nun tun soll. Ich bin komplett erledigt. Mir ist schlecht und ich weiß, dass ich es nicht bis nach Hause schaffen werde. Nach einer Biopsie ruhe ich mich normalerweise mehrere Tage lang aus, um die körperliche und mentale Energie zurückzugewinnen, die die Untersuchung mich jedes Mal kostet.

Ich habe keinen Geldbeutel dabei und in meiner Wohnung habe ich kein Bargeld. Ein Taxi kann ich mir also nicht rufen. Normalerweise würde ich Dad anrufen, aber ich weiß nicht, was ich ihm sagen soll. Erst heute Morgen hat er mich angerufen, aber ich habe die Mailbox rangehen lassen. Als ich schon wieder eine seiner stammelnden Entschuldigungen hören musste, habe ich meinen Daumen hart auf die Tasten gedrückt, um sie zu löschen. Um die Stimme zu löschen, die mich früher beruhigt und getröstet hat. Ich muss schlucken. Mein Hals brennt und Angst stürzt auf mich ein. Horrorgeschichten kreisen in meinem Kopf wie Haie um ihr nächstes Opfer. Geschichten von Transplantationspatienten, die sich in Krankenhäusern Infektionen einfangen. Mit jeder Sekunde, die verstreicht, wird mir heißer und heißer, bis ich schließlich absolut überzeugt bin, dass ich Fieber habe, obwohl ich genau weiß, dass es auch nur Panik sein könnte. Ich versuche, an das zu denken, was Vanessa mir beigebracht hat. Rücken gerade. Tief einatmen. Bauch vorstrecken. Nach ein paar Atemzügen fühle ich mich ruhiger und nicht mehr so erhitzt. Ich schließe die Augen und versuche, mir einen wunderschönen Garten vorzustellen, doch stattdessen sehe ich Nathans wütendes Gesicht, riesengroß und bedrohlich. Hat er Sophie wehgetan? Ist das ihre Leiche am Flugplatz? Ich reiße die Augen auf und zwinge mich dazu, weiterzugehen. Dabei ziehe ich mein Handy aus der Tasche und rufe die Person an, die ich eigentlich wirklich nicht hatte anrufen wollen.

* * *

Mir ist, als würde ich schon seit Ewigkeiten auf dieser harten eisernen Bank sitzen, und ich bin schon beinahe überzeugt, dass er nicht kommen wird. Autos schießen an mir vorbei, mit offenen Fenstern und wummerndem Bass. Keins davon gehört ihm. Aus der offenen Tür des Ladens hinter mir dringt der überwältigende Geruch von Badezusätzen und Seife. Erdbeere mit Sandelholz, Zitrusduft und Lavendel. Hinter meinen Augen brauen sich Kopfschmerzen zusammen.

Dann ist er endlich da und eine massive Welle der Erleichterung gibt mir Auftrieb. Ich trete zum Bordstein und winke.

»Danke, dass du gekommen bist, Sam«, sage ich und klettere auf den Beifahrersitz.

Er kaut auf einem Pfefferminzbonbon herum und hat gerade den zähen Mittelteil erreicht, aber er nickt mir zu. Ich lehne mich zurück. Der Blinker tickt und wir ordnen uns wieder in den Verkehr ein. Die Vertrautheit des brummenden Motors und der sanften Musik aus den Lautsprechern tröstet mich.

Sam hält den Blick auf den Verkehr gerichtet. »Alles okay?«

»Wegen meiner Biopsie hab ich mich ganz schwach gefühlt. Ich bin spazieren gegangen und hab mich etwas verirrt. Ich hätte nicht so weit laufen sollen.«

»Na, dann nichts wie nach Hause mit dir.«

Nach Hause. Ich weiß, er meint die Wohnung mit ihren leeren Zimmern und dem fast unbestückten Kühlschrank, aber hier, wo ich meinen Körper in den Sitz kuscheln kann, wo es nach Minze riecht und Ed Sheeran Gitarre spielt und mir »Give Me Love« vorsingt, hier fühle ich mich so zu Hause wie nirgends sonst. Ich fühle mich geborgen und es schmerzt mich, zu wissen, dass Callie das so nicht hatte.

»Sam? Hast du Zeit, mich zuerst noch woanders hinzufahren?«

* * *

Vor dem Pub in Woodhaven kommt das Auto knirschend auf dem Parkplatz zum Stehen. Die Erinnerung daran, wie wir auf dem Rückweg vom Strand hier angehalten haben, kommt mir vor wie aus einem anderen Leben. Als wir über den unebenen Boden poltern, fällt ein Blütenblatt der Sonnenblumen hinunter, die wir an der Tankstelle gekauft haben und die jetzt auf meinem Schoss liegen.

»Ich verstehe nicht, warum du hierherkommen wolltest«, sagt Sam. »Wolltest du das alles nicht hinter dir lassen?«

»Ich weiß, aber ich werde das Gefühl nicht los, dass es noch etwas gibt, was ich tun muss. Aber vielleicht täusche ich mich.« Ich zerreibe das heruntergefallene Blütenblatt zwischen meinen Fingern. Es fühlt sich an wie Samt. »Vielleicht muss ich nur sehen, wo Callie gestorben ist, um mich richtig von ihr verabschieden zu können. Ich glaube, es ist gleich da vorne.« Ich schirme meine Augen vor der Sonne ab und deute die Straße hinauf. »Da ist eine Kreuzung und dahinter steht der Baum. Du kannst dir vielleicht was zu trinken holen, während du wartest?« Ich greife nach dem Türgriff.

»Ich komme mit«, sagt Sam und sein Angebot rührt mich.

»Danke«, sage ich, während wir aus dem Auto steigen. »Aber ich will dabei allein sein.«

»Natürlich willst du das«, entgegnet er wütend, was mich erschrocken innehalten lässt.

»Was soll das denn heißen?«

»Du stößt mich schon wieder weg. Genau wie alle anderen Menschen in deinem Leben.«

»Das ist nicht …«

»Genau wie mit Rachel«, sagt er.

»Ah, ihr habt euch also wieder gut über mich unterhalten, wie?«

»Wie konntest du sie nur verdächtigen, dich bei der Arbeit zu sabotieren, Jen?«

»Ich konnte nicht mehr klar denken. Das war direkt vor

meiner Biopsie und ... Außerdem weiß ich jetzt, dass sie es nicht war, Linda hat mir gesagt ...«

»Das hättest du wissen sollen, ohne es von Linda zu hören.«

»Ich weiß«, sage ich leise. »Es tut mir leid.«

»Ich bin nicht der, dem du eine Entschuldigung schuldest.«

»Im Moment habe ich das Gefühl, dass ich mich bei allen entschuldigen muss. Ich weiß gar nicht, wo ich anfangen soll. Weißt du, Sam ...«

»Jen, ich kann das nicht mehr. Freunde bleiben. Es ist zu verdammt schwierig.« Er guckt auf seine Füße und schiebt ein paar Kieselsteine am Boden herum. »Es tut mir leid, Jen. Ich hol mir ein Bier. Sag Bescheid, wenn du fertig bist, dann fahre ich dich zu deiner Wohnung.«

Er entfernt sich schnellen Schrittes und trotz all der Dinge, die er mir vorgeworfen hat, ist es die Tatsache, dass er »deine Wohnung« gesagt hat, die mich fast zum Weinen bringt.

* * *

Der Baum ist groß und imposant. Eine Eiche. Trockenes Gras und Gänseblümchen wachsen aus der staubigen Erde und überwuchern ihre Wurzeln. Ich streiche mit den Fingern über die raue Rinde und suche nach der Verletzung, die Callies Auto hinterlassen haben muss, finde aber nur eine winzige Schramme. Wie schnell die Natur doch alle Spuren auslöscht. Es ist fast, als wäre Callie nie hier gewesen.

Ich lege beide Hände auf den Baumstamm und schließe die Augen. Der Boden unter meinen Füßen scheint sich zu verschieben. Ich verliere das Gleichgewicht und knalle schmerzhaft gegen den Baum, als mir die Wahrheit die Augen öffnet, so eindeutig wie ein Schlag ins Gesicht.

EINUNDFÜNFZIG

»Hör auf, hör auf, hör auf!«

»NEIN!«, brüllst du, und obwohl wir in letzter Zeit viel und heftig gestritten haben, habe ich dich noch nie so wütend erlebt. Ich drücke meinen Körper fest gegen die Autotür, die Finger um den kalten Metallgriff geklammert. Ich wünschte, ich könnte aus dem Auto springen, aber dafür fährst du viel zu schnell.

Die Scheibenwischer kämpfen quietschend gegen den donnernden Regen an und im Licht der Scheinwerfer ist die Straße vor uns kaum zu erkennen.

»Fahr langsamer«, sage ich fast flüsternd. Dieses Tempo ist schrecklich gefährlich. »Fahr langsamer. Bitte.«

Ein LKW donnert an uns vorbei und die grellweißen Scheinwerfer lassen die roten Pailletten auf meinem Kleid wie Bluttropfen glänzen. Durch die Vibration springt das Handschuhfach auf. Das Schloss hat noch nie gut gehalten. Als ich es wieder zudrücken will, sehe ich es. Mein iPhone! Das du mir abgenommen hast. Kein Wunder, dass ich es im Haus nicht finden konnte. Ich werfe einen Blick zu dir, aber deine Augen sind starr auf die Straße vor uns gerichtet. Ich stecke das Handy in meine Handtasche. Ich war so dumm, das alte Prepaidhandy heute in der Praxis zu vergessen, und es ist eine riesige Erleichterung, wieder erreichbar zu sein.

Ich weiß, dass du glaubst, das Richtige zu tun, indem du versuchst, so zu tun, als wäre nie etwas geschehen. Aber etwas ist geschehen und nichts kann mehr so sein, wie es früher war. Ich bin nicht mehr dieselbe Person. Und du auch nicht, nicht wirklich. Wie könntest du noch derselbe sein, nach dem, was ich getan habe?

In deiner Wange zuckt ein Muskel und du krallst dich so fest an das Lenkrad, dass deine Schultern fast bis zu den Ohren hochgezogen sind. Mit der linken Hand reißt du dir die Krawatte vom Hals, und als du sie in den Fußraum wirfst, streifst du die Blume in deinem Knopfloch. Blütenblätter fallen wie Tränen zu Boden.

»Ich dachte, du wolltest dir heute Abend Mühe geben«, sagst du. »Aber es ging dir heute gar nicht darum, wieder zur Normalität zurückzufinden, nicht wahr? Sei ehrlich. Glaubst du, dass unser Leben irgendwann wieder normal sein kann?« Es liegt so viel Schmerz in deiner Stimme.

»Ich weiß nicht, wie das gehen soll. Ich versuch es ja, aber ich kann es nicht vergessen. Jedes Mal, wenn ich die Augen zumache, sehe ich ...« Ich muss schlucken und fahre über die immer noch empfindliche Stelle an meiner Wange. »Ich musste meine Eltern anlügen. Ihnen sagen, dass ich gegen einen Schrank gelaufen bin. Was für ein Klischee. Ich muss alle anlügen. Ich kann das nicht mehr. Es geht einfach nicht. Ich muss gehen. Es tut mir leid.«

»Du musst nicht gehen«, sagst du. »Du hast die Wahl, Callie. Wir können uns andere Jobs suchen, wegziehen und von vorn anfangen. Wenn du den Kontakt komplett abbrichst, können wir noch mal neu anfangen.«

»Nathan«, sage ich und blicke in deine wuterfüllten Augen. »Das kann ich nicht.«

»*Aber wir waren doch mal so glücklich. Das können wir uns zurückholen. Du könntest dich für mich entscheiden?*«

»*Es tut mir so leid.*« Du wendest dich zu mir und als sich unsere Blicke treffen, spüre ich darin einen Hauch der Menschen, die wir früher waren.

Brüllendes Hupen durchreißt die Nacht, Bremsen kreischen, Reifen quietschen und ich klammere mich mit beiden Händen an den Türgriff.

»*Nathan!*«

ZWEIUNDFÜNFZIG

Meine eigenen Sinneseindrücke stürzen wieder von allen Seiten auf mich ein und ich blinzele im hellen Sonnenlicht. Nathan saß am Steuer. Meine Wut brennt so heiß in mir wie die Sonne am Himmel. Jetzt, wo ich hier bin, am Unfallort, sehe ich die Details kristallklar vor mir. Das funkelnd rote Kleid, das Callie zur Hochzeit getragen hatte. Nathans zitronengelbe Krawatte.

Dieser verfluchte Bastard. Er saß am Steuer. Er hat den Unfall gebaut. Ich konnte die Wut in seinem Gesicht sehen und habe Callies Panik gespürt, als sie seinen Namen geschrien hat. Hat er ihren Sitzgurt gelöst? Sie absichtlich umgebracht? Er muss weggerannt sein und sie im Dreck liegen gelassen haben. So ein verdammter Feigling.

Steifbeinig laufe ich zurück zum Pub. Sam sitzt schon im Auto und spielt auf seinem Handy herum. Er sagt kein Wort, als ich einsteige und mich anschnalle. Er lässt den Motor an und wir hinterlassen nichts als eine Staubwolke auf dem Parkplatz. Ed Sheeran und Taylor Swift singen »Everything Has Changed« und erzählen uns, wie anders nun alles ist. Vehement dreht Sam am Knopf, um das Radio auszuschalten. Aber ich breche das Schweigen nicht. Meine Gedanken sind voller Gift und ätzender Säure. Sie zerfressen meine Dankbarkeit, bis ich nur noch eines fühle: kalten, harten Hass. Hass auf all die Leute, die mich angelogen haben. Hass auf all die Leute, die mich gerettet haben, damit ich dieses halbe Leben führen kann. Nicht ganz mein eigenes. Nicht ganz Callies. Jetzt weiß ich, was Callie mir sagen wollte: Nathan hat sie umgebracht. Und ich glaube, sie wird mir keine Ruhe lassen, bis ich dafür sorge, dass er dafür bezahlt.

Und wie er dafür bezahlen wird.

DREIUNDFÜNFZIG

Die Nacht habe ich in unruhigem Schlaf auf dem Sofa verbracht. Eigentlich war ich mir sicher, dass ich gar nicht würde einschlafen können. Beim Aufwachen habe ich immer noch eine unfassbare Wut auf Nathan gespürt und mir ist etwas eingefallen, was ich vor einiger Zeit über ihn und Callie geträumt habe. Es hat mich auf eine Idee gebracht. Als ich die Tür zur Tierarztpraxis aufschließe, zieht gerade das erste Morgenlicht über den Himmel. Ich schließe die Tür hinter mir ab, denn viel Zeit habe ich nicht. Linda kommt immer schon früh. Die Morgensonne wirft helle Lichtstreifen durch die geschlossenen Jalousien, aber ich öffne sie nicht. Stattdessen laufe ich zur Alarmanlage an der Wand und deaktiviere sie. Mit angehaltenem Atem lausche ich dem Piepen der Knöpfe, aber sie haben den Code nicht geändert. Die Anlage leuchtet einmal, zweimal, dreimal. Geschafft.

Im Lagerraum ist es stockfinster, aber ich traue mich nicht, das Licht anzuschalten. Die Neonröhren summen nach dem Ausschalten noch eine ganze Weile weiter und ich will nicht, dass irgendwer merkt, dass ich hier war. Herausfindet, was ich geklaut habe. Sie werden es bis zur nächsten Bestandsaufnahme nicht vermissen. Mit zitternder Hand öffne ich meine Handtasche und ziehe mein Handy heraus, um mich mit der Taschenlampe im Raum zu orientieren. Der Schrank mit den gefährlichen Medikamenten ist verschlossen und ich tippe den Zugangscode ein.

Die Türklingel bimmelt, als die Vordertür geöffnet wird.

Scheiße.

Sie schließt sich wieder.

Ich spüre ein Kitzeln in der Nase und lege meine Hand darüber, um das Niesen zu unterdrücken.

Lindas Stöckelschuhe bahnen sich draußen einen klackernden Weg durch den Flur. Ich stehe an die Wand gepresst da – *bitte, bitte, komm nicht hier rein* – sie bleibt stehen.

Nun spüre ich ein Kitzeln im Hals und schlucke hektisch, um nicht husten zu müssen. Das Klackern der Absätze setzt wieder ein, als Linda weitergeht. Ich höre, wie sich ihre Bürotür öffnet und mit einem Knall wieder zufällt.

Leise öffne ich die Tür zum Schrank und finde sofort das, was ich suche. Ich lasse die Ampullen in meine Handtasche fallen und öffne vorsichtig die Zimmertür, Zentimeter um Zentimeter. Mein Herz tanzt Polka in meiner Brust. So leise wie möglich schleiche ich den Flur hinunter und entwische durch den Notausgang. Draußen laufe ich den langen Weg um den Parkplatz herum, damit mich die Mauer vor Blicken verbirgt. Ich kann es nicht riskieren, von Linda gesehen zu werden. Ob sie wohl die Polizei rufen würde, wenn sie wüsste, was ich gestohlen habe? Die Ampullen wiegen fast nichts und doch kommt mir meine Tasche schwerer vor als zuvor. Sie rutscht mir von der Schulter und ich hieve sie wieder nach oben.

Die Abgaswolke eines vorbeifahrenden Busses lässt meinen

leeren Magen verkrampfen, als ich meinen verstohlenen Weg die Straße hinunter fortsetze. Inzwischen ist es acht Uhr morgens und auf der Straße wuseln Menschen durcheinander. Autos schießen an mir vorüber, Leute gehen zur Arbeit, unterdrücken dabei ein Gähnen und starren auf ihre Handys, aber ich spüre ihre Blicke trotzdem auf meiner Haut brennen. Sie beobachten mich. Verurteilen mich. Fast erwarte ich, dass jemand mich anhält und völlig zu Recht als Diebin bezeichnet. Ich umklammere den Henkel meiner Handtasche noch etwas fester, überzeugt, dass alle wissen, was sich darin befindet. Was ich damit vorhabe.

Ich halte den Kopf gesenkt, die Augen starr auf den Asphalt gerichtet, und gehe so schnell ich kann, aber meine müden Muskeln protestieren und mir ist viel zu heiß. Der Rhythmus meiner Schritte kann mit meinem Atem nicht mithalten und ich beschleunige mein Tempo.

Anfangs rauscht das Blut noch so laut in meinen Ohren, dass es sie übertönt. Die Schritte. Schritte, die schneller werden, als ich schneller werde. Jemand verfolgt mich. Ich drehe den Kopf leicht nach hinten und mein Blick erhascht aus dem Augenwinkel eine Bewegung. Jemand greift nach mir und ich spüre es mehr, als dass ich es sehe.

Fast ohne nachzudenken, flitze ich über die Straße. Bremsen kreischen und ich bleibe in Schockstarre auf der Straße stehen, in der Schusslinie eines heranfahrenden Autos. Die Sekunden fühlen sich an wie Minuten und ich kann jedes kleine Detail erkennen, als wäre die Zeit stehen geblieben. Das erschrockene Gesicht des Autofahrers, der sich mit starr ausgestreckten Armen nach hinten in den Sitz drückt. Die offenen Münder der umstehenden Passanten. Das Dröhnen der Hupe. Das Auto weicht aus, fährt aber nicht auf den Gehsteig, der voller Menschen ist – eine Frau mit einem Kinderwagen, ein älterer Herr, schwer auf seinen Gehstock gestützt. Ich stehe immer noch direkt in der Fahrbahn des Autos. Kann mich immer noch nicht rühren. Ein Fahrrad scheppert, als der Radfahrer versucht, dem unvermeidlichen Zusammenstoß auszuweichen, und dabei zu Boden stürzt.

Ein Schrei.

Ich schließe die Augen und warte auf den Aufprall.

VIERUNDFÜNFZIG

Mein Kopf wird herumgerissen und mein Nacken verdreht sich, ein scharfer Schmerz schießt durch meinen Oberkörper, als ich auf den Bordstein zurückgezogen werde, von dem ich gerade heruntergetreten bin. Das Auto, das mich fast überfahren hätte, fährt weiter die Straße hinunter, jetzt allerdings deutlich langsamer. Der Radfahrer steht auf und klopft sich ab, wie um sicherzugehen, dass alles noch heil ist. Meine starren Muskeln entspannen sich langsam und ich fange an zu zittern. Erst, als mein Blick sich klärt und ich wieder anfange, die Geräusche um mich herum wahrzunehmen, wird mir klar, dass jemand immer noch meinen Arm umklammert hält. Ich versuche, die Person abzuschütteln, während ich mich zu ihr wende, aber ihre Finger graben sich nur noch tiefer in meine Haut.

»Rachel?« Ich habe einen Kloß im Hals.

»Scheiße noch mal, hast du sie noch alle, Jenna? Du bist grade vor ein Auto gelaufen!«

»Ich habe es nicht gesehen.«

Fassungslosigkeit spiegelt sich in ihren Augen wider. »Das hier ist eine Hauptstraße. Da ist immer Verkehr. Geht's dir gut?

Du siehst richtig scheiße aus. Wann hast du das letzte Mal geschlafen?«

Ich zucke mit den Schultern.

»Du hast doch nicht versucht ... also ... Du wolltest dir doch nicht wehtun, oder?«, fragt sie.

»Mein Gott, nein. Was denkst du denn, wer ich bin?«

Sie antwortet nicht, schaut mir nur prüfend ins Gesicht. Ich kann es ihr nicht verübeln. Ich weiß auch nicht mehr, wer ich bin. Sie lässt meinen Arm los und ich hänge meine Tasche über die andere Schulter. Ich bin mir der Ampullen darin sehr bewusst.

»Was machst du hier?«, fragt sie. »Ich dachte mir doch, dass du das warst, als ich aus dem Bus gestiegen bin. Ich hab versucht, dich einzuholen.«

»Ich kann nicht fassen, dass du immer noch für Linda arbeitest ...«, sage ich, schärfer als beabsichtigt.

»Ich brauche das Geld. Bist du hergekommen, um dich zu entschuldigen?«

»Bei ihr?«

»Bei mir!«

»Oh, natürlich, Entschuldigung«, sage ich, aber es klingt sogar für mich selbst nach einer leeren Phrase. Geistesabwesend schaue ich an ihr vorbei die Straße zur Praxis hinunter, voll Sorge, dass Linda das Hupkonzert gehört haben und rausgekommen sein könnte. »Rachel, ich muss gehen. Wir können uns dann ein andermal aussprechen?«

»Tut mir leid, Jenna.« Ihre Augen glänzen und sie schüttelt langsam den Kopf. »Ich glaube eher nicht.«

* * *

Kurz vor neun bin ich wieder zu Hause und meine Nerven liegen wegen dem Beinahe-Zusammenstoß mit dem Auto immer noch blank. Es kostet mich meine ganze Kraft, den Telefontisch vor die Tür zu zerren, und nachdem ich einmal, zweimal, dreimal kontrolliert habe, dass die Türkette eingehängt ist, drehe ich meine übliche Runde. Niemand versteckt sich unter meinem Bett oder lauert im Schrank. Im Wohnzimmer ziehe ich mir einen Ärmel über die Hand, um mir den Schweiß von der Stirn zu wischen, dann lasse ich mich auf das Sofa fallen. Es liegen noch viele Stunden vor mir, bevor Nathan von der Arbeit nach Hause kommt. Bevor ich gehen muss. Ich stecke mir ein Kissen unter den Kopf und denke an Callie. An das, was ich tun werde. Für sie. Ich lege die Hand auf mein Herz. Für uns.

Ich fühle mich schwer. Und heiß. Ich habe heftige Gliederschmerzen und mein Haar ist schweißnass. Ich versichere mir selbst, dass es nur eine Erkältung ist, aber mit jeder Minute, die vergeht, fühle ich mich nur noch schlimmer. Wahrscheinlich ist es so, wie ich gestern vermutet habe, und ich habe mir im Krankenhaus was eingefangen. Ich spüre ein Kratzen im Hals.

Nur eine Erkältung.

Aber gleichzeitig ist mir sehr bewusst, dass mein Körper sich seit der OP gegen mich verschworen hat, um dieses neue Herz abzustoßen. Es ist nur eine Frage der Zeit, bis die Immunsuppressiva ihre Wirksamkeit verlieren und mein Körper das tun wird, wozu er veranlagt ist, nämlich den Fremdkörper zu bekämpfen. Wie ich so daliege und über meine Medikamente nachdenke, fällt mir auf, dass ich das Haus heute früh so in Eile verlassen habe, dass ich meine heutige Dosis komplett vergessen habe. Aber einmal sollte das nicht so schlimm sein. Ich sollte mich deswegen nicht so krank fühlen, wie ich es tue.

Nicht aufgeben, Callie, ermutige ich das Herz, das in mir pocht. Bilde ich es mir nur ein oder wird der Herzschlag langsamer? Schwächer? Nein! *Nur eine Erkältung.* Ich versuche, mich aufzusetzen und mir meine Tabletten zu holen, aber mein Körper ist einfach zu schwer. Ich sinke nach hinten, versuche, meine Augen offen zu halten, aber ich schaffe es nicht.

FÜNFUNDFÜNFZIG

Als ich später schweißgebadet wieder aufwache, ist es halb fünf. Ein dunkler, düsterer Nachmittag ist heraufgezogen. Draußen vor dem Wohnzimmerfenster sehe ich Gewitterwolken am metallgrauen Himmel herumwirbeln. Mein Hals ist so wund, als hätte ich eine Stahlbürste verschluckt, und ich muss so stark husten, dass meine Lungen brennen.

Nur eine Erkältung.

Ich drehe mich auf die Seite. Meine Gedanken driften ab, hinein in eine schmerzhafte Erinnerung, an das erste Mal, als ich ein Tier eingeschläfert habe. Bittere Galle war mir die Kehle hochgestiegen, als Linda das Mittel in die Spritze füllte. Meine Hände zitterten schrecklich, als ich Maud, der Golden-Retriever-Dame, über das raue Fell streichelte, während sie brav auf dem Behandlungstisch wartete. Mein Mund war ganz trocken. Nur mit Mühe konnte ich ihr zumurmeln: »Es wird nicht wehtun, mein Schatz. Es ist besser so.«

»Du musst das nicht tun«, hat John gesagt. Linda stand schweigend neben ihm.

»Ich weiß.« Meine Stimme war so leise, dass ich mich selbst kaum hören konnte. Ich habe meine Hand ausgestreckt und

Linda hat die Spritze hineingelegt. Ich habe meine Finger fest um das kalte Plastik geschlossen.

Linda legt Wert darauf, dass alle ihre Tierarztassistentinnen Sterbehilfe leisten können, selbst wenn sie das Mittel nur unter Aufsicht verabreichen dürfen. »Dieser Job ist mehr als nur Kätzchen und Welpen bespaßen«, hat sie immer gesagt. »Wer nicht auch mit den schlechten Seiten umgehen kann, hat sich den falschen Beruf ausgesucht.« Ich habe immer zustimmend genickt, ohne zu verraten, dass sich beim Gedanken daran, die letzten Atemzüge eines Tiers miterleben zu müssen, alles in mir verkrampft. Beim Gedanken daran, für diese letzten Atemzüge verantwortlich zu sein. Getan habe ich es trotzdem.

Ich stemme mich hoch. Mein Leihleben neigt sich dem Ende zu. Mit jeder Minute fühle ich mich zunehmend schlechter. Callie wird mich bald verlassen. Mein Körper ist dabei, ihr Herz abzustoßen. Jeder schwache Herzschlag führt mir das vor Augen. Aber noch klammert sie sich fest und ich möchte ihr Gerechtigkeit verschaffen. Wir beide sind so gut wie dieselbe Person, Callie und ich, und durch meine Träume weiß ich, dass Nathan sie in seiner Gewalt hatte: Er hat ihr das Handy weggenommen, ihr Geld, und sie hatte Angst. In dieser Nacht saß Nathan am Steuer – er ist nicht allein mit dem Taxi nach Hause gefahren, wie er Tom und Amanda gegenüber behauptet hat. Da bin ich mir hundertprozentig sicher. Doch wie kann ich es beweisen? Niemand wird mich ernst nehmen. All das, was ich gesehen, was ich gefühlt habe ... dieser Flashback am Unfallort war so real. Aber was, wenn ich mich irre? Dieser Gedanke umschwirrt mich immer wieder, egal wie oft ich versuche, ihn abzuschütteln.

Es ist so still hier. Zu still. Ich wünschte, ich hätte jemanden, mit dem ich all das besprechen könnte, aber wer soll das sein? Vanessa hat mir nicht geglaubt, Rachel will nicht mehr meine Freundin sein und sogar Sam hat inzwischen das Handtuch geworfen. Mit meinen Eltern habe ich kaum geredet, seit ich das über Dad und Linda erfahren habe. Es gibt niemanden, mit dem ich das hier teilen kann. Und selbst wenn ich meinem Plan nachgehe, könnte ich Tom und Amanda niemals wissen lassen, dass Callies Tod gerächt ist. Aber ich werde es wissen. Das, was ich tun will, ist schon richtig so, genau wie damals bei Maud. *Aber was, wenn ich mich irre?*

Mühsam schlurfe ich in die Küche und spritze mir kaltes Wasser ins Gesicht, bevor ich meine Medikamente hinunterwürge. Ich schalte das Radio an, um ein bisschen Gesellschaft zu haben, und starre auf die Mindmap. Und auf die ausgedruckten Informationen zum Zellgedächtnis. Auf die Fotos von Callie und ihrer Familie, die ich auf Facebook gefunden habe. Da ist ein Foto von Amanda, wie sie früher war, ohne Furchen im Gesicht, nur zarte Lachfalten um die Augen. Ich bin mir sicher, ohne Nathan wäre sie immer noch diese Frau und keine gramgebeugte Greisin, die Tag für Tag im selben Stuhl sitzt und um ihre Tochter trauert, die sie nie wiedersehen wird.

Im Radio spielt der nächste Song an. Ed Sheeran singt »Kiss Me«. Das war unser Song, Sams und meiner. Ganz kurz spüre ich einen so schneidenden, stechenden Schmerz in meiner Brust, dass ich zusammenklappe und mich an der Stuhlkante festhalten muss, um nicht herunterzufallen. Ich weiß, dass es noch nicht zu spät ist, ein Taxi zu rufen und ins Krankenhaus zu fahren, um mir Hilfe zu holen. Aber als ich den Kopf anhebe, fällt mein Blick wieder auf Amanda, und ich weiß ohne den Hauch eines Zweifels, dass ich es durchziehen muss.

Ich muss Nathan umbringen.

SECHSUNDFÜNFZIG

Nathans Gartentür quietscht beim Öffnen. Mein Körper ist zum Zerreißen gespannt, als ich nach dem silbernen Türklopfer greife. Sein Schatten bewegt sich hinter dem milchigen Glas auf mich zu. Schweißperlen sammeln sich auf meiner Stirn. Sein Schlüsselbund klimpert. Mein Herz schlägt immer schneller und schneller. Die Haustür öffnet sich. Da steht Nathan, frisch geduscht, ein Handtuch um die Hüfte gewickelt. Zweifellos ist er dabei, sich auf sein Treffen um zehn vorzubereiten, mit der Person am Telefon.

»Jenna?« Er zögert kurz und blickt mich verwirrt an. »Möchtest du reinkommen?«

Oh Gott. Kann ich das hier wirklich tun?

* * *

Nathan ist hochgegangen, um sich was anzuziehen. Ich habe ihm gesagt, dass ich mich um die Getränke kümmern werde. Ich weiß, dass ich nicht viel Zeit habe, bevor er wieder runterkommt, doch jetzt, wo ich in seinem Haus stehe, weiß ich nicht, ob ich das hier durchziehen kann. Ich stehe am Waschbecken in seiner Küche und gucke in den Garten hinaus. Rote Streifen hängen am Himmel und die feuerrote Sonne sinkt langsam. Mir ist, als könne ich mit ausgestreckter Hand auf sie zugehen und den Himmel berühren. Die Welt ist so schön. Alles Hässliche kommt von den Menschen. Am liebsten würde ich mich auf den Boden werfen und brüllen, wie ungerecht das alles ist. Die Gefängnisse quellen über vor Vergewaltigern, Mördern, Kinderschändern – warum dürfen sie leben, warum sind ihre Herzen so stark und verlässlich, während mein Leben dahinschmilzt? Aber wenn ich Nathan umbringe, bin ich dann nicht genauso schlecht wie diese Menschen? Ich weiß es einfach nicht. Ich grabe meine Finger in meine Kopfhaut, als könne ich so die innere Stimme zum Schweigen bringen, die mir sagt, dass ich es nicht tun soll. Ich überlege, einfach wieder nach Hause zu fahren, doch dann wehen ein paar Noten von Nathans Pfeifen nach unten, unbeschwert, als könne ihn kein Wässerchen trüben, und das lässt meine Wut wieder hochkochen. Ich habe meine Entscheidung getroffen.

Ich ziehe zwei Gläser und eine Flasche aus dem Schrank, dann gieße ich gluckernd Jack Daniels in eins der Gläser, scharfen, sauren Whiskey. Meine Hände hören einfach nicht auf zu zittern, und wieder und wieder kämpfe ich mit dem Verschluss der Ampulle, die ich in der Praxis gestohlen habe. Je öfter ich es versuche, desto schwitziger und glitschiger wird meine Hand. Das Glas der Ampulle ist glatt und meine Hand schwach. Ich reiße ein Geschirrtuch vom Haken neben dem Ofen und versuche es noch einmal. Da, diesmal löst sich etwas, der Verschluss gibt nach, und ich kann die Flüssigkeit in das bernsteinfarbene Getränk schütten. Dann rühre ich es mit meinem Finger um und schenke mir etwas Apfelsaft in mein Glas ein. Kurz bin ich versucht, einen Schuss Alkohol dazuzugeben. Macht es denn überhaupt noch einen Unterschied, ob ich trinke oder nicht, jetzt, wo ich mir so sicher bin, dass ich Callies Herz abstoße? Aber mein Kopf muss klar bleiben. Ich nehme die beiden Gläser. Nur mit Mühe lasse ich sie nicht fallen. In meinen Händen wiegen sie schwer wie Zementsäcke. Ich bin wirklich richtig krank.

Nur eine Erkältung.

Ich bin bereit.

* * *

Im Wohnzimmer komme ich einfach nicht zur Ruhe und tigere herum. Über mir knarzen die Dielen, als Nathan in seinem Schlafzimmer hin und her läuft. Über dem Kamin steht immer noch das Foto von Callie und ihre Augen scheinen mir durch den Raum zu folgen. Sie sieht so glücklich aus, wie sie da lachend auf der Brücke steht. Es gibt nichts, was sich mit dem Gefühl vergleichen lässt, durch und durch geliebt zu werden, durch und durch glücklich zu sein. Ich wette, dass sie in dem Moment dachte, sie würde sich für immer so fühlen. Dann denke ich an das letzte Foto von ihr, mit dem verschwollenen, blau angelaufenen Gesicht, und überlege, wie viel Schmerz wir einander doch zufügen, wenn Beziehungen zerbrechen und zerfallen. Ich ziehe mein Handy aus der Tasche und schreibe Sam eine SMS: *Es tut mir so schrecklich leid.* Ich weiß nicht genau, ob ich mich für das entschuldige, was ich bereits getan habe, oder für das, was ich gleich tun werde. Ungeweinte Tränen brennen in meinen Augen, aber ich darf nicht weinen. Noch nicht. Nathan poltert die Treppe hinunter. Ich weiß, es ist noch nicht zu spät, es mir anders zu überlegen, aber als er das Zimmer betritt, überquere ich den cremefarbenen Teppich zwischen uns und reiche ihm sein Glas.

»Danke«, sagt er. »Du siehst aber nicht gut aus, Jenna.« Er legt die Hand auf meine Stirn. »Du glühst ja richtig.«

Ich lege meinen Kopf nach hinten, um seine Hand von meiner Stirn zu lösen, und ein dumpfer Schmerz pocht hinter meinen Augen. Das Verlangen nach jemandem, der das Steuer übernimmt und sich um mich kümmert, ist überwältigend, aber in mir sitzt die Erinnerung an das Grauen, das mein Herz gespürt hat. Ich will, dass Nathan es auch spürt. Dass er weiß, wie es sich anfühlt, hilflos und ängstlich zu sein.

»Nur eine Erkältung. Nichts Schlimmes. Tut mir leid, dass ich in den letzten Tagen nicht auf deine Nachrichten geantwortet habe. Ich dachte, wir könnten jetzt mal reden?«

»Nichts lieber als das, aber leider habe ich nicht viel Zeit. Ich habe heute noch etwas vor.«

»Was denn?« Mein Tonfall bleibt ganz neutral.

»Ich treffe mich mit einem Freund.« Die Person, mit der er telefoniert hat, war bestimmt kein Freund, aber es sollte mich ja eigentlich nicht überraschen, wie mühelos er lügen kann. Plötzlich spüre ich eiskalte Entschlossenheit.

»Aber du hast doch bestimmt genug Zeit, um kurz was mit mir zu trinken.«

»Klar, aber ich dachte vorhin, du meinst Tee. Ich muss noch fahren.« Er hebt sein Glas zur Nase und atmet ein. »Aber Jack Daniels hab ich schon seit Ewigkeiten nicht mehr getrunken. Ein Glas kann ja nicht schaden.« Er hebt das Glas an seine Lippen, doch bevor er einen Schluck nimmt, lässt er es wieder sinken, und ich muss meinen Frust hinunterschlucken.

»Stimmt was nicht?«

»Eis. Magst du auch welches?«

Ich schüttle den Kopf – meine Kehle ist so zugeschnürt, dass ich nichts sagen kann. Nathan geht aus dem Zimmer und ich höre das Klacken von Eiswürfeln, die aus dem Spender am Kühlschrank in sein Glas fallen. Ich sinke auf das Sofa. Meine Beine sind weich wie Gummi.

»Und, worauf trinken wir?«, fragt Nathan, als er zurückkommt.

»Auf die Wahrheit.« Meine Stimme ist eine Oktave höher als normal und ich hoffe, dass er es nicht merkt.

»Auf die Wahrheit?« Er nimmt einen Schluck und verzieht

sein Gesicht. »Da ist ja gar kein Wasser drin – willst du mich umbringen?« Er nippt noch mal an seinem Getränk, diesmal etwas zurückhaltender.

»Prost.« Ich stürze meinen Apfelsaft auf einmal hinunter und verschlucke mich an der kalten Flüssigkeit, woraufhin ich sie ins Glas zurückspucke und tränenüberströmt huste und huste und huste.

Nathan nimmt mir das Glas ab und legt den Arm um meine Schultern. Ich habe nicht genug Kraft übrig, um ihn abzuschütteln. Er reicht mir eine Schachtel Taschentücher, ich nehme mir eines und wische mir die Augen. Während ich mich schnäuze, holt er eine Decke und legt sie mir über den Schoß. Wenn er nur aufhören würde, so nett zu mir zu sein. Ein Wolf im Schafspelz, so würde Mum ihn nennen. Aber was, wenn er das gar nicht ist?

Was, wenn ich mich irre?

Doch dann ist sein Glas auch schon leer und ich weiß, dass es zu spät ist.

SIEBENUNDFÜNFZIG

Ich fülle die Wartezeit mit geziertem Small Talk, bis Nathan sagt: »Jenna, ich fühl mich nicht gut.«

Seine Pupillen weiten sich. Er lehnt den Kopf gegen die Rückenlehne des Sofas, als ob er zu schwer für ihn geworden wäre. »Ich glaub, ich hab mich bei dir angesteckt.«

»Ich kann dir versichern, dass das nicht der Fall ist«, sage ich in einem kühlen, knappen Tonfall. Ich habe keine Zeit, emotional zu werden. »Lass uns reden, Nathan. Lass uns über Callie reden.«

»Callie?«

»Sei ehrlich.« Ich nehme ihm das leere Glas aus der Hand und knalle es auf den Couchtisch. »Sag mir, was du ihr angetan hast.«

»Ihr angetan? Jenna, was du sagst, macht keinen Sinn. Es geht dir wohl wirklich nicht gut.«

»Ich bin hier nicht die, die krank ist. Nathan«, ich lehne mich zu ihm und flüstere es ihm ins Ohr, »ich weiß Bescheid.«

»Bescheid worüber?«

»Dass du sie überwacht hast. Ihr Angst gemacht hast.« Mein Gesicht ist ganz nah an seinem. »Sie umgebracht hast.«

»Das ist doch lächerlich«, blafft er zurück. Endlich kommt die perfekte Fassade ins Bröckeln. »Ich habe Callie geliebt. Ich habe nichts getan, als sie zu beschützen. Nichts. Du hast sie nicht gekannt.« Sein Gesicht wird immer röter und ich bin mir nicht sicher, ob es an der Wut liegt oder an dem Medikament, das ich in seinen Whiskey gemischt habe. »Du solltest jetzt besser gehen.« Die Worte kommen inzwischen immer schleppender und er schüttelt den Kopf, als wolle er Ordnung in seine Gedanken bringen.

»Ich gehe nirgendwo hin. Nicht, bis du mir die Wahrheit sagst.«

Ich baue mich vor ihm auf. Er stemmt sich hoch, fällt dann aber zurück aufs Sofa, schüttelt den Kopf und versucht es erneut.

»Jenna. Ich fühl mich echt komisch.« Er spricht ganz undeutlich und öffnet den Mund probeweise ein paarmal, als wolle er überprüfen, dass sein Kiefer noch funktioniert.

»Das wird wohl an dem Pentobarbital liegen, das ich dir in den Jack Daniels getan habe. Bei Hunden führt es relativ schnell zum Tod, aber bei deinem Gewicht und der Dosis, die ich in deinen Drink geschüttet habe, hast du noch mindestens zwanzig Minuten. Mehr oder weniger. Schwer einzuschätzen.«

Nathans Augen weiten sich und er klammert sich an die Sofakante, um sich irgendwie hochzustemmen, aber seine Beine scheinen taub geworden zu sein und er stürzt zu Boden, wobei sein Kopf den Couchtisch nur um wenige Millimeter verfehlt. Seine Hand kriecht zu meinem Knöchel und ich trete einen Schritt zurück, außerhalb seiner Reichweite. Dann starre ich auf diesen Mann hinab, dessen schreckliches, herzloses Verhalten unbeabsichtigterweise mein Leben gerettet hat. Ich trete ihm hart zwischen die Rippen, damit er wach bleibt. »Rede. Na los.«

ACHTUNDFÜNFZIG

Nathan liegt auf dem Bauch ausgestreckt am Boden, und sein Körper zuckt, als er versucht, die Kontrolle über seine Arme und Beine wiederzuerlangen. Winzige, hilflose Bewegungen, wie eine Schildkröte, die auf dem Panzer liegt und versucht, sich wiederaufzurichten. Er dreht den Kopf zu mir. Die Venen an seinem Hals zeichnen sich klar ab und vor Angst treten seine Augen hervor.

»Was passiert mit mir?«

»Dein Körper macht dicht, Stück für Stück. Deine Organe fangen an zu versagen. Die Sprechfähigkeit bleibt bis zum Schluss. Und relativ schmerzfrei ist es auch, du Glückspilz.«

»Jenna ...«

»Halt's Maul und hör zu.« In meiner Handtasche ist noch eine zweite Ampulle. Ich ziehe sie heraus und zeige sie ihm. »Das ist das Gegenmittel. Wenn du zugibst, was du getan hast, gebe ich es dir, damit du den Rest deines erbärmlichen Lebens im Gefängnis verbringen kannst. Kapiert?«

»Ja, ich ...«

»Moment noch.«

Ich gehe in die Hocke und kralle meine Finger in seine Schultern. Ich versuche ihn hochzuziehen, einmal, zweimal, dreimal, aber ich kann ihn nicht auf den Rücken drehen. Schweiß tropft mir von der Stirn. Ich knie mich vor ihm hin und stemme eine Hand gegen seine Schulter, die andere gegen sein Bein. Ich drücke mit all meiner Kraft gegen seinen Körper, und als er sich etwas bewegt, klemme ich mein Knie unter ihn, damit er nicht zurückrollen kann. Dann beiße ich die Zähne zusammen und drücke noch mal. Diesmal plumpst er auf den Rücken. Keuchend greife ich nach meinem Handy und starte eine Sprachaufnahme, bevor ich es auf den Couchtisch lege.

»Jetzt rede.«

»Gib mir das Gegenmittel. Bitte.«

»Je eher du redest, desto eher kriegst du das Mittel. Keine Sorge. Es mag sich zwar so anfühlen, aber du stirbst nicht. Noch nicht.«

»Ich weiß nicht, was du hören willst. Ich habe nichts Falsches getan. Bitte, Jenna ...« Tränen glänzen in seinen Augen, aber sie sind nur ein weiteres Scheit im Feuer meiner Wut.

»Hast du nachgegeben, als Callie dich angefleht hat, während du sie in den Tod gefahren hast? Hattest du mit ihr Mitleid?«

»Ich weiß wirklich nicht, was du denkst, was ich getan habe. Callie und ich waren glücklich. Lass mich nicht sterben, Jenna.«

»Du hast ihr das Handy weggenommen.«

Nathan blinzelt überrascht. »Woher weißt du ...«

»Du hast ihr Konto geleert, damit du die Kontrolle über sie behalten konntest.«

»Es war unser gemeinsames Konto ...«

»Du hast sie verfolgt. Beobachtet. Keine Sekunde in Ruhe gelassen. Nicht mal bei der Arbeit konnte sie dich loswerden. Sie ging raus zum Mittagessen, und zack, da warst du schon wieder. Du hattest Angst, dass sie dir entkommen könnte, nicht wahr? Gib es zu.« Inzwischen brülle ich. »Sie wollte dich verlassen, nicht wahr, Nathan?«

Eine einsame Träne kullert ihm über die Wange und ich halte mein Mikrofon an seinen Mund, als er flüstert: »Ja.«

NEUNUNDFÜNFZIG

»Du konntest sie einfach nicht gehen lassen, stimmt's?«

»Sie wollte das eigentlich gar nicht, nicht wirklich.«

»Doch, wollte sie. Sie hatte Angst vor dir.«

»Wie zur Hölle willst du das denn wissen?« Seine Stimme wird ein winziges bisschen lauter. »Du hast sie doch gar nicht gekannt.«

»Stimmt, aber ich kann sie spüren.« Ich ziehe mein T-Shirt nach unten und zeige ihm meine Narbe. »Ich habe ihr Herz. Schon mal was von Zellgedächtnis gehört?«

»Nein. Aber Jenna, bitte gib mir …«

»Manche Wissenschaftler nennen das Herz unser zweites Gehirn und glauben, dass wir dort Erinnerungen speichern und dass ein Herz nach einer Organspende Erinnerungen des Spenders an den Empfänger weitergeben kann. Ich habe Callies Erinnerungen. Ich habe ihre Angst gespürt.«

»Ich war nicht der, vor dem sie Angst hatte. Ich kann es nicht fassen, dass du mich vergiftet hast.«

»Die Idee habe ich von dir. Du hast sie doch gezwungen, was zu nehmen, oder etwa nicht? War das in der Nacht, in der sie gestorben ist?«

»Ich habe ihr nie ...« Er hält inne. »Meinst du die Schlaftablette? Ein paar Tage vor ihrem Tod habe ich ihr geraten, eine der Schlaftabletten zu nehmen, die ihr nach dem Herzinfarkt ihres Vaters verschrieben worden waren. Sie konnte nicht schlafen, war schon seit Tagen wach. Sie hatte den Schlaf nötig. Aber wie willst du das denn wissen? Wie meinst du das, du hast ihre Erinnerungen? Das ist doch lächerlich.«

»Und woher soll ich all das dann wissen? Ich träume von ihr. Von dir. Von Sophie. Du hast sie umgebracht. Du hast sie beide umgebracht.«

Die unverbundenen Gedankenfetzen, die mir ständig durch den Kopf schwirren, nehmen endlich Form an. »Callie wollte dich verlassen, Sophie wollte ihr helfen. Hatten sie vor, ins Ausland zu ziehen?«, überlege ich laut. »Du hast ihre Reisepässe versteckt, damit sie nicht gehen konnten, und du hast Callie ihr Handy weggenommen und ihr Geld auch, aber warum bist du während dem Leichenschmaus bei ihren Eltern eingebrochen?«

Meine Gedanken sind verworren und meine Stirn glüht. Irgendwas passt noch nicht ganz. Mir geht die Zeit aus. Warum zur Hölle will Nathan nicht zugeben, was er getan hat?

»Ich bin nicht bei ihren Eltern eingebrochen. Nach der Beerdigung bin ich hierher zurückgefahren und habe mich bis zur Besinnungslosigkeit besoffen. Und Reisepässe habe ich auch nicht versteckt. Jenna, ich glaube, du leidest unter Wahnvorstellungen. Ich glaube, du brauchst Hilfe, und ich will dir helfen. Wirklich, ich versprech's dir. Aber zuerst musst du mir helfen. Mir geht's wirklich nicht gut.«

Nathans Gesicht wird ganz bleich und seine Lippen verfärben sich blau. Es ist besorgniserregend, wie schnell es mit ihm bergab geht.

»Oben liegen Amandas Halskette und die Reisepässe. Ich hab es selbst gesehen.« Ich reibe mir meine müden Augen, als könne ich damit das Bild wieder hervorrufen. Ich habe das doch wirklich gesehen, oder?

»Im Gästezimmer?«

»Ja! Du gibst es also zu.« Ich verliere nicht den Verstand. Ich habe es doch gewusst.

»Dann hast du auch die Liste vom Krankenhaus gesehen?«

»Welche Liste?«

»Tom hat ein Formular zu Callies Besitztümern unterschrieben und sie dann mir gegeben. Da war auch eine Liste dabei, aber die hatte er nicht gelesen. Es konnte sich doch niemand konzentrieren. Dann haben sie das mit der Organspende unterschrieben, sie haben sie aus dem Zimmer gerollt, und alles andere verschwand im Nebel. Ich hab alles mit nach Hause genommen. Die Reisepässe waren in ihrer Handtasche, genau wie die Halskette und das Geld. Sie muss das alles an dem Abend mitgenommen haben, als wir ihre Eltern für die Hochzeit abgeholt haben. In den Tagen zwischen Callies Tod und der Beerdigung werden Tom und Amanda den Safe nicht benutzt haben. Erst, als die Polizei sie aufgefordert hat, nach dem Einbruch alle fehlenden Gegenstände aufzulisten, haben sie es bemerkt.«

Ich zögere kurz. Ich bin mir nicht sicher, ob er lügt, aber ich muss es herausfinden. Ich greife in seine Hosentasche und ziehe sein Handy heraus, damit er niemanden zur Hilfe rufen kann. »Bleib bloß liegen«, sage ich, aber ich glaube, mehr kann er eh nicht tun. Dann laufe ich nach oben ins Gästezimmer und öffne die Truhe. Die Umschläge, die ich bereits letztes Mal untersucht habe, lasse ich links liegen. Stattdessen grabe ich tiefer und finde ein DIN-A4-Blatt mit dem geprägten Logo des St. Martin Krankenhauses. Es ist eine Liste der Gegenstände, die bei Callies Tod in ihrem Besitz waren, und als ich sie überfliege, muss ich erkennen, dass Nathan mir tatsächlich die Wahrheit gesagt hat. Die Halskette, das Geld, die Reisepässe, sie stehen alle auf der Liste.

Ich lasse den Inhalt der Truhe auf dem Teppich verstreut liegen und richte mich auf. Schwarze Punkte tanzen vor meinen Augen und ich stütze mich an der Wand ab, um nicht umzufallen. *Nur eine Erkältung.*

Mit wackligen Beinen mache ich mich auf den Weg nach unten, um Nathan weitere Fragen zu stellen, aber das Wohnzimmer ist leer. Nathan ist verschwunden. Ich laufe zum Teppich und gehe in die Hocke, reibe mit den Händen über den Abdruck, den sein Körper im Flor hinterlassen hat, als könne ich ihn damit heraufbeschwören. Der Teppich ist noch warm. Wo ist er hin?

Hinter mir erklingt ein Geräusch.

SECHZIG

Als ich das Schlurfen hinter mir höre, drehe ich mich um. Die Tür zum Esszimmer steht offen, und als ich hinüberschleiche, sehe ich Nathan, der sich auf die Ellbogen gestützt über den Boden zieht. Als er mich kommen hört, reißt er seinen Kopf herum und starrt mich mit blutunterlaufenen Augen an.

»Jenna. Bitte ruf einen Krankenwagen. Ich will nicht sterben.«

»Dann sag mir die Wahrheit.« Ich verabscheue den flehenden Unterton in meiner Stimme. Nichts von dem hier läuft so, wie ich es mir vorgestellt hatte.

»Ich weiß nicht, was du von mir hören willst. Sag mir, was ich sagen soll. Ich sag, was auch immer du willst. Auch schriftlich, mit Unterschrift. Aber Callie ist in einem Unfall gestorben. Niemand hat sie umgebracht.«

Ich schnappe mir mein Handy und lasse Nathans Handy auf dem Couchtisch zurück. Ich starte die Sprachaufnahme erneut. »Callie hatte Angst, nicht wahr? Ich hab es gespürt. Ich hab viele Dinge gesehen. Das mit dem blauen Auge, warst das du?«

»Nein. Ich hätte ihr nie wehgetan. Ich habe sie geliebt.«

»Aber du hast gesagt ›Du musst mir versprechen, dass du niemandem erzählen wirst, wie du dir das hier zugezogen hast‹ und hast dabei ihre Wange berührt. Wenn sie sich beim Hinfallen wehgetan hätte, wäre es doch egal gewesen, wem sie davon erzählt, oder nicht? Du wolltest, dass sie lügt.«

»Woher weißt du …«

»Zellgedächtnis. Ich hab dir doch gesagt, dass ich von ihren Erinnerungen träume.« Meine Stimme ist heiser, als ich lauter werde.

»Ich wollte nicht, dass sie geht. Ich dachte, wenn sie bei mir bleibt, wenn wir ganz normal weitermachen, würde irgendwann alles wieder so werden wie früher. Wir waren früher so glücklich miteinander. Ich habe ihr vorgeschlagen, dass wir uns andere Jobs suchen und wegziehen könnten. Ganz von vorn anfangen. Sie brauchte nur ein bisschen mehr Zeit, um zu sehen, dass das klappen könnte. Deswegen habe ich ihr Handy und das Geld weggenommen, deswegen bin ich in ihrer Nähe geblieben. Damit sie nicht gehen konnte. Aber ich glaube, in dieser Nacht wäre sie trotzdem gegangen.«

»Du meinst am Tag der Hochzeit?«

Nathan nickt schwach.

»Du bist gefahren, in der Nacht, in der sie gestorben ist. Ich hab es gesehen.«

Seine Augenlider fallen zu und ich weiß, dass ich nicht mehr viel Zeit habe.

»Gib es doch einfach zu. Gib zu, dass du in dieser Nacht mit im Auto warst. Ihr habt euch gestritten, nicht wahr?«

»Ja. Ich hab sie gefragt, ob sie sich für mich entscheiden würde, und sie hat Nein gesagt. Sie hätte sich für mich entscheiden sollen.« Seine Stimme wird immer leiser und ich schiebe das Handy zu ihm, damit seine Worte auf der Aufnahme zu hören sind.

»Und gegen wen hätte sie sich entscheiden sollen, Nathan?«

Seine Augenlider flackern und mir geht die Zeit aus. Ich treibe ihn an: »Du warst am Steuer?«

»Ja.« Seine Stimme ist inzwischen so leise. Ich halte ihm das Mikrofon direkt an den Mund.

Endlich höre ich, was ich hören will, aber die erhoffte Woge der Erleichterung bleibt aus.

Er versucht, noch etwas anderes zu sagen, aber seine Zunge ist schwer und die Worte sind kaum zu verstehen. Er befeuchtet seine Lippen und ich hole ein Glas Wasser aus der Küche, halte es ihm an den Mund. Wasser läuft ihm über das Kinn und er verschluckt sich. Als er endlich aufhört zu husten, hebt und senkt sich sein Brustkorb nicht mehr. Sein Körper liegt still da. Ganz still.

EINUNDSECHZIG

»Nathan!« Er darf nicht tot sein. Angst überkommt mich. Ich lege mein Ohr auf seinen Brustkorb und beginne vor Erleichterung zu weinen, als ich sein Herz unter den Rippen schlagen höre. Meine Tränen tropfen auf seine Brust, durchweichen sein Hemd. Als ich vorhin in Nathans Küche stand und den Sonnenuntergang betrachtet habe, wurde mir klar, dass ich ihn nicht umbringen kann. Das könnte ich einfach nicht, ganz egal, was er getan hat. Ich hatte zwei verschiedene Medikamente aus der Praxis mitgenommen: Eins, das Nathan umbringen würde, und eins, das ihn nicht umbringen würde. Was ich letztendlich in seinen Drink geschüttet habe, war das weniger schädliche Medikament. Aber in Anbetracht dessen, wie schnell er zusammengeklappt ist, war die Dosis Ketamin, die ich ihm gegeben habe, wohl viel zu hoch. Die verschlossene Ampulle mit dem Pentobarbital in einer Dosierung, die einen erwachsenen Mann umbringen könnte, liegt noch in meiner Handtasche. Wenn Linda merkt, dass es fehlt, wird sie durchdrehen vor Panik. Geschieht ihr recht.

»Aufwachen.« Ich schüttle ihn an den Schultern und seine Augen öffnen sich, sein Blick ist wild und starr. Er versucht, sich aufzusetzen, schafft es aber nicht. »Hast du ihren Sitzgurt gelöst? Bist du absichtlich gegen den Baum gefahren?«

»Ich war nicht ...« Seine Augen fallen wieder fast zu. »Ich war nicht dabei, als sie ihren Unfall hatte. Wir haben uns bei der Hochzeit gestritten und auf dem Heimweg haben wir uns nur noch angeschrien. Es war schrecklich. Zu Hause bin ich auf die Toilette gegangen, und als ich wieder rauskam, waren das Auto und sie verschwunden.«

Ich lehne mich zurück. Mein T-Shirt ist schweißnass und ich weiß nicht, was ich tun soll, ich bin so unglaublich müde. In meinem Bauch breitet sich ein unangenehmes Gefühl aus und das liegt nicht nur an dem, was ich hier tue. Ich glaube ihm. Ich denke daran, wie freundlich er ist, wie er mir Wasser geholt und sich um mich gekümmert hat, an das Brot, das er mitgebracht hat, um mit mir die Enten zu füttern. Er hat mir die Wahrheit über die Halskette und die Reisepässe erzählt. Callies Erinnerungen kommen mir wieder in den Sinn: »Dir würde ich mein Leben anvertrauen«, hat sie gedacht, und ich habe das unleugbare Gefühl, dass ich es ebenfalls tun sollte.

»Nathan, du wirst nicht sterben. Du wirst nur eine Zeit lang schlafen, aber bitte versuch, noch wach zu bleiben. Callie braucht mich. Braucht uns. Sie will, dass wir etwas tun, ich weiß es. Ich glaube, ich werde ihre Erinnerungen nicht los, bis es erledigt ist, aber ich weiß nicht, was es ist. Ich schulde es ihr. Sag's mir. Für wen hat sie sich statt dir entschieden? Mit wem triffst du dich heute Abend?«

Nathan versucht, etwas zu sagen, und ich schiebe mein Gesicht näher an ihn heran. Ich kann den Jack Daniels in seinem Atem riechen. »Sophie.« Seine Augen sind geschlossen, aber er setzt noch mal an und breitet die Worte langsam vor mir aus. »Sie würde wollen, dass du Sophie hilfst.«

»Sophie? Steckt Sophie in Schwierigkeiten?« Ist es das, was Callie mir sagen will?

Fast unmerklich bewegt Nathan seinen Kopf, aber ich glaube, er versucht zu nicken.

»Ist das der ›Freund‹, mit dem du dich treffen willst?«

»Ja. Ich hab versucht, die beiden voneinander zu trennen. Um Callie zu beschützen. Sie hätte nie in das Ganze verwickelt werden sollen.«

»In was verwickelt?«

»Ich dachte, es wäre vorbei, aber das ist es nicht.« Seine Blicke schlingern im Zimmer umher.

»Wo ist Sophie? Nathan?«

»Sie ist …« Mit diesen Worten scheint er auch sein letztes bisschen Energie auszustoßen. Seine Augen fallen zu und die dunklen Wimpern legen sich auf seine totenblasse Haut. Ich schüttle ihn erneut, fest und unerbittlich, aber sein Kopf rollt nur zur Seite. Bebend hebt sich seine Brust und er beginnt, donnernd zu schnarchen. Ich lasse meinen Kopf in die Hände fallen. Nathan wird jetzt für mindestens eine Stunde weggetreten sein. Sein Treffen mit Sophie ist um zehn, und wenn ich es nicht bis dahin zu ihr schaffe, könnte sie wieder abtauchen. Das Herz in meiner Brust dehnt sich aus wie ein Luftballon und ich weiß, dass meine geliehene Lebenszeit davonsickert. Wenn ich Dr. Kapur anrufe, werden sie mich ins Krankenhaus bringen, aber für mich ist es vermutlich sowieso schon zu spät, und wenn Sophie in Gefahr ist, muss ich ihr helfen. Das schulde ich Callie. Das schulde ich ihren Eltern. Ich muss ihr helfen. Ich muss ihr jetzt sofort helfen. Ich drücke meine Fäuste fest gegen meine Augen und der Nebel in meinem Kopf lichtet sich. Wo ist sie?

Denk nach. Die Geräusche im Hintergrund. Der Anruf, den ich von Callies Zweithandy getätigt habe, von dem Handy, das Sara mir in der Zahnarztpraxis überreicht hat. Die Nummer, die Callie damit kontaktiert hat, muss Sophie gehört haben, wenn Nathan versucht hat, die beiden voneinander fernzuhalten. Was war das für ein Geräusch im Hintergrund? Ich habe es schon einmal gehört. Denk nach, Jenna.

Und dann weiß ich, was das für ein Geräusch war. Rauschende Wellen am Meer.

Ich weiß, wo Sophie ist. Schließlich habe ich es oft genug in meinen Träumen gesehen. Der Owl Lodge Campingplatz. Ich muss sie finden.

ZWEIUNDSECHZIG

Kalt ist es. Wirklich arschkalt hier, denkt sie. Sophies Lungen brennen, als sie die feuchtkalte Luft einatmet. Sie wünscht sich, sie hätte eine Decke, aber stattdessen muss sie sich damit zufriedengeben, ihre Jacke um ihre Schultern zu wickeln und die Ärmel ihres Pullovers über ihre Hände zu ziehen. Sie hört ein Kratzen, bedrohlich, hartnäckig. Sie rollt sich zu einer Kugel zusammen und denkt an das Gedicht, das Callie ihr immer wieder im Singsang aufgesagt hat, wenn sie sich als Kind mitten in der Nacht in Callies Bett geschlichen hat, vor Angst bebend und sicher, dass ein Monster in ihrem Zimmer war.

Das ist doch gar nicht echt
Das kann doch gar nicht sein
Das Monster unterm Bett
Das bild ich mir nur ein
Es ist doch schon so spät
Ich muss doch jetzt ins Bett
Da denk ich dann an morgen
Da machen wir's uns nett!

Danach hat Sophie sich immer an Callie gekuschelt, ihren unangefochtenen Lieblingsmenschen, und sich warm und in Sicherheit gefühlt. Und in der Früh beim Aufstehen hat Callie ihren Eltern nie verraten, dass Sophie sie schon wieder mitten in der Nacht geweckt hatte. Sophie hätte nie gedacht, dass es mal eine Zeit geben würde, in der ihre große Schwester nicht hier wäre, um sie zu beschützen. Callie, die sie auf dem Spielplatz gegen Darren Patterson verteidigt und ihm ein Bein gestellt hat, weil er Sophie eine Heulsuse genannt hatte.

»Wer sich mit meiner Schwester anlegt, kriegt es mit mir zu tun«, hatte sie gesagt. Sie war immer für sie da gewesen und gerade jetzt braucht Sophie sie mehr als je zuvor. Aber Callie kann ihr nicht mehr helfen.

Sophies Magen knurrt vor Hunger. Seit Stunden hat sie nichts gegessen. Sie zieht ein Snickers aus ihrer Hosentasche, das sie vorhin aus dem Regal neben der Kasse gezogen hat, als sie in der Schlange stand, um ihren Kaffee zu bezahlen. Dann hat sie es in ihre Tasche gestopft, bevor die hochnäsige Kassiererin mit den ausgebleichten roten Haaren es sehen konnte. Geschieht ihr recht, der dummen Kuh. Sophie hatte den angeekelten Blick schon bemerkt, mit dem die Frau ihre verfilzten Haare und die dreckigen Klamotten gemustert hat. Sophie guckt wieder auf ihr Handy. Inzwischen ist der Akku leer. Aber es wird ja wohl eh niemand anrufen, außer vielleicht Nathan, um Bescheid zu geben, dass er doch nicht kommt. Aber er muss kommen, verdammt noch mal. Er wird kommen, denkt sie. Er würde nie zulassen, dass jemand herausfindet, was Callie getan hat, würde niemals zulassen, dass die Erinnerung an seine perfekte Freundin getrübt würde, an die perfekte Tochter, die perfekte Schwester. Sophie wischt sich mit einem Ärmel über die Augen. Sie tränen vom Staub hier drin, das ist alles. Sie weiß selber, dass dieser Gedanke ungerecht ist. Callie war wirklich eine perfekte Schwester und Sophie wünschte, sie hätte sie nie in dieses Chaos mit hineingezogen, das sie verursacht hat. Sie vermisst Callie, jeden verdammten Tag.

Es ist stockdunkel. Sie hört einen Schrei. Ihre Haare stellen sich auf, aber Sophie redet sich ein, dass es nur ein Fuchs war. Es gibt hier nichts, was ihr wehtun könnte. Aber sie weiß, dass das nicht stimmt. Monster leben nicht nur unter dem Bett.

DREIUNDSECHZIG

Ich habe mir ein Taxi gerufen. Die Vorstellung, Nathan allein zu lassen, gefällt mir nicht, aber ich denke, er erholt sich schon wieder. Beim Gedanken daran, dass ich ihn hätte umbringen können, läuft es mir kalt den Rücken hinunter.

Ich hoffe, dass er es alles verstehen wird, wenn er aufwacht. Dass er versteht, was ich für Callie tun musste. Wenn ihre Botschaft doch nur etwas eindeutiger gewesen wäre. »Sie müssen lernen, auf sie zu hören«, hat Fiona, die Hellseherin, gesagt. Wie konnte ich es nur so falsch verstehen? Callies Schwesterliebe ist es, die mich antreibt. In was für Schwierigkeiten Sophie wohl steckt?

Nathans Gesicht ist blass, aber entspannt. Ich streiche ihm die Haare aus der Stirn. Es sieht beinahe so aus, als würde er ganz normal schlafen. Das hier könnte ein Tag wie jeder andere sein und unter anderen Umständen hätte ich vielleicht mein Leben lang vor dem Einschlafen als Letztes seine Stimme gehört und am Morgen als Erstes sein Gesicht gesehen. Aber er hat nie zu mir gehört. Nicht wirklich. Ich hätte niemals mit ihm schlafen dürfen.

Ich packe Nathans Gürtel und hieve ihn grunzend und

keuchend hoch in die stabile Seitenlage. Sein Puls ist regelmäßig. Ihm ist nichts passiert. Bitte, lieber Gott, mach, dass ihm
nichts passiert ist.

Draußen drückt jemand zweimal laut auf die Hupe und ich
ziehe die Vorhänge zurück, um aus dem Fenster zu gucken. Ich
signalisiere dem Fahrer, dass ich unterwegs bin, und schnappe
mir meine Handtasche, dann schlage ich die Haustür hinter
mir zu.

Es beginnt zu nieseln. Ich gebe dem Fahrer die Adresse und
lehne meinen Kopf an den Sitz, dessen Bezug leicht nach
Rauch riecht, trotz des roten Rauchverbotsschilds am Fenster.

»Da sind wir«, sagt der Fahrer. Ich halte schon zwei Zwanzigpfundscheine bereit und reiche sie ihm. »Passt so.«

Mein Gesicht wird nass vom Regen, als ich auf der
Türschwelle stehe und mit der Faust an die Haustür hämmere.
Wahrscheinlich sollte mir kalt sein, aber ich verbrenne inner-
lich und weiß nicht, wie lang ich noch so weitermachen kann.
Ich hämmere noch mal an die Tür, meine Arme zittern vor
Anstrengung, und als die Tür sich öffnet, falle ich Tom fast in
die Arme.

»Sophie«, krächze ich.

VIERUNDSECHZIG

Sophie hält ihre Armbanduhr ins Mondlicht, damit sie die Zeiger sehen kann. Schon nach neun. Jetzt ist sie nicht mehr so sicher, ob Nathan kommen wird. Was soll sie bloß tun, wenn er nicht kommt? Hier kann sie nicht bleiben, aber ohne Geld und ihren Reisepass kann sie auch sonst nirgends hin. Es gibt niemanden mehr, den sie anrufen kann, ohne ihre Familie in Gefahr zu bringen, und sie liebt ihre Familie. Sehr sogar.

Tränen kullern ihr über die Wangen und Rotz läuft aus ihrer eiskalten Nase. Sobald sie einmal anfängt zu weinen, kann sie nicht mehr aufhören. Sophie schwankt vor und zurück. Aus ihrem Mund kommen so unvertraute Klagelaute, dass sie erst nach ein paar Minuten begreift, dass sie es ist, die so heult. Sophie sehnt sich nach ihrem Dad, mehr als nach allem anderen. Sie wünscht sich, dass er ihr übers Haar streicht und ihr erzählt, dass sie seine Prinzessin ist, genau wie früher. Sie wünscht sich, dass er sie im Arm hält und ihr verspricht, dass alles wieder gut wird. Aber das kann er nicht. Und es wäre nicht wahr. Sie weiß sowieso, dass sie nicht mehr sein kleines Mädchen ist. Das ist sie schon seit Jahren nicht mehr. Seit sie Owen kennengelernt hat. Trotz allem, was passiert ist, spürt

Sophie beim Gedanken an ihn immer noch ein Flattern im Bauch.

Sophie hat Owen vor drei Jahren kennengelernt. Da hatte ihr Vater gerade seinen zweiten Herzinfarkt gehabt und alle dachten, dass er sterben würde. Sie hatte schreckliche Angst. Callie konnte sich bei Nathan ausheulen. Mum und Onkel Joe waren dauernd im Krankenhaus. Und Sophie war allein mit ihren schwarzen Gedanken und Ängsten. Jedes Mal, wenn sie die Augen schloss, sah sie sich unter einen schwarzen Regenschirm gekauert neben einem offenen Grab stehen, während Regen auf den hinabsinkenden Sarg ihres Vaters prasselte. Dieses Bild konnte sie einfach nicht abschütteln, es überfiel sie ständig. Deshalb hatte sie Dads Whisky in ihren Mantel gesteckt und war zum Park gewandert. Der erste kräftige Schluck aus der Whiskyflasche brachte ihre Brust zum Brennen und ließ Gallensäure ihre Kehle hinaufsteigen. Und so was trinken die Leute zum Spaß? Vorsichtig an der Flasche nippend drehte sie langsam ziellose Runden auf dem Karussell, bis es abrupt angehalten wurde und sie die bernsteinfarbene Flüssigkeit herausprustete, direkt auf ihre weißen Jeans.

»Hey!« Mit einer Hand wischte Sophie sich über den Mund und riss gleichzeitig den Kopf herum. Als sie den Mann sah, der das Karussell mit beiden Händen festhielt, klammerte sie sich noch etwas fester an ihre Flasche.

»Du betrinkst dich hier so allein? Ist alles okay?«, fragte er und seine Besorgnis ermutigte Sophie dazu, ihm die Wahrheit zu sagen.

»Nein«, sagte sie.

»Möchtest du drüber reden?«

Er legte den Kopf zur Seite, als ob er richtig zuhören wolle, und da brach es aus Sophie heraus: »Mein Dad ist krank. Ich glaub, er muss vielleicht sterben.«

»Komm, setz dich zu mir und erzähl mir alles«, sagte der Mann. Er war älter als sie. Nicht so alt wie ihr Vater, aber doch ein Erwachsener. Vielleicht etwa so alt wie einer ihrer Lehrer. Sophie kletterte vom Karussell und erlaubte ihm, sie zu einer Bank zu führen.

»Ich heiße Owen«, sagte er und setzte sich ein bisschen zu nah neben sie.

»Sophie.« Sie nahm noch einen Schluck aus der Flasche, und als sie sie wieder senkte, nahm er sie ihr ab. Sie dachte, er würde sie schelten, aber dann setzte er die Flasche an seine eigenen Lippen und nahm gierige Schlucke daraus, bevor er sie ihr zurückgab.

»Bist du überhaupt alt genug zum Trinken?«, fragte er.

»Siebzehn«, sagte Sophie. »Aber alle sagen, dass ich älter aussehe.«

»Stimmt.« Er musterte sie. »Und, magst du mir jetzt von deinem Dad erzählen?«

Sophie heulte sich an seiner Schulter aus. Ihre Tränen kullerten über seine glänzend schwarze Lederjacke, als sie ihm erzählte, wie viel Angst sie hatte, wie allein sie sich fühlte. Sie reichten die Flasche hin und her und er hörte ihr zu. *Er hört mir richtig zu*, dachte Sophie. Und als er zwei Finger unter ihr Kinn legte, ihr Gesicht nach oben neigte und ihr ihren allerersten Kuss auf die vom Johnny Walker tauben Lippen drückte, wusste Sophie, dass sie sich verliebt hatte.

FÜNFUNDSECHZIG

Tom trägt mich halb ins Wohnzimmer und legt mich auf die Couch. Ich versuche, mich aufzusetzen.

»Jenna?« Amanda kauert neben mir und legt mir die Hand auf die Stirn. »Du glühst ja.«

»Ich rufe sofort einen Krankenwagen«, sagt Tom.

»Nein.« Ich schiebe Amandas Hand weg. »Sophie steckt in Schwierigkeiten.«

»Sophie ist in Spanien«, sagt Tom langsam und deutlich. »Mit Owen.«

»Nein, ist sie nicht.« Meine Zunge liegt schwer in meinem Mund und es kostet mich unendlich viel Kraft, die Worte zu formen.

»Das ergibt doch keinen Sinn, Jenna. Du hast Fieber. Ich bringe dich ins Krankenhaus«, sagt Tom.

»Schau in meine Handtasche«, sage ich verzweifelt und deute darauf.

Tom öffnet den Reißverschluss und schüttet den Inhalt der Tasche auf den Couchtisch. Amanda greift nach dem Reisepass. Als sie ihn aufklappt, wird sie kreidebleich.

»Der gehört Sophie«, flüstert sie, das Gesicht hinter ihren

Fingern versteckt. »Jenna.« Ihre Stimme wird lauter. »Wo ist sie? Wo ist mein Kind?«

»Warum hast du Sophies Reisepass? Was ist hier los, Jenna?« Tom starrt mich an, als hätte er mich noch nie vorher richtig gesehen.

Ich wühle in den Wortwolken herum, die durch meinen fieberheißen Kopf schwirren, und versuche, eine Erklärung zu formulieren, die mich nicht wie eine Wahnsinnige klingen lässt, aber es gelingt mir nicht.

»Es gibt da ein Phänomen, das nennt sich Zellgedächtnis, das heißt ...«

»Dass der Empfänger einer Organspende die Erinnerungen des Spenders übernimmt. Davon hab ich gehört. Nachdem das mit Callie war, hab ich stundenlang zu Organspenden recherchiert. Ich hab dir davon erzählt, Amanda, weißt du noch? Von dieser Studie von diesen Wissenschaftlern. Was hat das mit Sophie zu tun?«

Tom durchquert das Zimmer und legt seine Arme um Amanda, als wären meine Worte Pfeile, die sie verletzen könnten.

»Ich kann Dinge spüren. Dinge sehen. Verschwommene Bilder. Bruchstückhafte Träume. Ich glaube, das sind Callies Erinnerungen. Sie hat ständig versucht, mir etwas zu sagen, es war alles so verschwommen, aber jetzt weiß ich Bescheid. Sophie schwebt in Gefahr. Nathan hat es mir gesagt.« Ich hebe meine Hand, um die unvermeidlichen Fragen abzuwehren. Ich kann sie nicht beantworten. »Er hatte vor, sich heute Abend mit ihr zu treffen. Wir müssen sie finden.«

Stumm versuchen Tom und Amanda, zu verarbeiten, was ich ihnen da gerade erzähle. Ob sie mir wohl vertrauen werden? Ich hoffe es. Callies Verzweiflung ist in jede Faser meines Körpers eingedrungen. Tom geht zur Haustür und eine schreckliche Sekunde lang denke ich, dass er mich bitten wird, zu gehen, aber stattdessen greift er nach seinen Schuhen.

»Wo ist sie?«

»Ich glaube ...«

»Du glaubst? Wenn sie wirklich im Land ist, muss ich wissen, wo genau. Nathan hatte vor, sie zu treffen? Dann rufe ich ihn an.« Er nimmt das Festnetztelefon in die Hand.

»Er wird nicht rangehen«, sage ich und spüre Toms Zögern. »Ich weiß, wie das klingt, aber ihr müsst mir vertrauen.« Nach einem kurzen Moment legt er den Hörer wieder auf die Gabel.

»Ich träume oft von Callie und Sophie«, sage ich. »Sie sind immer am selben Ort. An einem Ort, wo sie beide glücklich sind und in Sicherheit, und ich glaube, ich weiß, wo das ist.«

»Wo denn?« Amanda ringt ihre Hände und sieht richtig verstört aus.

»Der Campingplatz, auf dem ihr früher Urlaub gemacht habt. Owl Lodge, nicht wahr, Amanda?«

»In Newley-on-Sea? Da waren wir immer, als die Mädchen noch klein waren. Die haben vor ein paar Jahren dichtgemacht.«

»Ich bin mir sicher, dass sie dort ist.«

»Ich hol meine Schlüssel und deine Schuhe, Amanda.« Tom rennt die Treppe hinauf. Ich stemme mich hoch und lege meinen Arm um Amandas Schultern. Teilweise, um das Gleichgewicht zu bewahren, teilweise, um sie zu trösten.

»Ich dachte, sie wäre in Spanien. Mit Owen«, sagt Amanda.

»Vielleicht sollten wir die Polizei rufen? Falls sie wirklich in Schwierigkeiten steckt?«, schlage ich vor.

»Wir wissen ja nicht, ob sie in Schwierigkeiten steckt. Und der Polizei können wir ja kaum erzählen, dass du einen Traum hattest, dass Sophie auf einem Campingplatz ist, der seit Jahren geschlossen hat. Die würden uns nicht ernst nehmen. Wir müssen sie selber finden.«

»Das werden wir«, sage ich mit deutlich mehr Überzeugung, als ich wirklich spüre.

Amanda blickt mir sorgenvoll ins Gesicht. »Du musst dringend zum Arzt, Jenna. Du siehst wirklich schrecklich aus.«

»Ist nicht so schlimm«, lüge ich. Ich muss das hier bis zum Ende durchziehen.

»Ich kann nicht auch noch für dich verantwortlich sein. Ich rufe einen Krankenwagen. Du solltest mit Callies Herz kein Risiko eingehen.«

Bevor ich antworten kann, stürzt Tom wieder ins Zimmer. Er redet lautstark in sein Telefon hinein: »Weiß ich, weiß ich doch. Klingt total verrückt. Aber wir müssen wenigstens nachgucken gehen. Ich ruf dich an, sobald ich mehr weiß.«

Er steckt das Handy in seine Hosentasche und reicht Amanda ihre Schuhe. »Hab nur kurz Joe Bescheid gegeben«, erklärt er. »Na dann los.«

Ich gehe einen Schritt vorwärts, aber Amanda legt mir eine Hand auf den Arm. »Tom, ich glaube nicht, dass Jenna mitkommen sollte, sie ist krank.«

Tom wirft mir einen Blick zu. »Du musst nicht mitkommen.«

»Ich will aber«, sage ich mit fester Stimme.

»Sie will aber«, wiederholt Tom. »Komm, wir haben keine Zeit für Diskussionen. Sophie hat höchste Priorität.«

* * *

Ich sitze auf dem Rücksitz von Toms Auto und presse meine Hand fest auf mein Herz. Es pocht *Sophie-Sophie-Sophie* und ich flüstere Callie zu, dass wir ihrer Schwester helfen werden, aber ich weiß nicht, wie lang ich noch weitermachen kann.

Nur eine Erkältung.

Aber das ist eine Lüge, nicht wahr? Ich habe so viel gelogen und jetzt lüge ich mich noch selbst an.

Mein Handy piepst. Nathans Name leuchtet auf dem Bildschirm auf:

Wo bist du?

Auf dem Weg zu Sophie, antworte ich. *Es tut mir leid.*

Der Gedanke, dass ich ihn fast umgebracht hätte, lässt mich schaudern, und ich frage mich, ob ich in Zukunft jemals wieder dieselbe sein werde. Gibt es überhaupt eine Zukunft für mich?

Wohnsiedlungen weichen nun dunklen Landstraßen und die Reifen des Autos drehen sich immer schneller. Wir rasen durch die Dorfmitte von Woodhaven hindurch. Angst greift mit eiskalten Fingern nach mir, als ich daran denke, wie Callie hier vor sechs Monaten unterwegs war und wie diese Fahrt für sie endete.

Ich werde immer schwächer. Und schwächer.

Das Wetter ist scheußlich. Vom unsichtbaren Nachthimmel fällt dichter Regen auf uns herab. Die Scheibenwischer quietschen rhythmisch auf der Windschutzscheibe. Es ist hypnotisierend.

Egal wie sehr ich es versuche, ich kann meine Augen einfach nicht mehr offen halten.

SECHSUNDSECHZIG

Bis zum vorigen Wochenende hatte Sophie noch gedacht, sie wäre in Sicherheit. Langsam hatte sie aufgehört, ständig über ihre Schulter zu gucken. In den letzten Monaten hatte Sophie versucht, sich ein neues Leben aufzubauen. Sie war von Ort zu Ort gegangen und hatte in Hostels geschlafen. Sie hatte als Kellnerin in Pubs gearbeitet, die genauso verdorben und widerlich waren wie der Prince of Wales, und war unter der Hand in bar bezahlt worden.

Sophie wird das nervöse Flattern in ihrem Bauch nie vergessen, das sie gespürt hat, als Owen sie zum ersten Mal zum Mittagessen in sein Stammlokal mitnahm.

»Bist du sicher, dass das Outfit so passt?«, fragte sie und machte zögernd vor der Tür halt. An dem Tag hatte sie mehr Zeit als sonst damit verbracht, ihre Augen mit dickem schwarzem Kajal zu umranden und sich künstliche Wimpern anzukleben. Ihr war viel daran gelegen, älter auszusehen als siebzehn. Sie wollte Owens Freunde beeindrucken.

»Du siehst spitze aus, Baby.« Owens Augen glitten genüsslich über ihren Körper und sie spürte das köstliche Kribbeln der Vorfreude. »Moment, Kleinigkeit noch.« Er öffnete einen weiteren Knopf ihrer Bluse und Sophies Wangen glühten vor Hitze, als ihr klar wurde, dass der schwarze Spitzen-BH, den er ihr letzte Woche gekauft hatte, jetzt sichtbar war. »Mach dir keine Sorgen. Du bist mein Mädchen und ich kümmer mich um dich. Außerdem ist Steve ein Kumpel von mir, dem gehört der Laden.« Owen küsste sie heftig und verwob dann seine Finger mit ihren.

Gemeinsam schlenderten sie in den Pub hinein. Der schale Geruch von Bier und Schweiß drang in ihre Nase und vertrieb den Krankenhausduft, der sich tief in ihre Seele gegraben hatte.

»Das ist Neil. Wir sind Geschäftspartner.« Owen stellte sie einem Mann vor, der ihr so unverblümt in den Ausschnitt starrte, dass Sophie instinktiv die Arme verschränkte, um ihm die Sicht zu versperren.

»Geschäftspartner?«

In den zwei Wochen, seit sie Owen kennengelernt hatte, hatte meistens nur sie gesprochen und ihm ihre Seele darüber ausgeschüttet, welche Angst sie hatte, dass ihr Vater sterben würde. Sie hatte ihm davon erzählt, wie spätnachts das Schluchzen ihrer Mutter durch die dünnen Wände drang. Und von den unbezahlten Rechnungen, die sich auf der Mikrowelle stapelten. Von dem Gespräch zwischen ihrer Mutter und einer Freundin, das sie überhört hatte und durch das sie erfahren hatte, dass die Familie ohne die Einkünfte aus dem Geschäft vielleicht ihr Haus verlieren würde. Wo würden sie denn dann wohnen? Sophie konnte sich das gar nicht vorstellen. Ein sorgenvoller Gedanke nach dem anderen war aus ihr herausgesprudelt. Als ihr bewusst wurde, dass Owen dabei kaum zu Wort gekommen war, schämte sie sich sehr. Sie wusste nicht viel über ihn, wusste hauptsächlich, wie weich ihre Knie wurden, wenn seine warme Zunge sich in ihrem Mund bewegte, wie sich seine Hand anfühlte, wenn sie ihr nacktes Bein hinauffuhr und sie kurzzeitig von ihren Problemen ablenkte. »Was arbeitest du?«, fragte sie Neil.

»Mal dies, mal das«, sagte er. »Magste was trinken?« Er zog ein Bündel Geldscheine aus seiner Tasche und nahm zwanzig Pfund heraus.

Sophie zögerte. Sie wollte erfahren wirken, aber von dem Whisky im Park war ihr so schlecht geworden, dass ihr schon der Gedanke an Alkohol den Magen umdrehte. »Eine Cola, bitte.«

Neil hob fragend eine Augenbraue.

»Ich muss nachher noch meinen Dad im Krankenhaus besuchen«, erklärte Sophie. »Er ist ziemlich krank und ich will nicht, dass er Alkohol in meinem Atem riechen kann.« Beim Gedanken an ihren großen, starken Dad in seinem Krankenhausbett, das Gesicht so bleich wie das Kopfkissen, schossen ihr Tränen in die Augen. Sie schniefte und war sich bewusst, dass ihr das Make-up in schwarzen Streifen die Wangen hinunterlaufen würde, wenn sie jetzt anfinge zu weinen.

»Ich kann mir gar nicht vorstellen, wie schlimm das für dich sein muss.« Neil legte seine Hand auf ihre.

Die Hand war so schwer wie der Arm, den Owen um ihre Schulter gelegt hatte, aber als er ihr in die Augen blickte, spürte sie ein Gefühl von Zugehörigkeit. Es schien nicht mehr so wichtig, dass Mum und Onkel Joe dauernd im Krankenhaus waren und sie weitestgehend ignorierten. Dass Callie sich bei Nathan ausheulen konnte. Schließlich hatte sie jetzt eigene Freunde. Menschen, die sie liebten.

»Willst du was nehmen, um runterzukommen?«, fragte Neil.

»Was meinst du?«

»Was zum Entspannen, das keinen Geruch hinterlässt. Würde dein Dad gar nicht mitbekommen.«

»Ich weiß nicht, ob ...«

»Lass sie in Ruhe, sie ist doch noch ein Kind«, sagte Steve, der Pubbesitzer. Er warf ihr einen amüsierten Blick zu und begann, ihr schale Cola aus einer Flasche einzuschenken.

Sophie richtete sich auf. »Bin ich gar nicht, aber ...«

»Schon okay, Sophie.« Owen legte seine Hand auf ihren Hintern und drückte fest zu. »Das Angebot gilt, wenn du's mal brauchst. Du weißt schon, falls dein Dad stirbt und du nicht damit umgehen kannst. Das bringt dich dann zumindest durch die Beerdigung.«

Ihr war, als hätte ein Vorschlaghammer sie mitten auf den Brustkorb getroffen. Ihr Dad durfte nicht sterben. Das ging einfach nicht. Aber dann sah sie die Maschinen vor sich, die Kanülen, hörte das Piepsen, das jedes Mal noch so lange in ihren Ohren nachklang, wenn sie die Krankenhausstation verließ. Sie wandte sich mit Tränen in den Augen an Owen.

»Okay. Was habt ihr da?«

SIEBENUNDSECHZIG

Mein Kopf schießt in die Höhe und ich wische mir einen Speichelfaden vom Kinn. Ich muss wohl weggedöst sein. Mit zusammengekniffenen Augen starre ich in die Dunkelheit hinaus und versuche herauszufinden, wo wir sind. Ich kann keine Orientierungspunkte ausmachen, höre aber draußen in der Finsternis das Meer rauschen. Ich öffne das Fenster einen Spaltbreit und schmecke Salz auf meiner Zunge.

»Die Straße zum großen Campingplatz ist blockiert«, sagt Tom, als der Wagen ausrollt und stehen bleibt. »Wir müssen wohl zur anderen Seite fahren und am Strandcampingplatz parken.« Der Motor brummt, als er den ersten Gang einlegt und wir uns wieder in Bewegung setzen.

»Ich frag mich, wo dieser Weg da hinführt?« Tom reißt das Steuer nach links in einen kleinen Pfad und mein ohnehin schon pochender Kopf knallt gegen das Fenster.

Wo einst eine Straße war, wächst jetzt Gras. Während das Auto von einem Schlagloch ins nächste holpert, klammere ich mich am Türgriff fest. Und dann sehe ich sie. Das Licht der Scheinwerfer fällt auf die Eule, die mit gespreizten Flügeln

dasteht, den Schnabel in einem stummen Schrei aufgerissen.
Owl Lodge. Newley-on-Sea.

Wir sind da.

ACHTUNDSECHZIG

Nachts ist es hier eiskalt. Sophie zieht ihre Knie zum Körper und schlingt die Arme um ihre Schienbeine. Der Sitz, auf dem sie sich zusammenkauert, riecht modrig und orangerosa Schaumstoff quillt aus den Löchern, die Insekten in den Stoff gefressen haben. Sie denkt daran, wie sie früher diesen Sitz zu einem Bett herausgefaltet haben, das Callie und sie sich im Urlaub immer teilten, eingekuschelt mit Schlafanzügen im Partnerlook. Morgens duschten sie im Gemeinschaftsbad, die Füße in einer Pfütze kalten, sandigen Wassers, das frühere Badbesucher in der Duschwanne zurückgelassen hatten. Callie half Sophie dabei, sich die Haare zu waschen, und passte immer gut auf, dass sie ja kein Shampoo in die Augen bekam. Callie hat ihr immer geholfen. Wenn sie ihr in dieser einen Nacht nicht geholfen hätte, wäre Callie noch am Leben, denkt Sophie und fühlt abgrundtief bittere Reue.

Was für eine grässliche Nacht das war. Regen klatschte an die Fenster, als würde jemand mit voller Hand Kieselsteine dagegen werfen, aber in Owens Haus war es warm und gemütlich. Die Heizung lief auf Hochtouren.

»Na komm schon, Süße. Du weißt doch, wie gut dir das tut.« Owen reichte ihr einen zusammengerollten Geldschein.

»Ich nehm das Zeug nicht mehr. Ich dachte, das hättest du verstanden, als wir uns wieder versöhnt haben? Ich bin jetzt clean.«

»Und das respektier ich total. Ehrlich! Aber noch ein letztes Mal. Wie in den guten alten Zeiten?«

Sophie zögerte. Sehnte sich nach dem Rausch. »Das ist aber wirklich das letzte Mal.« Sie lehnte sich über den Couchtisch und atmete heftig durch den zu einem Röhrchen gerollten Geldschein ein. Dann wischte sie sich die Pulverreste von der Nase und rollte sich auf Owens Schoß zusammen. Als die Euphorie sie überkam, gab sie ihm einen lustvollen Kuss. Sie hatte gerade ihre Hand in seine Boxershorts geschoben, als jemand an die Haustür hämmerte.

»Einfach ignorieren«, murmelte Owen, als sie erstarrte, und er legte seine Hand auf ihre, um sie zum Weitermachen zu animieren.

Das Klopfen ertönte erneut, diesmal noch lauter.

»Haut bestimmt gleich wieder ab.« Owen kniff ihre Brustwarze und sie stöhnte.

Der Briefschlitz klapperte. »Ich weiß, dass du da drin bist«, schrie jemand hindurch. Callie. Sophie stand stolpernd auf und zog ihr Oberteil gerade. »Ich will nur mit dir reden«, schrie Callie.

»Sie wird nicht abhauen, bis du mit ihr redest«, sagte Sophie und Owen murmelte wütend vor sich hin, während er seinen Reißverschluss zuzog und den Gang hinunterstolzierte.

Callie kam ins Wohnzimmer gestürzt, das patschnasse Haar klebte ihr am Kopf, ihre Augen brannten.

Sie packte Sophie am Arm. »Komm, wir gehen.«

»Nein!« Sophie blieb wie angewurzelt stehen.

»Sie geht nirgendwohin.« Owen stand im Türrahmen. »Wir

waren gerade beschäftigt, als du uns so rüde unterbrochen hast.« Er griff sich in den Schritt und grinste herausfordernd.

»Mein Gott, was siehst du nur in diesem Loser, Sophie?«

»Ich liebe ihn.« Sophie wünschte, dass Callie Owen eine Chance geben und ihn besser kennenlernen würde.

»Das hier. Ist doch. Keine Liebe.« Frustriert schlug Callie ihre offene Hand auf die Stirn. Der Diamant ihres Verlobungsrings glitzerte im Licht und plötzlich hatte Sophie so die Schnauze voll von ihrer perfekten Schwester mit ihrem perfekten Freund und ihrem perfekten Leben. Sie packte Callie an den Schultern und schüttelte sie heftig. »Lass mich in Ruhe! Immer versuchst du, mir alles zu verderben! Ich brauch dich nicht!« Die hitzigen Worte brachen aus ihr heraus und verbrannten ihr fast den Mund.

»Da hörst du's.« Owen trat zur Seite und deutete mit seiner Hand in den Gang. »Du findest allein raus. Sophie und ich haben zu tun.«

Owens Hand wanderte zu seinem Reißverschluss und Callie sprang auf ihn zu und stieß ihn nach hinten.

»Du verfickter Bastard!«

»Runter von mir, du durchgeknallte Schlampe!«

Owen schubste Callie gewaltsam von sich weg und sie fiel zu Boden. Mit einem scheußlich dumpfen Schlag knallte ihr Kopf gegen den Couchtisch, bevor sie bewegungslos auf dem fleckigen Teppich liegen blieb. Für einen kurzen Moment dachte Sophie, sie wäre tot, und ein so intensiver Schmerz schoss durch ihren Körper, dass sie sich fast übergeben musste. Ein heftiges Schluchzen zerriss ihr förmlich die Kehle, aber dann setzte Callie sich auf und erleichtert rannte Sophie zu ihr. Die eine Seite von Callies Gesicht war rot und angeschwollen, ihr Auge nur noch ein kleiner Schlitz. Ein kleines Blutrinnsal sickerte aus ihrem Mundwinkel und Sophie wischte es mit ihrem Daumen weg.

»Oh Gott. Callie. Das war ein Unfall. Nicht wahr, Owen? Das hast du doch nicht gewollt?«

»Natürlich nicht«, sagte Owen.

»Sophie. Bitte geh mit mir.«

Sophie musste schlucken. Sie konnte ihrer Schwester nicht in die Augen sehen. »Mum und Dad freuen sich, dass Owen und ich wieder zusammen sind. Warum kannst du dich nicht für uns freuen?«

»Mum und Dad wissen eben nichts von dem Dreck hier.« Callie nahm ein Plastiktütchen mit weißem Pulver vom Tisch und Owen lachte. Doch sein Lachen klang künstlich und kalt.

»Soll ich dir mal was von diesem ›Dreck‹ erzählen, hm?« Owen riss Callie hoch. Sie wimmerte und versuchte, ihren Arm aus seinem Griff zu befreien, aber er ließ sie nicht los.

Sophie sah, wie seine Finger sich in ihre Haut gruben, konnte fast selbst spüren, wie heftig er zudrückte. Sophie hatte Angst. Sie hatte Angst vor dem, was als Nächstes passieren würde, und sie wusste, dass sie Callie hier rausholen musste. Sie griff nach der Bronzestatue des eng umschlungenen Pärchens, die sie Owen zu ihrem ersten Jahrestag geschenkt hatte, und schlug damit so hart sie konnte auf seinen Hinterkopf.

NEUNUNDSECHZIG

Auf dem Campingplatz ist es stockfinster. Ohne das Mondlicht wäre überhaupt nichts zu erkennen.

»Wo ist sie?«, fragt Amanda wehklagend. Sie hat das Autofenster runtergerollt, als könne sie dadurch mehr sehen. Vergeblich. Tom bremst und zieht den Schlüssel aus der Zündung. Die Scheinwerfer erlöschen und man hört nur noch das Ticken des langsam abkühlenden Motors.

»Zu Fuß kommen wir weiter«, sagt Tom und zieht eine Taschenlampe aus dem Handschuhfach. Er reicht sie Amanda und wir steigen aus.

Das Donnern der Wellen ist ohrenbetäubend laut und die kalte, salzige Luft brennt auf meinen Lippen.

»Komm, wir suchen in dem Wohnwagen, den wir immer gemietet haben.« Tom ergreift Amandas Hand und läuft los. Ich laufe hinterher, aber es fällt mir schwer, Schritt zu halten, und meine Füße versinken ständig im weichen Boden. Die Taschenlampe meines Handys leuchtet mir den Weg. Meine Arme und Beine sind schwer und starr, als seien sie aus Marmor gemeißelt. Ich bin unendlich müde, aber das Adrenalin gibt mir genug Anschub, um weiterzulaufen. Wir quetschen uns durch eine Lücke in dem Metallzaun, der einen halbherzigen Versuch darstellt, unbefugtes Betreten zu verhindern. Auch das Schild VORSICHT: WACHHUND ignorieren wir. Das Gelände sieht aus, als sei es seit Jahren verlassen und alles Stehlenswerte bereits gestohlen.

Wir bahnen uns einen Weg durch den heruntergekommenen Rummelplatz. In der Dunkelheit ist ein Riesenrad erkennbar, dessen Sitze im Wind knarzen.

Ein Knall.

Alle drei erstarren wir. Drehen uns um. Ein einsames Hot-Dog-Schild hängt nur noch an einer von zwei Ketten und schlägt gegen die Seite des hölzernen Kiosks.

Unter meinen Füßen knirscht das zerbrochene Glas von Hunderten Lichterketten, die sich früher um die Streben des Karussells gewunden haben, jetzt aber im Schlamm verstreut liegen.

Der Rummelplatz ist recht klein, aber ich kann mir vorstellen, wie riesig er den kleinen Kindern vorgekommen sein muss, die hier Urlaub gemacht haben. In der Ferne sehen wir die Umrisse der schattenumwobenen Wohnwagen.

»Moment.« Ich halte mich an dem verrottenden Holzrahmen der Minigolfhütte fest. Holzsplitter graben sich in meine Hand. »Kurz verschnaufen.«

»Alles okay?« Tom geht einen kleinen Schritt vorwärts, es zieht ihn weiter, und ich sauge die salzige Meeresluft in meine Lungen. Finde eiserne Willenskraft in mir. »Es ist nicht mehr weit.«

Ich schaffe das.

Nur eine Erkältung.

SIEBZIG

Ein Lichtstrahl fällt durch das verdreckte Plastikfenster und in der Ferne hört Sophie einen Motor wummern. Dann herrscht wieder Dunkelheit. Und Stille.

Das muss Nathan sein.

Noch mal richtig Scheißglück gehabt, denkt Sophie und beginnt, ihre Sachen in ihren Rucksack zu stopfen. Als sie ein T-Shirt ganz nach unten drückt, stößt ihre Hand an etwas Kaltes. Metall. Owens Pistole. Eins der wenigen Dinge, die sie mitgenommen hat, als sie gegangen ist. Als Owen eines Tages ins Haus stolziert war und sie ihr gezeigt hatte, war sie schockiert gewesen.

»Warum hast du so was?« Sophie wich vor Owen zurück, als er mit der Pistole auf sein Spiegelbild zielte und so tat, als würde er abdrücken.

»Zum Schutz, Baby. Magste mal halten?«

»Nein. Das Ding berühr ich niemals.« Damals hatte es sie davor geekelt, aber als sie die Waffe nun aus ihrem Rucksack zieht und ihr Gewicht in ihrer Hand spürt, beruhigt es sie. Natürlich wird sie das Teil nicht verwenden, aber sie trägt es bei sich, für alle Fälle. Sophie lässt ihren Blick noch ein letztes

Mal durch das Innere des Wohnwagens streifen, in dem sie als Kind so viele glückliche Stunden mit ihrer Schwester verbracht hat. Limo und Schokolade und Kartenspielen.

»Auf Wiedersehen, Callie«, flüstert sie.

Sophie hievt sich den Rucksack auf die Schultern, aber bevor sie den Wohnwagen durchqueren kann, wird die Tür aufgeschlagen, und sie stößt einen Schrei aus, als ihr jemand die Pistole aus der Hand reißt.

EINUNDSIEBZIG

Für mich sehen alle diese Wohnwagen gleich aus, aber Tom und Amanda scheinen genau zu wissen, wo sie hinmüssen. Schließlich bleiben wir vor einem großen Wohnwagen stehen.

»Das ist er.« Das schwache gelbe Licht der Taschenlampe fällt auf die Schimmelflecken an den Plastikfenstern.

Tom stößt die Tür auf. Sie öffnet sich widerstandslos.

»Sophie!« Er betritt den Wagen. »Sie ist nicht hier.«

Enttäuschung klingt bitter in seiner Stimme mit und kurz frage ich mich, ob ich mich doch getäuscht habe, ob ich doch verrückt werde, bis Amanda plötzlich losrennt, mit mehr Energie, als ich je zuvor in ihr gesehen habe, und sich auf die Knie fallen lässt. »Hier, schau!«

Sie zieht ein Karohemd aus einem Rucksack und winkt damit wie mit einer Flagge. »Das gehört Sophie. Callie hat es ihr zu ihrem letzten Geburtstag geschenkt. Da waren sie gemeinsam shoppen.« Sie vergräbt ihr Gesicht in dem Hemd, als könne der Geruch sie zu ihrer Tochter führen.

»Dann war sie also hier? Wo ist sie jetzt?«, fragt Tom.

Und dann hören wir den Schrei.

ZWEIUNDSIEBZIG

»Schneller.«

Sophie kann ihre Augen nicht von der Pistole in seiner Hand losreißen, als sie den Minigolfkurs überqueren, auf dem Callie und sie so viele Stunden damit verbracht haben, Golfbälle unter Brücken hindurch und in die Münder von Dinosauriern zu schlagen. Sophie stolpert und fällt auf etwas Scharfes, das ihr die Hand zerschneidet. Das Donnern der Wellen verschluckt ihre Schreie.

Er zieht sie schroff wieder hoch.

»Bitte.« Inzwischen bettelt sie. »Ich hab Angst vor dem Wasser.«

»Ich weiß«, sagt er. »Schhhhh. Gleich sind wir da. Beeil dich.«

Sophie zittert wie Espenlaub, und obwohl es eiskalt ist, weiß sie, dass es die Angst ist, die ihre Zähne zum Klappern bringt.

Früher waren sie gemeinsam hier vor dem Wasser gestanden, Callie und sie. Callie hatte Sophies Hand ganz fest gehalten, als die Wellen ihre Füße umspielten. Callie war in die Hocke gegangen und hatte Wasser in Sophies kleinen pinken

Eimer gefüllt. Sie waren dabei, eine Sandburg zu bauen, und brauchten noch Wasser für den Wassergraben. Eine Welle überraschte Sophie, sie rutschte aus und fiel im Wasser auf ihren Hintern, aber Callie ließ ihre Hand keine Sekunde lang los. Sie wusste, wie viel Angst Sophie vor dem Ertrinken hatte. Ist das nun etwa, wie sie heute sterben wird? Nach allem, was sie durchgemacht hat? Sophie streckt ihre Finger aus und tut so, als könne sie immer noch Callies warme Hand in ihrer spüren.

DREIUNDSIEBZIG

»Ich glaube, das kam von da drüben«, sagt Tom. Wir stehen so still wie die hölzerne Eule vor dem Wohnwagen. Da, da ist es wieder. Ein Schrei. Tagsüber hätte man es für den Schrei einer Möwe halten können.

»Es kommt vom Strand«, sagt Tom und rennt los.

Ich weiß nicht, wie ich es schaffe, die Sanddüne hochzukrabbeln, aber als ich oben ankomme, rennen Amanda und Tom schon am Strand entlang auf zwei davoneilende Personen zu. Das Licht ihrer Taschenlampe entfernt sich immer weiter und ich krieche auf Händen und Füßen über den Sand, meine Finger in feuchten Seetang gekrallt, keuchend und schweißnass. Ich komme nicht mehr hoch.

Nur eine Erkältung.

Ich leuchte mit meiner Handytaschenlampe über den Sand, der beinahe schwarz aussieht, und lecke mir über die salzverkrusteten Lippen.

Doch. Ich kann das. Für Callie.

Meine Schuhe versinken im feuchten Sand, als ich taumelnd aufstehe.

»Sophie! Sophie!« Ich höre Amandas Stimme in der Ferne, neige meinen Kopf gegen den Wind und laufe weiter.

Der Schweiß läuft mir in Bächen über den Körper. Ich fühle mich wie auf einem Laufband, schnelle Schritte, die mich nirgendwo hinführen. Aber als ich aufsehe, merke ich, dass ich Tom und Amanda eingeholt habe, die vor den zwei Personen zum Stehen gekommen sind. Sophie erkenne ich von den Bildern. Neben ihr steht Joe. Sein Arm hängt locker an seiner Seite und etwas Silbernes glänzt in seiner Hand. Eine Pistole! Unwillkürlich stolpere ich nach hinten.

»Sophie?« Amanda geht einen Schritt auf sie zu, aber Joe fährt sie an: »Bleib, wo du bist.«

Ich stelle mich hinter Amanda und schirme das Display meines Handys mit meiner Hand ab, aber hier draußen habe ich keinen Empfang. Ich kann niemanden um Hilfe rufen.

»Joe? Was machst du hier? Ist das da eine Pistole?« Tom steht da wie angewurzelt.

»Daddy.« Sophie schluchzt und ich spüre eine Woge der Liebe für dieses Mädchen, das ich noch nie getroffen habe. Für die Schwester meines Herzens.

»Sophie. Ich dachte, du wärst in Spanien«, sagt Tom. Tränen laufen ihm übers Gesicht. »In Spanien. Mit Owen. Wir haben nur darauf gewartet, dass du nach Hause kommst. Ich versteh das nicht, was ist hier los?«

»Lass sie gehen, Joe.« Amandas Stimme ist eiskalt und gefasst. »Sophie, komm zu mir.«

»Nein!« Joe hebt seinen Arm. Mit unsteter Hand richtet er die Pistole auf uns.

»Es tut mir so leid, Tom«, sagt er.

VIERUNDSIEBZIG

»Joe? Warum hast du eine Pistole?« Tom kann den Blick nicht von seinem Bruder abwenden, während er auf eine Antwort wartet.

Ich werfe einen Blick über meine Schulter, versuche einzuschätzen, wie weit es von hier zum Campingplatz ist, aber ich bin so schwach. So langsam. Selbst wenn ich renne, bin ich bestimmt nicht schnell genug, um mich in den Schatten zu verstecken, bevor Joe abdrücken kann. Meine Zähne klappern. Ist das nun etwa, wie ich sterben werde, nach allem, was ich durchgemacht habe?

»Das ist nicht meine Pistole«, sagt Joe in fast flehendem Tonfall, als wolle er uns um Mitleid bitten. Aber er lässt die Pistole nicht sinken.

Der Sand unter meinen Füßen ist weich wie ein Schwamm und ich verbiete meinen schwachen Knien, vor Angst nachzugeben. Aus dem Augenwinkel sehe ich, wie Amanda droht, in sich zusammenzusacken, und ich lege den Arm um ihre Taille. Ich bin nicht stark genug, um sie festzuhalten, falls sie umfallen sollte, aber ich kann mir nicht ausmalen, wie viel Angst sie gerade ausstehen muss, und möchte ihr etwas Trost bieten. Ich kann spüren, dass sie am ganzen Leib zittert, und plötzlich bin ich schrecklich wütend auf Joe, dass er Amanda das antut, nach allem, was sie dieses Jahr durchstehen musste.

»Wem gehört die Pistole?«, frage ich herausfordernd.

»Ihr.« Joe packt Sophie an der Schulter und schüttelt sie. »Ich hab sie ihr abgenommen, damit sie keine Dummheiten mehr anstellt.«

»Sophie? Ist das deine Pistole?«, fragt Tom und ich begreife nicht, wie seine Stimme so ruhig klingen kann.

Ich sehe ihn vor mir, als Vater zweier kleiner Mädchen, der ganz gelassen versucht herauszufinden, welche von ihnen ihr Gemüse weggeschmissen oder ein Spielzeug kaputt gemacht hat.

»Die gehört Owen«, sagt Sophie, aber sie schaut ihrem Vater dabei nicht in die Augen. Sie scheint niemandem in die Augen sehen zu können.

»Und warum hat Owen eine Pistole?«, fragt Tom.

Sophie wirft ihrer Mutter einen flehenden Blick zu. Ihre Augen glänzen im Mondlicht.

»Setz sie nicht unter Druck, Tom. Sie hat offensichtlich viel Schlimmes durchgemacht, aber sie ist wieder hier. Unsere Tochter ist wieder hier«, sagt Amanda mit fester Stimme.

»Und was passiert jetzt?«, fragt Tom.

Joe lässt die Waffe sinken und nimmt seine Hand von Sophies Schulter, aber sie bewegt sich nicht.

»Oh Gott. Ich kann das nicht mehr. Ich halt das nicht mehr aus.« Schockiert sehe ich, wie Joe anfängt zu weinen. »Wir müssen gehen, bevor Owen kommt.«

»Lass uns Sophie nach Hause bringen«, sagt Amanda und geht einen Schritt auf sie zu, aber Tom streckt seinen Arm aus, um sie aufzuhalten.

»Erst möchte ich mehr über Owen hören. Warum müssen wir gehen, bevor er kommt? In was ist dein Freund da verwickelt?«

Einen kurzen Moment lang ist alles still. Das Meeresrauschen verklingt im Hintergrund. Keiner rührt sich. Der Wind hat nachgelassen und die reißenden Wellen werden zu sanften Kräuseln. Ich halte den Atem an, und dann, endlich, wischt Sophie ihre Nase an ihrem Ärmel ab und fängt an zu erklären.

»Als du deinen Herzinfarkt hattest, hatte ich solche Angst, dass du sterben wirst. Du hast mir versprochen, dass alles gut wird, und ich hab dir geglaubt. Aber es wurde nicht gut. Du hattest einen zweiten Herzinfarkt und die Ärzte haben uns gesagt, dass du das vielleicht nicht überleben wirst. Ich hatte schreckliche Angst. Mum und Onkel Joe waren ständig bei dir. Callie war bei Nathan. Ich hatte niemanden. Und dann habe ich Owen kennengelernt und er hat mir zugehört, richtig zugehört. Und wir haben uns ineinander verliebt. Als er dann angefangen hat, mir was zu geben, damit ich mir weniger Sorgen mache, dachte ich, er will sich nur um mich kümmern.«

»Was hat er dir gegeben?«

»Kokain. Ich wollte das eigentlich nur nehmen, bis es dir wieder besser geht, aber dann bist du nach Hause gekommen und ich habe festgestellt, dass ich nicht aufhören konnte. Ich wollte das nicht, Dad. Es tut mir so leid.«

»Dieser verfluchte Scheißbastard. Wo ist er?« Unverhüllte Wut klingt in Toms Stimme mit. Wenn Owen hier ist, sollte er jetzt sehr große Angst haben. »Ich bring ihn um!«

»Er ist schon tot«, sagt Sophie.

»Das war Selbstverteidigung, Sophie«, sagte Callie. »Die Polizei wird das verstehen.«

Sie saßen auf dem Sofa und taten beide so, als wäre alles okay, doch Callie war ganz grün im Gesicht und ihre Stimme seltsam monoton.

»Ich habe jemanden umgebracht. Die schicken mich ins Gefängnis.« Sophie schlang ihre Arme um sich selbst und wankte vor und zurück. Panik schnürte ihr die Kehle zu.

»Werden sie nicht«, sagte Callie, aber Sophie hatte noch nie so viel Unsicherheit in der Stimme ihrer Schwester gehört.

»Doch. Ich muss ins Gefängnis. Das halt ich nicht aus.« Sophie vergrub ihr Gesicht in ihren Händen und stieß ein markerschütterndes Schluchzen aus. Ihr war, als würde ihr Körper entzweigerissen und ihr Herz zu Boden stürzen.

»Das lasse ich nicht zu.« Callie legte ihren Arm um Sophies Schultern. »Wir sagen, dass ich es war. Wir können sagen, dass ich vorbeigekommen bin, um dich zu holen, aber dass du nicht da warst. Dass Owen mich angegriffen hat. Das wird die Polizei mir glauben.« Callies Hand schwebte über ihrer geschwollenen Wange. »Ich hab mich nur gewehrt.«

»Aber die Wunde ist doch an seinem Hinterkopf. Das ist keine Selbstverteidigung. Ich kann nicht zulassen, dass du die Schuld dafür auf dich nimmst. Oh Gott. Ich kann nicht ins Gefängnis.«

»Wenn wir es der Polizei nur erklären ...«

»Nein.« Sophie schüttelte den Kopf. Sie wusste, sobald die Polizei ins Spiel käme, würden all die Geheimnisse, all die Lügen ans Licht kommen. Es würde ihre Familie auseinanderreißen. Sie würden sie hassen. Callie würde sie hassen. »Bitte, Callie. Du musst mir helfen.« Sophie klammerte sich an Callies Arm fest.

»Wie?«, fragte Callie und ihr Blick fiel auf Owen. Das Blut, das aus seinem Kopf gesickert war, hatte vor dem Kamin eine Lache gebildet.

»Wir könnten die Leiche loswerden. Das würde keiner mitbekommen.« Sophie spürte einen Funken Hoffnung in ihrer Brust. »Niemand würde ihn vermissen. Nicht wirklich. Er hat keine Familie.« Den Gedanken an Owens Sohn Harry verdrängte Sophie. Es war ja sowieso nicht so, als ob die beiden sich jemals sehen würden. »Seine Freunde sind allesamt Loser. Vor allem Neil. Der hält sich für so cool und ist doch nur ein läppischer Kleinkrimineller. Der würde Owens Geld vermissen, aber als Mensch würde Owen niemandem fehlen.« Niemandem außer ihr. Auch den Gedanken verdrängte sie. »Es ist die perfekte Lösung.«

»Sophie, ich kann nicht ...«

»Du könntest, wenn du mich wirklich lieben würdest.«

In Callies Augen konnte sie erkennen, wie sehr ihre Worte ihre Schwester verletzten, und Sophie wusste, dass das nicht fair war, aber Verzweiflung breitete sich in jeder Faser ihres Körpers aus und sie wusste nicht, was sie sonst tun sollte. Sie sprach weiter, die Ideen sprudelten nur so aus ihr heraus.

»Wir könnten ihn vergraben. Schau, hier.« Sophie nahm die kostenlose Tageszeitung vom Couchtisch und blätterte darin herum, bis sie fand, wonach sie suchte. »Burton Aerodrome.« Sie deutete vehement mit dem Finger auf den Artikel. »Das haben sie zum Naturschutzgebiet ernannt. Da wird keiner jemals was bauen. Da wird keiner graben.«

Callie stand auf und ging zum Fenster. Sophie wünschte, sie könnte die Gedanken ihrer Schwester lesen. Sie waren sich immer so nahegestanden, aber jetzt war ihr, als lägen Welten zwischen ihnen. Sie rang die Hände und wartete. Das Ticken der Uhr war so laut. Das Blut rauschte in ihren Ohren. Endlich drehte Callie sich wieder zu ihr. Tränen liefen ihr übers Gesicht.

»Okay. Ich helf dir.«

* * *

Sophie wollte ganz schnell handeln, bevor Callie es sich anders überlegen konnte. Sie lief ins Schlafzimmer und holte ein Bettlaken, in das sie Owen einwickeln konnten. Als sie am Fußende des Bettes stand, in dem Owen sie entjungfert hatte, stach ihr seine Armbanduhr auf dem Nachttisch ins Auge. Er würde nie mehr wissen wollen, wie spät es ist. Was hatte sie nur getan? Sie rannte ins Bad und ihre Bauchmuskeln brannten, als sie sich in die Kloschüssel erbrach, bis ihr Körper komplett leer war. Als sie fertig war, stopfte sie schnell ein paar Sachen in einen Rucksack. In dieses Haus würde sie nie wieder zurückkehren.

Als Sophie das Wohnzimmer wieder betrat, mit dem Laken in den Armen und einem sauren Geschmack im Mund, sah sie Callie auf ihrem Handy herumtippen.

»Was machst du da?« Kurz blieb Sophie das Herz stehen.

»Ich schreibe Nathan, dass wir eine Mädelsnacht machen. Sonst fragt er sich, wo ich bin.«

»Na, da wird er sich bestimmt total freuen.« Sophie war bewusst, dass Nathan sie nicht mochte, und obwohl sie es nachvollziehen konnte – all die Rückfälle, all der Stress, den sie Callie bereitete –, machte es ihr doch zu schaffen.

Callie biss sich auf die Unterlippe und für einen kurzen Moment dachte Sophie, Callie hätte es sich anders überlegt, und sie wünschte, sie hätte nichts gesagt, aber dann stand Callie auf, atmete tief ein und sagte: »Okay, los geht's.«

* * *

Callie fuhr ihren Wagen rückwärts an die Haustür heran. Sie öffnete den Kofferraum und Sophie nahm all die Gartenwerkzeuge und die Schubkarre entgegen, die Callie dabeihatte, um den Garten ihrer Eltern zu pflegen. Sie verstaute alles auf dem Rücksitz.

Der Regen prasselte immer noch auf sie herab, und obwohl die Dunkelheit sie schützte, warf Sophie nervöse Blicke um sich und meinte Augen zu spüren, die sie beobachteten.

Im Wohnzimmer schoben die beiden Schwestern den Couchtisch zur Seite und breiteten das Laken auf dem Boden aus.

»Wir legen ihn auf das Laken und wickeln ihn ein«, sagte Callie, aber keine von beiden rührte sich.

»Komm, ich zähl bis drei.« Callie beugte sich hinunter und schob ihre Hände unter Owens Schultern. »Du nimmst seine Füße.«

Sophie war froh, dass ihre Schwester die Führung übernahm. Fast kam es ihr vor wie in den guten alten Zeiten und Tränen schossen ihr in die Augen, als ihr klar wurde, wie sehr sich ihre Beziehung nach dieser Nacht verändern würde.

Schaudernd schloss Sophie ihre Hände um Owens Knöchel. Seine Jeans rutschte nach oben und sie konnte die Mr-Grumpy-Socken erkennen, die sie ihm zum Geburtstag geschenkt hatte. Ein unkontrollierbares Beben ergriff ihren Körper.

»Es ist noch nicht zu spät, wenn du dir nicht sicher bist, wenn du es dir anders überlegen willst?«, sagte Callie. »Wir könnten immer noch die Polizei rufen?«

Aber der Gedanke daran, wie die Polizei in Sophies Vergangenheit herumwühlen würde, war noch schlimmer als der Gedanke an das, was sie gerade vorhatten.

»Ich bin mir sicher«, sagte sie. Aber sie war sich nicht sicher. Nicht wirklich.

»Eins, zwei, drei«, sagte Callie grunzend, als sie Owen mühsam bewegten. »Scheiße noch mal.« Sie ging in die Hocke und faltete das Laken um ihn herum. »Ich fass es nicht, wie schwer der ist.«

»Wie sollen wir ihn denn ins Auto bringen?« Schon wieder nistete sich Angst in Sophies Herzen ein. Ihre Stimme war unnatürlich hoch.

»Schubkarre?«, sagte Callie.

* * *

Die Fahrt zum Burton Aerodrome verlief schweigend, bis auf die monotone Stimme des Navis, das ihnen die Richtung wies, und das rhythmische Schleifen der Scheibenwischer auf der Windschutzscheibe. Der Geruch von Reinigungsmitteln hing immer noch in Sophies Nase, aber immerhin war sie sich sicher, dass sie bis auf einen hartnäckigen Fleck auf dem Kaminboden alle Blutspritzer aus dem Wohnzimmer entfernt hatten. Von dem Bleichmittel, das sie verwendet hatten, waren ihre Hände ganz rau.

Als sie am Flugplatz ankamen, polterte Callies Auto über den unebenen Boden.

»Was denkst du, wo ist es am besten?« Angespannt starrte Sophie aus dem Fenster.

»Weiß ich doch auch nicht«, schnauzte Callie zurück und Sophie konnte spüren, wie die erste Faser ihrer schwesterlichen

Verbindung zerriss. »Vielleicht irgendwo bei den Büschen? Falls da jemand vorbeigeht, wird er nicht merken, dass wir dort gegraben haben?«

Callie wandte Sophie ihr Gesicht zu und wartete auf ihre Antwort. Im Halbdunkel sah Sophie die wächserne Blässe ihres Gesichts und sie fragte sich, wie Callie über das hier hinwegkommen würde. Wie sie beide darüber hinwegkommen würden.

»Okay«, sagte sie.

Callie trat wieder aufs Gas, und während das Dröhnen des Motors lauter wurde, schnallte sie sich ab und drehte ihren Oberkörper nach hinten, um nach ihrer Handtasche zu greifen, die sie beim Fahren immer auf den Rücksitz warf.

»Ich hab dir schon mal gesagt, dass du das nicht tun sollst.« Sophie nahm Callie die Tasche aus den Händen. »Das ist gefährlich. Wonach suchst du?«

»Ich hab da eine Packung Pfefferminzbonbons drin. Mir ist schlecht.«

Sie drehten eine Runde um den Flugplatz herum und lutschten die Minzbonbons. Callie bremste.

»Ich glaub, dort wär gut.«

Sie parkte das Auto und schaltete den Motor ab, ließ die Scheinwerfer aber an, deren Lichtstrahlen Löcher in die Dunkelheit schnitten und die Regentropfen zum Glänzen brachten.

Callie reichte Sophie die Grabegabel und griff selbst nach dem Spaten. Obwohl der Boden nass war, brauchten sie eine halbe Ewigkeit, um ein Loch zu graben, das tief genug war. Als sie damit fertig waren, zitterten und brannten alle Muskeln in Sophies Armen und ihr Körper klebte vor Schweiß. Sie warf ihrer Schwester einen Blick zu und war sich nicht sicher, ob Callie Tränen oder Regentropfen über das Gesicht liefen.

* * *

»Komm einfach mit«, flehte Sophie sie an, als sie am Parkplatz des Bahnhofs ankamen.

»Ich kann nicht«, sagte Callie. »Ich liebe Nathan.«

»Mich aber auch?« Sophie dachte nicht, dass Callie sie noch lieben könnte. Nicht nach all dem, was sie ihretwegen in dieser Nacht hatte durchmachen müssen.

»Natürlich. Du bist doch meine Schwester.«

»Wirst du es ihm erzählen? Nathan?«

Callie strich sich mit immer noch zitternder Hand eine feuchte Haarsträhne aus dem Gesicht.

»Ich weiß nicht, Sophie. Ich hab noch nie etwas vor ihm verheimlicht.«

»Er wird die Polizei rufen.«

»Nein, wird er nicht.«

»Du musst so tun, als wär alles normal. Wenn du wirklich zurückgehst. Bei der Arbeit. Und überall. Das kannst du nicht. Dafür kenn ich dich zu gut.«

»Ich kann mein Leben nicht einfach aufgeben.« Mit einem Ärmel wischte Callie sich über die feuchten Wangen. »Wo wirst du hingehen?«

»Weiß nicht.« Sophie zuckte mit den Schultern. »Spanien fand ich schon immer cool. Ach scheiße. Mein Reisepass ist ja noch bei Mum und Dad, seit unserem Urlaub in Paris.«

»Sollen wir …?«

»Könntest du ihn holen, Callie? Und ein bisschen Bargeld? Nur genug für einen Flug und ein paar Monate in Gästehäusern, bis ich mich eingelebt hab? Bitte?«

»Okay … Ich werd der Bank Bescheid sagen müssen, wenn ich Geld aus dem Sparkonto abheben will, es könnte also ein paar Tage dauern. Was erzählen wir Mum und Dad?«

»Ich schreib ihnen morgen und sag, dass ich mit Owen in den Urlaub gefahren bin. Der Rest findet sich dann später.« Sophie öffnete die Autotür, stieg aus und hievte sich den Rucksack auf die Schultern. Sie fühlte sich winzig klein. Und ganz allein. »Dir schreib ich auch und sag Bescheid, wo ich bin. Danke, Callie. Für alles.« Sie begann, sich von ihr abzuwenden.

»Warte«, rief Callie. »Ich komm mit. Nach Spanien. Nicht für immer. Ich will Nathan nicht verlassen. Aber zumindest, bis du dich eingelebt hast.«

Sophies Kehle schnürte sich zu und sie konnte nicht antworten. Also nickte sie stattdessen.

»Ich treff dich in ein paar Tagen, sobald ich etwas Geld und unsere Pässe hab. Alles wird gut, Sophie. Ich versprech's dir.«

SECHSUNDSIEBZIG

Tom hält beide Hände auf den Mund gepresst und Amanda lässt sich auf die Knie fallen, als hätten ihre Knochen sich in Staub verwandelt. Auf dem feuchten, mit Seetang bedeckten Sand rollt sie sich zusammen.

Kein Wunder, dass ich solche Angst bekommen habe, als ich Owens Foto in Kathys Album gesehen habe. Gedanken schießen mir wild durch den Kopf. Also saß Callie *doch* am Steuer, als sie den Unfall hatte. Die Puzzleteile fügen sich so schnell zusammen, dass es schwer ist, den Überblick zu behalten. »An dem Abend, als Callie ihren Unfall hatte, war sie da auf dem Weg zu dir?«, frage ich. »Als Callie und Nathan deine Eltern für die Hochzeit abgeholt haben, hat sie die Pässe geholt und das Geld und die Kette aus dem Safe genommen.«

»Scheiße, wer bist du denn?« Sophie starrt mich feindselig an und bemerkt mich wohl zum ersten Mal. Ganz unvernünftigerweise verletzt es mich, dass sie mich nicht erkennt, wo ich doch so eine starke Verbindung zu ihr spüre.

»Ich heiße Jenna. Ich ...«

»Sophie, du hast jemanden umgebracht?«, unterbricht mich Tom. »Kein Wunder, dass du abgehauen bist.«

»Ich will nicht ins Gefängnis, Dad.«

»Musst du auch nicht«, sagt er. »Owen hat Callie wehgetan. Du hast deine Schwester verteidigt. Ich werde dir helfen. Aber du musst mir alles erzählen. Hast du mir alles erzählt, Sophie?«

Sophie wendet den Blick ab. »Nein.«

Joe sinkt in sich zusammen wie ein gebrochener Mann. »Ich kann es nicht fassen, dass du ihn umgebracht hast. Ich war mir so sicher, dass er hier bei dir ist. Mehr musst du nicht sagen, Sophie.«

»Doch. Ich hab die Geheimnisse so satt. Ich hab die Lügen so satt.« Sophies Stimme wird lauter und Amanda steht taumelnd auf.

»Sie ist ganz verstört, Tom. Hör auf. Wir können das alles zu Hause besprechen.«

»Nein!«, sagt Sophie. »Ich kann nicht nach Hause gehen. Am Sonntag haben sie Owens Leiche entdeckt. Ich hatte die Erinnerung so sehr verdrängt, dass ich fast dachte, das alles wäre nie passiert. Aber dann kam es in den Nachrichten, in dem Pub, in dem ich arbeite. Sie haben Owen gefunden und ich weiß, dass es nicht mehr lang dauern wird, bis sie ihn identifizieren und mich suchen kommen. Ich hatte vor, ins Ausland zu gehen. Nathan wollte mir meinen Pass und das Geld bringen. Ich fass es nicht, dass er stattdessen euch angerufen hat.«

»Sophie, wir finden gemeinsam eine Lösung«, sagt Tom. »Du musst mir nur die Wahrheit sagen und ich werde dir helfen, wie auch immer ich kann.«

»Tom, sie will nicht ...«

»Amanda. Lass Sophie reden.«

Sophie starrt auf den schwarzen Ozean hinaus. »Dad. Owen hat die Drogen, die er mir gegeben hat, von seinem Kumpel Neil bekommen, aus dem Pub. Owen hat nie nach Geld gefragt und ich dachte, es wäre ein Geschenk, weil wir zusammen waren, aber dann meinte er eines Tages, dass ich Neil Geld schulde. Viel Geld. Und nicht nur für die Drogen, nein, Neil hat noch Zinsen draufgesetzt. Jeden Tag wurde es mehr Geld. Ich wusste nicht, was ich tun soll. Owen hat gesagt, dass er versuchen würde, mich zu beschützen, aber Neil meinte, dass er und ein paar andere aus dem Pub mir wehtun würden. Dass sie Callie wehtun würden, wenn ich es nicht zurückzahle. Owen war ganz verzweifelt, weil er mich in solche Schwierigkeiten gebracht hatte. Aber er hat gesagt, er findet eine Lösung.«

»Was für eine Lösung?«, fragt Tom.

»Dein Unternehmen. Damit hat er Drogen geschmuggelt. Ich hab ihm gesagt, dass du Verluste gemacht hast, während du so krank warst. Owen meinte, dass er so genug verdienen könnte, um meine Schulden zu begleichen und unsere Hypothek abzuzahlen, bis es dir wieder gut ginge. Er hat uns geholfen.«

»Aber so viel haben wir doch gar nicht importiert«, sagt Tom. »Und wenn doch, dann war damit immer ganz viel Papierkram verbunden. Einfuhrgenehmigungen und so was. Wie hat Owen das denn hinbekommen, ohne meine Unterschrift?«

Nach einer kurzen Pause sagt Sophie: »Du warst nicht der Einzige, der Formulare unterschreiben durfte. Das Unternehmen lief ja nicht nur auf deinen Namen.«

»Amanda?«, sagt Tom. Er starrt seine Frau an, als hätte er sie noch nie zuvor gesehen, und sie vergräbt ihr Gesicht in den Händen.

»Ich wusste nicht, was ich sonst hätte tun sollen«, sagt Amanda und lässt ihre Hände wieder sinken.

Tom greift sich an seine linke Schulter. Selbst im fahlen Mondlicht kann ich sehen, wie totenblass er geworden ist.

»Du warst im Krankenhaus«, sagt Amanda. »Die Ärzte sagten, du könntest sterben. Die Rechnungen stapelten sich. Wir konnten die Hypothek nicht bezahlen. Was hätte ich denn tun sollen? Sie haben unsere Töchter bedroht, Tom.«

»Du hättest dich an die Polizei wenden können.«

»Als ob die Tag und Nacht auf Callie und Sophie aufgepasst hätten. Ich musste irgendetwas tun, um sie zu beschützen. Ich bin doch ihre Mutter. Als Owen es erklärt hat, klang es so einfach. Nur ein paar Formulare unterschreiben und schon sind Callie und Sophie in Sicherheit und wir haben genug Geld zum Leben. Wie hätte ich sonst an das Geld kommen sollen, das Neil verlangt hat? Das waren mehrere Tausend Pfund.«

»Du hast Sophie in ein Verbrechen verwickelt.«

Amanda zuckt vor Toms Worten zurück. Ich habe seine Stimme noch nie so hart erlebt.

»*Wegen* Sophie musste *ich* mich in ein Verbrechen verwickeln lassen. Ich hab das getan, weil ich sie liebe.«

»Aber du wusstest, dass unsere Tochter Drogen nimmt, und hast es mir nicht erzählt?«

»Ich hab alles versucht, um sie zu überzeugen, aufzuhören, und als du aus dem Krankenhaus entlassen wurdest, wollte sie das auch selber. Weißt du noch, wie sie monatelang verschwunden war und du dachtest, dass sie wegen deiner Krankheit eine Auszeit brauchte? Da hab ich für ihren Aufenthalt in einer Entzugsklinik bezahlt.«

»Das ist mir alles zu viel.« Tom wankt und ich habe Angst, dass er komplett zusammenbrechen könnte. Er sieht wirklich nicht gut aus. »Wusstest du davon, Joe?«

»Damals noch nicht, versprochen. Als du wieder zu Hause warst und mir erzählt hast, dass Amanda dich überredet hat, deiner Gesundheit zuliebe in Rente zu gehen, als du wolltest, dass ich das Geschäft übernehme, da hab ich dann herausgefunden, was los war, als ich die Finanzen durchgegangen bin. Dein Umsatz war so in die Höhe geschossen. Erst dachte ich, Amanda hätte sich verrechnet, aber dann hat sie mir von ihrer Abmachung mit Owen erzählt. Ich war stinkwütend. Ich hab's dir nicht erzählt, weil die Ärzte gesagt haben, dass du jede Aufregung vermeiden sollst, aber ich wollte nichts damit zu tun haben. Ich *hatte* auch nichts damit zu tun.«

»Also war es damit vorbei? Mit dieser Abmachung? Sobald Sophies Schulden abbezahlt waren, war es vorbei?«

»Nein«, sagt Joe. »War es nicht. Es tut mir so leid, Tom. Ich hab versucht, dem Ganzen ein Ende zu setzen, ich hab's wirklich versucht, aber das Einzige, was ich tun konnte, war, dich davon fernzuhalten. Dich und Callie.«

»Seit Monaten entschuldigst du dich bei mir, Joe, und ich dachte, es läge daran, dass das Unternehmen nach Callies Tod eingegangen ist, weil keiner mehr die Kraft hatte, weiterzumachen. Das hier ... So was hätte ich nie vermutet.« Tom verzieht sein Gesicht, als hätte er schreckliche Schmerzen.

»Ich hab mich so unglaublich mies gefühlt«, sagt Joe. »Ich habe gehofft, du würdest es nie erfahren. Als Sophie nach Callies Tod verschwunden ist, dachte ich, sie dröhnt sich wieder zu, um mit der Trauer klarzukommen. Als du mich heute angerufen hast und meintest, sie könnte hier sein, dachte ich, sie wäre bestimmt mit Owen hier. Ich wollte nicht, dass du ihm begegnest, während sie total zugekokst ist. Dann hab ich sie allein in dem Wohnwagen gefunden und mein erster Gedanke war, dass ich sie so schnell wie möglich von hier wegbringen muss. Ich dachte, Owen wäre irgendwo in der Nähe. Ich hätte nie gedacht, dass er ... dass sie ...«

Es ist verstörend, Joe solche Qualen leiden zu sehen. Er beginnt wieder zu weinen.

»Weißt du, als ihr da vorhin aufgetaucht seid ... Eine Sekunde lang hab ich darüber nachgedacht, Amanda für das zu erschießen, was sie getan hat. Wie verrückt ist das denn?« Joe wischt sich mit dem Handrücken über die Nase. »Ich hab so oft versucht, es ihr auszureden. Ich hätte es dir wahrscheinlich doch sagen sollen. Es tut mir leid. Aber ich liebe dich. Du bist mein Bruder und ich wollte deine Gesundheit nicht aufs Spiel setzen.«

»Und ich auch nicht, Tom«, fällt Amanda ihm ins Wort. »Ich habe mich um dich gekümmert, als du krank warst. Ich habe dafür gesorgt, dass du dir keine Sorgen um die Rechnungen machen musstest. Du hast mich nicht ein Mal gefragt, ob wir über die Runden kommen. Nicht ein einziges Mal.« Inzwischen schreit sie: »Und ich habe nicht aufgehört, weil ich ohne Owen nur eine Zukunft für uns gesehen habe, in der wir wieder Monat für Monat mühsam die Hypothek zusammenkratzen. Nie genug Geld für nette Sachen. In meiner Kindheit hatte ich Urlaube in den Malediven und Mahlzeiten in Sternerestaurants. Du. Du hast uns das eingebrockt.« Ihre Verbitterung ist deutlich zu hören. »Für dich habe ich alles aufgegeben, aber du konntest nicht gut genug für uns sorgen.«

»Ich habe dich geliebt.«

»Und ich liebe dich, wirklich, das tue ich, aber ich wollte, dass unsere Töchter das erleben können, was ich in meiner Jugend erlebt habe. Das alles, ich habe es ihnen zuliebe getan. Für unsere Familie. Es schien so einfach. Es war einfach. Owen hat alles arrangiert und ich musste einfach nur weggucken. Ich musste nichts tun, als ein paar Formulare zu unterschreiben. Es waren keine riesigen Geldmengen, nicht genug, um Aufmerksamkeit zu erregen, nur genug für ein gutes Einkommen. Owen war vorsichtig. Kein Grund, sich Sorgen zu machen.«

»Du hättest im Gefängnis landen können. Wir hätten alle im Gefängnis landen können.« Toms Stimme ist kalt wie Stahl. »Was wäre denn dann aus unseren Mädchen geworden?«

»Owen meinte, es gäbe kein Risiko. Er wusste, wie das geht, Dad.« Sophie spricht ganz leise. »Ich hab ihm gesagt, dass wir unser Haus verlieren könnten. Er hat sich um uns alle gekümmert.«

»Und Callie? Wusste sie Bescheid?« Tom hält immer noch seine Schulter umklammert.

»Nein. Sie wusste, dass Owen mir Drogen gegeben hat, aber das mit Mum und dem Geschäft wusste sie nicht. Owen wollte ihr das alles erzählen, damals in dieser Nacht. Deswegen hab ich zugeschlagen. Ich hab Angst gekriegt. Wenn ich das nicht getan hätte, wäre Callie vielleicht noch am Leben.«

»Nein!« Amanda ringt mit den Händen. »Sag das nicht. Ich kann so schon kaum mit mir selbst leben. Egal wie viele Medikamente ich nehme, ich fühle mich abscheulich, jede einzelne Sekunde und jeden Tag. Callie zu verlieren, und ich dachte, dich hätten wir auch verloren, Sophie … Ich dachte, du könntest die Erinnerung an Callie nicht ertragen und wärst deswegen mit Owen nach Spanien gegangen. Ich kann es gar nicht glauben, dass du … dass du ihn umgebracht hast. Es tut mir so leid, dass du das durchmachen musstest, aber wir können es wieder geradebiegen, nicht wahr? Gemeinsam. Wir sind doch eine Familie.«

»Nicht alle von uns«, sagt Sophie, reißt Joe die Pistole aus der Hand und richtet sie auf mich. »Ich weiß immer noch nicht, wer zur Hölle du bist, aber du weißt inzwischen ganz schön viel über mich.«

»Sophie!« Amanda versucht, ihr die Waffe wieder abzunehmen.

Sie ringen miteinander. Es knallt.

Tom fällt in den Sand, die Hand auf sein Herz gepresst.

Amanda stößt einen Schrei aus, aber als ich Tom im Mondlicht betrachte, kann ich keine Schusswunde erkennen. Auch kein Blut. Und dann verstehe ich es. Tom hat einen Herzinfarkt. Er ist nicht derjenige, der den Schuss abbekommen hat.

ACHTUNDSIEBZIG

Sophie ist auf dem Strand zusammengebrochen. Joe lässt sich auf die Knie fallen und seine Finger suchen an ihrem Hals nach einem Puls. Mein Herz schreit *Nein-Nein-Nein* und ich versuche, leise zurückzuweichen, aber meine Schritte knirschen laut auf dem groben Sand und Amandas Kopf schießt in die Höhe. Ich starre in die Augen einer Frau, die nichts mehr zu verlieren hat – außer ihrer Freiheit.

»Wir brauchen einen Krankenwagen«, ruft Joe.

Die Pistole hängt locker in Amandas Hand. Sie steht dort wie angewurzelt. Ich weiß nicht, was sie vorhat, aber ich kann es nicht darauf ankommen lassen. Ich habe alles gehört, alles gesehen.

Renn.

Ich zwinge meinen kranken Körper nach vorn, Adrenalin schießt durch meine Adern und ich stolpere in Richtung der stummen Eule, nur ein Schatten in der Ferne. Amanda mag älter sein als ich, aber ich bin schwach. Langsam. Meine beste Chance ist es, mich irgendwo zu verstecken, nach oben zu laufen, bis das Netz gut genug ist, um Hilfe zu rufen.

Es ist dunkel. So dunkel. Wolken ziehen über den pechschwarzen Himmel und verdecken Mond und Sterne. Meine Lunge füllt sich mit feuchtkaltem Dunst. Ich atme scharf ein und spüre, wie die Übelkeit mich überkommt.

Lass mich nicht im Stich, Callie, denke ich und versuche, mich in Sicherheit zu bringen, aber meine Füße sinken im Sand ein und es fühlt sich an, als würde ich mich in Slow Motion bewegen. Mit offenem Mund schnappe ich nach Luft und schmecke Salz und Hoffnungslosigkeit auf meiner Zunge. Ich klettere die Düne hinauf, mein Herz droht vor Anstrengung zu explodieren und meine Füße rutschen im weichen Sand umher. Meine Finger um Grasbüschel gekrallt ziehe ich mich hoch. Meine Brust bricht in Flammen aus, aber hinter mir höre ich Amanda keuchen, und mein Überlebensinstinkt packt mich. In den vergangenen Monaten habe ich mich oft gefragt, ob ich überhaupt leben möchte, aber diese Frage ist nun wie ausgelöscht. Ich habe schreckliche Angst, zu sterben.

Endlich oben angekommen werfe ich einen Blick über meine Schulter. Amandas Kopf schiebt sich noch nicht in mein Blickfeld, aber sie kann nicht weit weg sein. Ich höre etwas plumpsen und vermute, dass sie die Düne hinuntergerutscht ist.

Mein letztes bisschen Energie versickert rapide.

»Jenna, bitte, warte. Ich brauche dein Handy«, ruft sie. Ihre Stimme ist viel zu nah, sie holt mich schnell ein und ich blicke wild um mich, um mich zu orientieren. Um das Auto zu finden? Die Straße zu finden?

»Jenna! Bitte. Du hast das falsch verstanden. Es war alles den Mädchen zuliebe. Alles!«

Ich atme tief ein, balle die Hände zur Faust und entspanne sie wieder. Dann renne ich wieder los. Ein Blick über die Schulter.

»Jenna! Bleib stehen. Bitte, lauf nicht weg. Ruf nicht die Polizei. Lass mich erklären.« Aber in ihrer Stimme höre ich keine Reue. Wut liegt in ihren Worten und jedes einzelne davon trifft mich wie ein Schlag auf den Rücken.

Renn. Bloß nicht stehen bleiben.

Meine Turnschuhe klatschen auf den Asphalt. Hinter mir kann ich keine Schritte mehr hören, aber vielleicht werden sie auch nur vom heulenden Wind übertönt. Ich kann unmöglich schneller rennen als sie, meine einzige Hoffnung ist, dass sie in die falsche Richtung läuft.

Ich riskiere einen Blick über die Schulter. Aber die Erde ist so weich und ich verliere den Boden unter den Füßen. Mit gespreizten Fingern versuche ich mich noch abzustützen, doch mein Gesicht trifft auf etwas Hartes, das mir die Haut aufreißt. Meine Zähne schlagen aufeinander und erwischen meine Zunge. Mein Mund füllt sich mit Blut. Ich schlucke es hinunter und spüre, wie Galle und Grauen meine Kehle hinaufsteigen.

Still. Sei still.

Ich habe schreckliche Angst. Ich weiß nicht, wozu sie imstande ist. Wie weit ist sie bereit zu gehen, um mich davon abzuhalten, mit der Polizei zu sprechen?

Auf dem Bauch liegend warte ich. Regungslos. Ganz leise. Angespannt. Meine Handflächen brennen. In meiner Wange pocht der Schmerz. Der Gestank verrottender Blätter steigt mir in die Nase. Es dreht mir den Magen um, doch Millimeter um Millimeter ziehe ich mich mit den Ellbogen über den nassen Erdboden nach vorne. Links. Rechts. Links. Rechts.

Jetzt habe ich das Gestrüpp erreicht. Dornen bohren sich in meine Haut und verfangen sich in meinen Klamotten, aber ich bleibe gebückt zwischen den Bäumen, in deren Schutz ich mich für einen Moment vor fremden Augen sicher wähne. Doch dann reißen die Wolken auf und im gnadenlos hellen Mondlicht sehe ich einen Ärmel meines weißen Pullovers leuchten – weiß, trotz all der Schlammflecken! Wie konnte ich nur so dumm sein? So dumm, so dumm! Ich reiße ihn mir vom Leib und stopfe ihn unter einen Busch. Meine Zähne fangen an zu klappern. Vor Kälte? Vor Angst? Vor Fieber? Wo ist sie? Links von mir knacken Zweige unter Schuhsohlen. Instinktiv stemme ich meinen Körper hoch und lehne mich angespannt nach vorn wie ein Sprintläufer vor dem Startschuss. Mein Herzschlag dröhnt in meinen Ohren, aber ich höre es trotzdem. Ein Husten. Amandas Husten. Hinter mir. So nah. Viel zu nah.

Lauf!

Ich stolpere nach vorn. *Du schaffst das*, versichere ich mir selbst, obwohl es nicht stimmt. Ich weiß, dass ich das nicht mehr lang durchhalte.

»Wegrennen bringt dir nichts«, ruft Amanda. »Ich kenne diesen Campingplatz wie meine Westentasche.«

Meine Beine sind so zittrig. Mein Kopf scheint mir viel zu schwer für meinen Hals. *Nur eine Erkältung.*

Weiter.

Die Wolken ziehen wieder zu und die Dunkelheit legt sich wie Blei auf meine Schultern. Kurz verlangsame ich meinen Schritt, weil ich merke, dass ich nicht mehr sehen kann, wo meine Füße hintreten. Der Boden hier ist mit Schlaglöchern übersät und ich darf nicht riskieren, mir den Knöchel zu verstauchen oder mich sonst wie zu verletzen. Welche Chance hätte ich dann noch? Wie käme ich je wieder von hier weg? Ein kräftiger Windstoß fegt die Wolken vom Himmel und aus dem Augenwinkel sehe ich, wie sich einer der Schatten bewegt. Ich wirble herum und stoße einen Schrei aus. Amanda ist direkt hinter mir.

Lauf!

Ich werde langsamer. Bin so erschöpft. Alles dreht sich und schwarze Punkte tanzen vor meinen Augen. Egal wo ich hingehe, sie wird mich finden. Ich bin krank. Ich sterbe. Ich kann ihr nicht entkommen und finde kein Versteck. Heiße Tränen tropfen auf meine Wangen und erkalten dort. Es ist vorbei. Dieses Leben, für das ich so gekämpft habe. Verzweiflung überkommt mich, und als ich mich langsam umdrehe, bleibt Amanda stehen. Sie beugt sich vornüber und stützt um Atem ringend ihre Hände auf die Knie.

Ich werfe einen Blick auf mein Handy. Immer noch kein Empfang.

»Gib mir dein Handy«, sagt Amanda. Ich schüttle den Kopf.

»Bitte. Tom und Sophie brauchen Hilfe.«

Zaudernd halte ich inne. Wenn sie mich umbringen wollte, hätte sie es schon längst getan.

»Wir werden doch eine Lösung finden, nicht wahr?« Sie richtet sich auf und geht auf mich zu. In ihrer rechten Hand glänzt die locker herunterbaumelnde Pistole. Ich muss schlucken. Wie kann sie nur denken, dass wir hierfür eine Lösung finden könnten? Der Gedanke lässt mich schaudern.

Vorwärts, Jenna, flüstert eine Stimme in meinem Kopf, meine Zehen zucken und ganz unvermittelt renne ich wieder, winde mich durch die verlassenen Eisdielen und großen Plastiktiere mit absplitternder, ausgebleichter Farbe.

»Ich werde dir nicht wehtun. Du hast alles falsch verstanden. Du kannst dich nicht verstecken!«, schreit Amanda, aber in dem Moment wird mir klar, dass ich genau das tun kann.

Zähl bis zehn. Ich weiß genau, wo ich hinmuss.

Auf dem Rummelplatz ist es stockfinster, aber leuchtende Erinnerungen zeigen mir, wie es hier früher mal war. Glänzende Lichter, orange, gelb, grün. Plärrende Musik. Der Geruch von Zuckerwatte in der Luft. Kleine Kinder, die ihre Eltern an den Händen herumzerren. »Darf ich nach Gummienten fischen?« »Darf ich aufs Karussell?«

Ich überquere das Karussell. Meine Schritte dröhnen auf den Holzbrettern und mir ist, als könne ich spüren, wie es sich dreht und dreht und dreht, schneller und schneller, bis die Gesichter aller Zuschauer zu einem verschwimmen.

Das große Gebäude mit dem ausgebleichten Menüschild ist mit Brettern zugenagelt, und als ich darum herumlaufe, kann ich die heißen, öligen Fritten, die hier früher verkauft wurden, beinahe riechen.

Jetzt liegt die Hütte vor mir. Das Minigolfschild hängt an rostigen Angeln und tanzt im Wind. Ich sinke auf die Knie und grabsche nach dem großen losen Brett am Boden. Es wackelt zwar, ist aber so von Unkraut überwuchert, dass ich es nicht lockern kann.

Knack. Ein Zweig bricht, und ich weiß, dass sie ganz in der Nähe ist. Ich grabe meine Fingernägel in die kleine Lücke zwischen den Brettern und reiße mit aller Kraft daran. Der Nagel meines Zeigefingers wird abgerissen und ich muss mir einen

Schmerzensschrei verbeißen. Die Lücke ist klein. Für ein Kind groß genug, aber ich glaube nicht, dass ich dort reinpassen werde. Frust baut sich in mir auf. Ich stecke meine Hand in die Lücke und ertaste, dass der Boden dahinter absinkt. Wenn ich mich nur hineinquetschen kann, ist das Versteck groß genug für mich.

Wie eine Schlange krieche ich vorwärts. Meine Ellbogen wirbeln den Dreck auf, und als ich etwas davon einatme, spüre ich einen starken Hustenreiz, aber ich halte die Luft an, bis er wieder vergeht. Mein Kopf steckt schon in dem dunklen, feuchten Loch, dann meine Schultern, mein Oberkörper. Etwas berührt meinen Körper, hält mich auf, und ich erstarre, denke, dass sie mich gepackt hat – aber es ist nur mein Hintern, der an das obere Brett gestoßen ist. Ich muss mich drehen und winden und verbiegen, bis ich mich endlich hineinquetschen kann.

Ich bin drin. Eng zusammengerollt rutsche ich herum, meine Muskeln schreien vor Anstrengung. Meine Hand schießt durch die Lücke nach oben und rückt das Brett gerade rechtzeitig wieder zurecht, als ein Lichtschein um die Ecke des Restaurants fällt.

Amandas Taschenlampe.

Meine Knie graben sich in etwas Hartes, seltsam Geformtes, meine Füße schlafen ein und betteln darum, bewegt zu werden, aber ich bleibe mucksmäuschenstill und ignoriere den Schmerz.

Unfassbar, dass sie das Hämmern meines Herzens, das Keuchen meines Atems nicht hören kann, aber ich höre den Frust in ihrer Stimme, als sie wieder und wieder meinen Namen ruft. Sie weiß nicht, wo ich bin.

Ich spähe zwischen den Spalten der Bretter nach oben und sehe ihre Schuhe. Sie werden größer und immer größer, als sie auf mich zugeht, und ich bebe vor Angst. Bete, dass sie dieses Loch nicht finden wird, in dem sich Sophie vor so langer Zeit vor Callie versteckt hat.

Ein Knarzen.

Die Tür zur Hütte öffnet sich.

Dumpf stampfen ihre Füße über meinen Kopf hinweg. Staub rieselt mir ins Gesicht. In die Augen. In den Mund. Ich weiß, wenn ich nur stillhalte, bin ich in Sicherheit. Sie wird woanders nach mir suchen gehen.

Und dann klingelt mein Handy.

ACHTZIG

Mein Wimmern gleicht dem der verletzten Tiere, die ich früher behandelt habe, als ich verzweifelt in dem engen Loch nach dem Handy in meiner Tasche grabsche. Es ist Sam.

»Jenna, ich hab deine SMS gesehen und …«

»Hilf mir«, keuche ich in das Mikrofon. »Sie wird mich umbringen.«

»Jenna? Was ist los? Wo bist du?«

Amanda lässt sich auf den Boden sinken und blinzelt auf alle viere gestützt durch ein Astloch. Ich steche meinen Daumen so hart ich kann in ihr Auge und sie schreit auf vor Schmerz. Ihre Hände schlagen auf die Bodenbretter ein, in dem Versuch, zu meinem Versteck vorzudringen, aber sie ist auf der falschen Seite der Hütte.

»Jenna, bitte. Ich will nur mit dir reden. Das schuldest du mir doch«, sagt Amanda.

»Ich bin auf einem Campingplatz, Owl Lodge, Newley-on-Sea. Bitte ruf die Polizei und einen Krankenwagen! Sam? Sam?« Ich blicke auf meinen Bildschirm. Der Empfang ist abgebrochen und ich weiß nicht, ob er mich gehört hat.

»Jenna. Bitte komm raus. Lass uns anständig darüber reden. Es tut mir leid. Es tut mir wirklich leid. Ich weiß, dass ich etwas Schlechtes getan habe, aber ich hatte gute Gründe. Bitte. Erzähl es niemandem. Tom zuliebe? Er hat es nicht verdient, allein zu sein. Ich habe nur versucht, ihn zu beschützen. Unsere Mädchen zu beschützen.«

Ich zögere. Wenn sie mich umbringen wollte, hätte sie mich längst erschossen. Tief im Innern muss sie ein guter Mensch sein.

»Bitte. Lass uns darüber reden, was du tun wirst. Du willst es doch niemandem erzählen, oder? Tom ist der, der leiden wird, wenn ich ins Gefängnis muss, und du hängst doch an ihm, nicht wahr? Er hängt jedenfalls an dir. Und ich auch. Denk an Callie, an ihr Vermächtnis. Willst du wirklich, dass alle wissen, dass sie einen Mord vertuscht hat? Sie hat dir das Leben gerettet. Ohne sie wärst du heute nicht hier. Ohne mich auch nicht. Du schuldest uns was. Meinst du nicht?«

Callie. Ich presse eine Hand auf mein Herz und eine Träne rollt mir über die Wange. Ich weiß nicht, was ich tun soll, und ich bin so schrecklich müde.

Nur eine Erkältung.

Aber mein Herz schlägt schon langsamer und ich weiß, dass es bald vorbei sein wird.

Die Hütte über mir bebt und knarzt, als Amanda gegen die Bretter kickt. Ich höre sie brechen und weiß, dass mir keine Zeit bleibt, um hier rauszukommen, bevor sie mich erwischt. Trotzdem sammle ich alle Kraft, die ich noch in mir habe. Ich muss es versuchen.

Mit beiden Händen drücke ich das lose Brett nach oben, dann krieche ich durch die Lücke. Mein Oberkörper ist schon draußen, meine Beine stecken noch drin, als ich gegen etwas Hartes pralle. Ich verdrehe meinen Kopf, um nach oben zu schauen. Beine. Amandas Beine.

Sie fährt mit ihren Händen unter meine Arme und zieht. Mit einem Schrei spüre ich meinen Körper über den Boden rutschen. Meine Hände schlagen verzweifelt hinter meinem Rücken umher, auf der Suche nach etwas, an dem ich mich festkrallen kann, aber durch ihre jahrelangen Yogaübungen ist sie erstaunlich kräftig. Sie hat mich schon fast aus dem Loch gezogen, als ich es spüre. Etwas Kaltes, Metallenes in meiner Hand. Das harte Ding, das sich vorhin in meine Knie gebohrt hat. Ein Minigolfschläger. Während sie mich komplett aus meinem Versteck zieht, schaffe ich es, den Griff zu packen und den Schläger an meinen Körper zu pressen.

Der Wind heult um uns herum und sie blickt auf mich herab. Wir keuchen beide angestrengt.

»Warum kannst du mir nicht versprechen, dass du es niemandem verraten wirst?«

Ich kann meinen Blick nicht von der Pistole lösen, die leicht gegen ihren Oberschenkel stößt, weil ihre Hand zittert.

»Würdest du mir denn glauben, wenn ich es versprechen würde?«

Eine Ewigkeit scheint zu verstreichen, bis sie antwortet. »Als die Mädchen noch klein waren, hatten sie eine Kissenschlacht, während ich Abendessen gekocht habe. Tausend Mal hab ich ihnen gesagt, dass sie das nicht tun sollen. In unserem Wohnzimmer war kaum genug Platz, um sich umzudrehen. Sie haben eine Vase zerdeppert, die meinen Großeltern gehört hatte und ein Vermögen wert war. Ich war so wütend und wollte wissen, was passiert ist. Callie ist sofort vorgetreten und hat gesagt: ›Es war meine Schuld, Mum.‹ So war sie einfach. Ehrlich und gütig und du ... du hast ihr Herz. Du bist der letzte Teil von ihr, der noch lebt, und ich will dir vertrauen, aber ... aber du bist nicht sie.«

»Ich fühle, was sie gefühlt hat. Die Urlaube hier, mit dir und Tom, als sie und Sophie noch klein waren. Sie war so glücklich.«

»Ich dachte, mehr Geld würde sie noch glücklicher machen.«

»Du warst die, die das Geld glücklicher gemacht hat.«

»Nein, das stimmt nicht. Nicht wirklich. War es eine Erleichterung? Ja, natürlich. Tom war zu krank zum Arbeiten und ich weiß nicht, was wir sonst hätten tun können. Ich hatte schon seit Jahren nicht mehr gearbeitet, und selbst wenn ich einen Job gefunden hätte, hätte ich damit nicht Sophies Schulden bezahlen können. Aber ich hab dafür bezahlt. Ich habe den schrecklichsten Preis dafür gezahlt und ich kann nicht ins Gefängnis gehen. Ich kann einfach nicht.«

»Ich werde dir kein Versprechen geben, Amanda.« Ich sterbe sowieso. Ein aufrechter Mensch zu sein ist das Einzige, was mir noch bleibt.

»Bitte, Jenna. Zwing mich nicht, dir wehzutun. Ich will das wirklich nicht.«

Klick.

»Du zwingst mich, das zu tun«, sagt sie.

Der Hahn der Pistole ist gespannt.

»Es tut mir so leid, Jenna.«

Ich schieße hoch, auf die Knie, auf die Füße, und hole mit dem Schläger aus. Er trifft sie an der Schulter und bringt sie aus dem Gleichgewicht, aber ich habe nicht kräftig genug zugeschlagen, sie richtet sich wieder auf und hebt die Waffe.

Diesmal packe ich den Schläger mit beiden Händen, sammle all meine verbleibende Kraft und schlage zu, so fest ich kann. Der Schläger trifft sie mit einem Krachen seitlich am Kopf. Wie eine Marionette, der man die Fäden durchschneidet, sinkt sie zusammen. Als ihr Kopf an einen Stein schlägt, höre ich ein grässliches Knirschen.

Dann Stille.

Ich versuche, mich zu bewegen, aber meine Beine scheinen nicht mehr zu funktionieren. Meine Knie geben nach und ich falle, bleibe auf dem Rücken liegen und starre in den

funkelnden Sternenhimmel, dessen Schwärze auf mich herab-
stürzt, und frage mich, ob das das Letzte ist, was ich jemals
sehen werde.

funkelnden Sternenhimmel, dessen Schwärze auf mich herab-
stürzt, und frage mich, ob das das Letzte ist, was ich jemals
sehen werde.

EINUNDACHTZIG

Zuerst kommt das Piepsen. Es bohrt sich in meine Ohren, in meinen Schädel. Hinter meiner Stirn hämmernde Schmerzen. Dann ein Gefühl von Wärme, klebrig und unangenehm. Ich atme ein und kann es riechen. Desinfektionsmittel. Ich bin im Krankenhaus. Ich versuche, meine Augen zu öffnen, aber meine Lider sind so schwer und es ist viel zu anstrengend. Das Geräusch schlurfender Schritte nähert sich meinem Bett und ich weiß, dass ich etwas sagen sollte, aber meine Zunge klebt an meinem Gaumen. Eine Hand legt sich auf meinen Arm, ich spüre Finger auf meiner Haut und ein Kissen, das mir unter den Kopf geschoben wird, dann lasse ich mich in das schwarze Nichts fallen, das nach mir greift.

* * *

Ich habe keine Ahnung, wie viel Zeit vergangen ist, als meine Nerven wieder anfangen zu funken. Diesmal öffne ich meine Augenlider mit aller Kraft. Mein Zimmer ist in Dunkelheit getaucht, aber durch ein schmales Fenster fällt ein Lichtstrahl aus dem Korridor zu mir herein und malt ein helles Rechteck auf den Boden. Draußen reden zwei Krankenschwestern leise miteinander und ich versuche, nach dem Rufknopf zu greifen, sie wissen zu lassen, dass ich wach bin, aber die Bettdecke liegt so schwer auf meinem Körper, dass sie mich fast erdrückt. Es kostet mich all meine Kraft, nur meinen Kopf zu drehen.

Dort, auf einem Stuhl zusammengekauert, sitzt Sam und ich denke, dass das ein Traum sein muss, doch dann merkt er, dass er beobachtet wird, streckt sich und gähnt und kommt zu mir, um sich auf meine Bettkante zu setzen.

»Hallo, schöne Dame.« Seine Lippen streifen meine Stirn, kühl, weich, und mir ist zum Weinen zumute, aber dafür reicht meine Kraft nicht aus.

»Durst.« Mein Mund fühlt sich an wie Schmirgelpapier, sandtrocken und rau. Sam drückt den Knopf neben meinem Bett, um die Schwester zu rufen, dann hält er meine Hand, bis sie die Tür öffnet. Licht flutet den Raum und ich blinzele angestrengt, als meine Augen anfangen zu tränen.

»Ah, Sie sind also aufgewacht? Sie haben uns einen ganz schönen Schreck eingejagt. Ich werde gleich Dr. Kapur rufen.«

»Könnte sie etwas Wasser haben?«, fragt Sam.

»Aber nur ein paar Schlucke – nicht übertreiben.«

Sam hebt sanft meinen Kopf an und hält mir ein Glas an die Lippen. Das Wasser ist warm und abgestanden, aber es ist das Beste, was ich je in meinem Leben getrunken habe.

»Sophie?« Sprechen kostet mich so viel Kraft.

Sam nimmt meine Hand. »Es tut mir so leid, Jenna. Sie hat nicht überlebt.«

Traurigkeit füllt meine Sinne und dann hat der Schlaf mich wieder fest im Griff.

* * *

Als ich erneut aufwache, bleibe ich zunächst ganz still liegen und konzentriere mich auf das Pochen meines Herzens. Es fühlt sich irgendwie anders an. Kummer legt sich auf mich wie eine schwere Decke. Ich drehe mich auf die Seite, rolle mich zusammen und schnappe nach Luft, bis mein Blick auf Sam fällt. Er ist hier. Er ist immer noch hier. Sein Anblick beruhigt mich sofort.

»Sterbe ich?«, flüstere ich, und obwohl ich schon lange mehr oder weniger damit rechne, dass mein Körper Callies Herz abstoßen wird, spüre ich doch eine tiefe Trauer in mir beim Gedanken daran, dass mein Ende jetzt gekommen sein könnte. Ich bin noch nicht bereit. Und ich geißle mich selbst für all die Chancen, die ich nicht ergriffen habe. Für das Leben, das ich nicht gelebt habe. Sam streckt seine Hand nach mir aus – die Hand, die ich nie hätte loslassen sollen. Unsere Finger berühren sich und jede Faser meines Körpers trauert um all die Zeit, die ich verschwendet habe.

ZWEIUNDACHTZIG

Sterne funkeln am tintenschwarzen Himmel und die Wellen umspielen den Strand. Das gleichmäßige Rauschen beruhigt mich, während ich hier sitze und warte. Ich weiß, dass du kommen wirst. Zwischen diesen Sanddünen haben wir früher Verstecken gespielt. Du hast deine kleinen Hände über deine Augen gelegt und bis zehn gezählt, aber sobald ich mich umgedreht habe, um wegzurennen, hast du die Finger gespreizt und geschummelt. Du dachtest, ich wüsste nicht, wie du mich immer sofort finden konntest, aber ich wusste es. Ich habe es schon immer gewusst.

Ich ziehe die Knie zur Brust. Der Wind spielt mit meinen Haaren, das Meer drückt mir einen salzigen Kuss auf die Lippen und ich blicke angestrengt in die Dunkelheit hinaus, kann es kaum erwarten, den ersten Blick auf dich zu erhaschen.

Der Himmel wird heller und ein sanftgelbes Leuchten färbt die Wolken lila, als die Sonne aufgeht. Wunderschön. Der Himmel kleidet sich in Lila, Orange, Rot und entscheidet sich schließlich für sein übliches bescheidenes Blau, als ob er zu mehr nicht in der Lage wäre. Aber in uns allen steckt mehr, als wir denken. Mehr, als wir fühlen.

Jetzt sehe ich dich. Ein Stück den Strand hinunter. Du bewegst dich langsam, unsicher, und ich hebe die Hand, um dir zuzuwinken. Dein Lächeln strahlt heller als die Sonne.

Ich schließe dich in meine Arme. Viel zu lang ist es her.

»Hier bist du«, sagst du, als ob ich irgendwo anders sein könnte.

Ich schmiege meine Hand in deine und wir drehen uns um und schauen den Wellen dabei zu, wie sie sich in weißen Schaum verwandeln. Schon bald wird der Strand sich mit pummeligen Kleinkindern mit verkleckertem Eis am Kinn füllen. Mit laufenden, fröhlich hechelnden Hunden. Mit Schwestern, in Spiele vertieft, genau wie wir beide früher.

»Bereit?«, frage ich. Du nickst und zusammen treten wir hinein ins helle Licht.

DREIUNDACHTZIG

Als ich wieder aufwache, höre ich zuerst das Summen der Neonröhren über mir. Im Zimmer ist es viel zu hell, ich drehe mich zur Seite, um mein Gesicht im Kissen zu vergraben, aber die Bettdecke bleibt an der Nadel hängen, die an meiner Hand festgeklebt ist. Ich gebe ein leises Geräusch von mir.

»Alles okay?«

Sam ist immer noch hier, und als ich seine zerknitterten Klamotten und die Bartstoppeln an seinem Kinn bemerke, frage ich mich, wann er wohl zuletzt nach Hause gegangen ist.

»Ich lebe noch?« Es ist mehr Frage als Aussage.

»Alles wird gut und du wirst wieder gesund«, sagt Sam. Ich blicke ihm prüfend ins Gesicht, warte darauf, dass er seine Augen so zusammenkneift, wie er es oft tut, wenn er nicht komplett ehrlich ist – natürlich sieht dein Hintern nicht dick aus –, aber ich finde nichts, was auf eine Lüge hinweist.

Ich schüttle leicht den Kopf. »Aber ...«

»Du hast eine bakterielle Infektion. Wenn du es nicht rechtzeitig ins Krankenhaus geschafft hättest ...« Er drückt meine Hand. »Dr. Kapur ist zufrieden damit, wie du auf die Behandlung ansprichst. Das wird er dir später auch selber erzählen, wenn er seine Runde dreht. Vertrau mir«, sagt er und ich vertraue ihm. Mir ist nicht mehr so heiß und meine Glieder schmerzen nicht mehr so sehr.

Er füllt Wasser in ein Glas und hebt meinen Kopf an, damit ich trinken kann.

»Ich ruf gleich deine Eltern an, sie sind kurz nach Hause gefahren, um zu duschen und sich umzuziehen.«

»Du musst nicht hierbleiben«, sage ich, nachdem ich das Glas geleert habe.

»Ich will aber hierbleiben, Jen. Ich hätte dich fast verloren. Schon wieder.«

Tränen schnüren mir die Kehle zu. »Es tut mir so leid. Das alles hier. Ich dachte, ich würde das Richtige tun. Als ich das Baby verloren habe, kam es mir so vor, als hätte ich dir etwas weggenommen.«

»Das war nicht deine Schuld. Eher noch könntest du dem Arzt die Schuld geben, der meinte, deine Müdigkeit und der Schwindel nach unserer Grippe wären in den ersten Monaten einer Schwangerschaft normal. Selbst er hat nicht verstanden, was los war, obwohl er Arzt ist. Was passiert ist, ist niemandes Schuld, Jenna.«

»Ich konnte es nicht ertragen, mich selbst anzusehen. Ich habe nicht verstanden, wie du mich immer noch ansehen konntest.«

»Ich liebe dich«, sagt Sam. Da ist es. Einfach, aber wahr.

Ich weiß, dass ich Sam von der Sache mit Nathan erzählen muss. Aber das hier ist nicht der richtige Zeitpunkt. Nicht hier. Nicht jetzt.

»Und ich liebe dich, Sam.« In diesem Moment ist das alles, was zählt. Die ganze Wahrheit.

Er streichelt mit seinem Daumen über meinen Arm. »Ich sollte wohl anfangen, ein paar Leute anzurufen. Alle haben sich solche Sorgen um dich gemacht.«

»Alle?«

»Meine Mum war ganz aufgelöst.«

»Ehrlich? Ich hätte nicht gedacht, dass sie mir das mit Harry jemals verzeihen würde.«

»Du hast tatsächlich einiges bei ihr gutzumachen. Aber nicht das mit Harry. Dass er verschwunden ist, war nicht deine Schuld, und das weiß sie.«

»Was hab ich denn dann gutzumachen?« Mir fällt nichts ein, was ich sonst noch verbrochen haben könnte.

»Na ja, sie war so erleichtert, dass Harry wieder aufgetaucht ist, dass sie nachgegeben und diesen Hund adoptiert hat, von dem er die ganze Zeit geredet hat. Lavenda. Jetzt muss Mum zweimal täglich mit ihr spazieren gehen und meckert ständig darüber. Aber ich glaube, eigentlich genießt sie es. Gestern hat sie im Hundepark einen Witwer getroffen, mit einem Boxer namens Johnson. Sie wollen sich bald wieder treffen. Er hat einen Sohn etwa in Harrys Alter, der auch total verrückt nach Star-Wars-Lego ist. Wer weiß, vielleicht wird da ja was draus?«

Mr Harvey, aus der Tierarztpraxis!

»Rachel kommt später auch noch vorbei.« Sam deutet meinen überraschten Gesichtsausdruck ganz richtig. »Sie hat gekündigt. Und wenn ich mich recht erinnere mit den Worten ›Fick dich ins Knie, Linda‹.«

Sam drückt ein paar Tasten auf seinem Handy und legt es dann auf den Nachttisch neben uns. »Kiss me« ertönt aus dem Handylautsprecher, und während Ed Sheeran singt, legt Sam sich zu mir aufs Bett. Ich rutsche zur Wand, um Platz zu machen, und dann liegen wir aneinandergekuschelt da, sein Arm um meine Schulter, mein Kopf auf seiner Brust im sanften Auf und Ab seines Atems. Wie ich das vermisst habe. Erst, als das Lied vorbei ist, spricht Sam wieder.

»Als ich diesen Anruf von dir bekommen habe, hatte ich solche Angst, Jenna. Ich wusste nicht, was los war, und der Gedanke, dich nie wiederzusehen, hat mich komplett erschüttert. Leider ist das hier keine besonders romantische Umgebung. Wieder einmal.« Er schiebt seine Hand in seine Tasche und zieht eine Ringschachtel heraus. »Aber willst du mich heiraten?« Er öffnet die Schachtel und dort liegt er, der Ring seiner Großmutter. Es schnürt mir die Kehle zu.

»Ich werde ihn nicht weitergeben können.«

»Weitergeben?«

»Den Ring.« Ich schniefe energisch. »Du hast mir erzählt, dass deine Großmutter eine Tradition daraus machen wollte. Ich werde nie eine Enkeltochter haben, der ich diesen Ring geben kann.«

Sam zieht seinen Arm unter meinem Körper hervor, dreht sich zur Seite und schaut mir tief in die Augen. »Jen, niemand weiß, was passieren wird. Wie viel Zeit noch bleibt.« Mit seinem Daumen wischt er mir eine Träne vom Gesicht. »Vielleicht werden wir uns entschließen, Kinder zu kriegen, zu adoptieren, Pflegekinder aufzunehmen – oder auch nicht. Aber wenn du diesen Ring nicht annimmst, bleibt er für immer in dieser Schachtel. Ich liebe dich. Einzig und allein dich.«

Ich spüre ein Flattern in meiner Brust und warte gespannt, ob die Gefühle für Nathan wieder hochkommen, ob sie zu mir gehört haben, aber ich spüre nichts in meinem Herzen außer einer allumfassenden Liebe für Sam, die jeden Zweifel auslöscht. Jetzt weiß ich, egal was die Zukunft bringt, er wird bei mir sein und ich werde jede einzelne Sekunde, die mir bleibt, voll auskosten.

»Ja. Ich will dich heiraten«, sage ich, meine Stimme ist felsenfest und bestimmt und Sam legt seine Stirn an meine.

Und so bleiben wir liegen, bis ein Servierwagen ins Zimmer klappert und man Sam ein Getränk und eine Zeitung anbietet. Er kramt etwas Kleingeld aus seiner Tasche und kauft zwei Tassen Tee.

»Zwar kein Champagner, aber zumindest Erdbeeren kann

ich dir anbieten?« Er zieht die Schublade meines Nachttischs auf und nimmt eine Obstschachtel heraus.

»Deine Mum hat sie mitgebracht. Sie meinte, du wärst plötzlich ganz versessen darauf?«

Beim Gedanken an den Geschmack der Früchte, an ihre Konsistenz, dreht sich mir der Magen um.

»Nope. Ich hasse die Dinger immer noch.« Was für eine Erleichterung.

Callie ist fort und ich bin hier. Nur noch ich.

Und Sam.

Unsere kleine Familie ist komplett.

EPILOG

EIN JAHR SPÄTER

Durch einen Spalt im Vorhang fällt Licht in mein Zimmer. Ich lege mich auf den Rücken und versinke in der durchgehangenen Matratze, während ich mich rekele und meine schmerzenden Muskeln dehne. Meine Füße hängen am Ende des kleinen Einzelbetts heraus und die morgendliche Kälte knabbert an meinen Zehen.

Durch den Gang höre ich Mum in der Küche herumwursteln und das prasselnde Wasser der Dusche im Bad. In einem Haus wie diesem hört man einfach alles.

Ich stütze mich auf die Ellbogen und ein breites Lächeln zieht sich über mein Gesicht, als ich den Eichenschrank sehe, der mich seit meiner Kindheit begleitet. Früher hing meine Schuluniform an dem glatten, runden Türgriff des Schranks. Gestärkte Bluse, gebügelte Krawatte. Heute hängt dort mein Hochzeitskleid. Der cremefarbene Seidenstoff fällt in sanften Falten zu Boden und die von Hand aufgestickten Perlen glänzen im Halbdunkel mattrosa. Warmes Glück breitet sich in mir aus, als ich an Sam denke und mich frage, wie er sich wohl gerade fühlt, allein in unserem Bett, in unserem neuen Haus. Es war so eine Erleichterung, umzuziehen. Joe hat mir gestanden, dass er es war, der in meine Wohnung eingebrochen ist und mir diese SMS geschickt hat, um mich von meiner Suche nach Sophie abzubringen. Sein Gesicht war vor Scham ganz zerfurcht. Ich habe schon verstanden, warum er verhindern wollte, dass ich sie suche. Er wollte nicht, dass ich dabei herausfinde, was Amanda getan hat, und es Tom erzähle. Trotzdem hat sich die Wohnung nicht mehr wie ein Zuhause angefühlt. In unserem neuen Haus gehört eines der drei Schlafzimmer Harry und er ist oft bei uns. Ein ganzes Wochenende haben wir damit verbracht, die Star-Wars-Tapete anzubringen und all die Luftblasen glattzustreichen, aber sein Gesichtsausdruck allein war die Mühe schon wert.

Wir haben auch einen kleinen Garten, in dem ich Minze und Rosmarin angepflanzt habe, zum Kochen. Oft stehe ich dort draußen und spüre den Wind in meinen Haaren, den Regen auf meiner Haut und die Sonne auf meinem Gesicht und bin so dankbar für alles, was ich habe. Natürlich muss ich dabei manchmal unweigerlich an Amanda denken, eingesperrt in ihrer winzigen Zelle, und Schwermut vermischt sich bei dem Gedanken mit Wut. Traurigkeit mit Hoffnung. Trotz all der schrecklichen Dinge, die sie getan hat, hat sie wenigstens die Verantwortung für alles auf sich genommen und sich zu allem schuldig bekannt, damit Tom und Joe frei bleiben und ein neues Leben anfangen konnten. Mir ist bewusst, dass ich ohne sie nicht hier wäre, und ich bin ihr immer noch dankbar. Wir haben alle unsere Gründe für das, was wir tun. Für die Lügen, die wir einander auftischen. In jedem von uns steckt Gutes und Böses und ich glaube nicht, dass irgendjemand ausschließlich das eine oder das andere verkörpert. Zumindest möchte ich das gerne glauben.

Jemand klopft an der Tür. Es ist Mum, die eine dampfende Tasse Kaffee auf meinen Nachttisch stellt.

»Wie fühlst du dich?«

»Aufgeregt.« Und wie. Inzwischen nehme ich weniger

Medikamente und muss nicht mehr so oft zu Untersuchungen. Ich sehe keine dunklen Schatten mehr in allen Ecken und spüre nicht ständig Blicke im Nacken. Als ich ein Kleid nach dem anderen anprobiert habe, habe ich mich gefühlt wie jede andere Braut und war von jedem einzelnen Kleid begeistert, während Mum zugesehen und leise Tränen geweint hat. Bestimmt hat sie manchmal nicht mehr daran geglaubt, dass dieser Tag jemals kommen würde.

»Ich hab was für dich. Ich hatte strengste Anweisung, es dir erst heute zu geben.« Sie legt einen Karton auf meine Bettdecke und schiebt die Vorhänge auf, bevor sie das Zimmer wieder verlässt.

Ich stütze mich auf meine Kissen und öffne den Karton. Etwas in Seidenpapier Gewickeltes liegt darin und oben drauf ein weißer Briefumschlag. Ich öffne ihn, nehme ein Blatt Papier heraus und erkenne voll Freude Toms Handschrift darauf.

Liebe Jenna,

es tut mir wirklich leid, dass Joe und ich heute nicht bei dir sein können, aber es ist unsere erste Forellensaison in Schottland und wir hoffen, dass wir mit unserem Angelgeschäft genug verdienen werden, um durch den Winter zu kommen. Manchmal ist es hier ganz schön trostlos und kälter als gedacht, aber auch schöner als erhofft. Ich hatte erwartet, dass ich mich hier einsam fühlen würde, aber es gibt immer viele Touristen hier und ich bin zufrieden. Die frische Luft und die Bewegung tun mir so gut. Ich habe abgenommen und fühle mich viel fitter. Joe erledigt die harte Arbeit mit den Booten und ich kümmere mich um die Ruten und Angelleinen. Dieses Leben passt zu uns beiden.

Aber genug davon. Du heiratest heute! Wir freuen uns beide riesig für dich. Ich denke oft an dich, Jenna. Ich weiß noch, wie tierisch aufgeregt Callie war, als sie uns von ihrer

Verlobung mit Nathan erzählt hat. (Er kommt uns übrigens bald besuchen!) Callie ist zwar nie dazu gekommen, einen Termin festzulegen oder ein Kleid zu suchen, aber das hier hatte sie sich schon gekauft, und ich denke, sie hätte gerne, dass du es bekommst.

Ganz viele herzliche Grüße

Tom

Vorsichtig öffne ich das Seidenpapier und muss schlucken, als ich das silberne Diadem sehe, das Callie nie tragen durfte. Ich halte es andächtig in beiden Händen. Das Sonnenlicht aus meinem Fenster bricht sich in den winzigen Diamanten und lässt Dutzende Regenbogen an meinen Wänden tanzen.

Meine Tür wird aufgerissen.

»Was liegst du denn noch im Bett?« Rachel zieht mir die Bettdecke weg. »Willst du im Schlafanzug heiraten? Als deine Trauzeugin befehle ich dir hiermit, deinen Hintern hochzukriegen!«

Ich muss lachen. »Du siehst toll aus.« Mein Blick fällt auf ihr zitronengelbes Kleid. Ein echtes Designerstück. Sie hat darauf bestanden, selbst dafür zu zahlen.

»Ja, nicht wahr?« Sie dreht sich im Kreis. »Für mich ist das Beste grade gut genug, jetzt, wo dein Dad mir als Oberassistentin ein so unverschämt hohes Gehalt zahlt!«

»Du verdienst jeden einzelnen Cent.« Tut sie wirklich. Ich arbeite auch in Dads Praxis, aber nur drei Tage die Woche. In meiner Freizeit nehme ich Kunstunterricht. Unsere Abstellkammer habe ich in mein eigenes Privatstudio umgewandelt. Ich versuche, Neues zu erleben. »Das Leben in vollen Zügen genießen«, wie Vanessa es nennt. Sie war begeistert davon. Ölmalerei ist ganz anders, als mit dem Bleistift zu zeichnen. Es ist mir noch nicht gelungen, den Mädchen am Strand in meinen Gemälden Leben einzuhauchen, aber das wird es mit der Zeit schon noch.

* * *

»Bist du nervös?«, fragt Dad.

»Ein bisschen.« Ich werfe einen verstohlenen Blick durch die Kirchentür. Alle sind hier. Kathy und Mr Harvey Hand in Hand – es fühlt sich immer noch komisch an, ihn Simon zu nennen. Harry mit einer Hand an Lavendas Halsband. Sie hat eine große pinke Schleife im Fell. Mum tupft sich jetzt schon die Tränen vom Gesicht und dort, ganz vorne, steht Sam. Er dreht sich zu mir, unsere Blicke treffen sich und meine Nervosität verschwindet restlos.

»Bereit?«, fragt Dad. Ich rücke Callies Diadem auf meinem Kopf zurecht. Dann hake ich mich bei ihm ein und warte gemeinsam mit ihm darauf, dass die Musik einsetzt.

Die ersten Töne von »I Have a Dream« von Abba erklingen.

Und ich nehme den ersten Schritt hinein in den Rest meines Lebens.

Hallo,

gleich vornweg ein riesiges Dankeschön an all diejenigen, die *Ihre Schwester* gelesen, empfohlen, bewertet und auf ihren Buchblogs darüber geredet haben. Dass mein Debütroman auf Platz eins der Bestsellerlisten kommen würde, hätte ich in meinen kühnsten Träumen nicht erwartet, und ich bin so dankbar für all die Unterstützung.

Wenn euch das Buch gefallen hat und ihr über meine neuesten Veröffentlichungen informiert werden möchtet, meldet euch einfach unter nachstehendem Link an. Eure E-Mail-Adresse wird nicht weitergegeben und ihr könnt euch jederzeit wieder abmelden.

www.bookouture.com/bookouture-deutschland-sign-up

Ich hoffe sehr, dass euch Jennas Geschichte gefallen hat. Zellgedächtnis ist etwas, was mich unendlich fasziniert und in der Wissenschaft immer mehr Gehör findet, und ich habe mich kopfüber in die Recherchen dazu gestürzt. Die meisten der Beispiele, die Jenna im Gespräch mit Vanessa nennt, sind wahre Geschichten. Die schiere Anzahl an Patienten, die eine Organspende erhalten und sich nach der OP auf die eine oder andere Art verändert haben, hat mich verblüfft. Es gibt keine logische Erklärung für ihre Erfahrungen. Kann es sein, dass jemand durch eine Organspende Erinnerungen eines

Menschen erhält, den er selbst nie kennengelernt hat? Kann die Wissenschaft alles erklären? Noch vor gar nicht langer Zeit wurde das Herz als Zentrum unserer Weisheit und Emotionen betrachtet. Was haltet ihr davon? Eure Meinung würde mich wirklich interessieren.

Natürlich ist *Die Spende* letztendlich eine fiktive Erzählung und bei meiner Interpretation des Phänomens habe ich mir etwas künstlerische Freiheit erlaubt. Als ich Jennas Geschichte geschrieben habe, wollte ich mich vor allem mit den emotionalen Folgen einer solch einschneidenden gesundheitlichen Veränderung beschäftigen. Ich hoffe sehr, dass es mir gelungen ist, die medizinischen Aspekte und die Folgen einer Organtransplantation sensibel darzustellen.

Mir fehlen die Worte, um meinen Respekt gegenüber den Familien von Organspendern angemessen zum Ausdruck zu bringen. Seit ich denken kann, sind meine Familie und ich als Organspender registriert, und falls ihr noch nicht registriert sein solltet, möchte ich euch bitten, darüber nachzudenken. Ihr könntet damit Leben retten.

Zum Schluss lade ich euch alle ein, mir zu schreiben. Ich höre wirklich gern von meinen Leserinnen und Lesern. Ihr könnt mich über meine Website kontaktieren oder euch auf Twitter oder Facebook mit mir vernetzen.

Vielen herzlichen Dank, dass ihr euch die Zeit genommen habt, Jenna ein Stück zu begleiten. Wenn euch *Die Spende* gefallen hat, würde ich mich sehr über eine kurze Bewertung freuen. Jede einzelne macht wirklich einen Unterschied.

Herzliche Grüße, Louise

www.louisejensen.co.uk

DANKSAGUNG

Um diese Geschichte zum Leben zu erwecken, war ganz viel Teamarbeit nötig, und es gibt so viele Menschen, denen ich danken möchte: dem ganzen Team von Bookouture und allen, die dort hinter den Kulissen arbeiten, sowie den anderen Autorinnen und Autoren, die mich unermüdlich unterstützt haben; meiner Lektorin Lydia Vassar-Smith; Henry Steadman, der es schon wieder geschafft hat, mir ein umwerfendes Cover zu entwerfen; Rory Scarfe, dessen unbeirrbares Vertrauen in meine Fähigkeiten als Autorin einen riesigen Unterschied gemacht hat.

Im vergangenen Jahr habe ich einige wirklich wunderbare Menschen aus der Schriftstellerbranche kennengelernt, sowohl online als auch offline. Besonderer Dank gilt all den Bloggern und Bloggerinnen, die unermüdlich an ihren Buchblogs arbeiten. Unsere Liebe zu Geschichten verbindet uns alle und für jede einzelne Bewertung bin ich unendlich dankbar.

Eine weitere herrliche Erfahrung war das gemeinsame Arbeiten mit meiner Online-Schreibpartnerin Sam Carrington, die mich jeden Tag dazu motiviert, mich hinzusetzen und endlich loszulegen, und mit Tom Bale, der stets Zeit für die endlosen Fragen hatte, die sich in meinem ersten Jahr als veröffentlichte Autorin ergeben haben.

Dankeschön an Leanne Laren für ihre Einblicke in die Vorgehensweise der Polizei – jegliche Fehler sind allein mir zuzuschreiben. Danke an Sara Hammond für ihr stets offenes Ohr und natürlich für das ZITAT, das für immer über meinem

Schreibtisch hängen wird. Sarah Wade – danke, dass du mich immer ermutigt hast. Symon Adamson – danke für dein Feedback zu meinem ersten Entwurf. Danke an Bekkii Bridges für die Einblicke in den Alltag einer Tierarztassistentin.

Ich stehe tief in der Schuld von Emma Mitchell, Lucille Grant und Mick Wynn, die mir so großzügig ihre Zeit geschenkt und massiv dabei geholfen haben, *Die Spende* zu der Geschichte zu machen, die sie heute ist. Euer Feedback war unschätzbar wertvoll.

Danke an meine Familie, für ihre Liebe und Unterstützung, vor allem an meine Mum, Diane Hockton, die in diesem geschäftigen Jahr Geduld mit mir hatte, und an meine Tante, Judy Kingston, die stets hinter mir stand.

Karen Appleby – niemand ist so ehrlich mit einem wie die eigene Schwester. Wahrscheinlich sage ich dir nicht oft genug, wie sehr ich dich liebe, aber wahr ist es trotzdem.

Callum, Kai und Finley, meine wunderbaren Söhne, die mich stets dazu inspirieren, die bestmögliche Version meiner selbst zu sein. Egal wie erwachsen ihr werdet, ihr werdet immer der Mittelpunkt meiner Welt sein.

Mit großer Dankbarkeit stelle ich fest, dass ich es bis ans Ende dieses Romans geschafft habe, ohne meinen Mann zu vergraulen! Danke, Tim, dass du zu Hause für mich eingesprungen bist und so felsenfest daran geglaubt hast, dass ich es schaffen werde, ein zweites Buch zu schreiben. Du warst einfach wunderbar.

Und natürlich geht all meine Liebe auch an Ian Hawley, für immer.